黄珅 ◎ 编注

杜甫诗选评

人民文学出版社

图书在版编目(CIP)数据

杜甫诗选评/黄珅编注.
—北京：人民文学出版社，2018
(恋上古诗词：版画插图版)
ISBN 978-7-02-014546-1

Ⅰ.①杜… Ⅱ.①黄… Ⅲ.①杜诗-诗歌评论 Ⅳ.
①I207.227.42

中国版本图书馆 CIP 数据核字(2018)第 190326 号

责任编辑　朱卫净　尚　飞
装帧设计　高静芳

出版发行　人民文学出版社
社　　址　北京市朝内大街 166 号
邮政编码　100705
网　　址　http://www.rw-cn.com

印　　刷　山东德州新华印务有限责任公司
经　　销　全国新华书店等

开　　本　890 毫米×1240 毫米　1/32
印　　张　15.5
插　　页　2
字　　数　320 千字
版　　次　2018 年 11 月北京第 1 版
印　　次　2018 年 11 月第 1 次印刷

书　　号　978-7-02-014546-1
定　　价　59.00 元

如有印装质量问题，请与本社图书销售中心调换。电话：010-65233595

目录

前言	1
望岳	1
房兵曹胡马	3
画鹰	5
夜宴左氏庄	7
饮中八仙歌	9
奉赠韦左丞丈二十二韵	12
高都护骢马行	18
乐游园歌	21
兵车行	24
同诸公登慈恩寺塔	29
丽人行	32
前出塞九首	36
醉时歌	43
渼陂行	46
夏日李公见访	50
奉先刘少府新画山水障歌	52
自京赴奉先县咏怀五百字	56
后出塞五首	64
三川观水涨二十韵	71

月夜	76
哀王孙	78
悲陈陶	82
悲青坂	84
对雪	85
春望	87
得舍弟消息二首	89
哀江头	91
一百五日夜对月	95
塞芦子	98
自京窜至凤翔喜达行在所三首	100
述怀	104
彭衙行	107
玉华宫	111
羌村三首	113
北征	118
送郑十八虔贬台州司户伤其临老陷贼 　之故阙为面别情见于诗	130
春宿左省	132
曲江二首	134
义鹘行	138

瘦马行	142
九日蓝田崔氏庄	145
赠卫八处士	147
洗兵马	149
新安吏	158
潼关吏	162
石壕吏	164
新婚别	166
垂老别	171
无家别	174
秦州杂诗(其一、其四、其七)	177
留花门	182
月夜忆舍弟	185
梦李白二首	188
天末怀李白	192
有怀台州郑十八司户	195
佳人	198
遣怀	201
捣衣	202
野望	204
空囊	206

病马	208
送远	209
两当县吴十侍御江上宅	211
发秦州	216
铁堂峡	220
青阳峡	222
凤凰台	225
乾元中寓居同谷县作歌七首	228
水会渡	234
剑门	236
成都府	240
蜀相	243
江村	245
狂夫	247
恨别	249
野老	251
和裴迪登蜀州东亭送客逢早梅相忆见寄	253
戏题王宰画山水图歌	255
宾至	258
客至	260
遣兴	262

后游	263
漫成二首（其二）	265
春夜喜雨	266
江亭	268
落日	271
江上值水如海势聊短述	273
所思	275
水槛遣心二首（其一）	278
赠花卿	279
送韩十四江东省觐	280
茅屋为秋风所破歌	282
百忧集行	285
野望	286
江头五咏（花鸭）	288
遭田父泥饮美严中丞	289
客亭	293
秋尽	294
闻官军收河南河北	297
送路六侍御入朝	299
有感五首（其三）	301
送陵州路使君之任	303

王阆州筵奉酬十一舅惜别之作	306
冬狩行	308
桃竹杖引赠章留后	311
岁暮	315
释闷	316
阆山歌	319
阆水歌	320
将赴荆南寄别李剑州	323
草堂	325
题桃树	330
绝句四首(其三)	332
登楼	333
宿府	336
倦夜	338
丹青引	339
韦讽录事宅观曹将军画马图歌	345
送韦讽上阆州录事参军	349
忆昔二首(其一)	351
正月三日归溪上有作简院内诸公	354
禹庙	356
旅夜书怀	358

三绝句(其二、其三)	360
船下夔州郭宿雨湿不得上岸别王十二判官	362
白帝城最高楼	364
八阵图	366
古柏行	368
负薪行	372
信行远修水筒	374
返照	378
白帝	379
宿江边阁	381
江上	383
诸将五首(其一、其二、其三、其四)	385
秋兴八首	393
咏怀古迹五首(其一、其二、其三)	409
宿昔	417
历历	418
孤雁	420
麂	423
君不见简苏徯	425
阁夜	427
缚鸡行	429
愁强戏为吴体	431

7

暮春题瀼西新赁草屋五首（其三）	433
晨雨	435
秋野五首（其一）	436
又呈吴郎	437
登高	440
季秋苏五弟缨江楼夜宴崔十三评事韦少府侄三首（其一）	443
观公孙大娘弟子舞剑器行	444
舍弟观赴蓝田取妻子到江陵喜寄三首（其二）	451
短歌行赠王郎司直	453
江汉	455
暮归	458
晓发公安	460
夜闻觱篥	462
泊岳阳城下	464
登岳阳楼	465
岁晏行	467
客从	470
白马	471
江南逢李龟年	473

前　言

　　一位学贯中西的长者,曾提出这样的看法:"我以为中国文学只有诗还可以以同西方抗衡,它的范围固然比较窄狭,它的精炼深永却往往非西方诗可及。"

　　这话是否公允,见智见仁,会有不同的看法。但我想:

　　在中国传统艺术形式中,哪一种最能及时体现时代的精神和风貌?最能真实表达人的情感和思想?能在最短的时间内传播众口?能在人心中留下最深刻的影响?

　　答案只能是诗。

　　在过去,即使被称为"经书"、作为立身行事准则的《四书》,也未必能像诗词那样妇孺皆知。

　　在今天,又有什么作品,能像唐诗那样众口传诵?

　　提倡、写作新诗已有百年,但至今仍未得到人们的首肯。不能责怪新诗,实在是作为对照物的传统诗词,艺术表现过于完美,生命力过于强大,难以替代。

　　中国文学的特色在抒情,在意蕴,在言简意赅。中国文学能傲睨世界的,确实唯有抒情诗。

在很长一段历史时期内,中国一直是诗的王国。虽然有诗词曲赋之分,从今天的诗歌概念看,其实都是诗。词、曲是诗在形式上的延伸,不少辞、赋可称散文诗,元以后的戏剧,大多是诗剧。

那么,在这诗的王国中,谁是真正的王者?谁拥有王冠上那颗最璀璨的明珠?

同样,见智见仁,会有不同的看法。

不过,在历史的回声中,依然能听到,有一种声音,格外集中,格外强大。

"睿作圣"。圣是一种"于事无不通"的理想境界,也指在某个领域已经出神入化的人。

而被称为"诗圣"的,自古以来,唯有杜甫一人。

和书圣、画圣有所不同,诗圣不仅指才艺的超逸绝尘,还含有道德楷模、伦理取向的内容。即在杜甫诗中,不仅显示了艺术的极诣,还体现了前人心目中最完美的价值观。诗圣的意义,不仅在诗,更多的在文化层面。

"诗缘情。"诗是人的情感的流露。梁启超说:"中国文学界写情圣手,没有人比得上他(指杜甫),所以我叫他情圣。"

比起诗圣,情圣二字,更直接,更明白,更接近人的本质。

文学以人的本性、人的感情为主要表现对象,而人性是相通的，人情是互感的，是不分古今、没有国界的。正是在这个意义上，伟大的作家，属于任何时代，属于整个人类。

有句老话：以情动情。利益一致，可让人走到一起。而情感的交融，能让心连在一起。唯有自身有情，才能产生对他人的同情，进而影响他人，换取他人心中的共鸣。

古今文人学士，还有谁比杜甫更不掩饰自己的感情，对弱势者寄予更多的同情？还有什么作品，比杜诗更直入人的心扉，更让人动容、动情？

杜甫的诗，能以最具感染力的形式，表现真切、沉挚的情感，激起纯粹、美好的感情。

人可以嘲弄权贵，蔑视权威，但不可亵渎真诚，无视真情。

"不爱入州府，畏人嫌我真。"杜甫多情，全出自一个"真"字。换句话说，杜甫之真，真在性情。唯其如此，故他"关心民物，忧乐无方，真境相对，真情相触，盖有不知其然而然者"（黄生语）。

"人必先有芬芳悱恻之怀，而后有沉郁顿挫之作。"（袁枚语）

情感的表达，也是一种人生观、价值观的表达，具有伦理意义。

杜甫一生坎坷，但这没有动摇他的信念。"济时敢爱死，寂寞壮心惊。"这是为国奉献的无私无畏的担当。"安得广厦千万间，大庇天下寒士俱欢颜。"这是充满爱心的"民胞物与"的情怀。"苟能制侵陵，岂在多杀伤？"这是人道主义的核心——敬畏生命。"盖棺事则已,此志常觊豁。"这是"知其不可而为之"的永恒、执着追求。"穷年忧黎元,叹息肠内热。"一部杜诗,贯穿始终的是:随时随地关注人民的疾苦,无时无刻不心系国家的命运。

从另一个角度看,人必先有杜甫的襟怀,而后才能真正理解、欣赏他的诗。

杜甫是沉思者,他的诗是沉思的结晶。安史之乱前,他透过歌舞升平的表象,揭示了危机四伏的社会真相:"自非旷士怀,登兹翻百忧。"从军人日益跋扈的状况,看到藩镇割据的隐患:"主将位益崇,气骄凌上都。"安史之乱后,他思索为何普天之下,民不聊生:"闻见事略同,刻剥及锥刀。"为何朝政昏乱,令人绝望:"关中小儿坏纪纲,张后不乐上为忙。"

杜甫是呐喊者,他的诗发出普通民众的心声,从而成为时代的强音。他揭露了触目惊心的贫富不均现象:"朱门酒肉臭,路有冻死骨。"谴责朝廷漠视生命,冷酷无情:"眼枯即见骨,天地终无情。"他呼吁救民必先反腐:"必若救疮痍,先应去蟊贼。"期待一个廉洁、公正的社会出现:"众僚宜洁白,万物但平均。"他指出百姓的本性都是温良的:"不过行俭德,盗贼本王臣。"重要的是朝廷承担责任,心中有民:"愿闻哀痛诏,端拱问疮痍。"

他的思考,他批判的锋芒,触及到国家每一个层面、社会每一个角落。

在艺术领域,杜甫是继承者,更是创造者。才、学、识,是前人衡量文人学士的三把尺子。其中"才"对诗人尤其重要。"才"是一个含义十分广泛的词,而其最高的体现则是创造力。

"少陵集开诗世界。"(王禹偁语)在诗的世界,古往今来,有谁具有杜甫那么大的开创之力、开拓之功?他的新乐府,即事名篇,一空依傍,自铸伟词。他的七言律诗,别出蹊径,曲尽其变,横绝古今。他的诗歌创作意识是超前的,能思人所不能思,能写人所不敢写,使前人的许多不可能变为可能,许多不曾有变为常见。苏轼说:"诗至于杜子美,天下之能事毕矣。"确实,诗到了他的手中,才无可无不可,成为没有什么不能表现的艺术形式。任何题材,任何体裁,任何场合,任何情景,都可入诗。

杜甫也受时代影响,但不是时尚作家,在唐代,他的诗属于"别调"。他不是追风气者,而是得风气之先者。他的诗,体现了时代特色,但不受时代限制。

陈廷焯说李白"复古",杜甫"变古"。即李白继往,杜甫开来。就表现自我、开创新风、沾溉后人而言,杜甫胜过李白,胜过历史上任何一个诗人。

杜甫是集大成者。他挥斥百家,牢笼众有,"尽得古今之体势,而兼人之所独专"(元稹语);"浑涵汪茫,千汇万状,兼古今而有之"(《新唐书》本传)。没有谁,比他更能发挥"承前启后"的作用。

更让人惊讶的是:杜甫的诗歌创作,不仅集古今之大成,而且集将来之大成。试看杜甫身后的诗界,从体裁、题材、表现手法、创作风格看,又有几人,能丝毫不受他的影响,开拓了新的领域?

在艺术领域,每个人都有他所属的时代。但杜甫是个例外,他不属于一个时代。他的成就和影响,涵盖了身后所有的朝代。

"杜逢禄山之难,流离陇、蜀,毕陈于诗,推见至隐,殆无遗事,故当时号为'诗史'。"这话出自孟棨的《本事诗》,可见在晚唐,杜诗已有"诗史"之誉。

杜诗以最直接的方式,展现时代和社会最本质的一面,留下了不少史书不愿记载或不敢记载的情事,其描述的真实、揭露的深刻,更非官样文章的史书所能企及。李因笃曾问顾炎武:为什么司马光的《资治通鉴》没有关于文人的记载?即使连被司马迁称为"与日月争光"的屈原也不写。顾炎武答道:这部书以"有资于治道"为目的,当然无暇顾及文人。但是在《资治通鉴》中,唯独记载了杜甫的诗,因为司马光看到了其"诗史"的价值。顾炎武也说:四书五经之后,有几部书可以治天下,一部是《汉书》,一部是杜诗。

杜甫论文,提出"沉郁顿挫"四字,后人即以此作为杜诗的风格特征。何为沉郁顿挫?众说纷纭,似乎并没有归于一致的解释。在我看来,杜诗的沉郁,是内涵,是气是情,是郁结在心中而又磅礴不已的气,是既真挚又沉著的情。杜诗的顿挫,是外现,是声是象,是这股磅礴之气撞击心灵所发出的抑扬激昂之声,是这种沉著之情融合景物所产生的跌宕壮伟之象。

司空图的《二十四诗品》,以"雄浑"居首。而只有那些胸怀浩然之气、腹藏万卷之书的人,发之于诗,才能达到气象雄伟、浑化无迹的雄浑之境。以此论诗,首推杜诗。

杜甫的诗,元气淋漓,大气磅礴;雄奇壮阔,沉著浑厚;浩浩瀚瀚,无有涯涘;千变万化,不可名状。

刘熙载认为:"杜诗高、大、深俱不可及。吐弃到人所不能吐弃为高,涵茹到人所不能涵茹为大,曲折到人所不能曲折为深。"

也可以这样说:因为得风气之先,故高;因为集古今将来之大成,故大;因为沉郁顿挫,故深。

李白与杜甫齐名,他们之间有不少相像处,也有很多不同处。李杜比较,一直是人们热衷讨论的话题。这里只说他们的诗。

李白诗如长江大河,浩浩荡荡,胜在气势奔放。杜甫诗如崇山峻岭,莽莽苍苍,胜在气象雄浑。

李白诗如"清水出芙蓉",纯乎天。杜甫诗如"冥冥孤高"的风中古柏,是天人合一的结晶。

李白表现的是才情,作用在耳目,风神潇洒,令人畅怀。杜甫表现的是性情,作用在心灵,出神入化,令人惊心。

读李白诗,如漫步绣野,风景就在眼前。读杜甫诗,如置身崖壑,须深入其中,方能领悟。

与李杜同时,还有王维。通常说诗圣杜甫、诗仙李白、诗佛王维,是儒、道、佛在诗歌领域的三个代表人物。

就艺术表现而言,王维诗穆如清风,兴象极佳。只是他后来想将辋川作为一方净土,在诗中尽可能过滤人世的纷杂,淡化人生的烦恼。其闲情和杜甫的激情,形成鲜明对照。这就使得他的作品,必不能达到震撼人心的地步。二者比较,王维如"遥爱云木秀"的玉山,唯有杜甫,才是"一览众山小"的岱岳。

白居易是杜甫身后积极、主动的追随者,让他一举成名的"野火烧不尽,春风吹又生",就出自杜诗:"春风草又生。"从表面上看,二人有较多相似之处。但同样反映时世,记录民间疾苦,白居易是一个旁观者,杜甫已化身为当事者;白居易叙事的成分多,杜甫抒情的色彩浓;白居易意在笔先,杜甫情不自禁;白居易和所写的对象在情感上仍隔了一层,而杜甫则表里无间,融为一体了。

"留滞才难尽,艰危气益增。"这十字,可说是杜甫为自己一生所作的总结。

杜甫以他衰老的躯体,经受时代的风霜,承受人生的艰难,接受生活的放逐,感受痛苦的浸润,在千锤百炼之后,成为中华民族的栋梁。

"百年歌自苦,未见有知音。"和不少旷世绝才一样,杜甫也不被当世理解,伴随着一条孤独的身影,在空旷的征途,悲凉地跋涉。

命运对杜甫的冷落,由历史来补偿。时隔不久,杜甫的声望,就从落寞的境地走出,当年蜀道上踽踽的瘦影,化为历史进程中永恒的丰碑。

韩愈、白居易、苏轼、黄庭坚……这些卓有成就、当年文坛众望所归的领袖人物,无一不是杜甫的追随者。

不仅是文学家,就连历史上一些著名的思想家、政治家、民族英雄,从王安石、李纲、文天祥,到陈邦彦、屈大均、顾炎武,也都从杜甫诗中汲取力量。文天祥在狱中,作了两百首《集杜诗》,因为"凡吾意所欲言者,子美先为代言之"。王安石表示:"推公之心古亦少,愿起公死从之游。"

理学家以诠释圣贤"大义"自任,视诗文创作为"小道",因而对诗人的评价不高,但杜甫是个例外。朱熹不是轻易许与的人,平生仰慕的前贤,唯有诸葛亮、杜甫、颜真卿、韩愈、范仲淹五人。当然,他对杜甫的推崇,主因并非杜诗的艺术成就,而是诗圣的人格力量。

即使欧风美雨吹入中国大地,新文化已见端倪,杜甫的影响依然不变。康有为、梁启超、王国维、陈寅恪、鲁迅、胡适,这些近现代最杰出的文化人物,哪个不是杜甫的崇拜者?

再往后一些,对杜甫致以崇高敬意的人,如闻一多、钱钟书、冯至等，不少是从西方学成归来的学者。闻一多说："杜诗是中国四千年文化中最庄严、最瑰丽、最永久的一道光彩。"钱钟书说："中唐以后，众望所归的最大诗人一直是杜甫。"

作为"红军之父"的朱德元帅，在战争年代，曾用杜甫《秋兴》诗韵，作《感事八首》。建国后，出自对诗圣的敬慕，他前后五次游访成都草堂，并在诗史堂留下楹联。与朱德一起比咤沙场的彭德怀元帅，也说自己喜欢杜甫的诗。

由于语言的问题，西方文化界对中国传统诗词比较隔膜，特别是那些一字不能改动的佳作，其精妙之处，更难领会。但这并不妨碍杜诗走向世界。

1962年，杜甫诞辰1250周年之际，世界和平理事会宣布杜甫为世界文化名人。

现代美国诗人肯尼斯·雷克斯罗思认为杜甫是世界上"最伟大的非史诗非戏剧性诗人，在某些方面，比莎士比亚或荷马更优秀。至少他更自然，更亲切"。"我三十年以来沉浸在他的诗中。我深信，他使我成了一个更高尚的人，一个伦理的代理商，一个有洞察力的生物体。"

首部杜甫诗英文全译本的译者、哈佛大学教授宇文所安说："杜甫是中国文学史上的特殊存在，如同英国文学史上的莎士比亚。""杜甫这样的诗人并不只代表过去，他也帮助我们理解当前的时代。"

美国前国务卿基辛格参观成都杜甫草堂题词:"拥有如此伟大过去的国家,必将拥有辉煌的未来。"

法国前总统希拉克参观杜甫草堂题词:"对人类最伟大的诗人致以最崇高的敬意。"

当然,这些话不仅献给杜甫,更多的是借此表达对中国传统文化的敬意。

"大江东去,浪淘尽、千古风流人物。"

遥望天空,总能看到,有一些璀璨的明星,亘古永恒。

望　岳①

岱宗夫如何②？齐鲁青未了③。造化钟神秀，阴阳割昏晓④。荡胸生曾云⑤，决眦入归鸟⑥。会当凌绝顶⑦，一览众山小⑧。

注释

① 岳：高大的山。中国历来有"五岳"之说，这里指东岳泰山。

② "岱宗"句：泰山又名岱山，居五岳之首，故称岱宗。夫，语气词。

③ "齐鲁"句：泰山在古齐国之南，鲁国之北。这句说即使在齐、鲁两地之外，依然能看到青翠的山色连绵不绝。极言泰山的高大广阔。

④ "造化"二句：造化，创造演化，指大自然。钟，聚集。阴阳，山北为阴，山南为阳。阴处为昏，阳处为晓。割，分割。上句说大自然的神奇秀丽都聚集在泰山，下句说山南山北，分别呈现清晨、黄昏的景象。

⑤ "荡胸"句：曾，通"层"。曾云，重叠的云层。这句是倒装句，言望见山上云气层叠，心胸为之激荡。

⑥ "决眦"句：决，裂开。眦，眼眶。决眦，眼眶裂开。这句说睁大眼睛，极目瞭望，归林的飞鸟尽入眼底。

⑦ 会当：一定要。凌：凌跃，这里指登临。

⑧ 一览众山小:《孟子·尽心上》:"登泰山而小天下。"

解读

杜甫《壮游》诗:"忤下考功第,独辞京尹堂。放荡齐赵间,裘马颇清狂。"开元二十三年(735),诗人赴京城参加贡举考试,未被录取。开元二十五年,东下山东、河北游览,此诗即作于其时。仇兆鳌《杜诗详注》,以作诗年代先后为序,此诗在第二篇。对这首诗,今人乐道的往往是末联,但前人似乎更偏爱首联。起句淡淡发问,看似寻常,但紧接"齐鲁青未了"五字,囊括千里,雄盖一世,顿觉气象不凡。中间四句,是对"夫如何"的具体回应,摆脱芜辞弱句,独辟雄阔境界。第三句写泰山千年不变的雄姿,第四句则写景色在同一时间的变幻,第五句写襟怀的激荡,第六句写视野的开阔。虽然科考失利,但当时诗人毕竟还年轻,对未来依然充满信心。末联神游绝顶,既突出了岱岳迥出群峰的高峻,也显示了诗人奋发昂扬的胸怀。此诗中间两联皆对,类似五律,但平仄不谐,还是一首古诗。全诗仅四十字,然体势雄浑,意境壮阔,有尺幅千里之势。清浦起龙编撰《读杜心解》,最推崇此诗,谓"杜子心胸气魄,于斯可观。取为压卷,屹然作镇"。历代登临吟咏泰山的诗不计其数,但始终推此诗为"绝唱"。后人刻为诗碑,与泰岳同在,相映生辉。

房兵曹胡马①

胡马大宛名②,锋棱瘦骨成③。竹批双耳峻④,风入四蹄轻⑤。所向无空阔⑥,真堪托死生。骁腾有如此,万里可横行。

注释

① 兵曹:兵曹参军的省称,唐代各卫、府、州中掌管兵事的官员。房兵曹:生平不详。胡:指西域。
② "胡马"句:大宛,汉代西域国名,在今乌兹别克斯坦国境内。这句说西域的马匹以大宛国的(汗血)马最为著名。
③ 锋棱:锋利的棱角。
④ "竹批"句:竹批,形容马耳如竹尖。贾思勰《齐民要术》:"马耳欲小而锐,状如斩竹筒。"批,削。峻,尖利。
⑤ "风入"句:即足下生风、足不踏地之意。
⑥ "所向"句:空阔,空旷阔大。这句说大宛马善长奔走,所向之处,没有地域的限制。

解读

这是一首咏物言志诗,约作于开元二十八、九年间(740—741),当时诗人正在东都洛阳。杜甫对马始终怀有特殊的感情,咏马诗尤多。在他的心中,在他的笔下,马不是普通的动物,而是与人

竹批双耳峻,风入四蹄轻

息息相关的朋友,更是一种人格的象征。此诗以雄骏之语,发腾跃之思,前半首论骨相,后半首涉及性情,传神写意,自寓怀抱,堪称自我写照。杜甫品马,特别重视"锋棱瘦骨"的神骏之姿,他后来还写过一首咏胡马的诗:"头上锐耳批秋竹,脚下高蹄削寒玉。始知神龙别有种,不比俗马空多肉。"(《李鄠县丈人胡马行》)可与此诗参看。领联上句写耳如竹批,遣词奇峭,下句写四蹄风轻,造句清隽。颈联更赋马以血气,空阔足以横行,生死真堪相托,赞颂马德,至此而极。《杜诗详注》引前人评语:"此四十字中,其种其相,其才其德,无所不备,而形容痛快,凡笔望一字不可得。"(张綖语)"前辈言咏物诗,戒粘皮着骨。公此诗,前言胡马骨相之异,后言其骁腾无比,而词语矫健豪纵,飞行万里之势,如在目中,所谓索之骊黄牝牡之外者。区区模写体贴,以为咏物者,何足语此!"(赵汸语)

画　鹰

素练风霜起①,苍鹰画作殊②。㧐身思狡兔③,侧目似愁胡④。绦镟光堪摘⑤,轩楹势可呼⑥。何当击凡鸟,毛血洒平芜⑦。

注释

① "素练"句：素练，画鹰的白绢。言鹰之威猛，如挟风霜而起。

② "苍鹰"句：言苍鹰画中作势，不同凡俗。

③ "㧐身"句：㧐，古"竦"字。㧐身，即竦身，耸身。这句说苍鹰纵身跃起，想捕获狡兔。

④ "侧目"句：《史记·酷吏列传》："是时民朴，畏罪自重，而(郅)都独先严酷，致行法不避贵戚，列侯宗室见都侧目而视，号曰'苍鹰'。"侧目，斜视。魏玄《鹰赋》："立如植木，望似愁胡。"愁胡，神态发愁的胡人。似愁胡，形容鹰的眼睛色碧而锐利。因胡人(指西域人)碧眼，故以为喻。以上二句写苍鹰的形态。

⑤ "绦镟"句：绦，指系鹰的丝绳。镟，转轴，绦即系在镟上。光，光彩，神采。这句说苍鹰的神采，能够解除系住它的丝绳和转轴。

⑥ "轩楹"句：轩楹，堂前的廊柱，指悬挂这幅画的地方。这句说苍鹰气势不凡，可以从画中呼之而出。《杜诗详注》："势可呼，谓呼之使猎。"以上二句写苍鹰的神态。

⑦ "何当"二句：何当，安得，怎能。平芜，草木丛生的原野。

解读

　　这是一首题画诗，约与《房兵曹胡马》作于同时。仇兆鳌说杜甫"每咏一物，必以全副精神入之，故老笔苍劲中，时见灵气飞舞"(《杜诗详注》)。此诗句句写鹰,又句句是画。起句渲染场景,与"缟素漠漠开风沙"(《丹青引赠曹将军霸》)意同,虽未写鹰,但已摄画鹰之神。颔联"㧐身"、"侧目",描写苍鹰的神态,极为生动。颈联继以"光堪摘"、"势可呼"二句,又可见此乃画鹰而非真鹰。而解除对苍鹰的束缚、从画中呼之而出,正是为了实现下面"何当"二句的愿望。张上若说:"天下事皆庸人误之,未有深意。"(《杜诗详注》引)所谓"深意",即疾恶如仇之意。诗人以凡鸟影指误国殃民的庸官庸人,表现出"必若救疮痍,先应去昏庸"的心愿。而在苍鹰势挟风霜的形象中,又可看到一个青年才俊轩昂磊落的身影。清浦起龙评此诗:"'㧐身'、'侧目',此以真鹰拟画,又是贴身写。'堪摘'、'可呼',此从画鹰见真,又是饰色写。结则竟以真鹰气概期之,乘风思奋之心,疾恶如仇之志,一齐揭出。"(《读杜心解》)

夜宴左氏庄

风林纤月落①,衣露静琴张。暗水流花径,春星带草堂②。检书烧烛短③,看剑引杯长④。诗罢闻吴咏⑤,扁舟意不忘⑥。

注释

① 纤月:未弦之月,月牙。
② 带:映带。
③ "检书"句:左氏庄似乎有不少藏书,因翻检费时,故有烧烛短暂的感觉。
④ "看剑"句:因看剑激起酒兴,故杯中倒满了酒。长,深长,这里是盛满的意思。
⑤ 吴咏:用江南的吴音吟唱。杜甫曾漫游吴越,如今听到吴歌,回想往事。
⑥ "扁舟"句:扁舟,小舟。《史记》载:春秋时越国大夫范蠡功成名就后,乘扁舟,游五湖。这里说自己也不忘在江湖漫游的心愿。

解读

古人为杜诗编年,将此诗放在《过宋员外之问旧庄》之后,宋氏庄在河南偃师,杜甫过宋氏庄在开元二十九年(741),那么左氏庄可能在河南,诗也作于此时。此诗写夜宴时所感受的良辰美景、赏心乐事,寄兴闲逸,状景纤悉。首联月落露浓,静琴始张,写入夜方饮的情景。颔联水暗星低,是夜宴之景。前人写夜景,都喜欢围绕月色展开,既容易写,也比较取巧。颔联写的是无月的夜景。上句妙在一个"暗"字,因无月色,故花径昏暗,因看不清楚,故感觉有水声从中传出。下句妙在一个"带"字,月明星稀,星月不同辉,因无月色,故能看到星光的映带。"春星带草堂",传为佳句。颈联检书看剑,是夜宴之事。明胡应麟道:"五律仄起高古者,唯杜为胜……然律以盛唐,则气骨有余,风韵稍乏。唯'风林纤月落,衣露静琴张'、'花隐掖垣暮,啾啾栖鸟过',尤为工绝,此则盛唐所无也。"(《诗薮》)《杜诗详注》引顾宸语:"一章之中,鼓琴看剑,检书赋诗,乐事皆具。而林风初月,夜露春星,及暗水花径,草堂扁舟,时地景物,重叠铺叙,却浑然不见痕迹。而其逐联递接,八句总如一句,俱从'夜宴'二字摹写尽情。"前人说杜甫此类诗,气骨有余,且不乏风韵,虽迹近王维、孟浩然一派,实则独步盛唐诗坛。

饮中八仙歌

知章骑马似乘船,眼花落井水底眠①。汝阳三斗始朝天,道逢麹车口流涎,恨不移封向酒泉②。左相日兴费万钱,饮如长鲸吸百川,衔杯乐圣称避贤③。宗之潇洒美少年,举觞白眼望青天,皎如玉树临风前④。苏晋长斋绣佛前,醉中往往爱逃禅⑤。李白一斗诗百篇,长安市上酒家眠。天子呼来不上船,自称臣是酒中仙⑥。张旭三杯草圣传,脱帽露顶王公前,挥毫落纸如云烟⑦。焦遂五斗方卓然,高谈雄辩惊四筵⑧。

注释

① "知章"二句:知章,贺知章,字季真,晚年自号四明狂客,诗人。李白《对酒忆贺监》:"四明有狂客,风流贺季真。长安一相见,呼我谪仙人。"这两句写他的醉态,骑在马上,摇摇晃晃,醉眼昏花,掉落井底,还能安睡。

② "汝阳"三句:汝阳,李琎,唐玄宗长兄让皇帝李宪之子,封汝阳王。朝天,朝见天子。麴车,酒车。移封,改换封地。酒泉,郡名,在今甘肃酒泉。旧说郡城下有金泉,泉味如酒,故名酒泉。

③ "左相"三句:左相,李适之,曾为左丞相,遭李林甫排挤,罢相。长鲸吸百川,古人认为鲸鱼能吸百川之水,这里借喻李适之酒量之大。衔杯,口含酒杯,贪酒。圣,指酒。三国徐邈喝醉后,"谓酒清者为圣人,酒浊者为贤人"。李适之罢相后,曾作诗:"避贤初罢相,乐圣且衔杯。为问门前客,今朝几个来?"(《罢相作》)

④ "宗之"三句:宗之,崔宗之,吏部尚书崔日用之子,袭封齐国公。觞,大酒杯。白眼,西晋阮籍能作青白眼,以青眼表示对人尊重,白眼表示对人轻视。玉树临风,崔宗之风姿秀美,这里形容其醉后摇曳之态。

⑤"苏晋"二句:苏晋,童年以颖悟知名,历任户、吏二部侍郎。长斋,长期斋戒。中国民间称终年素食者为吃长斋。绣佛,用彩色丝线绣成的佛像。逃禅,不守佛门戒律。佛教"五戒",其中有"饮酒戒"。

⑥"李白"四句:李白,与杜甫齐名的大诗人。《新唐书·李白传》载:李白应诏至长安,唐玄宗在金銮殿召见他,赐与饮食,亲手为他搅拌羹汤,授翰林供奉。"白犹与饮徒醉于市。帝坐沉香亭子,欲得白为乐章,召入,而白已醉,左右以水颒面,稍解,援笔成文,婉丽精切。"范传正《李白新墓碑》载:玄宗在白莲地坐船游玩,兴之所至,召见李白,让他写一篇序文。这时李白已在翰林院喝醉了,只得命高力士扶他上船。

⑦"张旭"二句:张旭,诗人、书法家。嗜酒,每当大醉之时,呼叫狂走,取笔挥洒,变化无穷,如有神助。有时将头发蘸墨汁书写,被人称作"张颠"。以草书著名,誉为"草圣",与李白诗歌,裴旻剑舞,世称"三绝"。

⑧"焦遂"二句:焦遂,布衣。据袁郊《甘泽谣》,开元间与陶岘、孟云卿等人,一起游山玩水。四筵,四座。

解读

在外游荡八、九年后,杜甫于天宝五年(746)回到长安,此诗约作于此时。据唐范传正《李公新墓碑》:"公(李白)及贺监、汝阳王、崔宗之、裴周南等八人为酒中八仙,朝列赋谪仙歌百余首。"但此诗并无裴周南,或许关于"八仙",另有不同的说法。

《唐宋诗醇》引李因笃语:"无首无尾,章法突兀妙是,叙述不涉议论,而八人身份自现,风雅中司马太史也。"《杜诗镜铨》引李子德语:"似颂似赞,只一二语,可得其人生平。"此诗语言生动风趣,描述栩栩如生,传神写照,成为一首别具特色的"肖像诗"。诗中既表现了各自独特的醉态、醉趣,也体现了盛唐时代文人学士共有的豪放不羁的精神风貌。八仙联袂而至,主次分明,所写或短或长,错落有致。特别是写李白超迈绝伦、飞扬跋扈的才性,十分传神。此诗结构别开生面,前不用起,后不用收,中间参差历落,似接非接,似闪非闪,分开似为八章,合之仍为一篇。如晴空浮云,卷舒自如,极行文之乐事。读此诗,不但能感受到浓郁的酒气,还能感受到飘逸的仙气。此诗句句押韵,一韵到底,却多一韵二用者(如"眠"字,"天"字,"船"字),甚至有三用者(如"前"字)。但因此诗分咏八人,各成一章,行文又如珠落玉盘,流利浏亮,故读之浑然不觉。

奉赠韦左丞丈二十二韵①

纨袴不饿死,儒冠多误身②。丈人试静听,贱子请具陈③。甫昔少年日,早充观国宾④。读书破万卷,下笔如有神。赋料扬雄敌⑤,诗看子建亲⑥。李邕

骑驴十三载，旅食京华春

求识面⑦，王翰愿卜邻⑧。自谓颇挺出，立登要路津⑨。致君尧舜上⑩，再使风俗淳。此意竟萧条，行歌非隐沦⑪。骑驴十三载，旅食京华春⑫。朝扣富儿门，暮随肥马尘。残杯与冷炙，到处潜悲辛。主上顷见征，欻然欲求伸⑬。青冥却垂翅，蹭蹬无纵鳞⑭。甚愧丈人厚，甚知丈人真。每于百僚上，猥诵佳句新⑮。窃效贡公喜⑯，难甘原宪贫⑰。焉能心怏怏，只是走踆踆⑱。今欲东入海，即将西去秦⑲。尚怜终南山，回首清渭滨⑳。常拟报一饭㉑，况怀辞大臣。白鸥没浩荡，万里谁能驯㉒？

注释

① 韦左丞：韦济，当时任尚书左丞，与祖、父三代皆为唐朝大臣。

② "纨袴"二句："纨袴"、"儒冠"都是以物代人。"纨袴"指富家子弟，饱食终日，无所用心。"儒冠"指儒生，胸怀大志却找不到出路。

③ 丈人：对长辈的尊称，指韦济。贱子：杜甫自称。具陈：详细陈述。

④ "甫昔"二句：开元二十三年(735)，杜甫二十四岁，经州县选拔，以乡贡赴东都洛阳参加进士考试。观国宾，参观国都的宾客。当时他还年轻，故说"早充"。"充"，充当。

⑤扬雄:字子云,西汉著名辞赋家。料:估计。敌:匹敌。

⑥子建:曹植,字子建,曹操子,三国时著名文学家。看:认为。亲:接近。

⑦"李邕"句:李邕,文学家、书法家,曾任北海郡太守。杜甫早年在洛阳时,李邕认为他是奇才,曾主动去见他。

⑧"王翰"句:王翰,诗人。卜邻,选择邻居,愿为邻居。

⑨"立登"句:立登,马上就会得到重用。要路津,比喻重要的职位。津,渡口。

⑩"致君"句:(如果自己得到重用的话),会辅佐君王,超过上古圣君尧、舜的业绩。

⑪"行歌"句:说自己虽然行歌(边走边歌)于路,类似隐士,但实际上并不是这种逃避现实的人。隐沦,隐居的人。

⑫"骑驴"二句:十三载,从开元二十三年杜甫参加进士考试,到天宝六年(747),正好十三载。旅食,客居寄食。京华,京城。

⑬"主上"二句:天宝六年,唐玄宗下诏,让天下有一技之长的人到京城应试,从中选拔人才。杜甫参加了这次应试。顷,不久前。见征,被征召。见,语助词,表示被动,相当于"被"。歘然,忽然。欲求伸,希望实现致君尧舜的心愿。

⑭"青冥"二句:当时宰相李林甫忌贤害能,下令让应试的人全都落选,还上表称贺,说"野无遗贤"。上句说飞鸟折翅从空中坠落,下句说游鱼被困不能无拘无束地远行,比喻理想不能实现。蹭蹬,道路险阻难行,形容困顿、失意。

15

⑮ "每于"二句：猥，古人表示客气的用字，如同"承蒙"。这二句感谢韦济的奖掖推荐，在百官面前吟诵自己新诗中的佳句。

⑯ "窃效"句：《前汉书·王吉传》载：王吉与贡禹为友，世称"王阳在位，贡公弹冠"，说他们取舍一致。西汉贡禹听到朋友王吉位居显要，十分高兴，弹冠相庆，因为他相信王吉一定会推荐自己。杜甫在这里以王吉比韦济，以贡禹自比，期待韦济也能让自己出头。

⑰ "难甘"句：难甘，难以甘心忍受。原宪，孔子弟子，一生安贫乐道。

⑱ "焉能"二句：怏怏，心中不平。踆踆(cūn cūn)，形容走路时且进且退的样子。

⑲ "今欲"二句：东入海，言入海避世隐居。《论语·公冶长》："子曰：'道不行，乘桴浮于海。（如果大道不能在天下推行，就乘坐竹筏到海上游荡。）'"秦，长安所在的关中地区，古时属秦国，这里借指长安。

⑳ "尚怜"二句：终南山，又名太乙山，主峰太白山，位于秦岭山脉中段。渭水，黄河的最大支流，流经陕西关中平原。二者都在长安附近。怜，怜爱。因心有不舍，故频频回首。

㉑ 报一饭：古人有"一饭之恩必报"之说。

㉒ "白鸥"二句，没浩荡，投身于浩荡的烟波之间。没，隐藏，沉没。下句言展翅飞行万里，还有谁能约束自己？

解读

　　天宝六年(747)，唐玄宗命通一艺以上之士赴京师考试，杜甫应诏入京。因李林甫忌贤害能，故意刁难，结果无人及第。从诗中"主上顷见征"、"青冥却垂翅"等句看，这首诗当作于天宝七年。此时诗人已值中年，困守长安，贫苦潦倒，回想年少时的满怀豪情，不禁感慨万千，于是通过这首诗，将心中抑郁愤懑，一泻而出。明王嗣奭《杜臆》说"此诗全篇陈情……直抒胸臆，如写尺牍，而纵横转折，感愤悲壮，缱绻踌躇，曲尽其妙……末段愤激语，纡回婉转，无限深情"。"儒冠多误身"是通篇立意之主。自"甫昔少年日"至"再使风俗淳"，所说是生平抱负，儒冠事业；自"此意竟萧条"至"蹭蹬无纵鳞"，则说坎坷不遇，误身如此。诗人通过自身与纨袴的对比、往日与当今的对比，将现实与理想的矛盾、决绝与追求的矛盾，尽情托出。尽管环境逼人，欲留而不能留，但诗中仍流露出"迟迟我行"之意，欲去而不忍去，从中显示诗人不甘就此沉沦的心情。"致君尧舜上，再使风俗淳"，已深深植入诗人的心中，成了他终身的追求。"白鸥没浩荡，万里谁能驯"，前人都说此诗结句高绝，意在言外，苍莽无端，有"篇终接混茫"的意境。关于最后二句，宋代还有一段笔墨官司。苏轼说："杜子美云：'白鸥没浩荡，万里谁能驯？'盖灭于烟波间耳。而宋敏求谓予云：'鸥不解没，改作"波"字。'……觉一篇神气索然也。"(《东坡志林》)而南宋王楙则提出相反的看法："仆谓善为诗者，但形容浑涵气象，初不露圭角。玩味'白鸥波浩荡'之语，有以见沧浪不尽之意，且沧浪之中，见一白鸥，其浩荡之意可想，又

何待言其出没邪？改此一字(改"波"为"没"字)，反觉意局，更与识者参之。"《野客丛书》

高都护骢马行

安西部护胡青骢①，声价欻然来向东②。此马临阵久无敌③，与人一心成大功。功成惠养随所致④，飘飘远自流沙至⑤。雄姿未受伏枥恩⑥，猛气犹思战场利。腕促蹄高如踣铁⑦，交河几蹴曾冰裂⑧。五花散作云满身⑨，万里方看汗流血⑩。长安壮儿不敢骑，走过掣电倾城知⑪。青丝络头为君老，何由却出横门道⑫？

注释

① "安西"句：安西都护，指高仙芝，高句丽人。天宝六年，以安西副都护率兵出征西域。唐贞观间置安西都护府于西州，显庆间移治龟兹国城。都护，驻守西域地区的最高长官。《魏书·吐谷浑传》："吐谷浑尝得波斯草马，放入(青)海，因生骢驹，能日行千里，世传青海骢者是也。"骢，毛色青白相杂

的马。

② 欻:忽,形容快速。

③ 临阵:来到战场。

④ 惠养:加恩抚养。随所致:随主人去哪里。

⑤ 流沙:指西北沙漠地区。

⑥ 伏枥:枥,马槽。言马伏在槽上,指受人驯养。

⑦ 蹜(bó)铁:言马蹄坚硬,踏地如铁。

⑧ "交河"句:交河,古时交河源出交河故城(位于今新疆吐鲁番西)北天山,从城下分流而过。几蹴(cù),几次踩踏。曾,通"层",层叠。东方朔《神异记》:北方有层冰万里,厚百丈。这句说即使像交河那样厚的冰层,也在马的几度蹴踏下破裂。

⑨ "五花"句:形容马的毛色,如同满身遍布五彩的云霞。

⑩ "万里"句:古代历史记载中的西域名马,产于今土库曼斯坦国。汗血宝马的皮肤较薄,奔跑时,血液在血管中流动容易被看到,对于枣红色或栗色毛的马,出汗后局部颜色会显得更加鲜艳,给人以流血的错觉,因此被称为汗血马。这句说只有奔走万里,才能看到马汗流如血的雄姿。

⑪ "走过"句:掣电,闪电。倾城,全城,满城。这句说长安满城人都知道马奔走迅疾如电。

⑫ "青丝"二句:汉乐府《陌上桑》:"青丝缠马尾,黄金络马头。"横门,唐代长安城北西起第一门,由此通向西域的大道。《三辅黄图》:"长安城北,出西头第一门,曰横门,其外有桥,曰横桥。"程大昌《雍录》:"自横门渡渭而西,即是趋西域之路。"这

二句说马不愿在功成名就后安逸地老去，仍想奔赴西域的战场。

解读

前人说杜甫咏马诗，世人只是漫不经心地诵读，而不知各篇意象别出，首首有相题立论之妙。此诗约作于唐玄宗天宝九年（750）。清何焯解作诗背景，道："（天宝）九载，（高仙芝）讨石国，平之，获其王。入朝，除武威太守、河西节度使，代安思顺。思顺讽群胡嫠面割耳请留；制（制诰，诏令）复留思顺，以仙芝为古羽林大将军。公诗盖作于此时，惜其屡立大功，而终老于环卫也。"（《义门读书记》）诗中写青骢的出身、经历、雄姿、猛气、志向、委屈，句句赞马，又句句为英雄写照。"与人一心成大功"，即"真堪托死生"（《房兵曹胡马》）之意。下面猛气思战场，万里看流血，壮儿不敢骑，却出横门道，都是表达这个主题。诗中写马的形态，雄骏绝伦；写马的志趣，真挚感人；写马的遭遇，体贴入微。行文语语迅快，淋漓酣畅，如疾风之卷长云。王士禛认为"无一句不精悍"（杨伦《杜诗镜铨》引）。结语戛然而止，有悠扬不尽之妙。王嗣奭道："此赞马德，亦以'与人一心成大功'尽之。用人亦然，非独马也。至于'长安壮儿不敢骑'，与'青丝络头为君老'，尤极致意。此'为君'与前'一心'相照，盖唯豪杰能用豪杰，徒爱之养之而不能用之，虽豪杰何以自见乎？骐骥伏枥，空负千里之志矣。"（《杜臆》）唐代韩愈说马，有一段名言："世有伯乐，然后有千里马。千里马常有，而伯乐不常有。故虽有名马，只辱于奴隶人之手,骈死于槽枥之间,不以千里称也。"(《杂说四》)所表达的是同一意思。当时诗人正处于怀才不遇、困顿坎坷之际,因此在这首诗中,也寄寓了自身的感慨和愿望。

乐游园歌

晦日贺兰杨长史筵醉歌①

乐游古园崒森爽②,烟绵碧草萋萋长③。公子华筵势最高④,秦川对酒平如掌⑤。长生木瓢示真率⑥,更调鞍马狂欢赏⑦。青春波浪芙蓉园⑧,白日雷霆夹城仗⑨。阊阖晴开昳荡荡⑩,曲江翠幕排银榜⑪。拂水低徊舞袖翻,缘云清切歌声上⑫。却忆年年人醉时⑬,只今未醉已先悲。数茎白发那抛得,百罚深杯亦不辞⑭。圣朝亦知贱士丑,一物自荷皇天慈⑮。此身饮罢无归处,独立苍茫自咏诗。

注释

① 乐游园:即乐游原,汉宣帝时建,始称乐游苑,在长安东南。唐代每逢三月上巳、九月重阳,士女都会来此游赏,登高赋

诗。晦日:每月最后一天,这里指正月晦日,为唐代中和节。德宗时改,以二月朔日(每月初一)为中和节。

② 崒:形容山高峻。森爽:既茂盛(树木),又开豁(山林)。

③ 绵:延绵,笼罩。

④ "公子"句:公子指设筵的主人杨长史。势,地势。言酒筵摆在乐游园地势最高的地方,因而也是眼界最宽的地方。

⑤ "秦川"句:秦川,水名,一名樊川,从秦岭流出。这里指长安周围的平原。因地势最高,故视野最宽,俯视四野,宛若平掌。

⑥ "长生"句:《西京杂记》载:上林苑有长生树。这句说主人用长生木做的酒瓢盛酒,祝客长寿,表明他的真诚率直。

⑦ "更调"句:言酒后又让宾客乘马游赏。调,可作两种解释:一是训练、调教,一是挑逗、戏弄。调马,即戏马。

⑧ 芙蓉园:在乐游园西南,中有芙蓉池。

⑨ "白日"句:《两京新记》:开元二十年,自大明宫筑夹城通芙蓉园和曲江。仗,仪仗。白日雷霆,形容仪仗队的声势。

⑩ 阊阖:天门,这里指宫殿门。呋(dié)荡荡:形容开阔清明的样子。

⑪ "曲江"句:曲江在长安朱雀街东,乐游园西南,有流水屈曲,故名曲江,又名曲江池。此地在秦代为宜春苑,在汉代为乐游园。唐玄宗开元间经过一番疏通开发,成为长安胜境。翠幕,游宴时搭建的翠绿色的帐幕。排,推倒,冲击。银牓,又作"银榜",宫殿门端悬挂的华丽匾额。排银牓,言翠幕众

多,势压银牓。以上二句写皇室、百官从宫中前往曲江的声势。

⑫ "拂水"二句:写皇室在芙蓉园和曲江的狂欢情景,上句写舞,下句写歌。"缘云"句形容歌声嘹亮,沿着云层直上青天。

⑬ 年年:犹往年。

⑭ 百罚:多次罚酒。深杯:满杯。

⑮ "圣朝"二句:贱士,杜甫自称。《论语·泰伯》:"邦有道,贫且贱焉,耻也!"上句暗用此意。言当此圣朝,而身处贫贱,岂不羞耻,由此明白自己的丑陋无能了。卢元昌道:"当此春和,一草一木,皆荷皇天之慈,忻忻然有以自乐,独我贱士,见丑圣朝……夫岂皇天悯覆、终遗贱士乎?"(《杜诗阐》)魏耕原认为"自"有却、反而、表示转折的意思。"这两句全从己言,'一物'应指杜甫,'自荷'则为却荷。两句是说:圣朝虽知我为贱士而贫丑,但我却仍然受到皇天的恩慈……这种皮里阳秋的话,用意曲折,用来发牢骚很为得体,也可见出杜甫抑扬顿挫之风格。"(《杜诗"自"之殊义误解》)

解读

此诗约作于天宝十年(751)杜甫居长安之时。虽为宴游而作,其实意不在此,所写杨长史设宴,仅"公子"以下四句,而且还是最不经意的四句。"青春波浪"六句,将视野移向远处景象,虽未明言,但所写显然是玄宗一行游幸曲江、芙蓉园的情景。浦起龙道:"'青春'六句,一气读。虽纪游,实感事也。

是时诸杨专宠,宫禁荡轶,舆马填塞,幄幕云布,读此如目击矣。"(《读杜心解》)这本是当时人所乐道的盛况,但诗中既无赞颂,也无歆羡,隐含对世事的忧虑,可见《丽人行》的雏形。叶燮看到:"集中《乐游园》七古一篇,时甫年才三十余。当开、宝盛时,使今人为此,必铺陈飏颂,藻丽雕缋,无所不极。身在少年场中,功名事业,来日未苦短也,何有乎身世之感?乃甫此诗,前半即景事无多排场,忽转'年年人醉'一段,悲白发,荷皇天,而终之以'独立苍茫',此其胸襟之所寄托何如也!"(《原诗》)同样为宴后有感而作,王羲之《兰亭集序》,所感只是"情随事迁,向之所欣,俯仰之间,已为陈迹"。而此诗不胜身世之感、家国之忧,内涵远较王序深刻。结句境真语痛,感慨系之。曲终人散,不知归处,透露出诗人对前途的迷茫;独立苍茫,自咏其诗,有世人皆醉、唯我独醒的悲凉,更有"念天地之悠悠,独怆然而涕下"的悲怆。

兵车行

车辚辚,马萧萧①,行人弓箭各在腰②。耶娘妻子走相送③,尘埃不见咸阳桥④。牵衣顿足拦道哭,哭声直上干云霄。道傍过者问行人⑤,行人但云点行频⑥。或从十五北防河⑦，便至四十西营田⑧。去时里正与裹头⑨，归来头白还戍边。边亭流血成海水，武皇开边意未已⑩。君不闻汉家山东二百州⑪，千村万落生荆杞。纵有健妇把锄犁，禾生陇亩无东西⑫。况复秦兵耐苦战⑬，被驱不异犬与鸡⑭。长者虽有问，役夫敢申恨⑮？且如今年冬，未休关西卒⑯。县官急索租⑰，租税从何出？信知生男恶，反是生女好。生女犹得嫁比邻⑱，生男埋没随百草。君不见青海头⑲，古来白骨无人收。新鬼烦冤旧鬼哭，天阴雨湿声啾啾⑳。

注释

① 辚辚：车轮声。萧萧：马鸣声。

② 行人：行役之人，指准备出发的士兵。

③ 耶：同"爷"。走：奔走。

④ 咸阳桥：汉武帝造，原名便桥，在咸阳县西南十里，横跨渭水。

⑤ 过者：过路的人，杜甫自称。

⑥ "行人"句：但云，只说。点行，按名册强行征召入伍。"但云"以下为行人的答话，即下面的防河、营田、戍边等，所以说点行频繁。

⑦ "或从"句：或，有的（人）。防河，开元十五年，因吐蕃侵扰黄

河以西地区,下诏征集陇右、关中、朔方诸军集聚临洮、会州防守。

⑧ 营田:古时推行屯田制,军队无事种田,有事作战。"营田"也是为了防备吐蕃。

⑨ "去时"句:唐制,每百户为一里,设里正,负责管理户口、检查农事、判断邻里纠纷、催纳赋税徭役等。裹头,古时以皂罗(黑绸)三尺裹头,名头巾。新兵因为年纪小,所以要里正给他裹头。

⑩ "武皇"句:武皇:汉武帝刘彻。因在穷兵黩武上有相似之处,唐人常以汉武帝借指唐玄宗。开边,用武力开拓边疆。

⑪ "君不闻"句:汉家,代指唐王朝。山东,阎若璩言:此谓华山以东,不指泰山之东,亦不指太行之东。秦时,河山以东,强国六,皆山东地。

⑫ "纵有"二句:因丈夫远征,农事便只能由健壮的妇女承担,但妇女毕竟不擅长农事,因此田地被耕得杂乱不堪,阡陌分不清东西南北。

⑬ 秦兵:指关中士兵。

⑭ "被驱"句:因秦兵能承受苦战,于是更急迫地将他们驱赶到战场,对待他们如同鸡犬。

⑮ "长者"二句:长者,指杜甫。对征人而言,无论年龄、地位,他都是"长者"。敢,岂敢。这二句是征人的反诘语,用岂敢诉说心中的冤愤,表现敢怒而不敢言的情状。

⑯ "未休"句:休,停止、歇息。关西,指函谷关以西的地区。因

和吐蕃的战争还未结束，所以关西士卒还不能罢遣还家。
⑰县官：指国家、朝廷。
⑱比邻：近邻。
⑲青海头：青海湖边。唐代这里是和吐蕃进行战争的要地。
⑳啾啾：如同"唧唧"，呜咽之声。

解读

也许因为诗中有"青海头"三字，王嗣奭《杜臆》、仇兆鳌《杜诗详注》、沈德潜《唐诗别裁集》都说此诗为唐玄宗用兵吐蕃、民苦行役而作。《钱（谦益）注杜诗》则认为是为征伐南诏而作。当以钱说为是。《通鉴》卷二百一十六："天宝十载四月，鲜于仲通讨南诏，将兵八万，至西洱河，大败，死者六万人。制大募两京（长安、洛阳）及河南、北兵以击南诏。人闻云南多瘴疠，未战，士卒死者十八九，莫肯应募。杨国忠遣御史分道捕人，连枷送诣军所。于是行者愁怨，父母妻子送之，所在哭声振野。"李白曾写当时景象："渡泸及五月，将赴云南征。怯卒非壮士，南方难远行。长号别严亲，日月惨光晶。泪尽继以血，心摧两无声。"（《古风》）这首诗也为此而作，描述更加具体，情景更加凄惨，抨击更加激烈，批判更加深刻。这是一首乐府诗，但只是保留了古乐府常有的"行"字，没有沿用以往描写征战常用的《从军行》之类乐府旧题，而是自创新题，另铸伟词。宋蔡启叹道："齐梁以来，文士喜为乐府词，往往失其命题本意……虽李太白亦不免此。唯老杜《兵车行》《悲青坂》《无

27

家别》等篇，皆因时事，自出己意立题，略不更蹈前人陈迹，真豪杰也！"（《蔡宽夫诗话》）浦起龙认为"是为乐府创体，实乃乐府正宗。"（《读杜心解》）杜甫的乐府诗，开中唐新乐府运动的先声，对后世有深远的影响。清乾隆间御定的《唐宋诗醇》评此诗："此体创自老杜，讽刺时事而托为征夫问答之词。言之者无罪，闻之者足以为戒，《小雅》遗音也。篇首写得行色匆匆，笔势汹涌，如风潮骤至，不可逼视。以下出点行之频，出开边之非，然后正说时事，末以惨语结之。词意沉郁，音节悲壮，此天地商声，不可强为也。"诗中开篇即写咸阳桥旁痛不欲生的惨状，笔势如风起云涌；后叙征夫对诗人如泣如诉的陈说，逐层相接，累累如贯珠。中间有反衬（如"纵有健妇"二句），有永诀（如"古来白骨"句），有悲痛欲绝语（如"生女犹得"二句），有无可奈何语（如"长者虽有问，役夫敢申恨"二句）。"虽"字、"敢"字，写征夫的无奈、无助，曲尽情事。全诗以人哭始，鬼哭终，照应在有意无意之间。一篇微旨，在"武皇开边意未已"句。为徼边功，致使举国凋敝，民不聊生，农桑荒废，赋敛苛急，不必等到安禄山反叛，中原已现土崩瓦解之势。唐代由盛转衰，根源即在于此。清施补华说："'行人但云点行频'、'去时里正与裹头'、'纵有健妇把锄犁'，合之五古《新婚别》《无家别》《垂老别》《石壕吏》诸诗，见唐世府兵之弊，家家抽丁远戍，烟户一空，少陵所以为诗史也。"（《岘佣说诗》）

同诸公登慈恩寺塔

时高适、薛据先有作①

高标跨苍穹②,烈风无时休。自非旷士怀③,登兹翻百忧④。方知象教力,足可追冥搜⑤。仰穿龙蛇窟,始出枝撑幽⑥。七星在北户,河汉声西流⑦。羲和鞭白日⑧,少昊行清秋⑨。秦山忽破碎⑩,泾渭不可求⑪。俯视但一气,焉能辨皇州⑫?回首叫虞舜,苍梧云正愁⑬。惜哉瑶池饮,日晏昆仑丘⑭。黄鹄去不息,哀鸣何所投⑮?君看随阳雁,各有稻粱谋⑯。

注释

① 慈恩寺塔:唐太宗贞观二十一年(647),太子李治为纪念其母文德皇后所建。高宗永徽三年(652),玄奘法师在寺中建塔,即慈恩寺塔,又名大雁塔。寺塔位于今陕西西安东南。同:即和。此诗是在高适、薛据作诗后的唱和之作。诸公:指高适、薛据、岑参、储光羲,都有登塔的诗(薛据诗已失传)。

② "高标"句:高标,高耸特立之物,此指慈恩寺塔。因觉塔高出天,所以用"跨"字。

③ 旷士:旷达之士。

④ 兹:此。翻:反而。

⑤"方知"二句:佛祖释迦牟尼说法时常用形象教人,故佛教又称象教。此塔是佛徒所建,因而说"象教力"。冥搜,犹探幽。下句言足以追攀冥搜。

⑥"仰穿"二句:龙蛇窟,形容塔内磴道的曲折。枝撑,指塔中交叉的支柱。

⑦"七星"二句:七星,北斗七星。北户,北面的窗户。河汉,银河。这二句是想象之词,其实白天看不到七星,更听不到河汉的声音。以上四句是仰观于天,极力形容塔之高。

⑧羲和:古代神话中为太阳驾车的神。鞭白日:用鞭催赶日车(太阳所乘的六龙驾驭的车)。

⑨少昊:西方秋帝,又名白帝。

⑩"秦山"句:秦山指终南诸山,登高望去,大小错杂,支离破碎。

⑪"泾渭"句:渭河是黄河的支流,泾河又是渭河的支流,泾水清,渭水浊。泾水、渭水交汇处,呈现出一清一浊、互不相融的独特景观。但站在高处望去,就难辨清浊了。

⑫"俯视"二句:但,只是。一气,一片云气弥漫。皇州,京城。以上四句是俯视于地,同样极言塔之高。

⑬"回首"二句:虞舜,传说上古圣君,五帝之一。苍梧,在今广西梧州。相传舜征有苗,死于苍梧之野,葬于九疑山(在今湖南宁远境内)。这里借指唐太宗的昭陵。

⑭"惜哉"二句:传说周穆王登昆仑山,和西王母会见,在瑶池欢宴。这里借指唐玄宗与杨贵妃在骊山游宴,荒淫无度。

⑮"黄鹄"二句：古人言黄鹄飞翔，一举千里，比喻贤士。而贤士在当朝却遭到排挤，被迫远走他乡，但又能去哪里呢？

⑯"君看"二句：雁为候鸟，随气候迁徙，秋天由北往南，春天由南往北，故说"随阳"，此喻趋炎附势者。稻粱谋，谋取衣食，这里说一心只求谋利。

解读

天宝十一年(752)秋，杜甫同高适等人登慈恩寺塔，忧从心来，百感交集，将平日所思所感，与登塔所见所闻汇融，写了这首诗。作为登高望远之作，此诗不仅超迈雄旷，激昂霄汉，更有一番忧思感悟包涵其中。诗人看到了被歌舞升平掩盖的隐患、伴随着纷华的躁动，揭示了危机四伏的社会真相，在愤激的言辞背后，是对现实异乎寻常的清醒认识。清钱谦益释此诗："高标烈风，登兹百忧，岌岌乎有漂摇析崩之惧，正起兴也。泾渭不可求，长安不可辨，所以回首叫虞舜。苍梧云正愁，犹太白云'长安不见使人愁'也。唐人多以王母喻贵妃。瑶池日晏，言天下将乱，而宴乐不可以为常也。"(《钱注杜诗》)可谓忧深思远。开篇二句，气象壮阔，但又有悲凉衰飒之意。中间以比兴手法，写秦山破碎，泾渭不分，皇州难辨，隐然可见山河动荡、清浊不分、政局昏暗之意。最后八句，写登塔所感，与前"翻百忧"呼应。由于不便直言斥责，因此都用隐喻。"回首"二句思古，以虞舜苍梧比太宗昭陵，追念国初盛况；"惜哉"二句伤今，以王母瑶池比杨妃温泉，感叹当朝腐败。黄鹄哀鸣，比喻贤能之士纷纷远去，无处安

31

身;随阳之雁,比喻势利小人高居庙堂,营私牟利。仇兆鳌将此诗与同时诸公所作进行比较,道:"薛据诗已失传;岑、储两作,风秀熨帖,不愧名家;高达夫出之简净,品格亦自清坚。少陵则格法严整,气象峥嵘,音节悲壮,而俯仰高深之景,盱衡今古之识,感慨身世之怀,莫不曲尽篇中,真足压倒群贤,雄视千古矣。三家结语,未免拘束,致鲜后劲。杜于末幅,另开眼界,独辟思议,力量百倍于人。"(《杜诗详注》)

丽人行

三月三日天气新,长安水边多丽人①。态浓意远淑且真②,肌理细腻骨肉匀③。绣罗衣裳照暮春,蹙金孔雀银麒麟④。头上何所有?翠微匐叶垂鬓唇⑤。背后何所见?珠压腰衱稳称身⑥。就中云幕椒房亲,赐名大国虢与秦⑦。紫驼之峰出翠釜⑧,水精之盘行素鳞⑨。犀箸厌饫久未下⑩,鸾刀缕切空纷纶⑪。黄门飞鞚不动尘,御厨络绎送八珍⑫。箫鼓哀吟感鬼神,宾从杂遝实要津⑬。后来鞍马何逡巡,当轩下马入锦茵⑭。杨花雪落覆白蘋⑮,青鸟飞去衔红巾⑯。

炙手可热势绝伦⑰，慎莫近前丞相嗔⑱。

注释

① "三月三日"二句：古时以夏历三月的第一个巳日称为"上巳"。三月初三多逢巳日，古人定这天为上巳节，举行临水踏青、洗濯祓除的活动。唐开元年间，很多长安士女在这天去曲江游赏。

② "态浓"句：态浓，姿态浓艳。意远，神气高远。淑且真，端庄。这句描写神态之丽。

③ "肌理"句：肌理细腻，皮肤细嫩光滑。骨肉匀，不胖不瘦，体态匀称。这句描写体貌之丽。

④ "蹙金"句：蹙金，一种刺绣方法，用金线绣花而皱缩其线纹使其紧密而匀帖。也指这种刺绣工艺品。这句说衣裳用金银线绣着孔雀和麒麟。以上二句描写服饰之丽。

⑤ 翠微：翠，指翡翠。微，一本作"为"。匌(gē)叶：妇女的首饰。鬓唇：发鬓两边。

⑥ "珠压"句：袣(jié)，裙带。为了不让风掀起，在上面连缀着珍珠，压住它，这样就"稳称身"了。以上四句，描写全身的华丽。

⑦ "就中"二句：就中，其中。云幕，铺设的幕帐如同云霞一般美丽。椒房，汉代皇后居室，以椒和泥涂壁，取其温暖，辟除恶气，并象征多子。故后世用作皇后、妃子的代称。后妃亲属为椒房亲。《旧唐书·杨贵妃传》："太真有姊三人，皆有才

貌,并封国夫人,大姨封韩国,三姨封虢国,八姨封秦国,并承恩泽,出入宫掖,势倾天下。"

⑧ "紫驼"句:紫驼,赤栗色骆驼。驼峰,骆驼背上的肉峰,里面储藏大量脂肪,可作珍贵的菜肴。釜,古代的一种锅子。

⑨ "水精"句:水精,即水晶。用水晶盘盛白色的鱼。以上二句言食物之美。

⑩ "犀箸"句:犀箸,犀牛角作的筷子。厌饫,吃腻了。饫(yù),吃饱。久未下,言无法下筷,即眼前的食物都不中意。

⑪ "鸾刀"句:鸾刀,刀环上有铃的刀。缕切,言将食物切得细如线缕。空纷纶,言厨师白白忙乱了一阵。纷纶,忙乱。

⑫ "黄门"二句:黄门,指宦官。飞鞚,即飞马。鞚,马勒头。不动尘,没有扬起尘埃。八珍,宦官见菜肴不合杨氏姊妹之意,立即飞马回宫报信,于是天子御厨房里各种山珍海味络绎不绝地送来。以上四句极写杨氏姊妹的骄奢之状。

⑬ 杂遝(tà):杂乱众多。要津:原指重要的渡口,借指显要的地位,这里指杨国忠兄妹。

⑭ "后来"二句:后来鞍马,指丞相杨国忠。逡巡,原意为徘徊不前,这里有洋洋自得、旁若无人的意思。锦茵,锦缎做的地毯。

⑮ "杨花"句:旧说杨国忠与虢国夫人关系暧昧。《尔雅·释草》:"萍、蓱,其大者蘋。"《埤雅》:"世说杨花入水化为浮萍。"据此,杨花、萍和蘋虽为三物,实出一体,故以杨花覆蘋,影射杨国忠、虢国夫人兄妹苟且。又:北魏胡太后尝逼迫杨白花

私通,杨白花怕引祸上身,降奔梁朝,改名华。胡太后思念他,作《杨白花歌》,末句为"秋去春还双燕子,愿衔杨花入巢里"。这句诗暗用胡太后的故事。
⑯"青鸟"句:青鸟,西王母使者。衔红巾,传递消息。红巾,妇人用的红手帕。
⑰炙手可热:热可炙手,言势焰灼人。
⑱"慎莫"句:丞相,指杨国忠。嗔(chēn),发怒,生气。写杨国忠不想让游人发觉他和虢国夫人苟且之事,因此对那些靠近的人发火。

解读

《杜诗详注》引宋黄鹤注:"天宝十二载(753),杨国忠与虢国夫人邻居第,往来无期,或并辔入朝,不施障幕,道路为之掩目。冬,夫人从车驾幸华清宫,会于国忠第,于是作《丽人行》。此当是十二年春作,盖国忠于十一年十一月为右丞相也。"这也是一首七言乐府诗。和《兵车行》不同的是,诗题在汉代刘向《别录》中已有记载。但诗人赋予旧题以新的内容,故中唐元稹仍看作是"即事名篇,无复依傍"(《乐府古题序》)的新乐府诗。通篇都描画杨氏姊妹的浓艳豪奢,极言其姿色、神态的冶丽,服饰、馔食的华贵。秦、虢前行,国忠殿后,鞍马逡巡,见满街簇拥之状;当轩下马,见洋洋自得之态。留"丞相"二字到最后一句点出,其淫乱之意,自在言外。《杜诗镜铨》引蒋金式语:"美人相、富贵相、妖淫相,后乃现出罗刹相,真可笑可畏。"此诗音节谐美,几乎句句押韵。"语极铺扬,而意含讽刺,故富丽中特有清刚之气。"(《钱注杜诗》)浦起龙道:"'杨花雪落'、'青鸟衔巾',隐语秀绝,妙不伤雅。无一刺讥语,描摹处语语刺讥;无一慨叹声,点逗处声声慨叹。"(《读杜心解》)杨氏兄妹能如此骄纵淫乱,全因唐玄宗宠幸杨妃所致,当时朝政的荒废腐败,也就在不言之中。这种若无所指,实有所指的表现手法,深得后人赞赏。

前出塞九首①

戚戚去故里②,悠悠赴交河③。公家有程期④,亡命婴祸罗⑤。君已富土境,开边一何多⑥!弃绝父母恩,吞声行负戈⑦。

出门日已远,不受徒旅欺⑧。骨肉恩岂断,男儿死无时⑨。走马脱辔头⑩,手中挑青丝⑪。捷下万仞冈⑫,俯身试搴旗⑬。

磨刀呜咽水⑭,水赤刃伤手。欲轻肠断声,心绪乱已久。丈夫誓许国⑮,愤惋复何有!功名图麒麟⑯,战骨当速朽。

送徒既有长⑰,远戍亦有身⑱。生死向前去,不劳

戚戚去故里,悠悠赴交河

吏怒嗔⑲。路逢相识人，附书与六亲⑳。哀哉两决绝，不复同苦辛。

迢迢万里余，领我赴三军。军中异苦乐㉑，主将宁尽闻㉒？隔河见胡骑㉓，倏忽数百群。我始为奴仆，几时树功勋㉔？

挽弓当挽强，用箭当用长。射人先射马，擒贼先擒王。杀人亦有限㉕，列国自有疆。苟能制侵陵㉖，岂在多杀伤？

驱马天雨雪㉗，军行入高山。径危抱寒石，指落层冰间㉘。已去汉月远㉙，何时筑城还？浮云暮南征，可望不可攀㉚。

单于寇我垒㉛，百里风尘昏。雄剑四五动，彼军为我奔㉜。掳其名王归，系颈授辕门㉝。潜身备行列，一胜何足论㉞。

从军十年余，能无分寸功㉟？众人贵苟得㊱，欲语羞雷同㊲。中原有斗争，况在狄与戎㊳？丈夫四方志，安可辞固穷㊴。

注释

① 前出塞：据《晋·乐志》：《出塞》《入塞》曲，汉武帝时李延年创

作。因杜甫后来又作了五首《出塞》诗,故以前、后作区别。
② 戚戚:愁苦貌。
③ 悠悠:遥远貌。交河:在今新疆吐鲁番,是唐朝防备吐蕃侵扰的前沿阵地。
④ 公家:官家。程期:程限,期限。
⑤ "亡命"句:亡命,司马贞《史记索隐》:"崔浩曰:'亡,无也。命,名也。逃匿则削除名籍(户籍),故以逃为亡命。'"颜师古《汉书注》:"命,名也,谓脱其名籍而逃亡也。"婴,遭受。祸罗,灾祸的罗网。这句说如果逃亡,又难逃法网。
⑥ "君已"二句:言国土已经很广阔,但开边的战争却依然持续不断。
⑦ "吞声"句:这句是倒装句,即"负戈吞声行"。吞声,不敢出声的哭泣。负戈,扛着兵器。
⑧ 徒旅:指在一起的伙伴。《通典》卷一百四十九《兵二》引《大唐卫公李靖兵法》:"诸将士不得倚作主帅,及恃己力强,欺傲火(伙)人,全无长幼,兼笞挞懦弱,减削粮食衣资,并军器火具,恣意令擎,劳逸不等。"可见当时军中存在着倚强凌弱的现象。
⑨ 死无时:言随时都有死亡的可能。
⑩ 走马:跑马。脱辔头:去掉马勒(马络头)。
⑪ 青丝:指马缰。
⑫ 捷下:飞驰而下。
⑬ "俯身"句:从马上俯下身练习拔旗。搴,拔取。

39

⑭ 呜咽水:指陇头水。蔡琰《胡笳曲》:"夜闻陇水兮声呜咽。"辛氏《三秦记》引民谣:"陇头流水,鸣声幽咽。遥望秦川,肝肠欲绝。"下面"肠断声"即指呜咽的水声。

⑮ 许国:以身许国,将生命献给国家。

⑯ 图麒麟:汉宣帝追忆往昔辅佐有功之臣,令人画霍光、张安世等十一名功臣图像于麒麟阁,以示纪念。

⑰ "送徒"句:指率领征夫的头领。如汉高祖刘邦早年曾以亭长的身份押送服徭役的人去骊山。

⑱ "远戍"句:远戍,在远方守边的人,征夫自称。亦有身,也是一个人,也有一条命。

⑲ "生死"二句:言不管死活,征夫都会向前,用不着长官威胁逼迫。

⑳ 附书:捎信。六亲:父、母、兄、弟、妻、子。

㉑ 异苦乐:言苦乐不均。

㉒ 宁:岂。

㉓ 隔河:河指交河。

㉔ "我始"句:言入伍之后,便开始成为长官的奴仆。

㉕ "亦有限":也有个限。

㉖ 苟:如果。

㉗ 雨:作动词用。雨雪即下雪。

㉘ 指落:手指被冻落。

㉙ 汉月:汉地的月亮,借指故国、家乡。

㉚ "浮云"二句:家乡在南方,所以看到傍晚浮云向南飘去,便想

抓住它,随它一起走,但却可望而不可即。

㉛ 单于:匈奴人对其部落联盟首领的专称,意为"广大"。这里泛指边境少数民族首领。

㉜ "雄剑"二句:雄剑,相传春秋时吴人干将、莫邪夫妇以生命铸成二剑,雄号干将,雌号莫邪。这里泛指宝剑。四五动,只动了四五下,表示轻松不费劲。奔,战败逃跑。

㉝ "掳其"二句:名王,有名望的首领。辕门,军营大门。上句与前"擒贼先擒王"呼应。

㉞ "潜身"二句:潜身,隐身,不显露。这两句写有功不伐的谦让品格。

㉟ 能无:岂无。能,哪能。分寸功:谦言功小。

㊱ 苟得:以不正当的手段获得。言当时众多将士冒功邀赏。

㊲ "欲语"句:想表明自己的战功,但又不屑与他们为伍。

㊳ "中原"二句:狄戎,北狄和西戎的合称,古时华夏族对西北地区少数民族的统称。这二句说中原尚且都有争斗,何况边远地区的民族。

㊴ 固穷:安守贫穷,即安贫乐道。《论语·卫灵公》:"子曰:'君子固穷,小人穷斯滥矣。'"

解读

《杜臆》:"《前出塞》云赴交河……考唐之交河,在伊川西七百里,当是天宝间哥舒翰征吐蕃时事。而诗有'磨刀呜咽水',陇头乃出征吐蕃所经由者,诗亦当作于此时。"哥舒翰征讨吐蕃,在天宝十二年至十三年(754),此诗约作于天宝晚年。《出塞》《入塞》为乐府歌曲,是一种军乐。但杜甫只是借用旧题,表现新的内容,以揭露和批判因朝廷穷兵黩武对百姓和社会造成的巨大伤害,深悉人情,兼明大义,故前人说这组诗"别出一格,用古体写今事,大家机轴,不主故常,昔人称'诗史'者以此"(《杜诗详注》引张綖语)。一题数首,这种形式在唐以前的诗中也有,但各首之间,并无关联。这组诗前后相续,一线贯穿,分开为九首,合之则成一篇。全诗代人立言,通过一个征夫的诉说,叙述了其在军中的遭遇和感受。第一首即发出"君已富土境,开边一何多"的呼声,这正是诗人所要表达的最核心的主题。百姓为国就义,当政者却冷酷无情,"盖富土开边,事之可已,弃绝亲恩,人之大情,为人上者亦独何心哉?"(同上)进一步看,对待战争的态度,关系着国家的安危,正是穷兵黩武,将本已富裕的社会,拖向动乱的深渊。正是出于这样的认识,在第六首中,诗人又发出"苟能制侵陵,岂在多杀伤"的呼声。

由于用第一人称的手法,这组诗的心理刻画格外深刻,人物的感情也复杂真切,可谓曲尽情事,丝丝入扣。第一首说自己被迫应征,只是怕亡命会累及亲人,故"弃绝父母恩,吞声行负戈"。在无可奈何的情况下,只得逆来顺受。这种对父母的弃绝,正是宁可牺牲自己的报答。第二首明说"骨肉恩岂断",但战争是残酷的,"男儿死无时",在生死都无法把握的情况下,又怎能顾全骨肉之恩?人既处于死地,也就无所顾虑,将一切置之度外,捷下万仞,俯身搴旗。在这种壮健行为的背后,是内心深深的绝望,故语愈壮,情愈悲。第三首说早被搅乱的心绪,听到水声呜咽,就更加烦乱,以致磨刀伤手,居然毫无感觉,直到看见水被染红,方才发觉,刻画人的情态,细致入微。这首诗前四句极凄婉,后四句又极勇决。但这种勇决,只是无可奈何的状况下安之若素的表现。愤惋绝非无有,只是埋在心底。末句说"战骨当速朽",联系前面"开边一何多"对当政者的谴责,"骨肉恩岂断"对亲人的眷恋,"当"正是不当如此,心正是不甘如此。这些发自肺腑的浸渍着血泪的言辞,感人至深。《唐宋诗醇》说这组诗"指事深切,以沉郁写其哀怨,有亲履行间所不能自道者,可使天雨粟,鬼夜哭矣"。

醉时歌

赠广文馆博士郑虔①

诸公衮衮登台省,广文先生官独冷②。甲第纷纷厌粱肉③,广文先生饭不足。先生有道出羲皇④,先生有才过屈宋⑤。德尊一代常坎坷,名垂万古知何用。杜陵野客人更嗤⑥,被褐短窄鬓如丝⑦。日籴太仓五升米⑧,时赴郑老同襟期⑨。得钱即相觅,沽酒不复疑⑩。忘形到尔汝⑪,痛饮真吾师。清夜沉沉动春酌,灯前细雨檐花落⑫。但觉高歌有鬼神,焉知饿死填沟壑?相如逸才亲涤器⑬,子云识字终投阁⑭。先生早赋归去来⑮,石田茅屋荒苍苔。儒术于我何有哉?孔丘盗跖俱尘埃⑯。不须闻此意惨怆,生前相遇且衔杯⑰。

注释

① 郑虔:杜甫好友,文学家、书画家。唐玄宗称其诗、书(法)、画"三绝"。广文馆,国子监下属学校。《新唐书·郑虔传》:唐玄宗欣赏郑虔的艺术才能,想安排在身边任职,但郑虔不喜欢管事,于是设立了广文馆,让郑虔去当博士(教官)。

② "诸公"二句:衮衮,相继不绝,形容众多。台省:唐高宗时,以尚书省为中台,门下省为东台,中书省为西台,总称台省。也有合"三省"及御史台总称台省的说法。是唐代最高行政机构。广文馆任职是闲差,无权无势,所以说"冷"。

③ 甲第:汉高祖刘邦封赐功臣住宅,有甲、乙等第。后指豪门贵族的宅第。厌:饱,满足。

④ 出:超出。羲皇:伏羲,上古"三皇"之一。

⑤ 屈宋:战国楚国大诗人屈原及其弟子宋玉。

⑥ 杜陵野客:杜甫自称。杜陵,汉宣帝刘询的陵墓。杜甫在长安时,曾在杜陵南面的少陵(汉宣帝许皇后的陵墓)住过。嗤:讥笑。

⑦ 被:遮盖。褐:古时穷人穿的粗布衣服。鬓如丝:形容头发稀疏。

⑧ "日籴"句:日籴,天天买米,意谓没有隔夜之粮。太仓,京城的官家粮仓。

⑨ 时赴:时常去(郑老那里)。同襟期:彼此襟怀、志趣相同。

⑩ 相觅:互相寻找。不复疑:毫不犹豫,毫不迟疑。

⑪ "忘形"句:因喝酒高兴,以至失去常态,不拘形迹,不顾礼节,以你我相称。

⑫ 檐花:有两种解释:一是实指在檐前开的花;一是檐下的水珠掉落,在灯光的映照下,犹如银花飘落。

⑬ "相如"句:逸才,出众的才能。西汉辞赋家司马相如携妻子卓文君私奔后,在成都开了一家小酒店,卓文君当垆卖酒,司马相如亲自洗涤食器。

⑭ "子云"句:西汉王莽当政时,辞赋家扬雄(字子云)受人牵连获罪,当狱吏抓捕他时,正在天禄阁校书,情急之下,从楼上跳下,差点摔死。

⑮ "先生"二句:东晋陶渊明辞官还家,赋《归去来辞》,首句为:"归去来兮,田园将芜胡不归?"石田,沙石之田,即贫瘠的田地。田园荒芜,故生苍苔。

⑯ "孔丘"句:盗跖,春秋时人,姓柳下,名跖,以盗为生,因此被称为"盗跖"。这句说无论是圣人还是盗贼,最终都难免化为尘埃。表面上是自我宽解,实际上意含愤激。

⑰ 衔杯:见《饮中八仙歌》注释③。

解读

　　《旧唐书·玄宗本纪》:"天宝十二载八月,京城霖雨,米贵,令出太仓米十万石,减价粜与贫人。"《杜诗详注》引黄鹤注,据诗中有"日籴太仓五升米"之语,定此诗"当是十三载(754)春作"。开篇出以"黄钟毁弃,瓦釜雷鸣"式的对比,为广文先生鸣不平;接着以自嘲之辞,写穷途潦倒的窘迫之状;后面故作自宽自解的劝慰,而以逃入醉乡作结。王嗣奭说"此篇总是不平之鸣,无可奈何之词,非真谓垂名无用,非真薄儒术,非真齐孔、蹠,亦非真以酒为乐也。杜诗'沉醉聊自遣,放歌破愁绝',即此诗之解"(《杜臆》)。这是一曲悲歌,但并不悲切。诗人以豪爽之笔,写郁勃之气,兴往情来,酣畅淋漓,悲壮慷慨,激昂豪宕,有不可一世之概,读后令人血脉贲张,心胸激荡。

渼陂行①

　　岑参兄弟皆好奇②,携我远来游渼陂。天地黯惨忽异色③,波涛万顷堆琉璃④。琉璃汗漫泛舟入⑤,事殊兴极忧思集⑥。鼍作鲸吞不复知,恶风白浪何嗟及⑦。主人锦帆相为开,舟子喜甚无氛埃⑧。凫鹭散乱棹讴发⑨,丝管啁啾空翠来⑩。沉竿续缦深莫测⑪，菱叶荷花净如拭。宛在中流渤澥清⑫，下归无极终南黑⑬。半陂以南纯浸山⑭，动影袅窕冲融间⑮。船舷暝戛云际寺⑯，水面月出蓝田关⑰。此时骊龙亦吐珠⑱，冯夷击鼓群龙趋⑲。湘妃汉女出歌舞⑳，金支翠旗光有无㉑。咫尺但愁雷雨至，苍茫不晓神灵意㉒。少壮几时奈老何，向来哀乐何其多㉓！

注释

① 渼陂(bēi)：因水味美，故以为名。源出终南山，西北流入涝水。在今陕西户县西南。为唐代游览胜地。

② 岑参：唐代诗人，边塞派代表作家。

③ "天地"句：言天空忽然变色，暴雨随即降临。

④ "波涛"句：琉璃，琉璃石，古人也称作五色石，外表珠圆玉润，晶莹剔透，色彩美丽。这句说雨后水面掀起万顷波涛，如同堆积晶莹的琉璃。

⑤ 汗漫：漫无边际。

⑥ "事殊"句：在疾风暴雨之中，泛舟入万顷波涛，这件事非同寻常，故言"事殊"。从中可见岑参兄弟兴致之高，故言"兴极"。但此时终究有些冒险，令人担忧，故言"忧思集"。

⑦ "鼍作"二句：鼍，鳄鱼。作，起。这二句写水上的危险情景，鳄鱼跃起，鲸鱼出没，人什么时候被吞噬都不知道，面对狂风巨浪，连感叹都来不及。

⑧"主人"二句:锦帆,锦制的船帆。氛埃,空气中的尘埃。这二句写雨后的景象,言主人又相继张开船帆,船夫为天空晴朗而高兴。

⑨"凫鹥"句:凫,野鸭。鹥,水鸥。棹讴,棹歌,摇桨行船所唱的歌。因棹歌齐发,故凫鹥惊飞。

⑩"丝管"句:丝管,弦乐器与管乐器。嘲啾,鸟叫的声音,这里形容乐声。这句说在乐声中迎来明朗苍翠的景色。

⑪"沉竿"句:缦,丝织品。将竹竿插入水中,再将丝线连在上面,也难测出水的深浅。这句写水深。

⑫"宛在"句:宛,仿佛。中流,指水的中央。渤澥,渤海。这句说在水的中央,仿佛置身空旷的渤海之中。

⑬"下归"句:终南,终南山。这句说终南山的倒影,在漫无边际的水面,呈现出一片黑压压的颜色。

⑭"半陂"句:言渼陂的南半湖侵满了终南山的倒影。

⑮"动影"句:袅窕,形容山影摇动。冲融,形容水波荡漾。这句说终南山的倒影在荡漾的水面晃动。

⑯"船舷"句:舷,船的两侧。戛,轻轻敲打。云际寺,指云际山大定寺,在鄠县东南。这句说黄昏时分船舷碰到天际山大定寺。

⑰"水面"句:蓝田关,即秦岭关,在渼陂东南。这句说在蓝田升起的月亮,清光照在渼陂的水面。

⑱骊龙亦吐珠:《庄子·列御寇》载:在九重深渊之下,骊龙颔(下巴)下,有千金宝珠,极其难得。

⑲ 冯夷:即河伯,黄河之神。

⑳ 湘妃:相传为帝尧之二女,帝舜之二妃,名娥皇、女英。舜殁,二妃没于湘水,为湘水之神。汉女:汉水女神。传说周代郑交甫游汉江,遇二女,赠送他玉佩。

㉑ 金支:古时专指乐器上的装饰,只有最好的乐器,才会有金支装饰。光有无:闪闪烁烁,时隐时现。《杜诗详注》解以上四句:"此写月下见闻之状。灯火遥映,如骊龙吐珠。音乐远闻,如冯夷击鼓。晚舟移棹,如群龙争趋。美人在舟,依稀湘妃汉女。服饰鲜丽,仿佛金支翠旗。张綖谓'月出而乐作,光若神游异境',是也。"

㉒ "咫尺"二句:言眼前的景象虽近在咫尺,(但天色忽然又起变化,因此)又为风雨到来担忧,面对苍茫的景色,真不明白神灵究竟是什么意思。咫尺,接近或刚满一尺,言距离很近。

㉓ "少壮"二句:上句说少壮能有多久,老了又能怎样?向来,从来。《杜诗详注》:"末乃触景生情,有哀乐无常之感。见雷雨变幻,因知自少至老,俱当如是观,此推开作结。吴论(吴见思《论文》):哀,顶鲸鼍雷雨等句。乐,顶锦帆丝管等句。"

解读

《杜诗详注》引黄鹤注:"此天宝十三载,未授官时作。"首句提出"好奇"二字,为全篇诗眼。因岑参好奇,引出舟游渼陂,而渼陂的奇景,又使诗人产生奇情,从笔中展现一段奇文异采。和前面几首有所不同,此诗明显受《楚辞》影响,富于想象,实景虚描,离奇恍惚,变幻不测。诗中记载了这次游历的过程,先是天色忽变,风波陡起;既而天霁浪静,棹歌齐发,水色空旷,山影摇动;继而夜色降临,月照水中,灯火辉映,音乐远闻;写得声光奇丽,如梦如幻。诗人由此触景生情,因风雨变幻,产生哀乐无常之感。清黄周星赞道:"此诗不过游渼陂耳,却说得天摇地动,云飞水立,悄然有山林窅冥、海水汩没景象,岂不令人移情?中写景入微,烟波远近,变态具足,千态并集,极山岫海潮之奇。"(《唐诗快》)清邵长蘅也说:"只平叙一日游境,而滉漾飘忽,千态并集,极山岫海潮之奇,全得屈《骚》神境。"(《杜诗镜铨》引)诗中虽有恍惚的情景,但描写的具体意象十分鲜明;虽有想象之辞,但并非无中生有;所作的比喻,都能抓住并放大景物最具特色的一面,因此能让人留下深刻的影响。杜甫说自己性耽佳句,语必惊人,于此诗可见一斑。

夏日李公见访①

远林暑气薄,公子过我游②。贫居类村坞③,僻近城南楼。旁舍颇淳朴,所须亦易求。④隔屋唤西家,借问有酒否?墙头过浊醪⑤,展席俯长流。清风左右至,客意已惊秋⑥。巢多众鸟喧,叶密鸣蝉稠。苦遭此物聒,孰谓吾庐幽⑦?水花晚色净,庶足充淹留⑧。预恐樽中尽,更起为君谋⑨。

注释

① 李公:仇兆鳌《杜诗详注》引黄鹤注,认为此人为唐宗室蔡王李炎的一支。

② "远林"二句:薄,迫近。言李公子因天热到这里避暑。

③ 村坞:村庄,多指山村。坞,防卫用的土堡。

④ "所须"句:言邻居很淳朴,生活必需的东西很容易从他们那里得到。

⑤ "墙头"句:不走正门,从墙头直接将酒递过来。

⑥ "客意"句:因凉风飕飕,客人感到惊奇,以为秋天到了。

⑦ "苦遭"二句:此物,指蝉。聒(guō),吵闹。这二句反用南朝梁王籍"蝉噪林逾静"诗意。

⑧ "水花"二句:言夜晚水面的花朵十分明净,或许这足以让客人流连忘返。庶,庶几,或许可以、差不多的意思。

⑨ "预恐"二句:提防酒不够,起身为客人弄酒去了。

解读

从诗中所写情景看,当作于安史叛乱之前,诗人居长安城南之时。和《醉时歌》截然不同,此诗语淡意远,情真境旷,诗风颇似陶渊明,而非杜甫本色。"隔屋唤西家","墙头过浊醪",画出村家情事,真率质朴,宛然在目,十分传神。"'清风左右至',方喜凉气披襟;忽而鸟斗、蝉鸣,又觉繁声聒耳;及看水花晚色,则喧不碍静,幽意仍存。即见前景物,写得曲折生动如斯,知善布置者,随处皆诗料也。"(《杜诗详注》)清黄周星评此诗:"真朴语,人不能到。"(《唐诗快》)

奉先刘少府新画山水障歌①

堂上不合生枫树,怪底江山起烟雾②!闻君扫却赤县图③,乘兴遣画沧洲趣④。画师亦无数,好手不可遇。对此融心神,知君重毫素⑤。岂但祁岳与郑虔,笔迹远过杨契丹⑥。得非玄圃裂?无乃潇湘翻⑦?悄然坐我天姥下⑧,耳边已似闻清猿。反思前夜风雨急,乃是蒲城鬼神入⑨。元气淋漓障犹湿,真宰上诉天应泣⑩。野亭春还杂花远,渔翁暝踏孤舟立⑪。沧浪水深青溟阔,欹岸侧岛秋毫末⑫。不见湘妃鼓瑟时,至今斑竹临江活⑬。刘侯天机精,爱画入骨髓⑭。自有两儿郎,挥洒亦莫比。大儿聪明到,能添老树巅崖里;小儿心孔开,貌得山僧及童子⑮。若耶溪⑯,云门寺。吾独胡为在泥滓⑰?青鞋布袜从此始⑱。

注释

① 《文苑英华》注:"奉先尉刘单宅作。"天宝十三载(754),秋雨成灾,杜甫携家室去奉先县投靠亲友。在奉先县尉刘单的宅中,观赏其新画的山水障,写了这首诗。少府,唐时对县尉的尊称。山水障,画着山水的屏障。

② "堂上"二句:堂上本来不该长出枫树,现在却出现在眼前;更让人不可思议的是,居然还呈现出云雾缭绕的江山。这二句极写所见画的神奇。不合,不应当,不该。底,疑问词,什么。

③ "闻君"句:君,指刘单。扫,形容大笔挥洒。战国时期的阴阳家邹衍称中国为赤县神州。唐、宋时京师属县也称赤县。《赤县图》,指刘单画长安或其属县的图画。

④ 沧洲趣:山水之乐,借指眼前所见的山水障。沧洲,傍水的湿地,旧时隐居之地。

⑤ "对此"二句:你全身心融入这幅画中,足见对绘画的重视。毫素,作画所用的笔和纸。

⑥ "岂但"二句:祁岳与郑虔,都是与杜甫同时的人,工山水画。杨契丹,隋朝画家。

⑦ "得非"二句:得非,莫非是。无乃,岂不是。都是反问语气。

玄圃,也作"县圃",在昆仑山巅,仙人所居。潇、湘本二水,至湖南零陵县合流,称潇湘。裂,山崩裂。翻,水翻腾。

⑧ 天姥(mǔ):山名,在浙江。杜甫早年曾在吴越(今江浙地区)游历。

⑨ 蒲城:今属陕西,开元四年改名奉先县,北宋开宝中复名蒲城至今。鬼神入:鬼神降临。

⑩ "元气"二句:元气淋漓,形容笔墨酣畅,巧夺天工。元气,天地自然之气。障,指新画的山水障。因刚画好,故墨迹犹"湿"。真宰,大自然的主宰。天应泣,言天神看了这画也会因感动震惊而哭泣。杜甫称李白诗"笔落惊风雨,诗成泣鬼神",用意与此相同。

⑪ "野亭"二句:描写画中春天傍晚的景色。春还,春色归来。

⑫ "沧浪"二句:沧浪,水名。青溟,碧海。欹,倾斜。秋毫末,秋毫之末,极言其细小。因为水势广阔,岸岛就显得十分渺小。这二句描写画中水面的景象。

⑬ "不见"二句:不见,岂不见,怎么会看不到。湘妃,名曰娥皇、女英。相传为帝尧二女,帝舜二妃。舜死后,二妃投身湘水,成为湘水之神。屈原《远游》:"使湘灵鼓瑟兮。"张华《博物志》:"舜崩于苍梧,二妃啼,以泪挥竹,竹尽斑。"这二句从画中的斑竹,联想到湘妃的传说。以上六句描写的景象,即前所说的"沧州趣"。

⑭ 入骨髓:刻骨入髓,这里形容用力之深。

⑮ 貌:作动词用,描绘。

⑯ 若耶溪：在浙江绍兴境内，溪旁有云门寺。
⑰ 泥滓：污浊，比喻浊世。
⑱ "青鞋"句：青鞋布袜，旧时隐居的装束。这句说看了刘单的画，自己也动了离开浊世、外出远游的念头。

解读

　　清沈德潜说："唐以前未见题画诗，开此体者老杜也。"（《说诗晬语》）宋以后题画诗兴盛，佳作颇多，但仍推杜诗为极诣："画山水诗，少陵数首，无人可继者。""少陵题画山水数诗，其间古风二篇（此诗及《戏题王宰山水图歌》）尤为超绝。荆公、东坡二诗悉录于左，时时哦之，以快滞懑。"（《苕溪渔隐丛话》引）起句思飘云外，想落天际，南宋杨万里称之为"惊人语"。因画逼真，出人意料，故有"不合"、"怪底"的惊叹。诗中描写了众多山水人物，"微则竹树花草，变则烟雾风雨，仙境则沧洲玄圃，州邑则赤县蒲城，山则天姥，水则潇湘，人则渔翁释子，物则猿猱舟船，妙则鬼神，怪则湘灵，无所不备。"（《杜诗详注》引谢省语）描写景物，或以虚运实，或以实补虚，虚实相生，波澜迭起，纵横出没，莫测端倪，使真实的景物充满灵异，神话传说和自然景观相映成趣。因画有仙境仙趣，故结句动出世之想，余波绵邈，有悠然神往之意。这种独造异境的表现手法，对后世题画诗有极大影响。王嗣奭评此诗："画有六法，气韵生动第一，骨法用笔次之。杜以画法为诗法，通篇字字跳跃，天机盎然，见其气韵。乃'堂上不合生枫树'，突然而起，已而忽入满城风雨,已而忽入两儿挥洒,飞腾顿挫,不知所自来,此其骨法也。至末因貌得山僧,忽转到若耶云门,青鞋布袜,阒然而止,总得画法经营之妙。而篇中最得画家三昧,尤在'元气淋漓障犹湿'一语。试一想象,此画至今在目,真是下笔有神;而诗中之画,令顾、陆奔走笔端。"(《杜臆》)

自京赴奉先县咏怀五百字

杜陵有布衣,老大意转拙①。许身一何愚,窃比稷与契②。居然成濩落③,白首甘契阔④。盖棺事则已,此志常觊豁⑤。穷年忧黎元,叹息肠内热⑥。取笑同学翁,浩歌弥激烈⑦。非无江海志,潇洒送日月⑧。生逢尧舜君,不忍便永诀⑨。当今廊庙具,构厦岂云缺⑩?葵藿倾太阳,物性固莫夺⑪。顾惟蝼蚁辈⑫,但自求其穴。胡为慕大鲸,辄拟偃溟渤⑬?以兹误生理⑭,独耻事干谒⑮。兀兀遂至今⑯,忍为尘埃没⑰?终愧巢与由,未能易其节⑱。沉饮聊自遣,放歌破愁绝⑲。

岁暮百草零⑳,疾风高冈裂。天衢阴峥嵘㉑,客子中夜发。霜严衣带断，指直不得结。凌晨过骊山㉒，御榻在嵽嵲㉓。蚩尤塞寒空㉔，蹴踏崖谷滑㉕。瑶池气郁律㉖，羽林相摩戛㉗。君臣留欢娱，乐动殷胶葛㉘。赐浴皆长缨，与宴非短褐㉙。彤庭所分帛㉚，本自寒女出，鞭挞其夫家，聚敛贡城阙。圣人筐篚恩，实欲邦国活㉛。臣如忽至理，君岂弃此物㉜？多士盈朝廷，仁者宜战慄㉝。况闻内金盘㉞，尽在卫霍室㉟。中堂舞神仙，烟雾蒙玉质㊱。暖客貂鼠裘，悲管逐清瑟㊲。劝客驼蹄羹，霜橙压香橘。朱门酒肉臭，路有冻死骨。荣枯咫尺异㊳，惆怅难再述。

北辕就泾渭㊴，官渡又改辙㊵。群水从西下，极目高崒兀㊶。疑是崆峒来㊷，恐触天柱折㊸。河梁幸未坼㊹，枝撑声窸窣㊺。行李相攀援㊻，川广不可越。老妻寄异县，十口隔风雪㊼。谁能久不顾？庶往共饥渴㊽。入门闻号咷，幼子饿已卒。吾宁舍一哀㊾，里巷亦呜咽。所愧为人父，无食致夭折。岂知秋禾登，贫窭有仓卒(50)？生常免租税，名不隶征伐(51)。抚迹犹酸辛，平人固骚屑(52)。默思失业徒，因念远戍卒。忧端齐终南(53)，鸿洞不可掇(54)！

注释

① "杜陵"二句:杜陵,见《醉时歌》注⑥。布衣,平民。老大,年老。拙,笨拙。这二句说自己年龄越大,想法越不合时宜。

② "许身"二句:许身,犹自许。窃,私下,私自。稷,后稷,周朝始祖,尧、舜时任农官,教民耕种。契,商朝始祖,尧时任司徒,主管教化事项。这二句具体说明意愿笨拙,就是以圣贤事业自许。

③ 居然:显然。濩(huò)落:廓落,引申谓沦落失意。

④ 契阔:辛勤劳苦。

⑤ "盖棺"二句:觊豁,希望达到。这两句即"鞠躬尽瘁,死而后已"之意。

⑥ "穷年"二句:穷年,终年。黎元,百姓。肠内热,意同"忧心如焚"。

⑦ "取笑"二句:虽然遭到同学诸先生的取笑,但我依然放声高歌,更加慷慨激昂。弥,更加,越发。

⑧ 江海志:归隐江海之志。潇洒送日月:无拘无束地生活。

⑨ "生逢"二句:尧舜君,指唐玄宗。这是一种掩饰之词,其实此诗充满对朝政的不满和批评。永诀,永别,言再也不和朝廷发生关系。

⑩ "当今"二句:廊庙具,治理国家的栋梁之材。这二句说当今国家人才济济,并不缺我这样的人。

⑪ "葵藿"二句:葵,向日葵;藿,豆叶。这二句说我忠君爱国出于天性,不会被夺走。

⑫ 顾惟:回头一想。螘:同"蚁"。蝼螘辈:比喻目光短浅、只知谋取私利的人。

⑬ "胡为"二句:胡为,为何。大鲸,比喻志趣高远的人。辄,总是。拟,想要。偃,仰卧。溟渤,大海。

⑭ "以兹"句:兹,此。以此(因为这种志趣)而耽误了生计。

⑮ 干谒:登门求见权贵。

⑯ 兀兀:形容劳苦的样子。

⑰ 忍:怎忍,怎么能忍受。没:埋没。

⑱ "终愧"二句:巢与由,巢父、许由,上古著名隐士。这二句说自己无法改变固有的操守,不能像巢父、许由那样归隐,因此感到惭愧。

⑲ 破:破除。一本作"颇"。愁绝:愁极,愁到极点。

⑳ 零:零落。

㉑ 天衢:本指天上的道路,这里指天空。峥嵘:形容山势高峻,这里比喻阴云密布。

㉒ 骊山:秦岭支脉,在今陕西临潼。山上华清宫,为唐玄宗、杨贵妃游乐之地。

㉓ "御榻"句:言皇家园林在骊山的险要处。嵽嵲(dié niè),形容山高峻。

㉔ "蚩尤"句:蚩尤,上古时的部落首领,传说为中国古代兵器的发明者。相传蚩尤与黄帝作战,变出一大片云雾,让黄帝陷入迷阵。这里以蚩尤代指大雾。

㉕ 蹴(cù)踏:践踏、行走。

㉖ 瑶池：传说在昆仑山上，西王母所居之处，也是西王母与周穆王宴会的地方。这里借指骊山温泉。郁律：形容烟雾蒸腾，这里说温泉热气蒸腾。

㉗ "羽林"句：羽林，皇家禁卫军。摩戛，摩擦。这句形容禁卫军之多。

㉘ "乐动"句：殷，盛大，众多。胶葛，交错纷乱、深远广大的样子。这句形容众乐齐奏，声音远播。

㉙ "赐浴"二句：长缨，古时系帽的长丝带，指达官显要。短褐，用粗布做的短衣，指平民。

㉚ 彤庭：汉代宫廷用朱漆涂饰，后因称朝廷为彤庭。

㉛ "圣人"二句：圣人，指皇帝。筐篚，盛物的竹器。方的叫筐，圆的叫篚。这里说皇帝将装满物品的筐、篚滥赏群臣。邦国，指国家。活，这里指长久存在。

㉜ "臣如"二句：忽，忽视。至理，指上所说"邦国活"。岂，岂非。

㉝ "多士"二句：言朝臣众多，有仁义之心的人应该为此惶恐不安。

㉞ 况：更何况。内：大内，皇宫。

㉟ 卫霍：汉代大将军卫青、霍去病。卫青是汉武帝第二任皇后卫子夫的弟弟，霍去病是卫青的外甥。这里借喻杨贵妃的从兄、丞相杨国忠。

㊱ "中堂"二句：神仙，指美女。烟雾，形容美女所穿的衣服轻灵飘曳，如同烟雾。玉质，肌肤细腻光洁。

㊲ 悲管：管，箫管，为管乐器，管声悲切。清瑟：瑟，琴瑟，为弦乐

60

器,瑟音清逸。

㊳"荣枯"句:即使在很短的距离内,一荣(酒肉臭)一枯(冻死骨)的差别也很明显。

㊴北辕:向北走的车。就泾渭:往泾渭方向走。

㊵官渡:官家的渡口。改辙:改道。

㊶"群水"二句:群水,一本作"群冰"。崒兀,险峻。形容河中的冰凌突兀险峻。

㊷崆峒:山名,在今甘肃平凉。

㊸"恐触"句:天柱,古代神话中支撑天宇的柱子。传说共工发怒,撞击不周山,结果"天柱折,地维绝(天崩地塌)"。

㊹梁:桥梁。坼:断裂。一本作"拆"。

㊺枝撑:桥的支柱。窸窣:桥振动时的声响。

㊻"行李"句:行李,在路上行走的使者。古"使"字作"李"。这里指行人。《杜诗详注》引朱鹤龄注:"禄山反书至,帝虽未信,一时人情怔扰,议断河桥,为奔窜地,所以行李攀援而急渡也。"

㊼异县:指奉先县。十口隔风雪:一家十口,分居两地,被风雪阻隔。

㊽庶:但愿,希冀。

㊾宁:岂能。

㊿"岂知"二句:贫窭,贫穷。仓卒,非常变故。秋收之后,本不该愁没饭吃,但现在却依然担心非常变故出现,所以说"岂知"。

(51)“生常”二句：杜甫为“士人”，可免交租税、不服兵役。

(52)“平人”句：平人，平民，唐人避唐太宗李世民讳，改“民”为“人”。骚屑，风声。此指骚乱、烦恼。这句说百姓本来就多骚乱、烦恼。

(53)“忧端”句：忧端，愁绪。终南，见《奉赠韦左丞丈二十二韵》注⑳。这句说千愁万绪，重叠堆积，像终南山那样高。极言心中忧愁之多。

(54)“鸿洞”句：鸿(hóng)洞，虚空混沌，漫无涯际。掇(duō)，拾取，收拾。这句说忧愁浩漫无边，以至不可收拾。

解读

天宝十四年(755)十月，杜甫受任右卫率府兵曹参军。十一月，从长安去奉先(古名蒲城，开元间改名，北宋开宝间复命蒲城，在今陕西关中平原)探亲，写了这篇最能体现诗人心迹的咏怀诗。当时唐玄宗正和杨贵妃在华清宫寻欢作乐，而安禄山已经起兵叛乱，只是消息还没有传到京城。这首诗对因朝廷聚敛造成的民不聊生作了深刻的揭露，预感到社会动乱即将来临，但尚未提及安禄山叛乱之事。就批判朝政腐败的力度、揭示社会矛盾的深度、意识到国家危机的敏感度而言，当时文人，罕见其匹。就此而言，这也是一篇具有划时代意义的史诗。因诗较长，为方便阅读理解，此诗和《北征》《洗兵马》，据诗意分段。

第一段叙生平怀抱，虽身处穷途，仍不改初衷，不愿从俗浮沉，必期圣贤事业。北齐张雕出身寒门，致位大臣，常思报效国家,以澄清朝政为己任,曾说:"若作数行兵帐(行军帐簿),雕不如(唐)邕,若致主尧舜,身居稷契,则(唐)邕不如我。"(《北齐书》本传)张雕后来被冤杀,但自比稷契,致君尧舜,则成了杜甫终身的追求。而"穷年忧黎元",则是诗人毕生的情怀。清末吴汝纶评此诗首段:"一句一转,一转一深,几于笔不着纸。而悲凉沉郁,愤慨淋漓,文气横溢纸上。"(高步瀛《唐宋诗举要》引)第二段叙途经骊山的见闻,帝戚大臣肆意荒乐的,是靠鞭挞剥夺的民脂民膏;和"朱门酒肉臭"对照的,是"路有冻死骨"。据史载,唐玄宗动用国库,对外戚权臣,赏赐过度。诗中所写彤庭分帛、卫霍金盘、中堂神仙、貂裘驼羹,均为实录。多年后,杜甫流寓夔州,再次发出同样的谴责:"富豪厨肉臭,战地骸骨白。"(《驱竖子摘苍耳》)第三段叙到家后的情事,从"幼子饿已卒",想到"贫窭有仓卒",进而"默思失业徒,因念远戍卒"。《孟子》中有"庖有肥肉,厩有肥马,民有饥色,野有饿莩"语,后人都熟视无睹,但杜甫却化出"朱门"二句这样声如霹雳的名言。宋黄彻叹道:"《孟子》七篇,论君与民者居半,其余欲得君,盖以安民也。观少陵'穷年忧黎元,叹息肠中热'……而志在大庇天下寒士,其心广大,异夫求穴之蝼蚁辈,真得孟子所存矣。东坡先生问老杜何如人,或言似司马迁,但能名其诗尔。愚谓老杜似孟子,盖原其心也。"(《碧溪诗话》)

《唐宋诗醇》道:"此与《北征》为集中巨篇,撼郁结,写胸臆,苍苍莽莽,一气流转。其大段中有千里一曲之势,而笔笔顿挫,一曲中又有无数波折也。甫以布衣之士乃心系帝室,而是时明皇失政,大乱已成,方且君臣荒宴,若罔闻知。甫从局外蒿目时艰,欲言不可,盖有日矣,一于此诗发之。前述平日之衷曲,后写当前之酸楚,至于中幅,以所经为纲,所见为目,言言深切,字字沉痛。《板》《荡》之后,未有能及此者,此甫之所以度越千古而上继《三百篇》者乎?"此诗通篇押入声韵,且多入声字,抑扬吞吐,音促意深。全诗抚时慨事,激昂恳至,气骨沉雄,有排山倒海之势,极沉郁顿挫之致。巨刃摩天,无愧此誉;金声玉振,可为压卷。

后出塞五首

男儿生世间,及壮当封侯。战伐有功业,焉能守旧丘①?召募赴蓟门②,军动不可留。千金买马鞍,百金装刀头③。闾里送我行,亲戚拥道周④。斑白居上列⑤,酒酣进庶羞⑥。少年别有赠,含笑看吴钩⑦。

朝进东门营⑧,暮上河阳桥⑨。落日照大旗⑩,马鸣风萧萧。平沙列万幕⑪,部伍各见招⑫。中天悬明月,令严夜寂寥⑬。悲笳数声动,壮士惨不骄⑭。借问大将谁?恐是霍嫖姚⑮。

朝进东门营，暮上河阳桥

古人重守边,今人重高勋⑯。岂知英雄主,出师亘长云⑰。六合已一家,四夷且孤军⑱。遂使貔虎士,奋身勇所闻⑲。拔剑击大荒⑳,日收胡马群㉑。誓开玄冥北㉒,持以奉吾君。

献凯日继踵,两蕃静无虞㉓。渔阳豪侠地㉔,击鼓吹笙竽㉕。云帆转辽海㉖,粳稻来东吴㉗。越罗与楚练㉘,照耀舆台躯㉙。主将位益崇㉚,气骄凌上都㉛。边人不敢议,议者死路衢㉜。

我本良家子㉝,出师亦多门㉞。将骄益愁思㉟,身贵不足论㊱。跃马二十年,恐辜明主恩。坐见幽州骑,长驱河洛昏㊲。中夜间道归㊳,故里但空村。恶名幸脱免,穷老无儿孙㊴。

注释

① 旧丘:故居,家乡。

② 蓟门:古有蓟门关。唐代置蓟州(治所在今天津蓟县),蓟门也被用作蓟州的代称。这句点明这次出塞的目的地。

③ "千金"二句:汉武帝开边黩武,长安城开始兴起为鞍马装饰,一匹马的装饰,甚至花费百金。唐代依然保持着这种遗风。

④ 闾里:里巷,平民聚居之处,也指邻居。道周:路边。

⑤ 斑白:头发黑白相杂,指老人。居上列:宴饮时坐在上席。

⑥ 酒酣:酒喝得尽兴的时候。庶羞:多种美味。
⑦ "少年"二句:别有赠,指下句的"吴钩"。吴钩,春秋时吴国铸造的一种弯刀,后用作宝刀的代称。下句言因少年所赠的宝刀,正合自己"封侯"的心愿,因此含笑观赏。
⑧ 东门营:洛阳东门名"上东门",唐代为军营所在地,故说"东门营"。由洛阳往蓟门,须出东门。这句点明征兵的地方。
⑨ 河阳桥:唐河阳县(今河南孟津)黄河上有浮桥,西晋杜预建,为通往河北的要道。
⑩ 大旗:大将之旗。
⑪ 幕:帐幕。
⑫ "部伍"句:言兵士都被召集到各自所在的部队。部伍,部曲行伍。
⑬ "令严"句:言军令严厉,夜间不得喧哗,故营地一片肃静。
⑭ "悲笳"二句:笳,古代北方少数民族的一种乐器,似笛,善于表现凄怆、哀怨的情感。身处严酷的军营,耳闻悲哀的笳声,一种凄惨的感觉油然而起,失去了原先立志封侯的自豪念头,所以说"惨不骄"。
⑮ 霍嫖姚:指西汉大将霍去病。霍去病擅长骑马射箭,曾为剽姚校尉,后为骠骑将军。嫖姚,同剽姚,勇猛劲疾。这里借指安禄山。当时安禄山晋封为骠骑大将军。
⑯ 高勋:高贵的勋爵。
⑰ 亘长云:形容军士之多。亘,连绵不绝。
⑱ "六合"二句:六合,上下和四方,泛指天地或宇宙。四夷,古

代对四方各少数民族的统称。上句言天下已经统一,下句言朝廷依然以孤军深入四夷之地。

⑲ "遂使"二句:貔,貔貅,猛兽。所闻,指朝廷所听到的塞外地区,这也是朝廷打算征服的地区。

⑳ 大荒:边远荒凉的地区。

㉑ "日收"句:《安禄山事迹》:"禄山包藏祸心,畜单于护真大马习战斗者数万匹,已八九年矣。"

㉒ 玄冥北:玄冥以北地区,指极北的地方。玄冥,传说中的水神、冬神、北方之神。

㉓ "献凯"句:言捷报频传,天天送到朝廷。《通鉴》:天宝十三载四月,"禄山奏击奚破之,虏其王李日越"。十四载四月,"奏破奚、契丹"。两蕃,奚与契丹。虞,忧患。下句承上句,说当时和奚与契丹其实并无战事,"献凯"只是冒功邀赏。

㉔ 渔阳:隋、唐置渔阳郡(治所在今天津蓟州)。其地多豪士侠客。

㉕ "击鼓"句:自此句至"照耀舆台躯"五句,写当时渔阳的社会情景。

㉖ 辽海:指渤海,因其靠近辽河地区,故称为辽海。

㉗ 东吴:古地域名,相当于今江苏南部、浙江、安徽南部地区。

㉘ 越罗:出自越地的罗绮(丝绸)。楚练:出自楚地的素练(白绢)。

㉙ "照耀"句:周代分人为十等:王、公、大夫、士、皂、舆、隶、僚、仆、台。舆台属低下的等级,后用以泛指奴仆及地位低下的人。这里指安禄山的爪牙。《通鉴》:"天宝十三载二月,禄山奏所部将士勋效甚多,乞超资加赏,于是除将军者五百余人,

中郎将者二千余人。禄山欲反,故先以此收众心也。"罗、练有光泽,所以说"照耀"。

㉚ "主将"句:天宝七载,赐安禄山铁券,封柳城郡公。九载,进爵东平郡王。是唐代第一个封王的节度使。

㉛ 凌:侵犯,冒犯。上都:京师,这里指朝廷。

㉜ "边人"二句:《禄山事迹》载:安禄山自长安回范阳后,反叛的迹象渐渐显露。但唐玄宗却浑然不觉,对于那些说安禄山有谋逆之心的人,唐玄宗必定将他捆绑起来,送到安禄山那里,由他处置。因此道路侧目,没有再敢说话的人。

㉝ 良家子,言出身清白人家。

㉞ 多门:多家多户,多种门道。

㉟ 益:增益,增添。

㊱ "身贵"句:言立功封侯,使自身显贵,当面对国家大义时,就不值得关注了。

㊲ "坐见"二句:坐,遂,即将。幽州,唐玄宗先天二年(713)设置幽州节度使。天宝元年(742)改为范阳郡(治所在今北京)。天宝三载,安禄山任范阳节度使。河洛,指黄河与洛水之间的地区。这二句说安禄山反叛,胡人的骑兵长驱直下,侵犯中原,很快就会发生。

㊳ 间道:偏僻或抄近的小路。因为是逃离军队,不敢走大道,只能抄小路走。

㊴ "恶名"二句:由于及时逃离军队,没有参与安禄山的叛乱,因此能摆脱叛逆的恶名,但无法摆脱孤独贫困的境遇。

解读

　　《前出塞》为征秦陇之兵赴交河而作，《后出塞》为征东都之兵赴蓟门而作，都是乐府诗。"坐见幽州骑，长驱河洛昏。"最后一首，说到安禄山在范阳举兵作乱，叛军已逼近东都洛阳，当作于天宝十四年冬。和《前出塞》相同，这组诗五首相衔而下，合成一篇，文势一步紧一步，局势一着危一着。全诗也用第一人称的手法，写一个出自洛阳的兵士，应征前往范阳的遭遇与感受。第一首写安禄山为扩展势力，以勋业、利禄为诱饵，在洛阳招募军士。《前出塞》是强征，《后出塞》是应征，一字之别，造成入伍场面和人物心情的截然不同，前者是吞声负戈，这里是含笑看钩。这种梦幻般的兴奋很快消失，第二首写进入军营，方知遇上的是一个霍去病式的严酷好战的将军，及壮封侯的豪情，随即被惨戚不骄的沮丧所替代。"落日照大旗，马鸣风萧萧"，为杜诗名句。《诗经·小雅·车攻》："萧萧马鸣，悠悠旆旌。"萧萧为闲暇之态，与风声无关。此诗加一"风"字，顿觉军营肃杀之气。前、后《出塞》，这首诗风骨最遒劲，意境最雄浑，声调最响亮，因此最为后人乐道。前面二首重在描述，从第三首起转入感悟和反思。六合已成一家，出征原无必要，"岂知英雄主，出师亘长云"。边将邀功好战，全因帝王黩武喜功。"岂知"上意如此，"遂使"下士奋身，上行下效，不可收拾。但玄冥之北，远离中国，荒无人烟，又岂能开拓？从字面上看，这首诗颇多夸张之词，但讽刺之意，自在言外。第四首写穷兵黩武的危害。依仗唐玄宗一味宠信，安禄山骄纵跋扈,滥赏以结军心,严刑以箝众口,叛逆之势已成,旁人却又无可奈何。唐玄宗逃离长安后,"有老父郭从谨进言曰:'禄山包藏祸心,固非一日;亦有诣阙告其谋者,陛下往往诛之,使得逞其奸逆,致陛下播越。'"(《资治通鉴·唐纪三十四》)"边人不敢议,议者死路衢。"立意剀切,遣词沉痛,揭示了造成安史之乱的根源,全在玄宗养虎贻患。最后一首写从军中逃脱回到故乡的情景,当年"亲戚拥道周",如今"故里但空村",往日繁盛,已荡然无存。抚今追昔,令人难以为怀。清施补华说这组诗"竭情尽态,言人所不能言"(《岘佣说诗》)。宋刘克庄认为杜甫的前、后《出塞》,"笔力与《古诗十九首》并驱"(《后村诗话》)。

三川观水涨二十韵①

我经华原来②,不复见平陆③。北上唯土山,连天走穷谷④。火云出无时⑤,飞电常在目⑥。自多穷岫雨⑦,行潦相豗蹙⑧。蓊匌川气黄⑨,群流会空曲⑩。清晨望高浪,忽谓阴崖踣⑪。恐泥窜蛟龙⑫,登危聚麋鹿⑬。枯查卷拔树⑭,礧磈共充塞⑮。声吹鬼神下⑯,势阅人代速⑰。不有万穴归,何以尊四渎⑱?

71

及观泉源涨，反惧江海覆[19]。漂沙坼岸去[20]，漱壑松柏秃[21]。乘陵破山门，回斡裂地轴[22]。交洛赴洪河，及关岂信宿[23]。应沉数州没[24]，如听万室哭。秽浊殊未清，风涛怒犹蓄[25]。何时通舟车，阴气不黪黖[26]？浮生有荡汩，吾道正羁束[27]。人寰难容身[28]，石壁滑侧足[29]。云雷屯不已[30]，艰险路更跼[31]。普天无川梁，欲济愿水缩[32]。因悲中林士[33]，未脱众鱼腹[34]。举头向苍天，安得骑鸿鹄[35]？

注释

① 三川：据《新唐书·地理志》，为唐代鄜州属县，以华池水、黑水及洛水三川同会得名。在今陕西洛川西北。

② 华原：在今陕西铜川耀州。

③ 平陆：平原。

④ 连天：连日。

⑤ 火云：炎夏的红云。

⑥ 飞电：闪电。

⑦ 穷岫：深山，荒山。

⑧ 行潦：沟中的流水。阤礧：撞击。

⑨ "蓊匌"句：蓊匌(wěng gé)，水气蓊郁而匌匝(周匝，环绕)，即水气弥漫、充塞。因洪水在黄土山上奔流，故言"川气黄"。

⑩ 空曲:指高峻险要的山谷。

⑪ 阴崖:背阳的山崖。踏:倒塌,指塌方。

⑫ "恐泥"句:泥,阻塞,留滞。这句说蛟龙害怕被阻塞在这里,因此四处奔窜。

⑬ "登危"句:危,高。这句说麋鹿到高处聚集。

⑭ "枯查"句:查,同"槎",水中浮木。这句说洪水卷走枯槎,拔起树木。

⑮ "礧磈"句:礧磈(léi wěi),石块。充塞,堵塞。这句说石块将水口堵塞。

⑯ "声吹"句:《杜诗详注》:"水声冲激,如泣鬼神。"

⑰ "势阅"句:阅,经历。人代,人世。《杜诗详注》:"水势变迁,忽移(改变)人世。"

⑱ "不有"二句:四渎,《尔雅·释水》:"(长)江、淮(河)、(黄)河、济(河)为渎。四渎者,发源注海(从源头流出,最后注入大海)者也。"这二句说如果不能作为万穴水流的归宿,四渎又有什么可尊的? 或者说:四渎得到祭祀的尊礼,就因为它们能容纳来自千山万壑的水流。

⑲ 江海覆:谓江海倒流。

⑳ "漂沙"句:坼,分裂,撕裂。这句说堤岸被洪水撕裂,沙石漂流而去。

㉑ "漱壑"句:漱,侵蚀,冲击。这句说洪水冲击山壑,树木的枝叶被折断,只剩下光秃秃的松柏。

㉒ "乘陵"二句:乘陵,侵凌。回斡,回旋,旋转。地轴,《河图·

括地象》:"天有九部八纪,地有九州八柱。""昆仑山为天柱,气上通天,昆仑者,地之中也。地下有八柱,柱广十万里,有三千六百轴,互相牵制,名山大川,孔穴相通。"这二句极言水势的巨大冲击力。

㉓"交洛"二句:洛,指鄜州境内的洛水。洪河,指黄河。关,指潼关。信宿,连住两夜,也表示两夜。这二句写洪水汇集洛水,注入黄河,流至潼关,不用两天时间,极言水流迅疾。

㉔"应沉"句:言洪水会淹没几个州的土地。

㉕"秽浊"二句:秽浊,指洪水。蓄,积聚。这二句写洪水依然猖獗。

㉖"何时"二句:黪黩,昏暗不清。这二句是诗人的发问:什么时候水势才能平息,恢复正常的生活秩序?

㉗"浮生"二句:荡汨,激荡汨没,言起伏不定。羁束,拘束。上句说人生本来就起伏不定。下句有二种解释:一是如今我正遭遇旅途困顿的时候;二是我正处于人生坎坷的阶段。

㉘人寰:人世。

㉙侧足:言因畏惧而不敢正立。

㉚"云雷"句:屯,聚集。不已,不停。这句说暴雨还是下个不停。

㉛跼:局促,窘迫。

㉜"普天"二句:川梁,河桥。《后魏书》:尔朱兆袭京邑(洛阳),人梦河神为缩水脉。及(尔朱)兆至,有行人言水浅处(引)导焉。遂策马涉渡,直叩宫门。这二句说桥梁到处都被冲垮,

想要渡河,唯有希望水势收缩。
㉝ 中林士:林居之士,即隐居的人。
㉞ "未脱"句:脱,逃脱。言难免葬身鱼腹。
㉟ "举头"二句:这二句承上面四句而来,桥梁已经冲垮,水势依然盛大,人的生命遭受巨大威胁,在无可奈何之际,诗人对着苍天,发此奇想:人们能不能骑上鸿鹄远走高飞,离开这危险的地方?

解读

　　为躲避即将到来的安史叛军,天宝十五年五月,杜甫率全家自奉先前往同州白水(以境内有白水河得名,南与蒲城县相接),寄住在舅父崔顼的家中;不久又携家前往鄜州城北的羌村居住。三川属鄜州,此诗描写了在这里所见河水暴涨的状况:水流山内,故川气带黄;浪浸山脚,故壁崖如塌。蛟龙奔窜、麋鹿登高,水势必然凶猛;树根拔起,沙石填塞,可见惊涛激荡。有如江海倒流,漂沙漱壑,腾涌破山,回旋裂地——满目骇人景象,以致让诗人产生水声如泣鬼神、水势忽移人世的感觉。此诗雕镂深刻,但形象生动;虽多生造之词,依旧光景宛然。王嗣奭道:"描写水势之横,不减虎头(东晋著名画家顾恺之)之画","如'声吹'、'势阅'二句,无人能道,然终与唐人分道而驰。比之画马,他人皆画肉,而公则画骨,此其超出唐人者,肉易识,骨不易识也"(《杜臆》)。这种独特的表现手法,为后世韩愈《石鼎联句》等诗所继承。只是后人袭取了生硬的字面,却达不到杜诗那样生动的境界。但诗人并未到此为止,而是在困顿的行途,浮思联翩,料想"应沉数州没",感觉"如听万室哭",从而产生"普天无川梁,欲济愿水缩"的愿望。与前《自京赴奉先县咏怀》诗中"默思失业徒,因念远戍卒"一样,体现了饥溺一体之心、济世利物之怀。关于这年的大水,史书并无任何记载,因此这首诗又可弥补史籍的缺失。

月　夜

今夜鄜州月①,闺中只独看。遥怜小儿女②,未解忆长安。香雾云鬟湿,清辉玉臂寒。③何时倚虚幌④,双照泪痕干?

注释

① 鄜州:今陕西富县。唐代三川为其属县。
② 怜:怜爱,怜惜。
③ "香雾"二句:想象妻子独自看月的景象。雾本无香,香从如云般的发鬟中散发出。古人诗文中所说"云香""雨香",都是这种意思。鬟,古代妇女梳的环形发髻。
④ 虚幌:指透光的窗帘或帷幔。

解读

天宝十五年(756)六月,玄宗逃奔四川。七月,唐肃宗在灵武即位,改元至德。八月,杜甫在投奔肃宗的路上被俘,送到已经沦陷的长安,由此和妻儿断绝音信。这首诗即写在长安的思亲之情。浦起龙论此诗特色,说:"心已驰神到彼,诗从对面飞来。"(《读杜心解》)这既是诗的表现方式,也是诗人心情的真实体现。当时最让他难以释怀的,不是对自身处境的焦虑,而是对亲人目前状况的关切,心神早已飞往鄜州,想象家中会是怎样的情景。明明是自己思念亲人,起句偏说妻子挂念自己;只是儿女幼小,不懂替母亲分忧,让妻子一人独自承受分离的痛苦,此情此景,何以为堪。颔联为流水对,有借叶衬花之妙。不同于一般对仗出句与对句相互映衬的原则,流水对中出句与对句在意义上和语法结构上不是相对,而是上下相承,两句之间有前后承接关系,先后次序不能倒置,下句承接上句,如流水从上游流到下游,故称之为"流水对"。这样的对仗,如行云流水,一气呵成,十分难得,故最为人称道。颈联以丽词写苦情,云鬟已湿,玉臂生寒,可见看月之久,更见思念之深。末联寄以期望,以何时双照,和首联今夜独看照应,而只有双照才能擦干泪痕,又可见此时独看泪流不断了。清黄生评此诗:"语意玲珑,章法紧密,五律至此,无忝称圣矣。"(《杜诗说》)诗中以对面着笔的表现方法,并不始于杜甫,早在《诗经·魏风·陟岵》中即已出现。和杜甫同时的王维有诗:"遥知兄弟登高处,遍插茱萸少一人。"(《九月九日忆山东兄弟》)也用这种手法。《陟岵》和王诗都是脍炙人口的名篇，但仍不如此诗微婉真挚，一往情深。

哀王孙

　　长安城头头白乌，夜飞延秋门上呼①。又向人家啄大屋②，屋底达官走避胡③。金鞭断折九马死，骨肉不待同驰驱④。腰下宝玦青珊瑚⑤，可怜王孙泣路隅。问之不肯道姓名，但道困苦乞为奴。已经百日窜荆棘，身上无有完肌肤。高帝子孙尽隆准⑥，龙种自与常人殊。豺狼在邑龙在野⑦，王孙善保千金躯。不敢长语临交衢⑧，且为王孙立斯须⑨。昨夜东风吹血腥，东来橐驼满旧都⑩。朔方健儿好身手，昔何勇锐今何愚⑪。窃闻天子已传位⑫，圣德北服南单于⑬。花门剺面请雪耻⑭，慎勿出口他人狙⑮。哀哉王孙慎勿疏⑯，五陵佳气无时无⑰。

注释

① "长安"二句：头白乌，即白头乌，古人视为不祥之物。延秋门，唐长安禁苑西门。唐玄宗即从此门出，由便桥渡渭水，自

咸阳大道往西至马嵬驿。《杜诗详注》："杨慎曰：《三国典略》：侯景篡位，令饰朱雀门，其日有白头乌万计，集于门楼。童谣曰：'白头乌，拂朱雀，还与吴。'用其事，以侯景比禄山也。"《唐鉴》：杨国忠首倡幸蜀之策，帝然之。乙未黎明，帝独与贵妃姊妹、王子妃主皇孙、杨国忠、韦见素、陈玄礼及亲近宦官宫人，出延秋门。妃主王孙之在外者，皆委之而去。

② 大屋：高门大屋，指权贵之家。

③ 底：同"的"。

④ "金鞭"二句：《西京杂记》载：汉文帝有良马九匹。这句说唐玄宗急于出奔，快马加鞭，连骨肉都弃之不顾。

⑤ "腰下"句：玦，半环形有缺口的佩玉。言腰下挂着青珊瑚玉佩。

⑥ 高帝：指唐高祖李渊。隆准：高鼻梁。史称汉高祖刘邦为人隆准，有帝王相。

⑦ "豺狼"句：言安禄山在东都洛阳称帝，玄宗出奔在外。邑，都城。

⑧ 交衢：指道路交错要冲之处。

⑨ 斯须：片刻。

⑩ "东来"句：橐驼，骆驼。安史叛军攻陷两京后，用骆驼将宫中珍宝运到范阳。旧都，指长安。

⑪ "朔方"二句：通常认为指哥舒翰率领二十万河陇、朔方军守潼关，被安史叛军击败，几乎全军覆没。但据陈寅恪先生考证，"朔方健儿"指原直隶于朔方军的同罗部落，"安禄山虽久

蓄异谋,然不得同罗部落为其军队主力,恐亦未敢遽发大难。盖禄山当日所最畏忌者,为朔方军。同罗部落乃朔方军武力之重要部分,既得袭取此部落以为己用,更可为所欲为矣。""同罗昔日本是朔方军劲旅,今则反复变叛,自取败亡,诚可谓大愚者也。"(《书杜少陵哀王孙诗后》)

⑫"窃闻"句:这年七月,唐玄宗传位,太子在灵武即位,改元至德,是为肃宗。

⑬"圣德"句:史称唐玄宗临走前,对太子说:"西北各民族,我对他们一直很照顾,你一定会得到他们帮助。"南单于,南匈奴王。东汉光武帝时,匈奴分为两支,南单于遣使称臣。这里指肃宗即位后,回纥派使者朝见,愿帮助唐王朝平乱。

⑭"花门"句:花门,花门山堡在居延海(在今甘肃)北三百里,是回纥骑兵驻地,故借以指回纥。剺面,以刀划面。古代匈奴、回鹘等族遇大忧大丧,则划面以表示悲戚。请雪耻,请求为唐朝洗雪被安史叛军击败驱逐的耻辱。

⑮"慎勿"句:狙,猕猴。因善伺伏攫食,比喻人在暗中伺伏侦察。钱谦益《钱注杜诗》:"当时降贼之臣必有为贼耳目,搜捕皇孙妃主以献奉者。"

⑯疏:疏忽。

⑰"五陵"句:五陵,五陵原,以西汉前六代皇帝在这里的五个陵墓而得名(汉文帝霸陵在别处)。玄宗以前的唐室也有五陵,即高祖献陵,太宗昭陵,高宗乾陵,中宗定陵,睿宗桥陵,施鸿保《读杜说》以为"此就唐五陵言,非借汉为比,亦非借用字

面。"佳气,指弥漫在陵墓间的郁郁葱葱之气。这句说唐皇朝的国运依然兴盛。

解读

　　天宝十五年(756)六月九日,潼关失守;十二日,玄宗出奔,随行仅有杨贵妃姊妹等人,许多亲王、嫔妃、王孙、公主都弃之不顾。七月,安禄山部将孙孝哲攻陷长安,杀霍国长公主、永王妃及驸马杨驲等八十人,并挖其心,以祭被玄宗赐死的安庆宗。不久,又杀王孙及郡县主二十余人。诗中说"已经百日窜荆棘",则此诗当在这年九月间作。诗人通过腰间佩戴的珊瑚宝玦,邂逅一位从大难中侥幸逃脱的王孙。此诗也是一首乐府诗,以比兴起篇。"不敢长语"以下一段,先写贼中相逢,四顾东风血腥,橐驼满街,因而胆战心惊,不敢多言;出于对王孙的同情、对时事的关切,诗人又不能不言:正是朔方将士的败绩,直接造成山河破碎,王孙落难;但王孙切莫就此沉沦,如今太子龙兴,还有花门相助,中兴有望;这虽是喜讯,但只能藏之于心,不可轻易说出,以防隔墙有耳;在这种时候,王孙更应该谨慎保重,等待京城光复的一天。这里有同情,有感伤,有劝慰,有申戒,一句一转,此起彼伏,恳切曲折,惓惓有情,叮咛反复,如闻其声。叶燮评此诗:"终篇一韵,变化波澜,层层掉换,竟似逐段转韵者。七古能事,至斯已极。"(《原诗》)据钱谦益说,靖康之难时,金兵攻占北宋都城汴京(今河南开封),宋朝群臣为讨好金人,帮助搜索皇子王孙,一网打尽。这种情况在安史之乱时即已出现。随从唐玄宗入蜀的王侯将相,他们留在长安的子孙兄弟,就连婴儿,也全被杀戮。"当时降逆之臣,必有为贼耳目,搜捕皇孙妃主以献者。"覆巢之下,岂有完卵。即使这位幸免于难的王孙,也到处逃窜,遍体鳞伤,生活无着,以致甘愿卖身为奴。"明皇平韦后之难,身致太平,开元之际,几于贞观盛时,及天宝末,不唯生民涂炭,而妻子亦且不免。读《江头》《王孙》二诗,至今犹惨然在目。孟子云:'苟能充之,足以保四海;不能充之,不足以保妻子。'即一人之身,而治乱兴亡之故昭然矣。"(《钱注杜诗》)

悲陈陶[①]

孟冬十郡良家子[②],血作陈陶泽中水。野旷天清无战声,四万义军同日死。群胡归来血洗箭[③],仍唱胡歌饮都市。都人回面向北啼[④],日夜更望官军至。

注释

① 陈陶:陈陶斜,又名陈陶泽,在今陕西咸阳东。
② 孟冬:农历十月。
③ "群胡"句:安禄山为胡人,部下也多胡人,群胡即指安史叛军。

④"都人"句:都人指京城居民。这时唐肃宗驻守灵武,在长安北面,故都人向北而啼。

解读

　　此诗和前面《哀王孙》、后面《悲青坂》《哀江头》,都是即事名篇的乐府诗。《旧唐书·房琯传》载:至德元年(756)十月,宰相房琯上表,自请率兵讨伐叛军,收复京师。但他性喜谈论,用兵实非所长,且将军务交付同样不知用兵的儒生李揖、刘秩。在陈陶斜和叛军对峙时,房琯本想固守等待时机,因宦官邢延恩催促,匆忙迎战。他采用春秋时期车战之法,以牛车两千乘进攻,马、步军护卫。叛军顺风势扬尘纵火,擂鼓叫喊,牛都惊恐不安,人畜溃乱。唐军不战而溃,死伤四万余人,仅数千人逃脱。此诗即为当时的实录。军号未响,战鼓未擂,野旷天清,战场平静,四万将士,竟在一日之内,全部捐躯,官军指挥失措,不言而喻。一面是将士血流成河,一面群胡以血洗箭;一面是叛军高唱胡歌,一面是百姓回面掩泣。二者相对,更觉伤感。和杜甫关系密切的达官,首推房琯。后来他为了营救房琯,不惜冒犯肃宗,潦倒终身。但对这次战役,则如实记载,毫不掩饰。宋刘克庄道:"叙陈陶、潼关之败,直笔不恕,所以为诗史也。"(《后村诗话》)。清吴乔也说:"陈陶斜之败,不为房琯讳,故曰诗史。"(《围炉诗话》)

悲青坂

我军青坂在东门①,天寒饮马太白窟②。黄头奚儿日向西③,数骑弯弓敢驰突。山雪河冰晚萧瑟。青是烽烟白人骨④。焉得附书与我军,忍待明年莫仓卒⑤。

注释

① "我军"句:言官军驻扎在武功县东门外的青坂。
② "天寒"句:钱谦益注:"太白山,在武功县,去长安二百里。琯先分三军,刘哲将中军,自武功入,故曰饮马太白窟。"(《钱注杜诗》)窟,洞穴。
③ 黄头奚:据《新唐书》,奚为东胡的一种。其中名室韦的部落,以黄布裹头,故称黄头奚。《安禄山事迹》:"禄山反,发同罗、奚、契丹、室韦、曳落河(胡言壮士)之众,号父子军。"
④ 白人骨:白是人骨。
⑤ 忍待:坚忍以待。仓卒:即仓猝。

解读

陈陶兵败后,房琯本想坚守壁垒,暂不出战,又因宦官邢延恩催促进攻,在青坂和与叛军安守忠部再次交战,大败而归。部将杨希文降敌。《悲陈陶》最发人深省的是"野旷天清无战声",揭露了因官军无能而造成惨败。此诗最触目惊心的是"数骑弯弓敢驰突",即使只有几个胡兵,也敢在黄昏时分,耀武扬威,目中无人,此时官军的怯弱可欺,已在不言之中。放眼战场,除了冰雪、烽烟,唯有累累尸骨,景象无比凄惨。尽管诗人和其他百姓一样,刻刻盼望官军能得胜归来,但在这样的状况下,又怎能指望官军取胜呢?故结句希望官军切莫再仓猝出战,应先休整养息,等到明年再做打算。

对 雪

战哭多新鬼①,愁吟独老翁。乱云低薄暮②,急雪舞回风③。瓢弃樽无绿④,炉存火似红。数州消息断⑤,愁坐正书空⑥。

注释

① "战哭"句:指在陈陶斜和青坂的大败中被惨杀的唐军将士。

② 薄暮:傍晚。

③ "急雪"句:雪花在回旋的风中急速飞舞。

④ 樽:酒樽,盛酒器具。绿:酒色绿,故用以借指酒。

⑤ 消息:关于国事、家事的消息。

⑥ "愁坐"句:书空,用手指在空中虚划字形。东晋穆帝永和五年,

战哭多新鬼，愁吟独老翁

中军将军殷浩奉命北伐,中计兵败许昌,被废为庶人,流放东阳。《世说新语·黜免篇》:"殷中军被废,在信安,终日恒书空作字。扬州吏民寻义逐之,窃视,唯作'咄咄怪事'四字而已。"

解读

此诗也为陈陶兵败而作。首联拈出"独"字,令人玩味。当时为兵败叹息哭泣者,不乏其人,但能在第一时间,对战败的惨状、叛军的嚣张、市民的痛苦,在诗中作真实反映的,却唯有杜甫。诗中写雪,仅有一句,但围炉饮酒,是为了取暖,已隐含雪急天寒之意;而瓢中无酒、炉中无火,则更见萧瑟凄苦之状。"火似红","似"字甚妙,实际情况是没有火,但在诗人心中还存在一些幻想,似乎仍有一些余烬留着。天冷地冻,已让人难受,而此时诗人的心更冷,这就更加不堪。叛军得势,战场鬼哭;朝廷流亡,消息中断。繁盛的唐皇朝,陡然掉入衰败之中,岂非咄咄怪事?这不能不引起诗人深切的思考。前人写过不少对雪饮酒的诗,大多为豪饮低唱,赏心乐事。但杜甫与众不同,情忧黎元,心系天下,随境而发,无处不在。

春　望

国破山河在,城春草木深。感时花溅泪,恨别鸟惊心①。烽火连三月,家书抵万金。白头搔更短,浑欲不胜簪②。

注释

① "感时"二句:有二种解释:一是因感时恨别,故见花开而泪水飞溅,闻鸟啼而触目惊心;一是当此之际,花鸟也被感染,花因感时而溅泪,鸟因恨别而惊心。

② "浑欲"句:浑,简直。簪,古人用来系结发髻的长针。这句说头发少得连簪子都插不上了。

解读

此诗作于唐肃宗至德二年(757)春。景物通过"望"字展开,情意借助"望"字抒发。前二句写春望之景。山河依旧,可叹物是人非;草木深荟,只是人迹稀少。"在"字、"深"字,写沦陷后长安城,虽春回大地,却满目荒凉,有"风景不殊,正自有山河之异"的感喟。后六句都写春望之情。诗人对景生情,睹物伤怀,忧国心碎,思家意切,于是见花溅泪,闻鸟惊心,触目生悲,不能自已。前面四句,景为含情之景,情为寓景之情,相生相映,融为一体。颈联为颔联的续述,语更明白。"烽火"照应"感时","家书"照应"恨别"。这二句诗看似平常,但处在战乱这个特定的社会环境中,感受就格外真切,格外无奈,格外伤感。近人郁达夫深有同感,作诗道:"一纸家书抵万金,少陵此语感人深。"(《奉赠五首》)这是杜甫五律名作,前六句都是脍炙人口、经久不衰的名句。此诗意虽悲切,但语言清丽,风力刚健,阳刚阴柔,兼而有之。清末吴汝纶以为"字字沉著,意境直似《离骚》"(高步瀛《唐宋诗举要》引)。明胡震亨赞道:"对偶未尝不精,而纵横变幻,尽越陈规,浓淡浅深,动夺天巧,百代而下,当无复继。"(《唐音癸签》)

得舍弟消息二首

近有平阴信①,遥怜舍弟存。侧身千里道②,寄食一家村③。烽举新酣战,啼垂旧血痕④。不知临老日,招得几人魂?

汝懦归无计,吾衰往未期。浪传乌鹊喜⑤,深负鹡鸰诗⑥。生理何颜面⑦,忧端且岁时⑧。两京三十口⑨,虽在命如丝⑩。

注释

① 平阴:县名,治所在今河南孟津东。
② 侧身:倾侧身体,表示戒惧不安。
③ 一家村:指荒僻的乡村。以上二句写信中所言。

④ "烽举"二句:《杜诗详注》引赵汸注:"酣战曰新,见杀伐未休。血痕曰旧,见乱离已久。"

⑤ "浪传"句:《两京杂记》:"乾鹊(喜鹊)噪(鼓噪)而行人至。"宋彭乘《墨客挥犀》:"北人喜鸦声而恶鹊声,南人喜鹊声而恶鸦声。"浪,空。因弟不能归来,故言空传乌鹊之喜。

⑥ "深负"句:鹡鸰:一种嘴细、尾翅都很长的小鸟,只要一只离群,其余的就都会鸣叫,寻找同类。用以比喻兄弟友爱。《诗经·小雅·棠棣》:"脊令(鹡鸰)在原,兄弟急难。每(虽)有良朋,况也永叹(长叹)。"因诗人不能前往,故言深负鹡鸰之诗。

⑦ "生理"句:生理,生计。有二种解释:一是还有什么脸面活在世上;二是生计艰辛,不堪面对他人。

⑧ "忧端"句:忧端,愁绪。岁时,岁月,时间。这句说姑且在忧愁中度日。

⑨ "两京"句:当时诗人在西京,弟弟在东京,共有三十人。

⑩ 命如丝:即命垂一线之意。

解读

　　《杜诗详注》引黄鹤注,据诗中"两京三十口"、"烽举新酣战"等语,定此诗为天宝十五年作,当时诗人陷居长安。清邵长蘅说杜甫"忆弟诸作,全是一片真情流注,便尔妙绝,不能摘句称佳"(《杜诗镜铨》引)。诗以"遥怜舍弟存"发端,一个"怜"字,包含着极其复杂的情绪。由于战争不息,能够避乱全身极为不易,加上音讯久隔,诗人已经不抱弟兄团聚之想,得到兄弟还在的消息,不免似信非信,又惊又喜。在"怜"字中,可以听到诗人沉重的叹息。这虽是喜讯,但却无法擦干日复一日的泪痕血痕,因为新的战火又已点燃,而且看不到尽期。年已垂老,生死难卜,真不知还能和几个亲人,有相见的时候。于是在第二首诗中,发出空传乌鹊之喜、深负鹡鸰之诗的感慨。其实又何止兄弟,两京亲属三十余口,哪个不命垂一线,危在旦夕?而自己无能为力,真愧对亲人,唯有在焦虑忧伤中,打发时间。一份报喜的书信,反引起诗人无限的感伤。此诗前后照应,层层推进,措辞平易,含意曲折,情极不堪,语极沉痛。

哀江头

甫家居城南

少陵野老吞声哭①,春日潜行曲江曲②。江头官殿锁千门,细柳新蒲为谁绿③?忆昔霓旌下南苑,苑中万物生颜色④。昭阳殿里第一人⑤,同辇随君侍君侧⑥。辇前才人带弓箭⑦,白马嚼啮黄金勒。翻身向天仰射云,一笑正坠双飞翼⑧。明眸皓齿今何在?血污游魂归不得⑨。清渭东流剑阁深,去住彼此无消息⑩。人生有情泪沾臆⑪,江草江花岂终极⑫。黄昏胡骑尘满城,欲往城南望城北⑬。

注释

① 少陵野老:杜甫自称。见《醉时歌》注⑥。吞声:不敢发出声。

② "春日"句:潜行,秘密行走。曲江,见《乐游园歌》注⑪。曲江曲,指曲江的幽深之处。

③ "细柳"句:《剧谈录》:"曲江池花草周环,烟水明媚,江侧菰蒲葱翠,柳荫四合,碧波红蕖,湛然可爱。"这些花、树,原来都是供唐玄宗、杨贵妃观赏的,如今落入叛军手中,所以说"为谁绿"。

④ "忆昔"二句:霓旌,指皇帝仪仗中的旌旗,五色缤纷,有如云霓。南苑,即芙蓉苑,在曲江东南。生颜色,增添光辉。

⑤ 昭阳殿:汉成帝宠妃、皇后赵飞燕之妹赵合德居住的宫殿。这里借指杨贵妃居住的宫殿。第一人:最得皇上宠爱的人,指杨贵妃。

⑥ 辇:古代用人拉着走的车子,后多指天子或皇室坐的车子。

⑦ 才人:宫中女官。

⑧ 一笑:指杨贵妃见射中飞鸟而一笑。

⑨ "明眸"二句:《旧唐书·后妃传》:安禄山借口讨伐杨国忠发动叛乱,叛军攻破长安门户潼关,唐玄宗带了部分皇亲国戚逃离长安。经过马嵬驿(今陕西兴平西北)时,随行将士杀死

了宰相杨国忠,并逼杨贵妃自尽。"明眸皓齿"是当初杨贵妃一笑时的形象,"血污游魂"指死后的杨贵妃。

⑩ "清渭"两句:马嵬南面邻近渭河。剑阁,在今四川广元西南,守剑门天险,有"一夫当关,万夫莫开"之说,为古代从关中(陕西)去蜀地(四川)的必经之路。唐玄宗去蜀地,杨贵妃死在马嵬,一去一留,生死相隔,再也不能互通消息。

⑪ 臆:胸部。

⑫ "江草"句:终极,犹穷尽。这句说花草无知,年年依旧,不会因人事而改变。

⑬ "欲往"句:《杜诗详注》引朱鹤龄语:"陆游《老学庵笔记》:老杜《哀江头》云:'黄昏胡骑尘满城,欲往城南忘城北',言方皇惑避死之际,欲往城南,乃不能记孰为南北也。然荆公集句,两篇皆作'欲往城南望城北',或以为舛误,或以为改定,皆非也。盖所传本偶不同,而意则一也。北人谓'向'为'望',谓欲往城南,乃向北,亦皇惑避死,不能记南北之意。曹植《吁嗟篇》:'当南而更北,谓东而反西。'古乐府:'战城南,死郭北。'"明胡震亨说:"灵武行在,正在长安之北,公自言往城南潜行曲江者,欲望城北,冀王师之至耳。若用'忘'字,第作迷所之解,有何意义?"(《唐音癸签》)

解读

此诗和《春望》作于同时,抒写春日出游的感受,为七古名作。古诗词不仅是文字语言,也是音乐语言,选择合适的韵脚,对情境的表现有至关重要的作用。"入声短促急收藏",入声急促低沉,音节拗怒,与平声交替使用,更具抑扬顿挫之感。杜甫常用入声韵抒写深沉抑郁的情意,此诗通篇押入声韵,诗意四句一转。曲江原是长安游览胜地,仕女云集,摩肩接踵,但如今已人去楼空,即使想重寻旧梦,也得吞声潜行。行走在寂寥凄凉的幽曲之处,难解的是愁思郁结的百折回肠。起首四句,不胜故宫离黍之感。下面回想沦陷前的盛况,最瞩目的无疑是玄宗、杨妃驾临,曲江满苑为之生色。但诗中对此并未多作描述,此时诗人之心,更关注的是玄宗杨妃的遭遇、社稷朝廷的命运。"一笑正坠双飞翼",杨妃不会想到,飞翼双坠,竟成了她和玄宗命运的预兆。诗人抚今追昔,寻根溯源,从当初灿齿一笑,直接引出日后"血污游魂"。后写江水江花,年年依旧,与前细柳新蒲、为谁而绿一样,以无情反衬有情,有触目生悲之意。结句"望城北"三字,别本或作"忘南北",或作"往城北"。陈寅恪发挥胡震亨的说法:"杜少陵《哀江头》诗末句'欲往城南望城北'者,子美家居城南,而宫阙在城北也。自宋以来,注杜者多不得其解,乃妄改'望'为'忘',或以'北谓向为望'为释。殊失少陵以虽欲归家而犹回望宫阙为言,隐示其眷念迟回、不忘君国之本意矣。"(《元白诗笺证稿》)但施蛰存先生还是赞同朱鹤龄的看法,认为"徐幹《中论·慎所从篇》云:'譬如迷者,欲南而反北也。'这才是杜甫诗的原始出处。""欲往城南"分明就是"欲南"的演绎。"杜甫用'南北'二字的依据。可知它与家住城南没有关系,与灵武或宫阙也没有关系。只是说在'胡骑满城'的情况下,惶恐迷路而

已。"(《唐诗百话》)

黄生认为此诗意在谴责杨妃:"本哀贵妃,不敢斥言,故借江头行幸处,标为题目耳。此诗半露半含,若悲若讯。天宝之乱,实杨氏为祸阶,杜公身事明皇,既不可直陈,又不敢曲违,如此用笔,浅深极为合宜。"(《〈杜诗说〉》)这也是前人常有的说法。《唐宋诗醇》不同意这种看法:"所谓对此茫茫,百端交集,何暇计及风刺乎?叙乱离处全以唱叹出之,不用实叙,笔力之高,真不可及。"二者似乎都有些偏面。两年前在《赴奉先咏怀》诗中对玄宗、杨妃荒淫无道的揭露,杜甫不会轻易忘怀;他也不会因碍于玄宗的脸面而不敢直言,半年后在《北征》诗中直斥杨妃为祸国的妲己。此诗作于他心情最苦闷、最复杂的时候。异族的入侵,使玄宗、杨妃又多了一重身份,由荒淫的执政者,变成外来入侵的受害者。他对玄宗、杨妃的淫乐,固然不满,但对他们的结句,则又不免感伤。这和他写《北征》时对杨妃的态度,有所不同,因此表达也就不那么激愤明了,而是感喟深沉,情意悱恻,波澜跌宕,回映多姿。

一百五日夜对月①

无家对寒食②,有泪如金波③。斫却月中桂,清光应更多④。仳离放红蕊,想象嚬青蛾⑤。牛女漫愁思,秋期犹渡河⑥。

注释

① 一百五日:即寒食日。梁宗懔《荆楚岁时记》:"去冬至一百五日,即有疾风甚雨,谓之寒食。"古时这天禁烟火,只吃冷食。寒食节原在清明前二日,清初汤若望历法改革后,定在清明节之前一日。

② "无家"句:言寒食节一家人未能团聚。

③ 金波:月映波中,如金光闪烁。形容月光,这里借指月光下的泪水。

④ "斫却"二句:斫(zhuó),砍。月中桂,传说中月宫中的桂树。段成式《酉阳杂俎》:"月桂高五百丈,下有一人常斫之,树创随合,人姓吴,名刚,西河人,学仙有过,谪令伐树。"清光,月光。

⑤ "仳离"二句:仳离,别离,夫妻离散。红蕊,红花。嚬,同"颦",蹙眉,皱眉。青蛾,青黛画的眉毛,借指美女。上句说当此分离的时候,红花犹自开放;下句想象嫦娥(实指妻子)看到鲜花,愁容满面,皱起了眉头。

⑥ "牛女"二句:牛女,牛郎、织女。梁宗懔《荆楚岁时记》载:"天河之东,有织女,天帝之子也。年年织杼劳役,织成云锦天衣。天帝怜其独处,许嫁河西牵牛郎。嫁后遂废织。天帝怒,责令归河东。唯每年七月七日夜,渡河一会。"漫,徒然。

96

《诗经·卫风·氓》:"将子无怒,秋以为期。"(请你不要生气,婚期就订在秋天)秋期,预约在秋天的期限。这里指七夕。当时诗人因战乱和夫人分离,不知以后是否还有相聚的时候,因此觉得牛郎织女每年七夕还能相会,比自己要幸运,实在不必徒然生愁。

解读

至德二年(757)寒食节,杜甫身陷长安,已有一百五日,对月思家,作此诗。虽说主题和《月夜》相同,但表达方式则不一样。前者所重在月下之人,此诗通篇围绕月色展开。起句提出"无家"二字,因在无家可归的状况下对月,故有金波(月光)如泪的感觉。愁眼对月,即使些许遮蔽,也觉难以容忍,于是有斫却月桂的奇想。希望有更多的清光,又是为了看清此时月中的景象(即诗人意想中的家中的情状)。颈联想象妻子月下的愁容,与《月夜》相同;而触景生情,又与《春望》"感时花溅泪"二句相似。末联遥望星空,牵出时分时合的牛郎织女,若羡若妒,意味深长。全诗布局齐整,线索细密,并不仅以出语奇警见长。颔联为杜诗名句,不拘对偶,不似律体,但首联对举,前人称之为偷春格,谓如梅花偷春色而先开。这种手法,在初唐即已出现,如王勃名作《送杜少府之任蜀州》前四句即是:"城阙辅三秦,风烟望五津。与君离别意,同是宦游人。"宋罗大经说:"太白诗:'刬却君山好,平铺湘水流。'子美诗:'斫却月中桂,清光应更多。'二公所以为诗人冠冕者,胸襟阔大故也,此皆自然流出,不假安排。"(《鹤林玉露》)

塞芦子[①]

五城何迢迢，迢迢隔河水[②]。边兵尽东征[③]，城内空荆杞。思明割怀卫[④]，秀岩西未已[⑤]。回略大荒来，崤函盖虚尔[⑥]。延州秦北户[⑦]，关防犹可倚[⑧]。焉得一万人，疾驱塞芦子。岐有薛大夫[⑨]，旁制山贼起。近闻昆戎徒[⑩]，为退三百里。芦关扼两寇[⑪]，深意实在此。谁能叫帝阍，胡行速如鬼[⑫]。

注释

① 塞芦子：芦子，关名，位于今陕西靖边楼关梁（原名芦关梁）。此地山高坡陡，峡谷状如葫芦。塞，堵塞。言塞断芦子关，阻止叛军西进之路。

② "五城"二句：五城，指定远、丰安和上中下三个受降城。都在黄河北边，所以说"隔河水"。

③ "边兵"句：守五城的士兵，因讨伐安禄山全被调去东征。

④ "思明"句：史思明，安禄山部将，突厥人。怀卫，怀州、卫州，俱属河北道。至德二载，史思明自博陵进兵太原，舍弃河北往西，所以说"割"。

⑤ "秀岩"句：高秀岩，本哥舒翰部将，后降安禄山。这时自大同和史思明合兵而西，想攻取太原，长驱朔方、河陇之地。因此说"西未已"。

⑥ "回略"二句：回略，迂回包抄。大荒，指西北荒漠之地。崤函，崤山与函谷关的合称。崤山西连函谷，自古为险要的关隘。这二句说如果敌军从西北包抄过来，崤函就无险可倚（崤函之险就成了一句空话）。

⑦ "延州"句：延州，今陕西延安。为秦地北边的门户，出入必经之地。

⑧ 关防：指芦子关。

⑨ "岐有"二句：《通鉴》：至德元载七月，以薛景仙为扶风太守防御使，叛军曾侵犯扶风，被薛景仙击败。扶风郡，三国魏置，唐初改置岐州，天宝元年（742）复为扶风郡，至德元年（756）改名凤翔郡。治所在今陕西凤翔。

⑩ 昆戎：昆夷犬戎，古代西北少数民族。

⑪ 两寇：指史思明和高秀岩。

⑫ "谁能"二句：叫帝阍，报告朝廷。帝阍，宫门，禁门。因为胡人行动迅速，如同鬼蜮，再不作布置，就怕来不及了。

解读

这首诗也作于至德二年春陷居长安之时。《杜诗详注》引朱鹤龄语："此诗首以五城为言，盖忧朔方之无备也。高、史二寇合力攻太原，克太原才渡河而西，即延州界，北出即朔方五城。朔方节度治灵州，灵（州）距延（州）才六百里尔。灵武（肃宗行在）为兴复根本，公恐二寇乘虚入之，故欲以万人守芦关，牵制二寇使不得北。塞字作壅塞解。时太原几不守，幸禄山死，思明走归范阳,势甚炱炱,公故深以为虑也。"在前一年,杜甫曾作《悲青坂》诗,最后说:"焉得附书与我军,忍待明年莫仓卒。"此诗也以"谁能叫帝闻"作结,同样表达了急于让朝廷听到自己的建议并采取行动的愿望。诗人"窃比稷与契",既引起一些人的非议,看作书生自大之语,也让一些人叹服,认为在杜诗中确实体现了经世谋略,此诗便常为后者用作佐证。白居易在《与元九书》中,将此诗与《三吏》并提。王嗣奭说:"此篇直作筹时条议,剀切敷陈,灼见情势,真可运筹决胜,若徒以诗词目之,则犹文人之见也。"(《杜臆》)浦起龙也说:"此杜氏筹边策也。灼形势,切事情,以韵语为奏议,成一家之言矣。"(《读杜心解》)杨伦针对理学家"作诗无用"之说,以此诗反驳:"以韵语代奏议,洞悉时势,见此老硕画苦心。学者熟读此等诗,那得以诗为无用,作诗为闲事?"(《杜诗镜铨》)

自京窜至凤翔喜达行在所三首①

　　西忆岐阳信,无人遂却回②。眼穿当落日,心死著寒灰③。茂树行相引④,连山望忽开。所亲惊老瘦,辛苦贼中来⑤。

　　愁思胡笳夕,凄凉汉苑春⑥。生还今日事,间道暂时人⑦。司隶章初睹⑧,南阳气已新⑨。喜心翻倒极⑩,呜咽泪沾巾。

死去凭谁报⑪?归来始自怜。犹瞻太白雪⑫,喜遇武功天⑬。影静千官里,心苏七校前⑭。今朝汉社稷,新数中兴年。

注释

① 行在所:指朝廷临时政府所在地。蔡邕《独断》:"天子以四海为家,谓所居为行在所。"后专指天子巡行所到之地。至德二载(757)二月,唐肃宗自彭原迁至凤翔。

② "西忆"二句:岐阳,凤翔在岐山之南,山南为阳,故称岐阳。凤翔在长安西面,所以说"西忆"。忆,思念。信,信息,消息。下句说因为没有人来送消息,于是决定逃回。

③ "眼穿"二句:上句说寻找行在,望眼欲穿,一路向西,正对着落日。下句说前程未卜,心如死灰。

④ "茂树"句:有二种解释:一是茂密的树木在行走中相继出现,一是树木引导我前行。

⑤ "辛苦"句:是到达后亲友慰问的话。

⑥ "愁思"二句:笳,见《后出塞五首》注⑭。汉苑,以汉比唐,指曲江、芙蓉苑等游乐地。这二句追思长安的凄凉境况。

⑦ "生还"二句:这二句是倒装句,言昨天还在逃命,生死未卜,因此活着回来,只是今天才能肯定的事。间道,见《后出塞五

首》注㊳。仇兆鳌《杜诗详注》:"暂时人,谓生死悬于顷刻。"即随时有死的可能。

⑧ "司隶"句:《后汉书·光武纪》:"更始(刘玄)以光武(刘秀)行司隶校尉,于是置僚属,作文移,一如旧章。三辅吏士见司隶僚属,皆欢喜不自胜。老吏或垂涕曰:'不图今日复见汉宫威仪。'"这里说在凤翔又看到唐朝的典章制度。

⑨ "南阳"句:汉光武帝刘秀为南阳人。《后汉书·光武纪》:"望气者苏伯阿为王莽使,至南阳(今属河南),遥望见舂陵(汉代属南阳,在今湖北枣阳)郭,喈(jiē,赞叹)曰:'气佳哉,郁郁葱葱然!'"这二句都以汉光武帝比唐肃宗,说唐肃宗是像汉光武一样的中兴之主。

⑩ "喜心"句:即喜极而悲。翻倒,翻喜为悲。

⑪ 凭谁报:靠谁来告诉亲友我在路上死去的消息。

⑫ 太白:太白山,秦岭最高峰。主峰在太白县境内,终年积雪。

⑬ 武功:地名。《三秦记》:"武功太白,去天三百。"太白和武功都邻近凤翔。

⑭ "心苏"句:看到朝中有人,中兴有望,故心情舒缓。七校,汉武帝平百越,增设七校尉。这里指武将。

解读

　　至德二年(757)四月,杜甫历经艰险,逃离长安,到达肃宗的行在所凤翔。五月十六日,授左拾遗。这三首诗,便是任职不久痛定思痛之作。题为"喜达",但诗中所写,却多危苦情状,以途中的愁苦,烘托到达后的喜悦。第一首写正当日落,望眼欲穿,前途渺茫,心如死灰,山穷水尽,已近绝望。紧接着却是柳暗花明,忽然开朗,朝思暮想,就在眼前,一个"忽"字,写惊喜之状,极为传神。既然已经到达,理应抒写喜情,但下面却从旁人之眼,看出既老且瘦的形态,令人心酸。这首诗句句转折,出其不意,行文跳跃,笔法奇幻。

第二首翻喜为悲,由眼前的新气象,更加感伤长安沦陷后的凄凉境况。当时身在途中,可谓万死一生,但因心神紧张,无暇顾及。等到安定下来,追思前事,反觉更加惊惶。"生还今日事,间道暂时人。"上句是结果,下句是过程。身处危险的过程中根本无暇多想,只有在事定后才会细细咀嚼,里面包含了多少艰辛,多少心酸,多少感慨!想起自己能死里逃生,国家有中兴之望,又不禁喜极而泣,哽咽不已。在此,诗人表达的感情,亦悲亦喜,浑然一体了。

第三首起句突兀,劈空而至:"死去凭谁报?归来始自怜。"当初立志从沦陷区逃亡的,应该不乏其人,但或生或死,却不能由自己决定;作为一个普通人,更不会被社会关注,如果不幸离世,也无人知晓。"其生其没,家莫闻知。"家人只有在毕生的伤痛中,苦苦地盼望。这种苦情,身历其境者会有格外刻骨的体验、格外深切的感受,在事定之后,自我怜惜之意,油然而起。宋末刘辰翁批点选注杜诗,就这二句叹道:"他人累千百言不自诉者,一见垂泪。"(《杜臆》引)梁启超说:"还有一种特别技能,几乎可以说别人学不到,他(指杜甫)最能用极简的语句,包括无限情绪,写得极深刻。"如这二句,"仅仅十个字,把十个月内虎口余生的甜酸苦辣都写出来,这是何等魄力!"(《情圣杜甫》)这种言简意深的表达能力,在这组诗中表现得十分明显,除了这二句,如第一首"眼穿"二句、第二首"死去"二句,都不负此誉。全诗最后以"中兴"作结,浦起龙称之为"喜字真命脉"。可见诗人之喜,不仅是因为自己脱离险境,更是看到了国家复兴的希望。

述 怀

去年潼关破①,妻子隔绝久。今夏草木长,脱身得西走。麻鞋见天子,衣袖露两肘。朝廷愍生还,亲故伤老丑。涕泪受拾遗②,流离主恩厚。柴门虽得去,未忍即开口③。寄书问三川④,不知家在否?比闻同罹祸⑤,杀戮到鸡狗。山中漏茅屋,谁复依户牖⑥?摧颓苍松根,地冷骨未朽⑦。几人全性命,尽室岂相偶⑧?嶔岑猛虎场,郁结回我首⑨。自寄一封书,今已十月后⑩。反畏消息来,寸心亦何有?汉运初中兴⑪,生平老耽酒⑫。沉思欢会处,恐作穷独叟。

注释

① "去年"句:至德元载(756)六月,叛军攻破潼关。杜甫随后被俘,与家人隔绝来往。

② "涕泪"句:至德二载五月十六日,唐肃宗任杜甫为左拾遗。唐制有左右拾遗各二人,虽只是一个从八品的小官,但因系谏官,能常在皇帝左右,提出建议。

③ "柴门"二句:柴门指自己的家。虽然可以回家看看,但刚出任谏官,就不好意思开口了。

④ 三川:见《三川观水涨二十韵》注①。

⑤ 比:近来。罹祸:遭受灾祸。

⑥ "山中"二句:户牖,门和窗。这二句的意思是:山中的破屋,不知还有谁活着?

⑦ "摧颓"二句:摧颓,毁弃。这二句的意思是:如果人都死了,尸骨应该还在吧?

⑧ "几人"二句:相偶,共处,在一起。这二句说:这年头有几个人能保全性命?一家人哪能在一起团聚?

⑨ "钦岑"二句:钦岑,形容山高峻。猛虎场,有二种解释:一是指战场,一是说这里人迹稀少,已成为猛虎活动的场所。下句言心情郁结,不忍再看,转过头来。

⑩ 十月后:言已经过十个月的时间。

⑪ "汉运"句:运,运祚,国运祚福。初中兴,这时唐军虽已开始反攻,但两京(长安、洛阳)尚未收复,所以说刚开始中兴。

⑫ 耽酒:嗜酒。

解读

此诗作于至德二年夏任左拾遗之时。当时长安及其附近地区已在叛军控制之下,百姓深受其苦。欻岑战场,势若猛虎相夺,可以想见战争的激烈;摧颓苍松,下有白骨,可知已经在此死了很久。世事如此,家又如何?在破漏的茅屋中,谁还靠着窗口,对月凝望?"反畏消息来,寸心亦何有?"是刻画心理极细腻、极真实、极沉痛、极深刻的名句,是生命不可承受之重。自叛军入关,诗人和家人便两地暌隔,从上次寄信至今,长达八个月,始终杳无回音。因此,对家人的关注,时时萦绕在诗人的心头,了解家人的情况,成了最迫切的愿望。但当此战乱之际,叛军豪夺,盗贼纵横,从鄜州传来的消息,是灾祸接踵,杀戮无度,"几人全性命,尽室岂相偶?"有几个人能保全性命?想一家团圆岂非奢望?如果传来的是噩耗,岂非更让人绝望?那真不如没有消息,还能让人留个念想。希望有消息,又怕消息来,一颗心究竟想要什么?想要又不敢要,岂非什么心愿也没有?结句沉思昔日欢会,恐作穷独老叟,正是"反畏消息来"的真实含义。唐人宋之问(或说为李频)诗:"岭外音书断,经冬复历春。近乡情更怯,不敢问来人。"(《渡汉江》)和这二句表达的是同样的意思,但其所处情境不似杜甫危苦,诗的张力也不如这二句震撼。清沈德潜道:"(杜诗)又有反接法,《述怀》篇云:'自寄一封书,今已十月后。'若云'不见消息来',平平语耳。今云:'反畏消息来,寸心亦何有。'斗觉惊心动魄矣。"(《说诗晬语》)这首诗所表现的感情真朴凝重,感人至深,有朱弦疏越、一唱三叹之妙。王嗣奭说:"他人写苦情,一言两言便了,此老自'寄书问三川'至末,宛转发挥,蝉联不断,字字俱堪堕泪。"(《杜臆》)清申涵光认为:"此等诗,无一语空闲,只平平说去,有声有泪,真三百篇嫡派。人疑杜古铺叙太实,不知其淋漓慷慨耳。"(《杜诗详注》引)吴汝纶赞道:"此等皆血性文字,至情至性郁结而成,生气淋漓,千载犹烈。其顿挫层折行气之处,与《史记》、韩文如出一手,此外不可复得矣。"(《唐宋诗举要》引)

彭衙行①

忆昔避贼初,北走经险艰②。夜深彭衙道,月照白水山③。尽室久徒步,逢人多厚颜④。参差谷鸟鸣⑤,不见游子还。痴女饥咬我,啼畏虎狼闻。怀中掩其口,反侧声愈嗔⑥。小儿强解事,故索苦李餐⑦。一旬半雷雨,泥泞相牵攀。既无御雨备⑧,径滑衣又寒。有时经契阔,竟日数里间⑨。野果充馇粮⑩,卑枝成屋椽⑪。早行石上水⑫,暮宿天边烟⑬。小留同家洼,欲出芦子关⑭。故人有孙宰⑮,高义薄曾云⑯。延客已曛黑⑰,张灯启重门。暖汤濯我足,

107

剪纸招我魂[18]。从此出妻孥,相视涕阑干[19]。众雏烂熳睡[20],唤起沾盘飧[21]。"誓将与夫子,永结为弟昆[22]。"遂空所坐堂,安居奉我欢[23]。谁肯艰难际,豁达露心肝[24]？别来岁月周[25],胡羯仍构患。何当有翅翎[26],飞去堕尔前。

注释

① 彭衙:即今彭衙堡,在陕西白水东北六十里。

② "忆昔"二句:至德元年六月,杜甫自白水往北逃难到鄜州。此诗开篇即追叙往事,直至最后四句,才写眼下感受。

③ 白水山:白水境内的山。

④ 尽室:全家。厚颜:不知羞耻。这里是自谦自嘲的话。

⑤ 参差:形容鸟声此起彼落,参差不齐。

⑥ "痴女"四句:怕虎狼听到幼女的哭声过来,因此遮住她的嘴不让出声。但她感到难过,拼命挣扎,哭得更厉害了。反侧,翻来覆去,转动身体。嗔,发怒。

⑦ "小儿"二句:强解事,勉强懂事。索,搜寻。庾信《归田诗》:"苦李无人摘。"小儿还算勉强懂事,因此不像小女那样哭闹,但也并非真正懂事,因此将本来不能吃的苦李,作为觅食的对象。

⑧ "既无"句:御,抵挡。备,预备,准备。言事先没有作好防雨的准备。

⑨ "有时"二句:有些时候途中的经历特别辛苦,一整天才走了几里路。

⑩ 馂粮:干粮。

⑪ "卑枝"句:古代房屋的顶部纵剖面呈三角形,中间横放着一根长木棍,支撑着整个房顶,叫橑子。这里说低矮的树枝就成了晚上露宿的屋顶,即晚上睡在低矮的树枝下。

⑫ 石上水:将石块淹没的水。

⑬ 天边烟:指远离村落的云雾缭绕的地方。

⑭ "小留"二句:小留,短时间逗留。同家洼,即孙宰的居地。当时杜甫想直奔灵武行在所,这样就得北出芦子关。

⑮ 孙宰:人名。宰,也可指县宰,县令。孙氏也可能做过县令,那么孙宰便是一种尊称。

⑯ 曾云:见《望岳》注⑥。

⑰ 延客:延揽(邀请)客人。曛:落日的余光,也用以形容昏暗。

⑱ "剪纸"句:古时有剪纸作旐,以招人魂的风俗。宋代蔡梦弼认为未必真有此事,只是表示孙宰的安慰无微不至罢了。

⑲ 阑干:纵横交错,这里形容涕泪交流。

⑳ 众雏:指那些小儿女。烂熳睡:形容熟睡的样子。

㉑ "唤起"句:沾,接触。沾盘飧,嘴碰到食物,即吃饭。飧(sūn),饭食,也指晚餐。

㉒ "誓将"二句:转述当时孙宰所说的话。孙宰称杜甫为夫子。也有将"夫子"称孙宰的解释,但和下面二句相连,不如前一种解释顺畅。

109

㉓ "遂空"二句:写孙宰说了上面二句话后的行动。空,腾出。
㉔ 露心肝:西汉邹阳《狱中上梁王书》:"披心腹,见情素。"即披露真诚。
㉕ 岁月周:满一年。
㉖ 何当:犹安得,怎能。

解读

　　天宝十五年(756)五月,杜甫携家前往鄜州的羌村,途经白水的彭衙堡,得到老友孙宰的热情款待。一年后回想当时情景,写了这首诗,以表达自己的感激之情。前面写途中的艰难困苦之状。当时诗人无车无马,全家徒步跋涉,饱尝颠沛流离之苦。诗中主要写了对痴儿娇女的怜惜,饥寒交迫,但又无能为力,只能委屈孩子,让人情何以堪!"痴女饥咬我"以下六句,其事生动逼真,其情痛苦无奈。战争的祸害,牵累无知无辜的幼儿,这就更令人同情,诗也具有更强的感染力。何焯评"早行石上水,暮宿天边烟"二句:"名句。望见白水,以为晓光,几堕深渊;遥指晚烟,以为村落,仅宿空林。深山间道,奔窜之苦,尽此十字矣。"(《义门读书记》)"谁肯艰难际,豁达露心肝!"正是由于经历了一旬的种种磨难,故诗人更真切地感受到孙宰情谊的深厚,对这次雪中送炭的款待更加难忘。此诗真朴恳挚,神似汉魏古诗,通篇追叙昔日情景,颇多细节描写,刻画心理,描摹情态,传神写照,宛若眼前。

玉华宫①

溪回松风长②,苍鼠窜古瓦。不知何王殿,遗构绝壁下③。阴房鬼火青④,坏道哀湍泻⑤。万籁真笙竽⑥,秋色正萧洒⑦。美人为黄土⑧,况乃粉黛假⑨。当时侍金舆⑩,故物独石马⑪。忧来藉草坐⑫,浩歌泪盈把⑬。冉冉征途间⑭,谁是长年者⑮?

注释

① 玉华宫:在今陕西铜川西北玉华镇。唐太宗贞观二十一年(647),在原仁智宫基础上扩建,诏令修建务从菲薄,改名玉华宫。高宗永徽二年(651),改为玉华寺。高僧玄奘在此翻译佛经四年多后圆寂。

② 溪:旧说玉华宫前有溪,名酿溪。松风:松林之风。

③ 遗构:前代留下的建筑。

④ 阴房:阴冷的房室。鬼火:磷火。因走路时会带动它在后面移动,令人恐怖,故被称为鬼火。

⑤ 坏道:已毁坏的道路。湍:指急流。

⑥ "万籁"句:万籁,自然界万物发出的响声。籁,从孔穴中发出的声音。笙竽,两种乐器名。这句说大自然的声响和用乐器吹奏的乐声同样美妙。

⑦ 萧洒:即潇洒,形容景物凄清、幽雅。

⑧"美人"句:《杜诗详注》引赵汸注:"当时必有随辇美人,殁葬宫旁,故及之。"

⑨"况乃"句:况乃,何况。粉黛,古代女子化妆时用以敷面的白粉和画眉的黛墨,也指年轻美丽的女子。《杜诗详注》引明邵宝注:"粉黛假,谓殉葬木偶人也。"

⑩金舆:指帝王乘坐的用黄金装饰的车辆。

⑪故物:前代留下的物品。石马:指安置在墓前的石雕马匹。

⑫藉草:靠在草堆上。藉,凭借,依靠。

⑬浩歌:高歌。盈把:满把。

⑭冉冉:形容匆忙。

⑮长年者:长寿的人。

解读

　　杜甫任左拾遗不久,房琯被免去宰相之职,因替房琯申辩,触怒肃宗,下令三司(刑部、御史台、大理寺)讯问。幸亏宰相张镐营救,方才获免。至德二年八月,奉旨回鄜州探亲,路过玉华宫,满目荒凉,深有感慨,写了这首诗。玉华宫在扩建后,仅隔四年,即已改为寺院,但此诗仍称其为宫,颇有深意。在诗人心中,这不仅是一座废弃的建筑,更是贞观盛世、太宗君臣励精图治的象征。《诗经·王风·黍离》:"行迈靡靡,中心摇摇。知我者谓我心忧,不知我者谓我何求。"此诗颇有同感。前半首写耳闻松风、哀湍之声,眼见苍鼠、鬼火出没,一片荒芜凄寂之景,前人认为非画所能描绘。下面写万籁齐作,秋色潇洒,于凄黯中忽插爽语,吊古中注入生气,跌宕顿挫,令人玩味。后半首写人事无常。前人称此诗"转换简远,有长篇余韵"(高棅《唐诗品汇》引)。北宋张耒晚年寓居宛丘,当时还很年轻的何大圭前往拜访,在那里住了三天,见他天天吟咏杜甫的《玉华宫》,不绝于口。何大圭问他为何这样,张耒答道:"此章乃《风》《雅》鼓吹(鼓吹乐,古代的一种器乐合奏曲),未易为子(你)言。"(洪迈《容斋随笔》)此诗用韵,颇为后人称道。明李东阳说:"五、七言古诗仄韵者,上句末字类用平声,惟杜子美多用仄,如《玉华宫》《哀江头》诸作,概亦可见。其音调起伏顿挫,独为峭健,似别出一格。首句奇,五字皆平。回视纯用平字者,便觉萎弱无生气。自后则韩退之、苏子瞻有之,故亦健于诸作。"(《麓堂诗话》)

羌村三首①

峥嵘赤云西,日脚下平地②。柴门鸟雀噪,归客千里至。妻孥怪我在③,惊定还拭泪。世乱遭飘荡,生还偶然遂④。邻人满墙头,感叹亦歔欷。夜阑更秉烛⑤,相对如梦寐。

晚岁迫偷生⑥,还家少欢趣。娇儿不离膝,畏我复却去⑦。忆昔好追凉,故绕池边树。萧萧北风劲,抚

萧萧北风劲，抚事煎百虑

事煎百虑⑧。赖知禾黍收，已觉糟床注⑨。如今足斟酌，且用慰迟暮⑩。

群鸡正乱叫，客至鸡斗争。驱鸡上树木，始闻叩柴荆⑪。父老四五人，问我久远行⑫。手中各有携，倾榼浊复清⑬。莫辞酒味薄，黍地无人耕，兵革既未息，儿童尽东征⑭。请为父老歌，艰难愧深情⑮。歌罢仰天叹，四座泪纵横。

注释

① 羌村：当年以羌人居多，故名。唐代属三川县。在今陕西富县城北十五公里的309国道北侧，现名大申号村。

② "峥嵘"二句：峥嵘，形容山高峻，这里形容云层。赤云西，因太阳在西边落下，故西边的云层被染成一片红色。日脚，形容太阳的运转，如人有脚。

③ 妻孥：妻子和儿女。怪：以……感到惊异。

④ "生还"句：遂，称心如愿。言在这乱世，能够如愿生还的人很少，即使有也纯属偶然。正因为"生还偶然遂"，故"妻孥怪我在"。

⑤ "夜阑"二句：夜阑，夜将尽时。阑，残，将尽。更，更换，替代。秉烛，手持点燃的蜡烛。上句言夜将尽时，蜡烛已经燃尽，于是再换一支蜡烛。前人有"秉烛达旦"的说法，即手持点燃的

蜡烛直到天亮。这二句说自己和妻子相对而视,一夜未睡。
⑥"晚岁"句:晚岁,晚年。《述怀》诗中说"柴门虽得去,未忍即开口",可见当时诗人以国家大义为重的情怀。这次奉诏回家,实际上是被赶出朝廷,并非自己的本愿,所以说被"迫偷生"。
⑦ 复却去:还是要再回去。却,还,还是。
⑧ "抚事"句:言感念时事,忧心如焚。
⑨ "赖知"二句:赖,幸而,幸亏。糟床注,言酒从酒床中流出。糟床,酒床,榨酒的床。
⑩ "如今"二句:足斟酌,言酒足够自己喝。迟暮,黄昏,比喻晚年,暮年。下句即以酒浇愁之意。
⑪ 柴荆,犹柴门,用柴荆做的简陋门户。
⑫ 问:慰问。
⑬ 榼(kē):古代盛酒的器具。浊复清:有浊酒,有清酒。
⑭ "莫辞"四句:都是父老说的话。解释酒味不佳的原因,请诗人不要嫌弃。反映了在战乱之世,百姓生活的艰难。莫,别本作"苦"。
⑮ "艰难"句:即使在自身如此困苦的状况下,父老依然前来慰问送酒,这份深情,令诗人感动,但自己却无力帮助他们,因此深感惭愧。

解读

此诗写至德二年回到羌村家中的情形。名为奉旨探亲,实际上是肃宗为房琯之事讨厌杜甫,故意将他赶走。对此诗人当然很清楚。因为是被迫"偷生",故这次回家,虽有团聚之喜,并无生还之乐。诗中所写,即为此情此境的实录。通篇真气流溢,不假雕饰,笔力高古,语质而雅。第一首前面四句,写荒村晚景,真切如画;下面写邻人满墙,群鸡乱叫,农家村落,如在眼前。这些常人熟视无睹的景象,都成了落笔生辉的诗料。清袁枚诗:"但肯寻诗便有诗,灵犀一点是吾师。夕阳芳草寻常物,解用多为绝妙词。"(《遣兴》)于此诗可见。不过这首诗更值得称道的还是写情,即表现和妻子相见时既惊且喜之情。遭遇战乱,生死难卜,何况久无无音信,谁也不敢心存奢望。正因为"生还偶然遂",故"妻孥怪我在"。"怪"字写出分离时刻刻搅扰的惊魂、乍见时将信将疑的诧异,以及在心中涌起但尚未在脸上表现的喜悦。当活生生的两人相对定格为真实的景象,疑虑和惊惶随即消去,喜极而悲,不禁潸然泪下。这种复杂的心理,往往难以言喻,诗人并未刻意描写,信手写来,极其自然,又极其深刻。最后二句,写喜出望外的兴奋之状、久别重逢的缱绻之情,常为后人模仿。如宋晏几道的名句:"今宵剩把银釭照,犹恐相逢是梦中。"(《鹧鸪天》)遣词造句,明显受杜诗影响。明王慎中说:"三首俱佳,而第一首尤绝,一字一句,镂出肺肠,才人莫知措手,而婉转周至,跃然目前,又若寻常人所欲道者。真《国风》之义、黄初之旨,而结体终始,乃杜本色耳。"(《杜诗详注》引)

第二首从妻子转写幼子。娇儿依恋父亲,人之常情,因为似懂非懂,怕父亲又要离家,故在身边缠绕,不肯离开。摹写细腻逼真。"忆昔"四句,有"昔我往矣,杨柳依依。今我来思,雨雪霏霏"(《诗经·小雅·采薇》)之意。"迫偷生"三字,包含了多少委屈和不平。第三首从家人转向邻里。前面通过客至鸡叫,写出荒舍寂寥景象。后面借父老之口,道出时世动荡,生活艰难。即便如此,依然携酒前来慰问,使诗人发出"艰难愧深情"的感谢。一组本该抒写团聚之喜的诗,最后以举座仰天长叹、涕泪纵横结束。这次"还家少欢趣",就不仅是因为自身的遭遇,还有为民生苦难的感叹。《古唐诗合解》评此诗:"三首哀思苦语,凄恻动人。总之,身虽到家,而心实忧国。实境实情,一语足抵人数语。""穷年忧黎元"的杜甫,在任何时刻、任何场合,都会体现出来。施补华说:"《羌村》三首,惊心动魄,真至极矣。陶公真至,寓于平淡;少陵真至,结为沉痛;此境遇之分,亦情性之分。"(《岘佣说诗》)

北　征[①]

皇帝二载秋,闰八月初吉[②]。杜子将北征,苍茫问家室[③]。维时遭艰虞[④],朝野少暇日。顾惭恩私被[⑤],诏许归蓬荜[⑥]。拜辞诣阙下,怵惕久未出[⑦]。虽乏谏诤姿,恐君有遗失[⑧]。君诚中兴主,经纬固密勿[⑨]。东胡反未已[⑩],臣甫愤所切[⑪]。挥涕恋行在[⑫],

道途犹恍惚⑬。乾坤含疮痍，忧虞何时毕⑭?

靡靡逾阡陌⑮，人烟眇萧瑟⑯。所遇多被伤，呻吟更流血。回首凤翔县，旌旗晚明灭⑰。前登寒山重⑱，屡得饮马窟⑲。邠郊入地底，泾水中荡潏⑳。猛虎立我前，苍崖吼时裂㉑。菊垂今秋花，石戴古车辙㉒。青云动高兴㉓，幽事亦可悦㉔。山果多琐细，罗生杂橡栗㉕。或红如丹砂，或黑如点漆。雨露之所濡，甘苦齐结实㉖。缅思桃源内，益叹身世拙㉗。坡陀望鄜畤㉘，岩谷互出没。我行已水滨，我仆犹木末㉙。鸱鸮鸣黄桑㉚，野鼠拱乱穴㉛。夜深经战场，寒月照白骨。潼关百万师，往者散何卒㉜。遂令半秦民，残害为异物㉝。

况我堕胡尘，及归尽华发㉞。经年至茅屋，妻子衣百结㉟。恸哭松声回，悲泉共幽咽。平生所娇儿，颜色白胜雪㊱。见耶背面啼㊲，垢腻脚不袜。床前两小女，补绽才过膝㊳。海图拆波涛，旧绣移曲折㊴，天吴及紫凤，颠倒在短褐㊵。老夫情怀恶㊶，呕泄卧数日。那无囊中帛，救汝寒凛慄㊷?粉黛亦解苞，衾裯稍罗列㊸。瘦妻面复光，痴女头自栉㊹，学母无不为，晓妆随手抹，移时施朱铅㊺，狼藉画眉阔㊻。生还对童稚，似欲忘饥渴。问事竞挽须，谁能即嗔喝？翻思在贼愁，甘受杂乱聒㊼。新归且慰意，生理焉得说㊽？

至尊尚蒙尘㊾，几日休练卒㊿？仰观天色改，坐觉妖氛豁(51)。阴风西北来，惨淡随回纥(52)。其王愿助顺(53)，其俗善驰突(54)。送兵五千人，驱马一万匹。此辈少为贵(55)，四方服勇决(56)。所用皆鹰腾(57)，破敌过箭疾(58)。圣心颇虚伫(59)，时议气欲夺(60)。伊洛指掌收(61)，西京不足拔(62)。官军请深入，蓄锐可俱发(63)。此举开青徐(64)，旋瞻略恒碣(65)。昊天积霜露，正气有肃杀(66)。祸转亡胡岁，势成擒胡月(67)。胡命其能久？皇纲未宜绝(68)。

忆昨狼狈初，事与古先别(69)：奸臣竟葅醢(70)，同恶随荡析(71)。不闻夏殷衰，中自诛褒妲(72)。周汉获再兴，宣光果明哲(73)。桓桓陈将军，仗钺奋忠烈(74)。微尔人尽非，于今国犹活(75)。凄凉大同殿(76)，寂寞白兽闼(77)。都人望翠华(78)，佳气向金阙(79)。园陵固有神(80)，洒扫数不缺(81)。煌煌太宗业，树立甚宏达(82)。

注释

① 北征:杜甫自凤翔前往鄜州,鄜州在凤翔东北,故以"北征"命题。

② "皇帝"二句:初吉,朔日,即初一。这二句点明出发那一天是唐肃宗至德二年闰八月初一。

③ 苍茫:有两种解释:一是匆忙。仇兆鳌《杜诗详注》:"苍茫,急遽之意。"二是模糊不清。言因为战乱,不清楚家中发生了什么情况。问:探问。

④ 维时:此时。维,发语词。

⑤ 恩私被:言皇恩唯独加在自己身上。

⑥ 蓬荜:蓬、荜都是草,蓬门荜户即草屋。

⑦ "拜辞"二句:诣,赴,到。阙下,宫阙之下,借指朝廷。怵惕,恐惧警惕。

⑧ "虽乏"二句:杜甫这时任左拾遗,属谏官,谏诤是他的职守。这二句说自己虽然缺乏谏官的风采,但仍希望能弥补君王的疏漏之处。

⑨ 经纬:原指织布的经线(纵线)和纬线(横线),用作规划治理。仇兆鳌《杜诗详注》:"密,秘也。勿,黾勉也。"固密勿:原本生性严谨,处事勤勉。

⑩ "东胡"句:东胡,指安史叛军。已,停止。这年正月,安庆绪杀其父安禄山,自立为帝,仍与唐朝对抗,所以说"反未已"。

⑪ 愤所切:即"所愤切",所深切愤恨(的原因)。

⑫ 行在:见《喜达行在所》注①。

⑬ 恍惚:精神恍惚。

⑭ "乾坤"二句:疮痍,创伤,比喻战乱后凋敝的景象。忧虞,忧虑。

⑮ 靡靡:迟迟,迟缓。阡陌:田间小路,南北叫阡,东西叫陌。

⑯ 眇:稀少。

⑰ 明灭:忽明忽暗。

⑱ 重:重重叠叠。

⑲ 屡得:多次遇见。饮马窟:军队用以饮马的泉窟。

⑳ "邠郊"二句:邠,邠州(治所在今陕西彬县)。郊,郊原。入地底,这里是盆地,从山上看下去,如入地底。荡潏,水动荡涌出。

㉑ "猛虎"二句:上句言眼前耸立的山崖状如猛虎,下句言山崖崩裂正是"猛虎"吼叫之时。

㉒ "石戴"句:石上印着古代的车辙。

㉓ 动高兴:牵动高雅的兴致。

㉔ 幽事:幽静的景物。

㉕ 罗生:罗列丛生。

㉖ "雨露"二句:濡,沾濡,滋润。这二句说山果在雨露的滋润下,或苦或甜,都能结出果实。言外之意:反倒是人,不能安居其所。

㉗ "缅思"二句:缅思,遥想。桃源,"桃花源"的省称。东晋陶渊明作《桃花源记》,描绘了一处与世隔绝的宁静、安乐的境地。这二句说想起桃花源中的理想生活,更加感叹在这现实世界

立身处世的笨拙。

㉘ 坡陀:同"陂陀",形容山势起伏。鄜畤:春秋时秦文公在鄜地所建的郊祀白帝的祭坛。这里指鄜州。畤,古代祭祀天地五帝的固定处所。

㉙ "我行"二句:木末,树梢。诗人已走到了山下水边,而仆人却落在后面的山上,远望就像挂在树梢上。

㉚ 鸱鸮:猫头鹰一类的鸟。

㉛ "野鼠"句:拱,抱拳,敛手,两手在胸前相合。古代有一种老鼠,看到人便将前面的脚相交而立,如人拱手,因此被称为礼鼠,又称拱鼠。

㉜ "潼关"二句:潼关,在今陕西潼关北,北临黄河,南踞山腰。《旧唐书·哥舒翰传》:天宝十四年,安禄山攻陷洛阳,唐玄宗命哥舒翰为兵马副元帅,率二十万大军,镇守潼关。次年正月,安禄山命其子安庆绪率兵攻潼关,哥舒翰闭关固守。唐玄宗听信杨国忠的谗言,接连派宦官催促哥舒翰出关迎战,结果掉入叛军的包围圈,全军覆没。诗中说"百万师"是夸大之词,形容这场战争的惨烈,死亡将士的众多。卒,同"猝",仓促。下句说这些死亡的将士走得太快了。

㉝ "遂令"二句:长安旧为秦地,所以称百姓秦民。异物,指鬼。这二句说潼关被攻破后,长安百姓一半被残杀。

㉞ "况我"二句:堕胡尘,指至德元年诗人被叛军俘获。华发,花白的头发。

㉟ "经年"二句:经年,经过一年。百结,用碎布缀成的衣服。这

里说衣服打满了补丁。

㊱ "颜色"句:言因为营养不良,脸色苍白。

㊲ 耶:同"爷",父亲。

㊳ 补绽才过膝:女儿缝补过的衣服,刚刚盖过膝盖。

㊴ "海图"二句:杜甫毕竟是士大夫,其家不同于普通农家,妻子、儿女的衣服,本来都有刺绣,经过不断的拆剪缝补,原来衣上所绣的花纹图案(如海上的波浪)都被割断分离,移到其他地方。

㊵ "天吴"二句:天吴,《山海经》中记载的虎身人面的水神,与紫凤都指衣服上刺绣的花纹图案,也就是上面所说的"旧绣"。短褐,古代平民穿的粗布短衣。这二句说原来的绣衣已经穿破,只能作为补丁,胡乱缝补在现在所穿的粗布短衣上。

㊶ 情怀恶:心情不好。

㊷ 凛慄:冷得发抖。

㊸ "粉黛"二句:苞,通"包",包裹。衾,被子。裯,床帐。这二句说解开装有粉黛的包裹,还稍许有些被子、床帐。

㊹ 栉:梳头。

㊺ 移时:费了很长时间。朱铅:丹粉。

㊻ 狼藉:杂乱,乱七八糟。画眉阔:唐代女子画眉,以阔为美。

㊼ 聒:声音吵闹。

㊽ "生理"句:生理,生计,生活。这句说在战乱之时,哪里还顾得上考虑一家的生计?

㊾ 蒙尘:指皇帝出奔在外,蒙受风尘之苦。

㊿ 几日:几时,什么时候。休练卒:停止练兵,指结束战争。

(51) “仰观”二句:言形势开始好转。豁,排遣,消散。

(52) “阴风”二句:《新唐书·回鹘传》:回纥,其先为匈奴。至德元载九月,回纥派太子叶护率兵四千,帮助唐朝讨伐叛军。唐肃宗赏赐了很多东西,并命广平王李俶与叶护结为兄弟。杜甫担心回纥好战滥杀,难以控制,后患无穷,因此用“阴风”“惨淡”作比喻。

(53) 其王:指回纥王怀仁可汗。

(54) 驰突:驰骤奔突,即快跑猛冲。

(55) 少为贵:有两种解释:一是担心回纥入唐的后患,这班人还是少借为妙。一是说是回纥人以年少为贵。

(56) 勇决:骁勇果敢。

(57) 鹰腾:形容军士如鹰飞腾,骁勇迅猛。

(58) 过箭疾:比箭的速度还快。

(59) “圣心”句:虚伫,虚心期待。这句说唐肃宗一心想借用回纥兵击败叛军。

(60) “时议”句:时议,当时的舆论。这句说和唐肃宗不同,当时朝臣对借兵之事感到担忧,但慑于皇帝的威势,又没勇气出来反对。

(61) “伊洛”句:伊洛,伊水、洛水,都流经洛阳。这句说收复洛阳易如反掌。

(62) “西京”句:西京,长安。这句说收复长安不必费多大劲。

(63) “官军”二句:杜甫(也可以说是“时议”)认为:消灭叛军应该依靠官军,现在正是反攻的时候。俱发,各路兵马同时出发。

(64) 青徐:青州、徐州,指今山东和江苏北部地区。

(65) 旋瞻:很快看到。略:攻取。恒碣:恒山、碣石山,指今山西、河北地区,这里是安、史的老巢。

(66) “昊天”二句:言唐朝的正义之师,就像秋天的寒霜,会毫不容情地加在叛匪的身上,将他们消灭。昊天,指秋天。

(67) 擒胡月:仇兆鳌《杜诗详注》引唐段成式《酉阳杂俎》:“禄山死,太白蚀月(太白金星靠近月亮)。”这句承上句而来,“月”和“岁”相对,应是岁月之月,而非日月之月。

(68) 皇纲:朝廷的纲纪,这里指指唐王朝的基业。

(69) “忆昨”二句:狼狈初,指上一年唐玄宗出奔,在马嵬驿发生兵变,杀杨国忠、杨贵妃之事。君王以宠爱女色导致国破身亡,自古有之,但当代之事,和过去还是有所不同。下面四句即写不同在哪里。

(70) 奸臣:指杨国忠父子。菹醢(zū hǎi):将人剁成肉酱。

(71) 同恶:指杨贵妃的姐妹虢国夫人、韩国夫人等。荡析:消灭。

(72) “不闻”二句:史载夏桀宠妹喜,殷纣宠爱妲己,周幽王宠褒姒,最后都导致亡国。仇兆鳌《杜诗详注》据史实改“褒妲”为“妹妲。”浦起龙《读杜心解》也说:“本应作妹妲,痛快疾书,涉笔成误。”李因笃则认为:“不言周,不言妹喜,此古人互文之妙,正不必作误笔。自八股兴,无人解此法矣。”即诗的上句举夏、殷以包括周,下句举褒、妲以包括妹喜。下句言没听说夏、商、周三朝的君主(如唐玄宗那样)自己清除了祸害。

(73) 宣:周宣王。光:汉光武帝。都是历史上著名的中兴君主王。

(74) “桓桓”二句:桓桓,威武,勇武。陈将军,指陈玄礼,在任左龙武大将军时,率禁卫军保护卫玄宗逃离长安,在马嵬驿支持兵谏。钺,大斧,古代一种象征权力的武器。
⑦⑤ "微尔"二句:微,没有。尔,你,指陈玄礼。这二句的意思是:如果没有你陈将军清除奸人,民心就不会向着唐皇朝,国家就会灭亡,百姓就会被胡人统治,沦为夷狄。而如今国家依然充满活力。
⑦⑥ 大同殿:在长安兴庆官勤政楼北面大同门内。
⑦⑦ 白兽闼:长安未央宫白虎殿的殿门,唐代因避太祖李虎讳,改虎为兽。闼,门。
⑦⑧ "都人"句:翠华,帝王仪仗中以翠羽为饰的旗帜或车盖。这句说京城百姓盼望唐肃宗早日归来。
⑦⑨ "佳气"句:佳气,吉祥、兴隆的象征。见《喜达行在所》注⑨。金阙,皇帝居住的宫殿。
⑧⑩ 园陵:指唐朝历代皇帝的陵墓。固有神:原本有神灵护卫。
⑧① 洒扫:指扫墓。数:礼数。
⑧② "煌煌"二句:太宗李世民,唐朝的创建者,在位期间,为唐朝的繁荣昌盛奠定了基础。最后二句,在赞颂开国之君太宗的同时,寄托了对唐肃宗中兴的期望。

解读

此诗和《羌村》作于同时,为杜甫集中最长的五言古诗。《北征》和《赴奉先咏怀》被前人称为杜甫集中的"大文字"、"古今绝唱",但在表现形式上则有所不同。既名"咏怀",自当以抒写情怀、议论时世为主,诗中叙述的成分甚少,即使像玄宗在骊山淫乐这样重要的事,叙述也不过短短数句,而对幼子饿死,居然无一字具体的记述。此诗以《北征》为名,即记载往北行走的进程,势必以记叙为主了。虽然已被肃宗冷落,但尚未撤职,依然厕身谏官之列,故诗人身在旅途之中,仍不忘尽其职守。此诗起句点明年月日,又以"臣甫"自称,沿途关注时事,到家后不忘献谋划策,就内容看是"诗史",在形式上颇似奏议。

全诗分五段。第一段写奉旨探亲。"苍茫问家室",将胸中的郁结、忧虑、无奈,一并写出。第二段写沿途所见景象和感慨。其中有令人感伤的,有令人痛惜的,有令人恐怖的,间或也有令人欣喜的。"屡得饮马窟",可见到处都是战场。"夜深经战场"以下几句,从眼前月下的白骨,追思往日潼关的惨败,感慨无穷。"我行已水滨,我仆犹木末"二句,写旅人踽踽独行之景,画不能到。"猛虎立我前"二句,景象恐怖。但紧接着"青云动高兴"以下八句,随手生出波澜,兴象极佳,和前面形成极大的反差。张潛说:"凡作极紧要、极忙文字,偏向极不要紧、极闲处传神,乃'夕阳返照'之法,惟老杜能之。如篇中'青云'、'幽事'一段,他人于正事、实事尚铺写不广,何暇及此?此仙凡之别也。"(《杜诗镜铨》引)第三段写到家后的情事,和《羌村》相似,备极悲喜交集之状。前写乍见妻儿的贫困凄苦,触目生悲,极夫妻儿女至情;后写家庭因诗人到来恢复生机,在杂闹中洋溢着温情,儿女喁喁,阖家欣欣,尽家室细曲之状。"痴女头自栉"以下五句,堪称一幅绝妙的娇女弄妆图。

第四段由家事转入国事,诗人由一个对妻儿满怀深情的亲人,转为忧国心切、"恐君有遗失"的谏官,认为当今正是兴复的大好时机,官军应乘胜长驱直入,但借兵回鹘,日后会酿成国家的大患。"外恐军政之遗失,内恐宫闱之遗失,凡辞朝时,意中所欲言者,皆罄露于斯。"(《杜诗详注》)第五段以煌煌太宗事业作结,对国家中兴满怀信心。

施补华说:"《奉先咏怀》及《北征》是两篇有韵古文,从文姬《悲愤》诗扩而大之者也。后人无此才气,无此学问,无此境遇,无此襟抱,断断不能作。然细绎其中阳开阴合,波澜顿挫。殊足增长笔力,百回读之,随有所得。"(《岘佣说诗》)此诗似骚似史,似记似碑。表情曲折,描写细腻,笔法多变,结构完密。"有大笔、有细笔、有闲笔、有警笔、有放笔、有收笔,变换如意,出没有神。"(《闲园诗摘抄》)《唐宋诗醇》评此诗:"以排天斡地之力,行属词比事之法,具备方物,横绝太空,前无古人,后无来者,自有五言,不得不以此为大文字也。问家室者,事之主;愤艰虞者,意之主。以皇帝起,太宗结。恋行在,望匡复,言有伦脊,忠爱见矣。道途感触,抵家悲喜,琐琐细细,靡不具陈,极穷苦之情,绝不衰飒。严羽谓李、杜之诗如金鹀擘海,香象渡河,下视郊、岛辈,有类虫吟草间者,岂不然哉……中唐以下,惟李商隐《西郊》诗等作有此风力,特知之者少耳。李因笃曰:'其才则海涵地负,其力则排山倒岳,有极尊严处,有极琐细处,繁则如千门万户之象,简则有急弦促柱之悲,元河南谓其具一代兴亡,与《风》《雅》《颂》相表里。'可谓知言。"

送郑十八虔贬台州司户伤其临老陷贼之故阙为面别情见于诗①

郑公樗散鬓成丝②,酒后常称老画师。万里伤心严谴日③,百年垂死中兴时。苍惶已就长途往④,邂逅无端出饯迟⑤。便与先生应永诀,九重泉路尽交期⑥。

注释

① 郑十八虔:郑虔,排行十八。杜甫挚友(参见前《醉歌行》)。安禄山攻陷长安,郑虔被送往洛阳,任命为水部郎中,但他称病不上朝,并在暗中给唐朝廷传递消息。《通鉴》:至德二载冬,官军收复长安。十二月,对在安禄山伪朝廷任职的官吏,按六等定罪。郑虔在次三等,被贬为台州司户参军。台(tāi)州,即今浙江台州。阙,同"缺"。面别,当面送别。

② "郑公"句:樗(chū),樗树,即"臭椿"。落叶乔木,木质松散,有臭气。喻无用之才。鬓成丝,形容头发稀少。这里说郑虔年事已高,才又不合世用。

③ "万里"二句:万里,言台州离长安有万里之远。谴,贬谪。百年,指人的一生。垂死,将死,临近死亡。当时正收复两京,故说"中兴时"。

④ "苍惶"句:苍惶,匆忙,惊慌。这句说郑虔已匆忙踏上去台州的征途。

⑤ "邂逅"句：邂逅(xiè hòu)，指不期而遇或偶然相遇。无端，无缘无故。这句说自己遇上意外事故，因此无缘无故错过了为郑虔饯行。这二句写所以"阙为面别"的原因。
⑥ "便与"二句：诀，诀别，指永远的分别。交期，从字面看，可理解为交往的程期，这里实指交情。九重泉，九泉，黄泉，指死后葬身之地。

解读

　　当代文人学士，杜甫最钦佩的无疑是李白和郑虔。在《醉诗歌》中，他称郑虔"道出羲皇"，"才过屈宋"，作了无以复加的赞美。但郑虔一生潦倒，晚景更是不幸，于至德二年十二月，被贬为台州司户参军。唐代的台州，是远离中原、被认为"魑魅"出没的地区，故这次贬谪，实带有流放之意。作为挚友的杜甫，在他离开京城之时，却因故未能送行，于是写了这首诗，以寄其痛惜之情。"严谴"二字为诗眼，通篇都从这二字展开。首联为郑虔写照，一副落拓不羁的模样。说他"樗散"，只是一个"老画师"，实际上是说他是一个已和时代脱节的老年文人，不会对朝廷、对社会有什么不利的影响，严谴这样的人，有何必要？严谴郑虔之日，正是收复长安之时，多少人得以回归京城，举国欢欣，而郑虔却反被赶到万里之外；国家正值中兴，世人充满期盼，而郑虔却垂垂老矣，踏上一条永远难归的道路，这怎能不让人格外伤心！颔联情深意曲，悲痛欲绝。明末卢世㴶说："中二联清空一气，万转千回，纯是泪点，都无墨痕。诗至此，直可使暑日霜飞，午时鬼泣"（《杜诗详注》引）。

在这孤苦无助之际，郑虔更需要友情的支持。因为是严谴，只得苍惶出走，致使杜甫未能前去面别，有负老友，让他倍增歉意和伤感。颈联上句写郑虔已去，这是实情；下句写自己，"邂逅无端"，则是含混的掩饰之词，诗人未能前往，定有其不得已的苦衷。但归根结底，造成这样的状况，都是严谴所致。到此，一切都难以挽回，料想和郑虔再无相会之日。末联说今生已经永别，但交情不会因此消失，等我死后，在黄泉路上，再尽心于你我的交情吧。激愤之情，溢于言表。这是一首写郑虔遭严谴的诗，更是诗人严谴朝廷严谴郑虔的诗。明顾宸为此叹道："供奉（李白）之从永王璘，司户（郑虔）之污禄山伪命，皆文人败名事，使硁硁自好者处此，割席绝交，不知作几许雨云反覆矣。少陵当二公贬谪时，深悲极痛，至欲与同生死，古人不以成败论人，不以急难负友，其交谊真可泣鬼神。李陵降虏，子长上前申辩，甘受蚕室之辱而不悔，《与任少卿书》犹刺刺为分疏，亦与少陵同一肝胆。人知龙门之史、拾遗之诗，千秋独步，不知皆从至性绝人处，激昂慷慨、悲愤淋漓而出也。"（《杜诗详注》引）说李白、郑虔的行为"败名"，不免有失公允，但说杜甫"不以急难负友"，确实能得诗人之心。

春宿左省①

花隐掖垣暮②，啾啾栖鸟过。星临万户动③，月傍九霄多④。不寝听金钥,因风想玉珂⑤。明朝有封事,数问夜如何⑥?

注释

① 宿:直宿。左省:公为左拾遗,属门下省。唐代门下省在宣政殿廊庑左面,中书省在右面,因此称门下省为左省,中书省为右省。

② 掖垣:掖,掖门,宫殿正门两旁小门。垣,墙。指皇宫边上的围墙。

③ "星临"句:汉武帝建造建章宫,有千门万户。这里以万户借指宫殿。《杜诗详注》:"春星带草堂"(《夜宴左氏庄》),在月落之后。"星临万户动",在月出之前。

④ "月傍"句:宫殿高耸入云,接近月亮,因此得到的月光要比下面更多。

⑤ "不寝"二句:金钥,金锁。玉珂,马络头上的装饰物,多为玉制,也有用贝制的。这二句写无法入睡的心情。上句是实景,下句因风声而想象百官上朝骑马时玉珂晃动的声响。

⑥ 封事:密封的奏章。古时臣下上书奏事,防有泄漏,用皂囊封缄,故称封事。《新唐书·百官志》:"补阙、拾遗,掌供奉讽谏,大事廷诤,小则上封事。"这二句写无法入睡的原因。

解读

至德二年九月,官军收复长安。十月,杜甫扈从肃宗还京,

133

仍任左拾遗。乾元元年(758)的一个春夜,诗人在门下省值宿,等待天明上书,心情不安,写了这首诗。首句以"花"点"春",以"暮"点"宿",照应诗题。次句"栖鸟",也与"宿"字呼应。颔联写宫室之高迥,由暮色转入夜景,诗境由秀美变为雄阔。前人称"动"、"多"二字为句眼,有此二字,不仅在诗中注入灵动,也显示出壮丽。《诗经·小雅·庭燎》:"夜如何其?夜未央,庭燎之光。君子至止,鸾声将将。"写周宣王勤政,急于视朝,以致夜不能寐的心情。颈联诗意,受此影响,虽君臣身份不同,但勤政之心,并无二致。末联写彻夜不眠,等候上朝,而以问句作结,刻画心理,细致生动,而又机杼独出,令人寻味。上书乃诗人作为谏官的分内事,原不至于彻夜难眠,可见当时心中有事。前一年,杜甫因上书为房琯辩护,险遭不测,这次结果又会如何?肃宗不是明君,性好猜疑,爱谄媚之徒,喜阿谀之言。杜甫的朋友岑参,此时同朝为谏官,他并非明哲保身之士,却这样对杜甫说:"圣朝无缺事,自觉谏书稀。"(《寄左省杜拾遗》)岑参深知杜甫"恐君有遗失","临危莫爱身",莫非这二句诗就是一种含蓄的规劝?尽管有前车之鉴,但诗人依然不改初衷。

曲江二首①

一片花飞减却春②,风飘万点正愁人。且看欲尽花

一片花飞减却春，风飘万点正愁人

经眼③,莫厌伤多酒入唇④。江上小堂巢翡翠⑤,苑边高冢卧麒麟⑥。细推物理须行乐⑦,何用浮名绊此身。

朝回日日典春衣,每日江头尽醉归⑧。酒债寻常行处有⑨,人生七十古来稀。穿花蛱蝶深深见⑩,点水蜻蜓款款飞⑪。传语风光共流转,暂时相赏莫相违⑫。

注释

① 曲江:见《乐游园歌》注⑪。

② 减却春:减掉春色。

③ "且看"句:且,暂且。欲尽花,将尽的花。经眼,从眼前经过。

④ "莫厌"句:厌,厌烦。《秦似文集》(诗词诗论卷):"按'伤'作副词,已见于《齐民要术》等书,则此处之'伤多',乃'太多'、'甚多'之义,与上句'欲尽'对仗,也应该作副词解释为是。二句意云:芳春渐去,且看欲尽之花,愁绪无端,不辞甚多之酒。"伤多酒,过多的酒。

⑤ "江上"句:翡翠,一种水鸟。雄性为翡,雌性为翠,雄性毛色红,雌性毛色青。安史之乱,曲江边的建筑,其主人或逃亡,或被杀,致使小堂无主,引来翡翠筑巢。

⑥ "苑边"句:苑,指芙蓉苑,见《乐游园歌》注⑧。高冢指达官贵

人的坟墓,经过战乱的洗劫,一片狼藉,墓边的石兽(如麒麟)卧倒在地。

⑦ 推:推究。物理:事物的道理。这里指世事的盛衰变化。

⑧ "朝回"二句:朝回,退朝回家。典,典当。江头,曲江边。下句直言典衣是为了买醉。

⑨ "酒债"句:在平常走过的地方都欠了酒债。

⑩ 蛱蝶:蝴蝶。

⑪ 款款:缓缓。

⑫ "传语"二句:传语,转告。风光,指春天的景色。共流转,与人一起活动转变。莫相违,别抛人而去。

解读

不知杜甫在《春宿左省》诗中所说的封事,里面究竟说些什么;也不知肃宗是否看过,或看了后有何反应。所清楚的是时隔不久,即当年暮春所作的《曲江二首》,所表现的情志已全然不同。王嗣奭解此诗:"国方多事,身为谏官,岂人臣行乐之时?然读其'沉醉聊自遣'一语,恍然悟此二诗,盖忧愤而托之行乐者。公虽授一官,而志不得展,直浮名耳,何用以引绊身哉?不如典衣沽酒,日游酒乡,以送此有限之年。时已暮春,至六月遂出为华州掾,其诗云'移官岂至尊',知此时已有谮之者。二诗乃忧谗畏讥之作也。"(《杜臆》)第一首首联深得前人赞赏。一片花飞,已经透露春去的消息,更何况风飘万点,能不伤怀?颔联上句仍写花,而且已从"一片"到"万点",到"欲尽"了。清蒋弱六说:"只

137

一落花,连写三句,极反复层折之妙。接入第四句,魂消欲绝。"(《杜诗镜铨》引)唐人七言诗,基本上四字一断,颔联直下不断,句法奇特。颈联写翡翠巢堂,麒麟卧冢,可见离乱景象。在诗中为衬笔,于落花之外,更添盛衰兴亡之感。就诗人自身而言,刚回长安,任职不久,便有随时可能被抛弃的忧虑,因此感慨格外深沉。因有感于人世无常,故末联有及时行乐的念头。第二首所写,都是行乐之事。举杯尽醉,这是古人用以消愁的常态。即使囊中羞涩,须脱下身上春衣换酒,也在所不惜。颔联以"寻常"对"七十",看似不妥。但将"寻常"拆成二字,"八尺曰寻,倍寻曰常"(《释名》),以此对"七十",便有浑然天成之妙。故杨伦说:"对句活变,开后人无限法门。"(《杜诗镜铨》)宋叶梦得十分欣赏颈联,以为"读之浑然,全似未尝用力,所以不碍气格超胜"(《石林诗话》)。其实这二句词意平常,在杜甫集中,难称佳句。因为有感于人生苦短,故末联有挽留春色的想法。但花已"欲尽",人也易老,即使能和春光流转,也只是"暂时"而已。所谓及时行乐,也只是一种无可奈何之词。

义 鹘 行

阴崖二苍鹰①,养子黑柏颠②。白蛇登其巢,吞噬恣朝餐③。雄飞远求食，雌者鸣辛酸。力强不可制④，黄口无半存⑤。其父从西归，翻身入长烟⑥。斯须领健鹘⑦，痛愤寄所宣⑧。斗上捩孤影⑨，噭哮来九天⑩。修鳞脱远枝⑪，巨颡拆老拳⑫。高空得蹭蹬，短草辞蜿蜒⑬。折尾能一掉⑭，饱肠皆已穿⑮。生虽灭众雏，死亦垂千年⑯。物情有报复⑰，快意贵目前⑱。兹实鸷鸟最⑲，急难心炯然⑳。功成失所往㉑，用舍何其贤㉒。近经潏水湄㉓，此事樵夫传。飘萧觉素发，凛欲冲儒冠㉔。人生许与分㉕，只在顾盼间㉖。聊为《义鹘行》，用激壮士肝㉗。

注释

① 阴崖：背阳的山崖。

② 黑柏颠：苍黑色的柏树顶端。

③ 恣：肆意。

④ "力强"句：言白蛇强壮，雌鹘无法制服它。

⑤ 黄口：雏鸟的嘴。借指雏鸟。

⑥ 长烟：指弥漫在空中的雾气，这里借指长空。

⑦ 领健鹘：带来一只雄健的鹘。

⑧ "痛愤"句：宣，宣诉。言痛愤之心寄于宣诉之语。

⑨ "斗上"句：斗，同"陡"，猛然，突然。捩，转动。这句说健鹘

(义鹘)猛然飞入高空,孤独的身影在空中回旋。

⑩ "嗷哮"句:嗷哮,厉声长鸣。九天,古人以为天有九重,九天指天的最高处。这句说从高空传来凄厉的哮鸣声。

⑪ "修鳞"句:修鳞,指白蛇。言白蛇从远处的树枝上掉落。

⑫ "巨颡"句:巨颡,指蛇的头。拆,裂开。老拳,指义鹘的利爪。这句说蛇头被义鹘打得粉碎。

⑬ "高空"二句:蹭蹬,困顿。言白蛇在空中遭到打击,再也不能在草中曲折爬行。

⑭ "折尾"句:言白蛇折断的尾巴还能掉转一下,即垂死挣扎一下。

⑮ "饱肠"句:言白蛇吃饱的肚肠都被击穿。

⑯ "死亦"句:言白蛇之死,可垂鉴千年,引以为戒。

⑰ "物情"句:言世态常理,善有善报,恶有恶报。

⑱ "快意"句:言眼前的景象大快人心。也有这样的解释:白蛇就是因为贪图眼前一时的痛快,而遭到恶报。

⑲ "兹实"句:这只义鹘确实是最出色的猛禽。

⑳ "急难"句:救友急难,心胸坦荡。

㉑ "功成"句:功成之后,不知飞往何处。

㉒ 用舍:《论语·述而》:"用之则行,舍之则藏。"用,指"急难心炯然";舍,指"功成失所往"。

㉓ 潏水:长安八水之一,即今陕西长安东南的潏河,流入渭水。湄,岸边。

㉔ "飘萧"二句:飘萧,鬓发稀疏。素发,白发。凛,凛然,形容令

人敬畏的神态。儒冠,儒生戴的帽子。这二句说听了义鹘的故事,十分感动,有白发冲冠的感觉。
㉕ "人生"句:许,许可,应允。与,给予。分,分谊,友谊,情分。许与分,答应相助的情分。
㉖ 顾盼间:即一瞬间。
㉗ "用激"句:以此激发壮士的胆识。

解读

宋黄鹤据诗中"近经滱水湄",认为此诗"当是唐肃宗乾元元年(758)在长安作"(《杜诗详注》引)。诗中以拟人化的手法,写了一个在长安附近听到的关于义鹘的传说。一条白蛇恃强凌弱,吞噬了苍鹰的两个幼子,苍鹰悲愤不已,立即请来义鹘,为其报仇。明钟惺说这只苍鹰,可谓"鸟中申包胥"(《唐诗归》引)。"斯须领健鹘",笔法矫捷,将悲情化为杀气。"斗上捩孤影"以下八句,写义鹘陡然凌空,张翅飞旋,厉声长鸣,奋翼一击,白蛇顿时粉身碎骨。英风满纸,猛气腾跃,刻画痛快淋漓,摹写栩栩如生。最难得的是,这只义鹘"急难心炯然,功成失所往"。救鹰急难,心胸坦荡,惟义是从,不居其功,分明是战国高士鲁仲连的形象,而这又是当今最需要又最稀缺的精神。"人情许与分,只在顾盼间。"而环顾人世间,又有谁能做到? 正因为如此,故诗人听了这个传说,"凛欲冲儒冠",写了这首诗,"用激壮士肝"。吴山民说:"子美平生,要借奇事以警世,故每每说得精透如此。诗说老鹘仁慈义勇,所以感动人情,而其慷慨激昂,正欲使毒心人敛威夺魄。"(《杜诗详注》引)前人常将这首诗比作司马迁的《游侠》《刺客》列传,如王仲樵说:"记异之作,愤世之篇,便是'聂政'、'荆轲'诸传一样笔墨,故足与太史公争雄千古。得之韵言,尤为空前绝后。"(《杜诗详注》引)浦起龙也认为此诗"奇情恣肆,与子长《游侠》《刺客》列传,争雄千古"(《读杜心解》)。

瘦马行

东郊瘦马使我伤,骨骼硉兀如堵墙①。绊之欲动转欹侧②,此岂有意仍腾骧③?细看六印带官字④,众道三军遗路旁。皮干剥落杂泥滓,毛暗萧条连雪霜⑤。去岁奔波逐余寇⑥,骅骝不惯不得将⑦。士卒多骑内厩马⑧,惆怅恐是病乘黄⑨。当时历块误一蹶⑩,委弃非汝能周防⑪。见人惨淡若哀诉,失主错莫无晶光⑫。天寒远放雁为伴,日暮不收乌啄疮⑬。谁家且养愿终惠,更试明年春草长⑭。

注释

① "骨骼"句:硉兀,突出、不平的样子。这句形容马瘦无肉。

② "绊之"句:绊,驾车时套在牲口后部的皮带。这里作动词用。这句说用缰绳牵制瘦马,但马仍想活动,结果倾侧歪倒。

③ "此岂"句:此,指瘦马。腾骧,奔腾。这句说难道这匹瘦马还有在战场奔腾的意愿吗?

④ "细看"句:言马身上有六个官字印。诗人此前任皇帝身边的谏官(左拾遗),故有此言。

⑤ 连雪霜:带着雪霜。

⑥ "去岁"句:指至德二载九月、十月收复两京。

⑦ "骅骝"句:骅骝,古代良马名。将,相当于"把"、"用"。《杜诗详注》:"不惯不将,未调习者不得用,故用内厩马耳。"这句说非经过训练的良马也不能参与战斗。这匹瘦马能追逐敌寇,可见其不寻常。

⑧ "士卒"句:内厩,指皇家马厩。这句说当时能上战场的都是皇家所养的马。

⑨ "惆怅"句:乘黄,古代神马名。《山海经》:白民之国有乘黄,其状如狐,背上有两角,乘之寿二千岁。旧注乘黄即飞黄,能日行万里。这句说瘦马原来恐怕也是一匹神马,只因现在有病,故被遗弃,倍感惆怅。

⑩ "当时"句:历块,形容疾速。这句说瘦马在追逐敌寇时失足跌倒。

⑪ 汝:指瘦马。周防:周密提防。

⑫ 错莫:落寞。晶光:指神采。

⑬ "天寒"二句:远放,放逐到遥远的地方。不收,没人收养。

143

疮，指瘦马身上的创口。这二句写瘦马被放逐后处境的悲凉。

⑭"谁家"二句：终惠，始终保持收养的恩惠，而不是半途而废。这二句希望有人能收养瘦马，到明年开春，再试看马的才能。

解读

乾元元年(758)六月，杜甫被贬为华州司功参军。《杜诗详注》引蔡兴宗语，以为此诗是该年杜甫自伤贬官而作。从"连雪霜"、"天寒"等词看，当作于这年冬天。起首三句都写其枯瘦的形态，但诗人并不仅是可怜马的潦倒。"细看六印带官字"七字，颇有深意，应该同诗人曾在君王身边任职有关。惟其如此，即使已被抛弃，也不敢自暴自弃，依然怀有为国尽力的愿望。写马外形的憔悴，止是为了突出它内心的刚强。但现实是无人理解、同情这匹瘦马。下面即写马的凄苦之情、落寞之态。曾经也有过被人重视的时候，但仅仅只是因为一次偶然的失足，便落到如此不堪的地步。当时一蹶，似乎在暗示自己为援救房琯，触怒肃宗，一跌不起；非能周防，是为马，也是为自己开脱。"恐君有遗失"的诗人，想不到、也不会去想君王根本就不喜欢别人说他"有遗失"。杜甫晚年在夔州作诗："不虞一蹶终损伤，人生快意多所辱。"(《醉为马坠诸公携酒相看》)和这里含义相同。结句和前面"此岂有意仍腾骧"呼应，希望有人能够收养瘦马、自己还能获得被任用的机会。这首诗在叙述瘦马的境况中抒写身世之感，句句写马，又句句有人。高步瀛说此诗"沉郁顿挫，几于声声入破矣"(《唐宋诗举要》)。

九日蓝田崔氏庄①

老去悲秋强自宽②,兴来今日尽君欢③。羞将短发还吹帽,笑倩旁人为正冠④。蓝水远从千涧落⑤,玉山高并两峰寒⑥。明年此会知谁健,醉把茱萸仔细看⑦。

注释

① 九日:农历九月初九,即重阳节。蓝田:今属陕西。
② 强自宽:勉强自我宽解。
③ 尽君欢:随君(你)尽情欢乐。
④ "羞将"二句:王隐《晋书》:"孟嘉为桓温参军,九日游龙山,参僚毕集,时风至,吹嘉帽堕落,温命孙盛为文嘲之。"将,拿,持。短发,言头发稀少。倩,央求,请人做某事。正冠,带正帽子。
⑤ "蓝水"句:《三秦记》:"蓝田有水,方三十里,其水北流,出玉石,合溪谷之水,为蓝水。"
⑥ 玉山:唐初曾析蓝田置玉山县,后又裁减,则玉山应在蓝田。

⑦ "醉把"句:茱萸,草名。把,拿,手持。《西京杂记》载:汉武宫人贾佩兰,九日佩茱萸(袋),饮菊花酒,云令人长寿。仔细看茱萸,怀有伤老的意思,与首句"老去悲秋"呼应。

解读

乾元元年,杜甫任华州司功参军时,在蓝田过重阳节,作此诗。通篇围绕"老去"、"兴来"展开。颔联为流水对,借用典故,描摹醉态。因酒醉而帽被吹落,露出一头短发,不免为老态而羞惭伤感;随即一笑了之,请旁人帮助戴正,可见欢宴兴致仍浓。措词造句,跌宕曲折。宋杨万里说"孟嘉以落帽为风流,少陵以不落为风流,翻尽士人公案"(《诚斋诗话》),不免穿凿。但他说颈联"雄杰挺拔,唤起一篇精神",并非虚誉。这联造句警拔,写远眺庄外山水景象,千涧伴蓝水奔流,双峰托玉山高耸。"远"、"高"二字,显出意境壮阔,兴味盎然,令人一振;"落"、"寒"二字,又逗露秋意萧瑟的气息。浦起龙说宋人极力赞美的颔联,还只是"随波逐浪"句,颈联才是"截断众流"句(《读杜心解》)。即颔联只是不拘常规而已,颈联方称超迈警拔。山水无恙,人事代谢。末联拈出茱萸,映照暮秋,兴尽忧来,无限情事,尽在"仔细看"之中,意味深长。这首诗在古时曾获盛誉,杨万里看作是"一篇之中,句句皆奇。一句之中,字字皆奇"的作品(《诚斋诗话》)。明王世贞推举四首唐七律的压卷之作,此诗竟也名列其中(《艺苑卮言》)。当然也有不同的看法,如明胡震亨认为此诗实无佳处,只是后人"浪推"而已(《唐音癸签》)。换句话说,即此诗浪得虚名。

赠卫八处士①

人生不相见,动如参与商②。今夕复何夕,共此灯烛光。少壮能几时?鬓发各已苍③。访旧半为鬼,惊呼热中肠④。焉知二十载,重上君子堂。昔别君未婚,儿女忽成行⑤。怡然敬父执⑥,问我来何方。问答未及已⑦,驱儿罗酒浆⑧。夜雨剪春韭,新炊间黄粱⑨。主称会面难⑩,一举累十觞⑪。十觞亦不醉,感子故意长⑫。明日隔山岳,世事两茫茫⑬。

注释

① 卫八处士:《杜诗详注》引黄鹤注:"唐有隐逸卫大经,居蒲州。卫八亦称处士,或其族子。"八,排行第八。处士,隐居不仕的人。
② 参(shēn)与商:参星与商星,二者在星空中此出彼没,彼出此没,永不相见。

147

③ 苍:灰白色。

④ "惊呼"句:仇兆鳌《杜诗详注》:"近世胡俨曰:尝于内阁见子美亲书此诗,字甚怪伟,'惊呼热中肠'作'呜呼热中肠'。"热中肠,形容内心激动。

⑤ 成行:形容儿女众多。

⑥ 怡然:形容安逸自在。父执:父亲的朋友。

⑦ 未及已:还未说完。已,停止,结束。

⑧ 罗酒浆:罗列(安置)酒菜。

⑨ "新炊"句:间,掺和。黄粱,黄小米。言饭中掺和了一些黄小米。

⑩ 主:主人,即卫八处士。

⑪ 累:连续,累积。

⑫ 故意长:故人(老友)的情谊深长。

⑬ 两茫茫:彼此两不相知。

解读

乾元二年春(759),杜甫往来于东都洛阳和华州之间,期间曾在洛阳故居陆浑庄住过几天。黄鹤认为卫八处士居蒲州(治所在今山西永济),这里离华州不远,且位于华州和洛阳之间,这首诗可能就作于此时。"世乱遭飘荡,生还偶然遂。"(《羌村三首》)此时,杜甫的旧友已凋零殆半,前不久,他还写了一首悼念从弟的诗。因此和卫八处士相会,不禁发出"今夕复何夕,共此灯烛光"的感慨。只是作《羌村三首》正当战乱正盛之时,语多忧伤;此诗作于洛阳收复之后不久,故欣喜之意居多。《诗经·唐风·绸缪》:"今夕何夕,见此邂逅(指不期而遇的人)。"为此诗所本。"昔别君未婚"以下十句,写卫八处士以家宴招待诗人的情景,信手写去,如道家常,就词句看,并无奇妙警策之处。只因诗人写的是真境,抒的是真情,词短意长,语浅情深,更觉亲切自然,微婉动人。末句以明日别后,世事茫茫作结,与首句人生分离,有如参商呼应,落到聚散无常,低回不尽,宛然可思。此诗所写内容,和《彭衙行》相似,同样表现在乱世中依然焕发的人情美。和孙宰相会,正当流离困苦之际,诗人对孙宰雪中送炭的感激,情意炽烈。和卫八处士见面时,无论环境和心情,都要平和得多。如果说《彭衙行》如翻腾的水流,一决而泻,情溢于词;那么此诗则如风行水上,吹起涟漪,将内中深切的情意,层层表出,诗风也体现出一种别样的深沉。

洗兵马

收京后作

中兴诸将收山东①,捷书夜报清昼同②。河广传闻一苇过③,胡危命在破竹中④。只残邺城不日得⑤,独任朔方无限功⑥。京师皆骑汗血马⑦,回纥餧肉葡萄宫⑧。已喜皇威清海岱⑨,常思仙仗过崆峒⑩。三年笛里关山月⑪，万国兵前草木风⑫。

成王功大心转小⑬，郭相谋深古来少⑭，司徒清鉴悬明镜⑮，尚书气与秋天杳⑯。二三豪俊为时出⑰，整顿乾坤济时了⑱。东走无复忆鲈鱼⑲，南飞觉有安巢鸟⑳。青春复随冠冕入㉑，紫禁正耐烟花绕㉒。鹤驾通宵凤辇备，鸡鸣问寝龙楼晓㉓。

攀龙附凤势莫当㉔，天下尽化为侯王㉕。汝等岂知蒙帝力？时来不得夸身强㉖。关中既留萧丞相㉗，幕下复用张子房㉘。张公一生江海客，身长九尺须眉苍；征起适遇风云会，扶颠始知筹策良㉙。青袍白马更何有㉚？后汉今周喜再昌㉛。

寸地尺天皆入贡㉜，奇祥异瑞争来送㉝。不知何国致白环㉞，复道诸山得银瓮㉟。隐士休歌紫芝曲㊱，词人解撰河清颂㊲。田家望望惜雨干㊳，布谷处处催春种㊴。淇上健儿归莫懒，城南思妇愁多梦㊵。安得壮士挽天河，净洗甲兵长不用㊶！

注释

① 山东：见《兵车行》注⑪。
② "捷书"句：捷报昼夜频传。用一"同"字，可见捷书并非谎报。

③"河广"句:河,黄河。《诗经·卫风·河广》篇:"谁谓河广?一苇航之。"一根芦苇便可渡河,可见十分容易。

④"胡危"句:言官军进兵,摧枯拉朽,势若破竹,安史叛军的灭亡指日可待。

⑤"只残"句:只残,只有(邺城)残留。邺城,天宝元年,改相州为邺郡;乾元二年,又改为邺城。即今河南安阳。《资治通鉴》:安庆绪败走,入邺城固守,郭子仪等率军围攻邺城。不日得,很快便可收复。不日,要不了几天。

⑥"独任"句:《旧唐书》:安禄山反,以郭子仪为灵武太守,充朔方节度使。自陈涛斜兵败之后,官军损失大半,唐肃宗对朔方军格外倚重。平定安史之乱,朔方军功居第一。独任,独特的信任。

⑦汗血马:见《高都护骢马行》注⑩。

⑧"回纥"句:回纥(hú),又作"回鹘",今新疆维吾尔族的祖先。餧,同"喂"。史载汉元帝曾在葡萄宫宴请匈奴单于。这里借喻唐肃宗对回纥的优待,以及回纥将士在长安的跋扈。杜甫始终反对借兵回纥,以上两句意含讽谏。

⑨海岱:《禹贡》:"海岱惟青州。"指今山东渤海至泰山之间的地区。

⑩"常思"句:仙仗,指皇家的仪仗。崆峒,山名,有四处。这里指甘肃平凉西的崆峒山,自古有"西来第一山"之称。唐肃宗从崆峒山至灵武,又从灵武回长安,常要从崆峒山出入。这句意在提醒唐肃宗:得胜之后,不要忘了当初的艰辛,居安思危。

⑪ "三年"句：从天宝十四载(755)十一月安禄山造反，到作此诗之时，计三年多些。关山月，汉乐府横吹曲中的一曲。横吹曲是一种军乐。《乐府解题》："《关山月》，伤离别也。"这句说三年来军中一直在吹奏感伤离别的《关山月》。

⑫ "万国"句：万国，相当于"万方"。这句说全国各地，到处人心惶惶，弥漫着风声鹤唳，草木皆兵的恐慌。

⑬ "成王"句：在平定安史之乱中，广平王李俶（即后来的唐代宗）以天下兵马元帅名义先后收复长安、洛阳，进封楚王，乾元元年三月徙封成王。心转小，言态度反而变得更加谦虚谨慎。这句诗称颂成王居功不傲。

⑭ "郭相"句：郭子仪，平定安史之乱的最大功臣。乾元元年八月，进位中书令，故称郭相。《资治通鉴》：至德二载"十一月，广平王俶、郭子仪来自东京，上（唐肃宗）劳子仪曰：'吾之家国，由卿再造。'"

⑮ "司徒"句：李光弼，与郭子仪齐名的大将，史称"战功推为中兴第一"。至德二载四月，加司空，兼同平章事。清鉴，高明的判断力。悬明镜，如明镜高悬。

⑯ "尚书"句：王思礼，高句丽人。收复两京后升任户部尚书，封霍国公。气与秋天杳，气概和秋天一样的高远，形容其为人豁达爽朗。

⑰ 为时出：即应运而生。

⑱ 济时：济世，救时。

⑲ "东走"句：《世说新语·识鉴》："张季鹰（张翰）辟齐王东曹

掾,在洛(洛阳)见秋风起,因思吴中菰菜羹、鲈鱼脍,曰:'人生贵得适意尔,何能羁宦数千里以要名爵!'遂命驾便归。俄而齐王败,时人皆谓为见机。"这句说现在天下太平,不必再像张翰那样,为了避乱而放弃官职,归隐田园。

⑳ "南飞"句:曹操《短歌行》:"月明星稀,乌鹊南飞。绕树三匝,何枝可依?"这句翻用曹操诗意,说因战乱而流离的百姓,现在感到有家可归了。

㉑ "青春"句:青春,春天草木茂盛苍翠,故称作青春。冠冕,古代皇冠或官员的帽子。这句说春光又伴随着皇室回到宫中。

㉒ "紫禁"句:紫禁,中国古代星象学说,紫微垣(即北极星)位于中天,乃天帝所居,天人对应,于是称皇帝的居所为紫禁城。耐,适宜。

㉓ "鹤驾"二句:《列仙传》:周灵王太子晋好吹笙作凤凰鸣,后乘白鹤仙去,故后世称太子之驾为鹤驾。乾元元年四月,立成王李俶为皇太子,浦起龙据此以为指李俶。凤辇,天子所乘坐的车,指唐肃宗。浦起龙《读杜心解》:"此二句正须看得活相,益显天伦之乐。鹤驾既来,凤辇亦备,父子相随以朝寝门,欢然交忻,龙楼(指玄宗所居)待晓,岂不休(美)哉。此以走马为对仗(走马对,即流水对),乃杜公长伎。"这两句说如今皇帝(肃宗)、太子能在宫中,对上皇(玄宗)行"昏定晨省"的子道了。

㉔ "攀龙"句:指李辅国等攀附肃宗、张妃的一班小人。《资治通鉴》:乾元元年春二月,以李辅国兼太仆卿,辅国依附张淑妃,

153

判元帅府行军司马,势倾朝野。

㉕"天下"句:收复两京后,朝廷加封追随玄宗入蜀以及追随肃宗去灵武的功臣。王嗣奭《杜臆》:"当时封爵太滥,甚至以官赏功,给空名告身,凡应募者,一切皆金紫,公故伤之。"

㉖"汝等"二句:你们这些新贵,难道不知道自己全靠皇上的眷顾?只能说是时运来了,不可由此夸耀自身真有什么本事。

㉗"关中"句:萧丞相,西汉首任丞相萧何。楚汉相争时,萧何留守关中,使关中成为汉军的巩固后方。朱鹤龄注:"萧丞相未知何指。蔡梦弼谓杜鸿渐。考《唐书》,肃宗按军平凉,鸿渐建朔方兴复之谋,且录军资器械储廥(储藏粮谷的仓库)上之。肃宗喜曰:'灵武,吾之关中,卿乃吾萧何也。'旧注云:'京师既平,以萧华留守,故比之萧何。'"(《杜诗详注》引)钱谦益则认为房琯自蜀中奉传国宝及玉册至灵武传位,并留下为相辅佐肃宗,萧丞相指房琯。(《钱注杜诗》)应以朱注为是。

㉘"幕下"句:张子房,西汉建国三杰之一的张良,字子房。汉高祖刘邦曾说:"运筹帷幄之中,决胜千里之外,吾不如子房。"这里指张镐,至德二载授中书侍郎、同平章事,曾预料史思明诈降。

㉙"张公"四句:江海客,指浪迹四方,放情江海之人。风云会,风云际会,言有才干的人恰逢可以施展抱负的机会。扶颠,扶持危局。《旧唐书》本传称张镐"风仪魁岸,廓落有大志,涉猎经史,好谈王霸大略。""入仕凡三年,致位宰相。居身清

廉，不营资产，谦恭下士，善谈论，多识大体，故天下具瞻。”

㉚“青袍”句：《梁书·侯景传》：“普通（梁武帝年号）中，童谣曰：‘青丝白马寿阳来。’后（侯）景果骑白马，兵皆青衣。”侯景，羯人。梁武帝时，率兵自北魏投降梁朝，驻守寿阳。后又起兵叛乱，攻克京城台城（今江苏南京），自立为帝。史称“侯景之乱”。这里用以比安、史。更何有，进一步说，还会存在吗？

㉛“后汉”句：言汉光武、周宣王中兴之事今天又重现。

㉜“寸地”句：言境外每一寸土地都臣服于唐朝，向朝廷进贡。

㉝“奇祥”句：《资治通鉴》卷二百二十：“上（肃宗）颇好鬼神，太常少卿王玙，专依鬼神以求媚。每议礼仪，多杂以巫祝俚俗。上悦之，以玙为中书侍郎，同平章事。”上有所好，下必甚焉，于是出现各地争献各种稀奇古怪的祥瑞的现象。

㉞白环：《竹书纪年》：虞舜时，西王母来朝，献白环玉玦。

㉟银瓮：《瑞应图》：“王者宴不及醉（喝酒但又不醉），刑罚中（合宜），则银瓮出焉。”白环、银瓮，即奇祥异瑞。

㊱“隐士”句：秦朝末年，东园公、绮里季、夏黄公、甪里先生等“四皓（四老）”为躲避暴政，作《紫芝曲》，进入商山隐居。这句说隐士不必再为避乱而逃世。

㊲“词人”句：《南史》：宋元嘉中，黄河、济河的水都变清，当时以为这是一种祥瑞，诗人鲍照为此作《河清颂》。解，懂得，明白。

㊳“田家”句：望望，急切盼望。乾元二年春遇旱灾，故农民为无雨发愁。

㊴“布谷”句：布谷，鸟名，又名大杜鹃，过去有“布谷声声，催人

耕种"的说法。这句说偏偏在这时又到了春耕的关头。

㊵"淇上"二句：淇，淇水，在邺城附近。淇上健儿，指围攻邺城的军士。城南，长安城南。前面说"只残邺城不日得"，上句劝健儿莫懒，正是希望他们快些取得成功，结束战斗。因为他们的亲人——长安的思妇正日思夜愁，想念他们。

㊶"安得"二句：《六韬》：文王将出兵讨伐殷纣，散宜生占卜，说不吉利，因为"将行之日，雨辎重车（运输军械、粮草、被服等军用物资的车辆）至轸（车箱底部四周的横木。雨水浸到车辆底部的横木，言雨大）。"姜太公说："是非子之所知也（这事你不懂）。祖行（饯行）之日，雨辎重车至轸，是洗濯甲兵（铠甲和兵械，泛指兵器）也。"《说苑·权谋》：武王讨伐殷纣，天气晴朗，但下大雨。散宜生怀疑有妖孽作怪，武王说："非也，天洗兵也。"最后二句表达了诗人希望永远结束战争的愿望。

解读

乾元二年(759)二月，官军和叛军在相州交战，大败。杜甫作此诗之时，战斗尚未开始，而诗中又有"布谷处处催耕种"之语，黄鹤据此定此诗为当年仲春作。明周珽说："全篇总是志喜而致戒，题曰《洗兵马》，厌乱思治，其本旨也。"（《唐诗选脉会通评林》）说诗人既"喜"且"戒"，确实如此，只是还不够明确。关于此诗旨意，前人颇多分歧。钱谦益认为："《洗兵马》，刺肃宗也，刺其不能尽子道，且不能信任父之贤臣以致太平也。"（《读杜二笺》)沈寿民、潘耒、浦起龙等人都不同意这种说法。朱鹤龄则取折中的态度:"中兴大业,全在将相得人。前曰'独任朔方无限功',中曰'幕下复用张子房',此是一诗眼目。使当时能专任子仪,终用张镐,则洗兵不用,且夕可期,而惜乎肃宗非其人也。王荆公选杜工部诗,以此诗压卷,其大指不过如此。若玄、肃父子之间,公尔时不应遽加讥切也。"(《杜诗详注》引)

全诗可分四段。首段志喜,写官军屡报捷音,歼灭叛军指日可待。但最后二句,诗意陡转。"三年笛里关山月,万国兵前草木风。"上句说军士连续三年在战争中度过,下句说各地百姓都饱尝战乱之苦。朝中君臣,对此应念念不忘,刻刻在心。这联是杜诗名句,明胡应麟认为:"以和平端雅之调,寓愤郁悽悢之思,古今壮句者难及此也。"(《诗薮》)陶开虞说这二句"雄亮悲壮,恍如江楼闻笛,关塞鸣笳"(《杜诗镜铨》引)。战争并未结束,战乱还在继续,危险依然存在,此时若不乘胜追击,反生逸豫之心,则后患无穷,故第二段转入致戒。整顿乾坤,非豪杰出世不可。前面几句赞颂中兴功臣,这些人都是肃宗应该继续倚重的国家栋梁。这不是恭维,而是告诫。不到半年,郭子仪就因宦官鱼朝恩的诬陷而离职。回过头来再看此诗,可见杜甫忧深思远。让诗人忧虑的是:肃宗任人唯亲,宠爱佞幸,攀龙附凤,势不可挡。如此,小人得志,贤良之臣又如何施展宏图?下面紧接"关中既留萧丞相"六句,即告诫肃宗:只有像杜鸿渐、张镐那样确有经世之才的能臣才值得信用。最后一段前六句,表面上志喜,实际上仍是致诫。各地争送奇祥异瑞,本是王莽当政时就已出现的荒诞现象,最后促成了王莽新朝的灭亡。如今大功尚未告成,即已出现如此乱象,岂不令人心惊!何况眼前还有更紧迫的事要做:春耕就要开始,偏偏遇上旱灾;邺城开战在即,家人盼望战士早日归来。为了普天下的百姓,诗人最后发出"安得壮士挽天河,净洗甲兵长不用"的呼声。

　　这是一首无可非议的史诗,明末唐汝询说:"《洗兵马》一篇,有典有则,雄浑阔大,足称唐《雅》。"宋张戒评此诗,认为其佳处"正在无意而意至"。"盖出口成诗,非作诗也。"(《岁寒堂诗话》)其实不然。这是杜甫精心构撰的一篇佳作。诗中多用偶句,对仗工整,笔力矫健,苍劲之气,流于笔墨。全诗一段十二句转韵,凡四转,第一、第三段押平声韵,第二、第四段押仄声韵,平仄相间,音节和谐。在形式上类似排律,自成一体。

新安吏

收京后作。虽收两京,贼犹充斥。

　　客行新安道①,喧呼闻点兵。借问新安吏:县小更无丁②?府帖昨夜下,次选中男行③。中男绝短小,何以守王城④?肥男有母送,瘦男独伶俜⑤。白水暮东流,青山犹哭声⑥。莫自使眼枯⑦,收汝泪纵横。眼枯即见骨,天地终无情⑧!我军取相州,日夕望其平⑨。岂意贼难料,归军星散营⑩。就粮近故垒⑪,练卒依旧京⑫。掘壕不到水,牧马役亦轻⑬。况乃王师顺⑭,抚养甚分明⑮。送行勿泣血,仆射如父兄⑯。

注释

① 客:杜甫自称。新安:即今河南新安。

② "借问"二句:更,再。唐初定制:男子十六岁为中男,二十一岁为丁。至玄宗天宝三年,又改成十八岁为中男,二十二岁为丁。下句是诗人的问话:新安是个小县,(经过不断的征兵)现在是不是再也没有合格的丁男了?

③ "府帖"二句:府帖,官府的文书,公文。这里指征兵的文书。次,依次。这二句是新安吏的回话:没有丁男,就依次挑中男出征。

④ "中男"二句:绝短小,极矮小。王城,周代洛邑(洛阳)城东面是成周,为宗庙之所在;西面是王城,为宫室之所在。这里指洛阳。这二句又是诗人的问话。

⑤ 肥男:指健壮一些的男孩。瘦男:指瘦弱的男孩。伶俜:孤独、伶仃。言孤单瘦弱,无依无靠。

⑥ "白水"二句:《杜诗详注》:"白水流,比行者。青山哭,指居者。"

159

⑦ 眼枯:眼泪哭干。
⑧ "眼枯"二句:言即使把眼睛哭瞎,朝廷也不会开恩放过这些中男。天地,借指朝廷。因为不能直言指斥,只能借物影射。
⑨ "我军"二句:自此至末,都是杜甫宽慰应征者家人的话。相州,古邺城,治所在今河南安阳西郊。
⑩ "岂意"二句:意,意料。上句言哪里想到奸贼难以预料。归军,指官军的败兵。星散营,谓因溃败,营地分散各处。
⑪ "就粮"句:就粮,言移兵到粮多的地方。故垒,原先的营垒。当时郭子仪还有军粮六七万石,所以说"近故垒"。
⑫ 旧京:指东都洛阳。
⑬ "掘壕"二句:言军中的劳役很轻松。
⑭ 王师顺:朝廷讨伐叛军,是名正言顺的事。
⑮ 抚养:爱护养育(士兵)。
⑯ 仆射(yè):尚书省主事的人,即宰相,这里指郭子仪。

解读

乾元二年(759),郭子仪等九节度使进兵相州,围攻安庆绪。二月,史思明率大军至相州救援。三月壬申(初三),两军交战,官军溃败。郭子仪率朔方军拆断河阳桥,阻止叛军南下,退保洛阳。战败后急需补充兵员,但连年征战,兵源已经枯竭,而朝廷强征不已,地方官只能以老弱病残充数。当时杜甫从洛阳回华州,沿途目睹在官府暴力逼迫下造成的一幕幕惨景,写了《三吏》《三别》这组不朽的诗。此诗所写新安县,是一个壮丁已被征尽的小县，眼前所见被拉去当兵的，都是不到入伍年龄的中男。这些瘦弱的年轻人，能守卫东都吗？对于诗人的追问，新安吏避而不答。也许是有所顾忌，不敢回答；也许是内心矛盾，不想回答；也许是习以为常，不屑回答。或许是新安吏的回答，不值得写入诗中。《资治通鉴》卷一百九十二载：唐太宗听从封德彝的建议，想征中男入伍，魏征坚决反对，不肯签署下达诏令。太宗最后接受了魏征的意见，但如今已无人能改变朝廷的旨意，形势所迫，非征不可。在这些中男中，又有肥、瘦之分，肥男尚有母亲相送，瘦男孤苦伶仃，更加可怜。诗中没有提到他们的父亲，可见父亲都已不在了。暮色苍茫，白水东流，应征者一去不返；但青山还在，依然回荡着亲人的哭声。"莫自使眼枯"以下四句，是诗人面对此景此情，从心中发出的悲愤的声音。在强权之下，弱者的哭泣又有何用？孟姜女哭倒长城只是传说，再大的痛苦也不会让朝廷（天地）生同情之心。但东都保卫战，事关社稷兴亡，毕竟与玄宗时用兵南诏有所不同，在诗人心中，也多了一份写《兵车行》时所没有的矛盾，不能作和那时一样的谴责与反对。在无可奈何的状况下，只能温言劝慰了。下面所写，都是劝慰之词。天地虽然无情，但仆射却如父兄，二者似乎很不协调，但诗人当时只能这么说。为保卫东都应征，无可逃避，也不能逃避；兵者凶器，生死莫测，唯有将帅的体贴，才能给战士带来生还的希望。一个特殊的时代背景，造成诗人复杂的内心矛盾，写了这首既愤激又蕴藉的诗。

潼关吏①

士卒何草草②,筑城潼关道。大城铁不如,小城万丈余③。借问潼关吏:修关还备胡④?要我下马行⑤,为我指山隅:连云列战格⑥,飞鸟不能逾。胡来但自守,岂复忧西都⑦。丈人视要处⑧,窄狭容单车。艰难奋长戟,万古用一夫⑨。哀哉桃林战,百万化为鱼⑩。请嘱防关将:慎勿学哥舒⑪。

注释

① 《全唐诗》卷二百十七《潼关吏》题下有小注:"安禄山兵北,哥舒翰请守潼关。明皇听杨国忠言,力趣出兵,翰抚膺恸哭,而出兵至灵宝,溃,关遂失守。"潼关,见《北征》注㉜。

② 何:多么。草草:形容忧愁劳苦的样子。

③ "大城"二句:上句言其坚,下句言其高。因小城建在山上,所以格外高。

④ "借问"二句:下句是诗人的问话:"修筑关隘还是为了防备安史叛军?"前人也有将下句作为潼关吏答话的,这样就成了肯定句,而不是问句。

⑤ 要:同"邀",邀请。

⑥ "连云"句:战格,战栅,战时用以防御的栅栏。这句说在高处排列的战栅和天上的浮云相连。自此以下八句,为潼关吏对

诗人说的话。

⑦ 西都:指长安。

⑧ 丈人:关吏对杜甫的尊称。要处:险要之处。

⑨ "艰难"二句:艰难,指战事进入紧要关头。晋张载《剑阁铭》:"一人荷戟,万夫趑趄。"李白《蜀道难》:"一夫当关,万夫莫开。"和杜甫诗同一意思。

⑩ "哀哉"二句:桃林,桃林塞,指河南灵宝县以西至潼关这一带地区。哥舒翰出潼关,兵败于此,官军将士坠入黄河而死的有数万人。这里说百万是夸张之词。自此以下四句,为诗人对潼关吏所说的话。

⑪ "请嘱"二句:下句是诗人托关吏转告防关将个话。

解读

在《三吏》《三别》中,此诗与其他五首有所不同:诗人面对的人物,不是凄苦无告的应征者,而是一个豪情满怀的关吏;诗中所写的场景,不是愁云惨淡的乡村,而是高险坚固的潼关。在这首诗中,没有激愤真切的同情,更多的是理智冷静的告诫。就题材而言,此诗和《塞芦子》《留花门》相同,应以议论为主,所不同的是此诗将议论寄于叙述之中。汉末陈琳作乐府诗《饮马长城窟行》,借一个秦代修筑长城的役夫与其妻子的对话,描写了一段生离死别之情。此诗和《新安吏》一样,也用对话体进行描述。关吏在介绍险要时的踌躇满志,和诗人的忧虑关切,形成鲜明的对照,神情毕肖,声色俱活。在诗人心中,哥舒翰兵败的前车之鉴,挥之不去。当时的潼关,也像眼前所见的那样,大城坚胜铁,小城高万丈,只因指挥失当,导致无数将士葬身鱼腹。如今修关防守,是在焦头烂额之后,为曲突徙薪之计,因此守关的将领,切不可心存怠懈,给叛军以可乘之机。结句转告守将:千万谨慎,别重蹈哥舒覆辙,语重心长。

石壕吏

暮投石壕村①,有吏夜捉人。老翁逾墙走,老妇出门看②。吏呼一何怒③,妇啼一何苦!听妇前致词:三男邺城戍,一男附书至④,二男新战死。存者且偷生,死者长已矣。室中更无人,惟有乳下孙。有孙母未去⑤,出入无完裙。老妪力虽衰,请从吏夜归。急应河阳役⑥,犹得备晨炊⑦。夜久语声绝,如闻泣幽咽。天明登前途,独与老翁别。

注释

① 投:投宿。石壕村:位于今河南陕县观音堂镇。
② 出门看:一本作"出看门"。

③ 一何:何其。

④ 附书至:捎信回来。

⑤ 孙母:孙儿之母,即媳妇。

⑥ "急应"句:应,回应,应对。河阳,即今河南孟州,北依太行,南临黄河。当时为郭子仪与安庆绪对峙之地。

⑦ 犹得:还可以。得,可以。

解读

　　此诗所表现的主题和新安吏相同,不同的是:《新安吏》描写的是被征役夫的群体场景,此诗则抓住连一个老妇都不放过的典型事例;诗人在《新安吏》中是直接参与者,自我感情的流露十分强烈,而此诗则作纯客观的叙述,没有任何议论,诗人始终不露声色。浦起龙说此诗"有猛虎攫人之势"(《读杜心解》),全在句中有"夜抓"二字。在前一首诗中,新安吏还带着文书,按指令征兵,石壕吏则是带着绳索抓人,而且还选在夜晚,进行突然袭击,让人猝不及防,无法躲藏。可见这里的兵源更加枯竭,征兵的举措更加凶残,官民的矛盾更加尖锐。听到衙吏抓人,老翁立即翻墙逃走,老妇则出门迎候。这是很自然的反应:一个老人,又是妇人,抓到军中又有何用?谅衙吏不至于连她也不放过。看到老妇,衙吏果然大失所望,暴跳如雷。"吏呼一何怒,妇啼一何苦!"这是在诗人眼前呈现的两个形成强烈对照的人物形象。"一何"二字,则是他在一旁深沉的叹息。老妇的眼中泪、心中苦,在她对悍吏的哭诉中尽情喷泻:二子已经战死,家人朝不虑夕,孙儿嗷嗷待哺,媳妇身无完衣。这是一个因征役而家破人亡的家庭,是当时众多农家的一个缩影。为了保护老翁,也为了保住家中仅存的一个男劳力,老妇甘愿自我牺牲,前往河阳战场。这是一幕何等惨烈的情景,能感动诗人,感动千载之下的读者,但不能感动铁石心肠的悍吏,为了应差,连一个老人、又是妇人也不放过。诗中没有老妇随悍吏而去的描述,只是写了夜深时隐隐约约传来的悲咽之声、天明辞别时老翁孤独的身影。是谁在哭泣?老妇现在怎样?结语有余音袅袅、不绝如缕之感。此诗用意精细,运笔质朴,叙事简洁,情致凄绝。明陆时雍称赞此诗:"其事何长,其言何简!吏呼二语,便当数十言。文章家所云要会,以去形而得情、去情而得神故也。"(《唐诗镜》)《三吏》《三别》,其他五首诗都一韵到底(《潼关吏》第二句不合),惟此诗换韵。明许学夷说:"《石壕吏》效古乐府而用古韵,又上、去二声杂用,另为一格,但声调终与古乐府不类,自是子美之诗。"(《诗源辨体》)

新婚别

兔丝附蓬麻,引蔓故不长①。嫁女与征夫,不如弃路旁。结发为妻子②,席不暖君床。暮婚晨告别,无

结发为妻子,席不暖君床

乃太匆忙③。君行虽不远,守边赴河阳。妾身未分明,何以拜姑嫜④?父母养我时,日夜令我藏⑤。生女有所归,鸡狗亦得将⑥。君今往死地,沉痛迫中肠。誓欲随君去,形势反苍黄⑦。勿为新婚念,努力事戎行⑧。妇人在军中,兵气恐不扬。自嗟贫家女,久致罗襦裳⑨。罗襦不复施,对君洗红妆⑩。仰视百鸟飞,大小必双翔。人事多错迕⑪,与君永相望⑫。

注释

① "兔丝"二句:兔丝:菟丝子,是一种寄生的草本植物,依附在其他植物的枝干上生长。蔓,寄生植物的细长不能直立的枝茎。蓬和麻都很细小,兔丝附在上面蔓延的枝茎自然长不了。比喻女子嫁给征夫,相处很难持久。
② 结发:传统婚姻习俗。夫妻成婚时,要各取头上一缕头发,合在一起打成一结。
③ 无乃:岂不是。
④ "妾身"二句:因新娘嫁到夫家仅一个晚上,丈夫就要出征,婚礼并没有真正完成,所以上句说自己的身份还不明确。姑嫜,婆婆、公公。《杜诗详注》引南宋蔡梦弼语:"妇人嫁三日,告庙上坟,谓之成婚。婚礼既明,然后称姑嫜。今嫁未成婚而别,故曰未分明。"

⑤ 藏：深藏在闺中，不与外人接触。
⑥ "生女"二句：归，女子出嫁。将，将就，顺从。这两句即"嫁鸡随鸡，嫁狗随狗"之意。
⑦ 苍黄：比喻事物变化不定，反复无常。
⑧ 戎行：行伍，这里指军旅之事。
⑨ "自嗟"二句：致，致力于。襦，短衣、短袄。裳，下衣。这二句说因为家贫，准备嫁衣费了很长时间。
⑩ 不复施：不再穿。洗红妆：洗掉妆饰，不再打扮。
⑪ 错迕：错乱，违逆，不如意。
⑫ "与君"句：言你我二人，永远盼望着相聚的一天。

解读

浦起龙说："《三吏》夹带问答叙事，《三别》纯托送者行者之词。"（《读杜心解》）和《三吏》不同，在《三别》中，诗人已隐而不见。在表现手法上，《三别》和前、后《出塞》相似，都用第一人称；所不同的是，《出塞》夹叙夹议，而《新婚》《垂老》二诗，则纯是人物倾吐心声。和《三吏》还有个不同，《三别》都不是对事情发生现场的实录，诗中的人物，可能确有其人，也可能未必实指某人，而是诗人接触了众多这样的人物，了解他们的遭遇，同情他们的痛苦，而后所创造的具有普遍意义的典型形象。诗中的情感诉说，有的出自他们对诗人的倾诉，有的出自诗人的感受，有的则出自诗人对他们内心深处的理解。在解读前、后《出塞》诗中已经说过，诗人特别擅长刻画人的心理活动，这在《三别》中得到最完美的体现。

此诗在形式上脱胎于《古诗十九首》之八"冉冉孤生竹"。前二句借物起兴,即出自前诗:"与君为新婚,菟丝附女萝。"只是《古诗》中的女子,虽有疑虑忧伤,但心中仍怀着希望,而此诗的新娘,已被推入绝望的境地:"嫁女与征夫,不如弃路旁。"这二句脱口而出的话,怨恨之意,十分明显。结婚,是人生的终身大事,对古代女子来说,更是决定了她终身的命运。作为一个新娘,她希望能得到丈夫的呵护,渴望有一个夫妇相依相助的温暖之家。而如今暮婚晨别,"无乃太匆忙"!这五个字,是依依不舍的眷恋,饱含着新娘的缱绻之情。"席不暖君床",既是对夫君致歉,也是新娘难以释怀的遗恨。"君今往死地。"谁能想到,新娘竟是死别,这对新娘来说,更是无法承受的致命一击。作为一个女子,她以特有的细心,明白自己已置身两难地境地:若留在夫家,担心"妾身未分明,何以拜姑嫜";想随夫出征,又怕"妇人在军中,兵气恐不扬"。但她面对的人,她倾诉的对象,是一个马上就要奔赴战场的征夫,是比她处境更艰难、心境更悲伤的刚结缡的夫君,这就使她无法一味诉说自己的哀怨。作为一个明理、贤惠的妻子,即使心如刀割,她也得考虑丈夫的感受,要和新婚的丈夫共同承受眼下的重压,分担丈夫的痛苦。作为一个贫家女,为了新婚,她不辞劳苦,"久致罗襦裳"。为了新婚,她重视守身如玉的贞操,"日夜令我藏"。"岂无膏沐,谁适为容?"(《诗经·卫风·伯兮》)女子为自己托付终身者容(打扮),丈夫不在身边,打扮又有什么意义?当此生离死别之际,她以"罗襦不复施,对君洗红妆",表达了自己矢志不渝的忠贞。最后以"人事多错迕,与君永相望"作结。这是长相思,也是永诀词,是在永诀之后的永恒的思念和苦恋。诗中新妇连呼六声"夫君",在如怨如慕、如泣如诉的诉说中,有"席不暖君床"的遗憾,有"无乃太匆忙"的怨恨,有"妾身未分明"的忧虑,有"君今生死地"的沉痛,有"誓欲随君去"的勇决,有"努力事戎行"的劝勉,有"与君永相望"的深情。频频呼唤,一声一泪,心乱如麻,回肠百折。"自嗟贫家女"四句,道出新妇从婚前的盼望,跌入婚后的绝望,有回顾身世的自怜自惜,也表达了从一不二的坚贞。刻画新妇的心理,体贴入微;描摹新妇的行为,生动逼真;表现新妇的情感,悲怆欲绝。

垂老别

四郊未宁静,垂老不得安①。子孙阵亡尽,焉用身独完②?投杖出门去③,同行为辛酸④。幸有牙齿存,所悲骨髓干⑤。男儿既介胄⑥,长揖别上官⑦。老妻卧路啼,岁暮衣裳单。孰知是死别⑧,且复伤其寒。此去必不归,还闻劝加餐⑨。土门壁甚坚⑩,杏园度亦难⑪。势异邺城下,纵死时犹宽⑫。人生有离合,岂择盛衰端⑬?忆昔少壮日,迟回竟长叹⑭。万国尽征戍，烽火被冈峦。积尸草木腥，流血川原丹。何乡为乐土？安敢尚盘桓⑮。弃绝蓬室居⑯，塌然摧肺肝⑰！

注释

① 垂老：将老。

② 焉用：哪用。身独完：自身独自活在世上。

③ 投杖：扔掉拐杖。

④ 同行：一起入伍出征的人。

⑤ 骨髓干：形容筋骨衰老。

⑥ 介胄：甲胄，铠甲和头盔。也用以指军人。

⑦ 长揖：古代的一种交际礼仪，拱手高举，自上而下（双手抱拳举过头顶，鞠躬）。

⑧ 孰知：孰，通"熟"。即熟知，很清楚。

⑨ 劝加餐：言老妻劝老翁在军中注意身体，多吃些。

⑩ 土门：仇兆鳌《杜诗详注》："土门关，即旧井陉关。在获鹿县西南十里，即太行八陉之第五陉也。"井陉关，在今河北石家庄境内。

⑪ 杏园：在今河南汲县。

⑫ "势异"二句：言如今的形势和邺城战败时有所不同，因此不会马上就战死。以上四句为老翁安慰老妻的话。

⑬ "人生"二句：岂择，岂能选择。盛衰，指壮年和老年。这二句

说人生自有或离或合的时候,哪里会因人的年龄而改变呢?即使是老人,又哪能自己选择呢?

⑭ 迟回:徘徊不前。竟:最终。

⑮ 盘桓:徘徊,形容犹疑不决的样子。

⑯ 蓬室:草屋。

⑰ 塌然:形容哀痛、失意的样子。摧肺肝:形容内心极度伤痛。

解读

　　和《新婚别》一样,此诗也是一段心灵悲伤的诉说。不同的是,前诗的诉说出自送行者,此诗则是被征者。诗中所写的人物,又和《石壕吏》相同,都是一对失去子女的老人,陷入生离死别的境遇中。浦起龙说此诗"叙别妻,忽而永决,忽而相慰,忽而自奋,千曲百折"(《读杜心解》)。诗中开篇即发出悲怆的呼声:"子孙阵亡尽,焉用身独完。"由此,下面故作慷慨的言行,只是置于死地而后的冲动,让人觉得更加心酸。老翁能将自己的生死置之度外,但无法将亲情一刀隔断。子孙虽已离去,老妻依然还在,当此之时,两人更须相依为命,不可分离,但却不能不离。投杖出门的老翁,和卧路哭泣的老妇,处于聚也难、离也难、生也难、死也难的困境。明知这是死别,一切都已无望,但老翁关切的是妻子衣寒,老妇叮嘱的是注意饮食。在这样的境遇中,还说这些话,又有何用? 但除了这些细微体贴的关心,还有什么能更真实地表达彼此的牵挂?"孰知是死别"四句,写夫妇缱绻之情,声情宛然,语极哀恋,愈加安慰,愈觉沉痛,愁肠百结,痛彻心扉。

对老翁来说，眼下最重要的，还是对老妻的安慰，决不能让她失去生存的希望。"势异邺城下，纵死时犹宽。"这是退无可退的宽慰，是只有身处绝境才会有的想法，是老翁想安慰老妇但又找不出合适言辞的体现。人有悲欢离合，谁也无法自主，更何况如今举国都在战乱之中，哪里还有安乐之地？"积尸草木腥，流血川原丹。"描写战祸之烈，触目惊心。老翁毕竟是男子汉，既然一切都难以挽回，那么与其低头痛哭，不如昂首向前。但是，当他决然离去之际，望着生于斯、长于斯的茅屋，望着休戚与共的妻子，不禁悲从中来，塌然伤怀。一个充满矛盾纠结的痛苦的老翁形象，跃现眼前。

无家别

寂寞天宝后①，园庐但蒿藜②。我里百余家③，世乱各东西④。存者无消息，死者为尘泥。贱子因阵败⑤，归来寻旧蹊⑥。久行见空巷，日瘦气惨悽⑦。但对狐与狸，竖毛怒我啼⑧。四邻何所有？一二老寡妻。宿鸟恋本枝，安辞且穷栖⑨。方春独荷锄，日暮还灌畦。县吏知我至，召令习鼓鞞⑩。虽从本州役，内顾无所携⑪。近行止一身，远去终转迷⑫。家乡既荡尽,远近理亦齐⑬。永痛长病母,五年委沟溪⑭。生我不得力,终身两酸嘶⑮。人生无家别,何以为蒸黎⑯?

注释

① 天宝后:指安史之乱以后。
② 园庐:田园和房屋。但:只是。蒿藜:野草。
③ 里:街坊。古代五家为邻,五邻为里。
④ 各东西:各奔东、西。
⑤ 贱子:无家者的自称。阵败:指邺城兵败。
⑥ 旧蹊:原来的路。
⑦ "日瘦"句:日色无光,气象惨凄。
⑧ 怒我啼:对我发怒而啼叫。
⑨ "宿鸟"二句:宿鸟,归巢栖息的鸟,这里用以自喻。穷栖,生活困苦。言人都眷恋故土,所以即使生活困苦,也在所不辞。
⑩ 习鼓鼙:习,操练。鼓鼙,古代军中常用的乐器,指大鼓和小鼓,借指征战。即操练军队准备打仗。
⑪ "虽从"二句:携,带。这二句说虽然在本州服役,家中又没什么可牵挂的。
⑫ "远去"句:到远方去终究会产生心中迷茫。
⑬ "家乡"二句:齐,齐同。这两句说家乡已经一无所有,走远走近其实都一样。

⑭ "五年"句:从安史叛乱(天宝十四年)到这时(乾元二载),已五年。委沟溪,言尸骨无人收葬,被抛在山谷里。
⑮ 两酸嘶:言母子两人都为此酸痛不已。
⑯ 蒸黎:蒸,众。黎,黑。指普通的百姓,黎民。

解读

　　此诗为一个已经还乡的独身男子,倾诉其再一次被征兵入伍的苦闷。和《新婚别》《垂老别》不同,此诗没有明确的倾诉对象,也许是对诗人倾诉,也许是对邻居倾诉,也许是因为胸中垒块,难以压抑,从而自言自语。诗中先说回乡后所见的凄凉景象:空中日光瘦薄,眼前狐狸怒啼,田园只剩蒿藜,四邻唯有寡妻。记忆中的家园,已经荡然无存,游子回到故乡,居然还要寻找故居。拟人化的手法,在诗中并不罕见,但以"瘦"字形容日光,则是杜甫独创,是"语不惊人死不休"的表现。虽然面目皆非,毕竟是我故土;虽然触处萧条,毕竟远离战火。归来的游子,只需有个栖身糊口之所。可他刚刚安顿下来,又被县吏送入行伍。"虽从本州役"以下,即诉说他在得到通知后的心理活动:只在本州服役,不必奔赴前线,还算幸运;家中一无所有,因此了无牵挂,是幸运,但更多的是伤感;虽说就近总比远离好些,但家已不成为家,去远去近又有什么区别?但还是有让人牵挂伤心的事,那就是生病的老母,早已被抛入荒谷之中,身为人子,不能尽孝,情何以堪!短短十句,层层转折,或扬或抑,波澜迭起,辗转不安,益见沉痛。故结句发出这样的诘问:"人生无家别,何以为蒸黎?"这是征夫的诘问:像我这种无家可别的人,还像个百姓吗?这也是诗人代所有无家者向官府、向朝廷发出的诘问:战争已使人落到家破人亡的地步,让百姓如何生存?结句惊心动魄,力透纸背。

杜诗作为"诗史"的最大价值,在于其中留下了不少史书不愿记载或不敢记载的情事。而其描述的真实、揭露的深刻,更非官样文章的史书所能企及。《三吏》《三别》,无疑是最有代表性的诗作。诗中描述了这样一幅图景:"新安无丁,石壕遣妪,新婚有怨旷之夫妇,垂老痛阵亡之子孙,至战败逃归者,又复不免。河北生灵,几于靡有孑遗矣。"(《杜诗详注》引卢元昌语)宋刘克庄说:"唐自中叶以徭役调发为常,至于亡国;肃、代而后,非复贞观、开元之唐矣。新、旧唐史不载者,略见杜诗。"(《后村诗话》)这组诗独出机杼,笔有化工,出性情之真,下千秋之泪,在表现形式上,也为后人激赏。王嗣奭说:"刻画宛然,同工异曲;随物赋形,真造化手也。""非亲见不能作,他人虽亲见亦不能作。"(《杜臆》)沈德潜叹道:"诸咏身所见闻事,运以古乐府神理,惊心动魄,疑鬼疑神,千古而下,何人更能措手?"(《唐诗别裁集》)

秦州杂诗(其一、其四、其七)[①]

满目悲生事[②],因人作远游[③]。迟回度陇怯[④],

浩荡及关愁⑤。水落鱼龙夜，山空鸟鼠秋⑥。西征问烽火⑦，心折此淹留⑧。

鼓角缘边郡⑨，川原欲夜时。秋听殷地发⑩，风散入云悲⑪。抱叶寒蝉静，归山独鸟迟⑫。万方声一概，吾道竟何之⑬！

莽莽万重山，孤城山谷间⑭。无风云出塞⑮，不夜月临关⑯。属国归何晚⑰，楼兰斩未还⑱。烟尘一长望，衰飒正摧颜⑲。

注释

① 秦州：天宝元年，改为天水郡。治所在今甘肃天水。
② "满目"句：生事，生计。这句说放眼望去，到处都在为生计悲愁。悲，不仅是诗人悲，也是全体百姓悲。
③ 因人：依靠别人。因，依靠，凭借。
④ "迟回"句：迟回，迟疑，徘徊。陇，陇山，又名陇阪，位于宁夏、甘肃、陕西三省交界处。《三秦记》："陇坂九回，不知高几里，欲上者七日乃得越。"因山势高险，故迟疑徘徊。
⑤ "浩荡"句：浩荡，广大旷远。关，陇关，旧号大震关。在今甘肃清水东陇山东坡，是著名的古代军事关隘。关势高峻，坡面陡峭，四周山峦屏蔽，唯群峰间一条峡谷可达关隘，有"一夫当关，万夫莫抵"之势。因前途旷远，故心生担忧。

⑥"水落"二句:鱼龙,川名;鸟鼠,山名。都在秦州。这二句是倒装句,按诗意,应为:"鱼龙水夜落,鸟鼠山秋空。"说鱼龙水在夜间往下奔流,鸟鼠山在秋天格外空寂。

⑦"西征"句:杜甫从华州至秦州,是往西走,所以说"西征"。安史之乱后,吐蕃乘虚而入,河西、陇右一带成了唐皇朝和吐蕃对抗的前沿阵地,因此诗人才会打听有关战争的情况("问烽火")。

⑧"心折"句:因为在此淹留而心折。心折,心碎。淹留,羁留,停留。诗人并不想在这里停留,但又不能不留在这里,所以感到心碎。

⑨"鼓角"句:缘,沿着,绕着。边郡,指秦州。因为这里是和吐蕃对抗的前沿阵地,所以成了"边郡"。这句说围绕着秦州都是鼓角声。

⑩"秋听"句:殷,雷声。言秋天的鼓角,听上去如同雷声从地中发出。

⑪"风散"句:言鼓角之声,被风吹入云中,散布空中,听上去十分凄凉。

⑫"抱叶"二句:上联写鼓角之声,这联写"夜时"景物:寒蝉抱叶,不再鸣叫;独鸟归山,天色已晚。

⑬"万方"二句:一概,一致。之,往,到。这二句说现在到处都是鼓角之声,我到底该去何处呢?诗人为躲避战乱去秦州,谁知秦州同样战乱不休,因此发出这样的感慨。

⑭孤城:指秦州。

⑮ "无风"句:云动是因为风吹,诗人在地面感到并无风吹,但高空其实有风吹云,因此有无风而浮云飘动出塞的感觉。

⑯ "不夜"句:不夜,还未入夜。月有上弦、下弦的区分,上弦月在傍晚即已出现,这时尚未入夜,所以有不夜而月亮照耀关隘的感觉。

⑰ "属国"句:属国,典属国,西汉时负责周边属国事务的官员。汉武帝时,苏武出使匈奴,被拘留在北海(今俄罗斯贝加尔湖)牧羊,长达十九年,回国后被封为典属国。

⑱ "楼兰"句:楼兰,汉代西域国名,地处新疆巴音郭楞蒙古自治州若羌县北境,罗布泊的西北角。楼兰处于汉朝和匈奴之间,多次做匈奴耳目,与汉为敌。汉昭帝时,平乐监傅介子前往楼兰,设计于宴席中斩楼兰国王,更其国名为鄯善。以上二句感叹唐皇朝的衰落,已对吐蕃这些邻邦无能为力,像苏武那样的使者被扣押已经发生,但像傅介子那样斩杀敌酋的壮举却难以实现。

⑲ 摧颜:愁容满面。

解读

乾元二年(759)夏,关中久旱不雨,随即引起大饥荒。杜甫因生计无着,加上对政治的失望,于是丢弃了华州司功参军一职,携家前往秦州。这组诗即作于寓居秦州之时。"山川、城郭之异,土地风气所宜,开卷一览,尽在是矣。"(刘克庄《后村诗话》)清张溍说:"是诗二十首,首章叙来秦之由,其余皆至秦所见所闻也,或游览,或感怀,或即事,间有带慨河北处,亦由本地触发。大约在西言西,反复于吐蕃之骄横,使节之络绎,无能为朝廷效一筹者。结以唐尧自圣,无须野人,惟有以家事付之妇与儿,此身访道探奇,穷愁卒岁,寄语诸友,无复有立朝之望矣。公之志可知也。"(《杜诗镜铨》引)

第一首写前往秦州的情事。首联点明入秦的缘由,颔联描述路途的艰险,颈联写秦州的山水,末联写寓居秦州的忧虑。鱼龙、鸟鼠原是地名,诗中将其和水、山拆开,作倒装组合,从字面上看,鱼龙、鸟鼠,似乎都成了活生生的动物,有不即不离之妙,因而为前人赞赏,认为造句别致,笔有化工。第四首写夜闻鼓角之声,以寄身世之感。中间二联分开描述,颔联"殷地"、"入云",写鼓角声的悲凉凄切;颈联"蝉静"、"鸟迟",写将夜时分的自然景象。颔联上句写鼓声的沉重深入,下句写角声的激越高扬;颈联上句写黄昏静寂,下句写暮色苍茫。颔联上承首联上句,下启末联上句;颈联上承首联下句,下启末联下句。鼓角声悲,已非边郡独有,万方声一概,举国都是;寒蝉抱叶,独鸟归山,尚有栖息归去之所,但自己却找不到一个安身之处。笔意精细,微妙入神。末联语意悲凉,感慨深沉。第七首感叹时事。前二联笔意苍莽,气格雄健,造语奇丽。唐王之涣诗:"黄河远上白云间,一片孤城万仞山"(《凉州词》)所写意境与此诗首联相似。二者比较,王诗高远,杜诗雄峻。沈德潜说:"起手贵突兀。王右丞'风劲角弓鸣',杜工部'莽莽万里山'、'带甲满天地',岑嘉州'送客飞鸟外'等篇,直疑高山坠石,不知其来,令人惊绝。"(《说诗晬语》)称赞此诗"起手壁立万仞"(《唐诗别裁集》)。额联也是为人乐道的名句,有不同的解释。浦起龙将它同边事联系起来,说:"三、四警绝。一片忧边心事,随风飘去,随月照着矣。"(《读杜心解》)其实,这二句是妙手偶得的奇语,所表现的是边远高地特有的奇景。

留花门

花门天骄子①,饱肉气勇决。高秋马肥健,挟矢射汉月②。自古以为患,诗人厌薄伐③。修德使其来④,羁縻固不绝⑤。胡为倾国至,出入暗金阙⑥?中原有驱除⑦,隐忍用此物⑧。公主歌黄鹄⑨,君王指白日⑩。连云屯左辅⑪,百里见积雪⑫。长戟鸟休飞,哀笳晓幽咽。田家最恐惧,麦倒桑枝折⑬。沙苑临清渭⑭,泉香草丰洁。渡河不用船,千骑常撇烈⑮。胡尘逾太行,杂种抵京室⑯。花门既须留,原野转萧瑟⑰。

注释

① 花门:见《哀王孙》注⑭。天骄子:天之骄子。《汉书·匈奴

传》:"胡者,天之骄子也。"

② "高秋"二句:《汉书·赵充国传》:匈奴"到秋马肥,变必起矣"。《汉书·匈奴传》:"边外举事,常随月盛以攻战,月亏则退兵。"射汉月,即侵入汉地。

③ "诗人"句:《诗经·小雅·六月》:"薄伐猃狁。"厌,厌烦。薄,文言中用在动词前的助词。猃狁,古代北方游牧民族。

④ "修德"句:即采用怀柔政策。

⑤ 羁縻:羁,马络头;縻,牛靷(引车前行的皮带)。引申为笼络控制。

⑥ "胡为"二句:胡为,何为,何故。倾国,举国。下句言回纥将士随便出入宫殿,因人众多以至遮住了宫中的光线。

⑦ 有驱除:有需要驱除的敌人,指安史叛军。

⑧ "隐忍"句:隐忍,虽然心里并不愿意,但还是克制自己,不动声色。此物,指回纥兵。这句说唐皇朝不得已而借用回纥军队。

⑨ "公主"句:《汉书·西域传》:汉武帝元封中,以江东王刘建女细君为公主,嫁与乌孙昆莫(首领)为妻。昆莫年老,言语不通,公主悲愁作歌:"居常土思兮心内伤,愿为黄鹄兮归故乡。"《资治通鉴·唐纪》:乾元元年七月,肃宗将幼女宁国公主嫁给回纥可汗为妻,送至咸阳磁门驿。公主辞别时说:"国家事重,死且无恨。"这里以汉代公主借指宁国公主。

⑩ "君王"句:《诗经·王风·大车》:"谓予不信,有如皦日。"言指白日以为盟约。这里说肃宗指天发誓以求回纥援助。

183

⑪"连云"句:连云,形容众多。左辅,指沙苑,唐代在冯翊县南十二里。汉武帝时,左冯翊属县高陵,为左辅都尉治。

⑫"百里"句:回纥习俗穿白衣,戴白帽,甚至连旗帜也用白色,远望如一片"积雪"。

⑬"田家"二句:言回纥骑兵对庄稼的破坏。

⑭沙苑:今陕西大荔南洛水与渭水间的一大片沙草地,东西八十里,南北三十里。唐代在此置牧马监。

⑮撇烈:形容回纥军马过河时的迅疾。

⑯"胡尘"二句:《安禄山事迹》:乾元二年正月,史思明在魏州(今河北魏县)自立为燕王,引兵救相州,击败官军。九月,史思明又收取大梁,攻克洛阳。上句即指此。安禄山、史思明都是混血儿,因此蔑称其"杂种"。京室,指洛阳。

⑰萧瑟:萧索,萧条。

解读

至德二年(757)七月,回纥怀仁可汗子叶护率四千精兵到凤翔,协助攻打安史叛军。唐肃宗为了早日收复长安,与回纥约定:"克城之日,土地、士庶归唐,金帛、子女皆归回纥。"以此,日后回纥烧杀劫掠,为所欲为。肃宗回长安后,叶护告辞回去,临行上奏:"回纥战兵,留在沙苑,今且须归灵夏取马,更收范阳,讨除残贼。"(《旧唐书·回纥传》)此诗作于乾元二年秋寓居秦州之时。鉴于回纥的凶悍和已造成的危害,杜甫对回纥军士继续留在中原怀着极大的忧虑,在《北征》等诗中已有所体现。诗题为

"留花门",但实际所言则是不该留花门。诗中前写回纥强梁可畏,"挟矢射汉月""千骑常撇烈",官军无力制止其强暴的行为。此其一。对中原来说,借兵召侮,绝非明智之举。"中原有驱除,隐忍用此物。"是明知其害,不得已而为之。既已收复京师,便无此必要。此其二。"公主歌黄鹄,君王指白日。"这是国耻,既可怜,更可羞。此其三。"田家最恐惧,麦倒桑枝折。"这是民害,近可愤,远可忧。此其四。"花门既须留,原野转萧瑟。"这是对国家的忧虑,也是对朝廷的告诫。结句于冷峭中含忧愤之情,于含蓄中显斩截之意。前人说此诗:"经国之计,忧深虑远,岂寻常韵体可及?"(《杜诗镜铨》引张溍语)无论是白居易等人提倡的新乐府运动,还是后人有关诗史的评说,对杜诗的关注都集中在两个方面:一是如《三吏》《三别》那样的纪实之作,一是如《塞芦子》和此诗那样议论时政的诗。

月夜忆舍弟

戍鼓断人行,边秋一雁声①。露从今夜白②,月是故乡明。有弟皆分散,无家问死生③。寄书长不达④,况乃未收兵⑤。

露从今夜白，月是故乡明

注释

① "戍鼓"二句:戍鼓,驻守边防的鼓声,这里借指战争。断人行,断绝了人们之间的来往。对诗人来说,也是断绝了和诸弟的来往,因此下句有"一雁"的感慨。雁,可以解释为实指大雁,也有隐喻自身之意。也有人将"断人行"作这样解释:鼓声一起,便实施宵禁,人们不能随意走动。边秋,边地的秋天。

② 露从今夜白:今夜又遇上白露节气。白露,二十四节气之一,在农历八月中。

③ "无家"句:兄弟分散,家园荡尽,彼此断绝了往来,因此无从打听生死的消息。

④ 长:经常,总是。达:到。

⑤ 况乃:何况。

解读

　　此诗也作于乾元二年秋寓居秦州之时。题为月夜忆弟,但前半首对此并无直接的表述,而是将思念亲人之意,寄于对景物的描写之中。秋气降临,群雁南飞,唯有一只孤雁,在空中发出呼唤同伴的鸣声。雁犹如此,独居边地的游子,能不思亲?忆弟之意,已在句中。首联上句和末联下句照应,下句和末联上句照应。颔联上句言今夜又逢白露节候,是实录;下句写月色,则融入明显的个人感情。如果用简洁明了的语言,颔联可这样表述:"今夜白露","故乡月明"。但诗人加上"从"、"是"这两个虚字,

187

将词序作了调整,不仅强化了诗的含义,在形式上也呈现出别样的美感。宋王得臣说:"子美善于用事及常语,多离析或倒句,则语健而体峻,意亦深稳。如'露从今夜白,月是故乡明'是也。"(《麈史》)末联承颈联而来,因"有弟皆分散",故欲"寄书"问讯,但却"长不达",故"无家问死生"。"未休兵"既造成了"无家",也是"长不达"的原因。

梦李白二首

死别已吞声①,生别常恻恻②。江南瘴疠地,逐客无消息③。故人入我梦,明我长相忆④。恐非平生魂,路远不可测⑤。魂来枫林青,魂返关塞黑⑥。君今在罗网,何以有羽翼⑦?落月满屋梁,犹疑照颜色⑧。水深波浪阔,无使蛟龙得⑨。

浮云终日行,游子久不至⑩。三夜频梦君,情亲见君意⑪。告归常局促⑫,苦道来不易⑬:江湖多风波,舟楫恐失坠⑭。出门搔白首,若负平生志⑮。冠盖满京华,斯人独憔悴⑯。孰云网恢恢?将老身反累⑰。千秋万岁名,寂寞身后事⑱。

注释

① 吞声:因极度悲痛而哭不出声。

② 恻恻:悲痛,凄恻。

③ 逐客:被放逐的人,这里指李白。

④ "故人"二句:故人,指李白。明,可作二种解释:一是表明,以入梦这事表明杜甫思念之深。二是懂得、明白,是李白明白杜甫思念之深而入梦。从第二首诗中"情亲见君意"看,第二种解释更好。

⑤ "恐非"二句:诗人当时怀疑李白是否还在人世,因此说梦中的李白,恐怕已经不是原来的生魂了。测,推测,猜测。

⑥ "魂来"二句:枫林,屈原《招魂》:"湛湛江水兮上有枫。目极千里兮伤春心。魂兮归来哀江南!"屈原和李白同被放逐到江南,因此用以借指李白的放逐地。关塞,当时秦州处于边地,借指杜甫寓居的秦州。

⑦ "君今"二句:罗网,捕鸟的工具,借指法网。李白因追随永王李璘被捕,关在浔阳狱中,因此说"在罗网"。按理说李白已没有行动的自由,不可能来秦州,除非他有一双飞越牢笼的翅膀。但这显然是不可能的,因此诗人产生这样的疑问:"何以有羽翼?"仇兆鳌《杜诗详注》依据黄生改定的次序,将这二句放在"明我长相忆"之后。从诗意的连续看,有其可取之处。

⑧ "落月"二句:写梦醒之后的幻觉,似乎李白的容貌在月光下依然可见。

⑨ "水深"二句:因为前面怀疑李白是否还在人世,因此对他的生死格外关注。江南水深浪阔,处境险恶,希望他不要像屈原那样,险遭不测。

⑩ "浮云"二句:李白《送友人》:"浮云游子意,落日故人情。"游子,离家远游的人。这里指李白。游子与浮云相似,到处飘荡。从眼前的浮云,自然联想到远方的游子。但浮云天天来往,游子却长久不见。正因为长久不见,才有频频梦见李白的事。

⑪ "三夜"二句:三夜,连续三夜。明明是杜甫思念李白,但下句偏说李白进入我的梦中,可见他对我的情意是多么亲密。

⑫ "告归"句:告归,指李白临别告辞。局促,形容不安,表示难分难解。

⑬ "苦道"句:言李白告辞时难过地说:这样来一次很不容易。

⑭ "江湖"二句:也是李白的话,说明不容易的原因。风波多险,船桨失落,便有上一首诗所说"使蛟龙得"的危险。以上四句记梦中李白的言语。

⑮ "出门"二句:这二句写李白告辞时的神态。

⑯ "冠盖"二句:冠盖,原指官员的冠服和车辆,也指达官贵人。斯人,指李白。上面二句写梦中李白的遗憾,这二句则是醒后的杜甫对李白(也包括自己)不能施展抱负的同情和不平。

⑰ "孰云"二句:《老子》:"天网恢恢,疏而不漏。"天网,天道,天理。恢恢,形容广大。这二句以李白临老还被连累的遭遇,反诘"天网恢恢"的说法,实际上是对唐皇朝如此对待李白该

不该的诘问。
⑱"千秋"二句：最后二句表面上是对李白、对自己的宽慰之语，实际上和《醉时歌》中"德尊一代常坎坷，名垂万古知何用"一样，也是愤激之辞。

解读

　　乾元元年（758），李白因加入永王李璘的幕府并作诗歌颂永王东巡，被流放夜郎。二年春至巫山，遇大赦返回，同年秋，至岳阳。当时身处秦州的杜甫，知道李白被流放，但还不知已被赦免，因情生思，因思生虑，因虑生悲，写了这二首诗。第一首主要写对李白的思念和关切。死别固然令人悲痛欲绝，而生别更让人牵肠挂肚，何况别离的人如今正在瘴疠弥漫之地，更何况又久久未得到任何消息。起首四句，一句一转，愈转愈深。此境此情，诗人能不积思成梦？但诗中偏说是李白明白诗人之心而进入梦中，这就更突出了两人心心相印、息息相通的深厚情谊。"故人入我梦"以下八句，写梦中的相聚，却又全用疑惑之词。句句是相见时的心理活动、感情波涛，又句句怀疑这样的情景是否真实。而此时疑惑之多，又正是平日忧虑之深的集中体现。"魂来""魂返"二句，依然写迷离恍惚之状。"落月满屋梁，犹疑照颜色。"觉醒之后，梦中之人已杳然远去，但月光之下，仍觉其人音容宛然。前人称这二句属妙手偶得，景外出奇，为千秋绝调。结句照应前面四句，还是那难以摆脱的忧虑和关切。王嗣奭说这首诗"亦幻亦真，亦信亦疑，恍惚沉吟，此'长恻恻'实景"（《杜臆》)。诗人搦管之时,身处梦境之中,后人读此诗,也有恍若梦中之感。

第二首还是推己及人,从李白写起。前面故人入梦,是明白我的思念之情;如今连续三夜频频梦见,可见故人对我的情意是多么亲密。诗人和李白的情谊,又被推进一层。和前一首迷离恍惚的情景不同,在这首诗中,李白的形象清清楚楚、真真切切地呈现在眼前。告别是人情感涌动的时刻,"告归常局促"以下六句,如同特写镜头,留下了李白在这特定时刻的形象和情感表现。前四句写梦中李白的陈述,曲尽仓皇悲愤的情状;后二句通过细节描写,将李白的憔悴之形、苦闷之态,生动逼真地表现出来。如闻其声,如见其人。前一首因"恐非平生魂"而担忧李白的安危,后一首则因"若负平生志"而更为李白的际遇、为黄钟毁弃瓦釜雷鸣的世象鸣不平。"千秋万岁名,寂寞身后事。"上句展望将来,是期许,是宽慰;下句落到眼前,依然是悲哀,是叹息。最后二句,既是为李白,也是为自己发出的感慨。

天末怀李白

凉风起天末①,君子意如何②?鸿雁几时到③?江湖秋水多④。文章憎命达⑤,魑魅喜人过⑥。应共冤魂语,投诗赠汨罗⑦。

注释

① 天末:天边。当时秦州处于边地,所以称为"天末"。
② 君子:指李白。
③ 鸿雁:汉朝苏武出使匈奴,被单于拘留,送到北海放羊。和苏武一起被拘留的副使常惠,找到一个机会,将情况密告后来出访匈奴的汉使,并设计让汉使对单于讲:汉朝皇帝打猎时射中一雁,雁足上绑着一封关于苏武在匈奴牧羊的书信。这时匈奴和汉朝的关系已有所改善,单于听后,只得让苏武和常惠返回。这就是"鸿雁传书"的来历。后来人们常用鸿雁比喻书信和传递书信的人。
④ "江湖"句:这句和《梦李白》中"水深波浪阔,无使蛟龙得""江湖多风波,舟楫恐失坠"一样,表现出杜甫对李白处境的担忧和关切。
⑤ "文章"句:这句真实的意思是:天命忌恨文才,不让他发达。
⑥ "魑魅"句:魑魅,传说中的妖魔鬼怪,常用以比喻恶人或邪恶势力。过,有二种解释:一是经过,言看到有人经过时攫食,即"蛟龙得"的意思。二是失误,言恶人最高兴正人君子有所失误,以便乘机陷害。
⑦ "应共"二句:冤魂,指屈原。汨罗,汨罗江,流入湖南洞庭湖。屈原被放逐后,投入汨罗江而死。杜甫认为李白和屈原一样蒙冤被放逐,在经过汨罗江时,应该会将自己的诗投送水中

的屈原,和他进行交谈。

解读

　　也许是情犹未已,意犹未尽,在作《梦李白》的同时,杜甫又写了这首诗。因为"逐客无消息",故有"鸿雁几时到"的期盼;"江湖秋水多",是"江湖多风波"的重复,是在诗人心中时时涌现的忧虑和关切。因李白被流放到南方,因此联想到屈原。同样的盖世奇才,同样的不幸遭遇,真令人有"怅望千秋一洒泪,萧条异代不同时"(《咏怀古迹》)的伤感。末联别出机杼,想象同病相怜的李白,前往屈原自沉的汨罗,以诗相赠。明钟惺说:"'赠'字说得精神与古人相关,若用'吊'字则浅矣。"(《唐诗归》)凭吊屈原,任何人都能做;常人投诗汨罗,未免班门弄斧;唯有一个天才,投赠另一个天才,方能显示同声相应、同气相求的风概。屈原信而见疑,忠而被谤,在杜甫看来,李白的不幸,同样出自小人的中伤。颈联下句充满忧谗畏讥之意,上句则成了不同流俗的文人的普遍遭遇。清邵长蘅说:"一'憎'一'喜',遂令文人无置身地。"(《唐宋诗举要》引)宋欧阳修说:"世谓诗人少达而多穷,夫岂然哉?盖世所传诗者,多出于古穷人之辞也……盖愈穷则愈工。然则非诗之能穷人,殆穷者而后工也。"(《梅圣俞诗集序》)这就是著名的"穷而后工"说,而在"文章憎命达"这句诗中,早已有了简洁精辟的表达。《唐宋诗醇》评此诗:"悲歌慷慨,一气舒卷,李杜交好,其诗特地精神。"

有怀台州郑十八司户①

天台隔三江②,风浪无晨暮③。郑公纵得归④,老病不识路。昔如水上鸥,今为罝中兔⑤。性命由他人,悲辛但狂顾⑥。山鬼独一脚⑦,蝮蛇长如树⑧。呼号傍孤城,岁月谁与度⑨?从来御魑魅,多为才名误⑩。夫子嵇阮流⑪,更被时俗恶。海隅微小吏⑫,眼暗发垂素⑬。鸠杖近青袍⑭,非供折腰具⑮。平生一杯酒,见我故人遇⑯。相望无所成⑰,乾坤莽回互⑱。

注释

① 台州:治所在今浙江临海。郑十八司户:指郑虔。司户,官名,即司户参军,主管一州民户。
② 天台:浙东名山,位于今浙江天台城北。三江:指长江、浙江、曹娥江。
③ "风浪"句:言风浪不分早晚,永无休止。
④ 纵:纵然,即使。
⑤ "昔如"二句:罝(jiē),捕捉兔子的网。上句言过去自由自在,下句言如今失去自由。
⑥ 狂顾:遑急顾盼;惊恐不安,左右张望。

⑦"山鬼"句:《述异记》:"山鬼,岭南所在有之,独足反踵(独脚,脚跟反向)。"

⑧蝮蛇:又名花斑蛇,毒蛇。

⑨谁与度:与谁一起度过?言郑虔独居无侣。

⑩"从来"二句:《左传》文公十八年:"投诸四裔(四方边远之地),以御魑魅。"御魑魅,谓流放。御,抵挡。魑魅,山林中的鬼怪。这二句和《天末怀李白》中"文章憎命达,魑魅喜人过"同一意思。

⑪"夫子"句:夫子,指郑虔。嵇阮,嵇康和阮籍,魏晋年间文学家,都以刚正不阿、文才超群著称。嵇康被晋文帝杀害,阮籍被世俗之士憎恶。

⑫海隅:海角,指台州。微小吏:指郑虔。

⑬发垂素:白发散乱。

⑭鸠杖:鸠首杖,杖头刻有鸠形的拐杖,古时为尊老敬老之物。青袍:唐代为低级官吏的服装,也指贫贱者的服装。

⑮"非供"句:《宋书·陶潜传》:东晋陶潜为彭泽县令,到任八十一天,浔阳郡派遣督邮来检查公务,按官场规矩,陶潜应穿上官服参见督邮,为此叹道:"吾不能为五斗米(晋代县令俸禄)折腰向乡里小人!"当天弃官归隐。这句说郑虔不是肯向小人弯腰的人。

⑯"见我"句:故人,老朋友。遇,知遇,知己。这句说可见我们的知己关系。

⑰"相望"句:言自己和郑虔都困顿不得意。

⑱"乾坤"句:回互,回环交错。这句说在苍茫纷杂的天地间,自己和郑虔该如何立身处世?

解读

　　杜甫一生,最钦佩的是李白,最敬重的是郑虔。在秦州,他最关心的朋友,便是李白和郑虔。在梦见李白的同时,又写了这首遥想郑虔的诗。在前一年,还写过《题郑十八著作丈故居》。清蒋金式说此诗"空中落笔,起势极警"(《杜诗镜铨》引)。"郑公纵得归,老病不识路。"明知已和郑虔永诀,仍不愿放弃让他生还的希望,但想起他的老病,想象路途的风波险难,即使真有这样的机会,他又怎么能够归来? 思前想后,愁肠百折,无以自解。这二句诗,言简意深,和"势异邺城下,纵死时犹宽"(《垂老别》)有异曲同工之妙。前诗语带宽解,此诗意近绝望,故更觉沉痛。对郑虔的严厉惩罚,表面上是由于他误入叛军任职,但在诗人看来,他和李白都遭到小人的中伤,因此对他在台州的境遇,更多了一份担忧。和《梦李白》一样,诗中所表现的,也是思念、忧虑、关切之情。"从来御魑魅,多为才名误"和"文章憎命达,魑魅喜人过",遣词用意,完全相同。最后四句,回想昔日相对举杯,如今各在天之一方,乾坤莽莽,路在何方? 浦起龙说:"更欲括一篇《天问》矣。"(《读杜心解》)寓居秦州,正是杜甫自顾不暇的时候,但他仍念念不忘远隔他乡的友人,寄予深切的同情和关注,如此情深意挚,令人感佩。

佳　人

绝代有佳人①，幽居在空谷②。自云良家子，零落依草木③。关中昔丧乱④，兄弟遭杀戮。官高何足论⑤，不得收骨肉。世情恶衰歇⑥，万事随转烛⑦。夫婿轻薄儿⑧，新人美如玉⑨。合昏尚知时⑩，鸳鸯不独宿⑪。但见新人笑，那闻旧人哭⑫！在山泉水清，出山泉水浊⑬。侍婢卖珠回，牵萝补茅屋⑭。摘花不插发，采柏动盈掬⑮。天寒翠袖薄，日暮倚修竹⑯。

注释

① "绝代"句：即"有绝代佳人"。绝代，空前绝后，冠绝当代。

② 空谷：空旷的山谷。

③ "自云"二句：良家子，指出身好人家的子女。依草木，依傍草木居住。上句说自己的出身，下句说现今的处境。从这二句到"那闻旧人哭"，都是佳人的陈述。

④ "关中"句：指安史之乱。

⑤ 官高：言娘家本是高官。

⑥ "世情"句：慨叹世态炎凉，人情世故本来就嫌弃衰败的一方，引出下面夫婿的轻薄。

⑦ "万事"句：转烛，烛影随风转动不定。这句以"转烛"比喻世

事无常。

⑧ 夫婿:丈夫。

⑨ 新人:指丈夫新娶的妻子。

⑩ 合昏:周处《风土记》:"合昏,槿也,华(花)晨舒而昏合。"《本草》:"合欢,即夜合也。"夜合花的叶子,早晨展放,夜晚合拢,所以说"知时"。

⑪ 鸳鸯:水鸟,雌雄成对,形影不离。上面二句以花、鸟反衬夫婿的轻薄。

⑫ 旧人:佳人自指。

⑬ "在山"二句:这是诗人的感慨,以"在山泉水"比喻离世独立的人,以"出山泉水"比喻在尘世浮沉的人,以清、浊比喻人的品格操守。

⑭ "侍婢"二句:因没有生活来源,这位佳人只能靠出卖珠宝维持生活。这二句写佳人生活的困苦。以下六句都是诗人描述所见的景象,与前面"幽居在空谷"、"零落依草木"呼应。

⑮ "摘花"二句:动,动辄,动不动就。盈掬,满捧。这二句以佳人不爱用鲜花装扮,偏对翠柏格外钟情,表现其不同流俗的高洁情怀。

⑯ "天寒"二句:翠袖,指佳人的翠袖。修竹,细长的竹子。最后二句描绘出一个孤寂、美丽、坚贞的身影。

解读

此诗也作于乾元二年寓居秦州之时。在杜甫集中,以女性为表现对象的诗很少。即使这不多的几首,也都和时事有直接的关联。此诗是个例外,在杜诗中可谓别具特色。通篇娓娓道来,不着议论,不事雕饰,格韵高绝。自"自云良家子"以下十四句,都是这位佳人的陈述,如怨如慕,自言自誓,有"弦弦掩抑声声思,似诉平生不得志。低眉信手续续弹,说尽心中无限事"(白居易《琵琶行》)的伤感。"在山泉水清"二句,是过渡,也是起兴。从结构上说,从佳人的回顾过渡到眼前的景象;从情境上看,从山泉的清浊引入对情操的赞美。隐居深山,生计艰难,以致要靠卖珠度日;但仍不愿堕入尘世,宁可牵萝补屋,也要保全操守;摘花只是爱其芬芳,并非取悦于人;采柏慕其节操,满把不忍放下。最后二句,在天寒日暮的背景下,在修竹翠柏的映衬中,展现一个身处逆境的清高孤寂的女子形象。题为"佳人",诗中所表现的,不是对人体美的欣赏,而是对人格美的赞扬;所描述的,不是通常意义的美人,而是融冰清玉洁与端庄贤淑于一体的佳人。此诗格调标举,情韵嫣然,既没有艳体诗的恶俗味,也没有道学家的陈腐气。虽然自始至终,诗中对其容貌未作任何描写,但如前人所言,"修洁端丽,画所不能如,论所不能及"(《唐诗品汇》引)。

  关于此诗要旨,前人一直存在着争议。不少人认为这是杜甫寄托怀抱的诗,隐含着"同是天涯沦落人"的慨叹。但也有人认为是实录:"天宝乱后,当是实有是人,故形容曲尽其情。旧谓托弃妇以比逐臣,伤新进猖狂、老成凋谢而作,恐悬空撰意,不能淋漓恺至如此。"(仇兆鳌《杜诗详注》)还有一种看法是二者兼而有之,如:"此诗叙事真切,疑当时实有是人。然其自况之意,盖亦不浅。"(唐汝询《唐诗解》)"偶有此人,有此事,适切放臣之感,故作是诗。"(《杜诗说》)这应该是最通达的看法。

遣　怀

愁眼看霜露,寒城菊自花①。天风随断柳②,客泪堕清笳③。水静楼阴直④,山昏塞日斜⑤。夜来归鸟尽,啼杀后栖鸦⑥。

注释

① "寒城"句:寒冷的山城,菊花只顾自己开放。

② "天风"句:这是倒装句,按诗意,应为:断柳随天风。即折断的柳枝柳叶随风飘荡。

③ "客泪"句:这是倒装句,按诗意,应为:清笳堕客泪。即听了凄清的笳声,离家的游客掉下了泪水。

④ "水静"句:阴,阴影。因水面平静,楼的倒影不会被水波扭曲,故言"直"。

⑤ "山昏"句:因塞上落日斜照,故山色昏暗。

⑥ "夜来"二句:归来的飞鸟都进入巢中,故言"尽"。但晚来的乌鹊却无巢可居,故啼个不停。杀,用在动词后,表示程度深。

解读

　　此诗作于乾元二年秋寓居秦州之时。身处边地，黯然伤怀，故作诗排遣。诗中仅起首"愁眼"二字为"怀"，其余全都写景，景会情生，故又句句言情。景物取之目前，边地萧条，秋气萧瑟，霜露、寒菊、断柳、清笳、山昏、日斜、啼鸦，触景凄凉，非但不能排遣愁怀，反而引起更多的离愁。末联即"上林无限树，不借一枝栖"（李义府《咏乌》）之意，慨叹自己找不到归宿。元赵汸说："天地间景物，非有所厚薄于人，惟人当适意时，则情与景会，而景物之美，若为我设。一有不嫌，则景物与我漠不相干。故公诗多用一'自'字。"除此诗首联外，其他诗如："故园花自发，春日鸟还飞。"（《忆弟》）"风月自清夜，江山非故园。"（《日暮》）"万象皆春气，孤槎自客星。"（《宿白沙驿》）"步履随春风，村村自花柳。"（《遭田父泥饮美严中丞》）虽或悲或喜，但都化无情为有情，不是对景遣怀，而是以景写怀了。

捣　衣①

亦知戍不返②，秋至拭清砧③。已近苦寒月，况经长别心④。宁辞捣熨倦，一寄塞垣深⑤。用尽闺中力，君听空外音⑥。

注释

① 捣衣：杨慎《丹铅录》引《字林》："直舂曰捣。古人捣衣，两女子对立，执一杵如舂米然。今易作卧杵，对坐捣之，取其便也。"

② 戍：戍边，防守边地。不返：不会回来。

③ 清砧：对捶衣石的美称。

④ "已近"二句：上句言天气就要寒冷，下句言分别已经很久。

⑤ "宁辞"二句：熨，用烙铁等器具烫平衣服。衣服捣后还得熨平。塞垣，原指边关城墙，也用以指边塞。深，远。这二句说女子不辞捣衣的辛苦，是为了将衣服寄给远方的征夫。

⑥ "用尽"二句：闺中，女子的住房，这里即指捣衣女。空外，野外。郊野空寂旷远，故称"空外"。音，指捣衣声，隐喻捣衣女的心声。这二句的意思是：思妇为捣衣竭尽全力，你听从野外传来的捣衣声，可理解她痛苦的心情？赵汸认为这首诗通篇都借托捣衣女说话，"君"指征夫。黄生不同意这种说法，认为最后二句是诗人的议论，"君"并不是指征夫，而是泛指读者和所有关注捣衣女与征夫的人。

解读

　　此诗也作于乾元二年秋寓居秦州之时。是杜甫听到砧声而借托捣衣女诉说的诗。思妇最大的心愿，当然是征夫能早日归来。家人寄衣服给征夫，是实际生活中、也是诗中常见的现象，是希望征夫能平平安安回来。但此诗开口即说心中明白丈夫已不可能返回,当然也谈不上平安了。即使这样,这个女子还是要捣衣,要寄衣给征夫。首联和"孰知是死别,且复伤其寒"(《垂老别》),表现的是同样的情感。这出自亲情,是一片至情,也是一种难舍难解的苦情,格外凄切动人。颔联具体诉说捣衣女的心理:天气转冷,分离日久,思念之心自然更加迫切,对征夫的牵挂也就更加深切。在一声声沉重的捶击中,传出的永远是思妇锥心刻骨的关切。颈联点明捣衣是为了寄衣。末联上句承颈联,为寄衣竭尽心力;下句承颔联,在砧声中传达心曲。最后以"音"字绾束全篇。这"音",是捣衣声,是思妇的心声。但这在空中回荡的声音,能有几人关注?几人理解?几人同情?通篇一气旋折,全以神行。《唐宋诗醇》评此诗:"铿然清响,亭皋叶下,陇首云飞,故当逊其真至。"前人说杜甫善用虚字,在这首诗中尤为明显。为了真切表现思妇的心理,起首即以"亦知"二个虚字,下面"已近"、"况经"、"宁辞"、"一寄",接连出现,启承斡旋,无论是诗的声韵,还是诗的意蕴,都更觉抑扬顿挫,缠绵宛转。

野　　望

清秋望不极,迢递起层阴①。远水兼天净②,孤城隐雾深。叶稀风更落③,山迥日初沉④。独鹤归何晚,昏鸦已满林⑤。

注释

① "清秋"二句:迢递,形容遥远。层阴:层层叠叠的阴云。因为有层叠阴云,所以不能望到极远之处。
② "远水"句:兼,并,连。这句说远处天水一色,同样明净。
③ "叶稀"句:树叶本来就已稀疏,在风中更是纷纷飘落。
④ "山迥"句:遥望远山,夕阳开始西沉。中间两联都写在傍晚层阴中所望见的景象,第三、第六句写明景,第四、第五句写晦景。
⑤ "独鹤"二句:这二句倒装,言黄昏时飞鸟归林,满树都是乌鸦,为什么那只孤独的白鹤返回却这么晚呢?言下充满孤飞寡侣的感慨。

解读

　　此诗也作于乾元二年秋寓居秦州之时,通篇都是秋野眺望的景象。首联警拔,颇有远韵,其中提出"清""阴"二字,下面四句,忽清忽阴,都围绕这二字展开。颔联上句写水空天净,一望明敞,是清;下句写城隐雾深,隐约迷离,是阴。颈联上句写叶稀风劲,望中空旷,是清;下句写山高日落,冥色昏沉,是阴。中间二联,视野自远而近,又自近转远,声色兼备,动静相宜,意境沉雄,诗中有画。关于末联,前人有感叹时事、讽刺宵小的说法,认为此诗以结语见意,含义深远。如宋罗大经说:"以兴君子寡而小人多,君子凄凉零落,小人噂沓喧竞。"(《鹤林玉露》)但也有不同的看法,如明周珽以为:"结是偶然得之,因以成章。不必有所指,兴味自佳。"(《唐诗选脉会通评林》)

空　囊

翠柏苦犹食,明霞高可餐①。世人共卤莽,吾道属艰难②。不爨井晨冻,无衣床夜寒③。囊空恐羞涩,留得一钱看④。

注释

① "翠柏"二句:《诗经·小雅·大东》"维南有箕,不可以簸扬。维北有斗,不可以挹酒浆。"言南边有箕星,不能用来扬谷糠。北边有斗星,不能用来舀酒浆。这二句反其意而用之。苦味的翠柏,还能吃吗? 高空的云霞,还能作为饮食吗? 按理说,除非神仙,普通人决不会去吃。但作者却能吃这苦柏,能食这云霞,表现出诗人不同流俗的高洁情怀。

② "世人"二句:这两句言袋中无钱的原因。"世人共卤莽",犹

"众人贵苟得"。鲁莽,不分是非,轻率从事。上句说世人都不分是非,唯利是图;下句说自己坚守操节,甘受艰难困苦。这二句同样表现出诗人不同流俗的高洁情怀。

③ "不爨"二句:爨(cuàn),烧火做饭。因为无米做饭,所以不必打水,致使清晨的井栏,依然悬挂着隔夜的冰柱(一般说,地下的井水是不会冻成冰的)。连衣服都缺,更不必说被子了,夜晚睡在床上当然感到寒冷。上句说无食,下句说无衣无被,极写口袋无钱的困苦。

④ "囊空"二句:羞涩,难为情。看,可作二种解释:一是观看把玩。二是如王嗣奭在《杜臆》中所说的"看守",留下一文钱看守钱袋。

解读

寓居秦州、同谷,正值杜甫一生最困苦的岁月。题为"空囊",望文生义,即写这种困苦。但此诗并没有像《同谷七歌》等诗那样,进行直接、愤激的诉说。全诗八句,每二句一转,以调侃的口吻,将心意曲曲传出。前面六句,无一字涉及"空囊",但又句句与"空囊"相关。食苦柏,餐明霞,这是神仙世界中的生活,是迥出世俗的状态,何愁囊空?以此为生的人,又必然囊空。但导致诗人囊空的,不是如神仙般无需钱财,而另有原因,即颔联所说的:世人唯利是图,自己守道宁穷。虽然保持着一份不同流俗的情怀,但诗人毕竟生活在尘世之中,没有物质基础的生活,就像颈联所说的那样,缺衣少食,十分艰难。即使如此,此诗并

207

无怨艾,而是自嘲自解,似有萧然自得之意。即使困苦,也是潇洒的苦况。不过从诗中,仍能读出一种诙谐的苦涩,看到两行含笑的泪痕,听到绝不潇洒的沉痛的叹息。

病 马

乘尔亦已久,天寒关塞深①。尘中老尽力,岁晚病伤心②。毛骨岂殊众,驯良犹至今③。物微意不浅,感动一沉吟④。

注释

① "乘尔"二句:尔,指病马。这二句写自己和马多年的患难之交。
② "尘中"二句:上句写马虽已老迈,但仍在风尘之中,为人尽力;下句写当此天寒岁晚之时,马因病而倍感伤心。
③ "毛骨"二句:殊众,不同于众,出众。这二句写马才力并非超逸出群,但性格至今依然值得称道。
④ "物微"二句:沉吟,深思。虽说只是一匹很普通的马,但对人的情意深厚,让人感动,(想起人世炎凉),不禁陷入深思之中。

解读

在寓居秦州的日子里,杜甫写过不少五律体的咏物诗,这是其中一首。诗中所咏之物为一匹病马,因为劳苦日久而得病,也为在风尘中尽力到老而伤心。这伤心,是病马为自己的处境伤心,也是诗人为马的遭遇伤心。这只是一匹很普通的马,没有得到特殊的照应,难得的是它却依然不改初衷,保持着对主人的忠诚。身处贫困患难之中,对不离不弃的人或物(如马,如犬),都会生感激之心。一匹卑微的坐骑,居然如此情深意厚,这让诗人分外感动,于是吟咏了这首诗。此诗篇幅简短,但含义颇深。前人或说体现了杜甫的爱物之心:"同一爱马,买死马者,英雄牢络之微权;赎老马、怜病马者,圣贤悲悯之深心。"(《唐诗归》引钟惺语)或说其中寄托了诗人的身世之感:"杜公每遇废弃之物,便说得性情相关。"(《杜诗详注》引申涵光语)因为当时诗人本身就是一个被朝廷遗弃的人。和这首诗作于同时同地的《废畦》、《除架》诗,代深秋凋谢的蔬菜、被拆的瓜架致意,同样充满被废弃的伤感。

送 远

带甲满天地①,胡为君远行②?亲朋尽一哭③,

鞍马去孤城④。草木岁月晚，关河霜雪清⑤。别离已昨日，因见古人情⑥。

注释

① 带甲：披甲的将士。
② 胡为：何为，为何。君，诗人自指。
③ 尽一哭：同声一哭。
④ 去：离去。孤城：指秦州。
⑤ "草木"二句：写离开秦州后中途的景象。可知这时已是冬季。
⑥ "别离"二句：江淹《古别离》："黄云蔽千里，游子何时还？送君如昨日，檐前露已团。不惜蕙草晚，所悲道里寒。"这二句说别离已是过去（昨日）的事，至此方知古人惜别的心情，所谓"今古有同悲"。

解读

《秦州杂诗》有"孤城山谷间"的表述，《野望》有"孤城隐雾深"的描写，这首诗又说"鞍马去孤城"。黄鹤据此认为：此诗作于乾元二年十月杜甫离开秦州之时。题为"送别"，但诗中未写送者何人，离者为谁。前人认为这是杜甫自己送自己的诗，从末联看，应作于启程之后。"黯然销魂者，唯别而已矣。"（江淹《别赋》）更何况离别的是多情之人，又逢遍地干戈的战乱之世，为何还偏要远行？首联突兀而起，出人意想，笔力矫健，深得前人叹赏。沈德潜赞道："何等起手，读杜要从此种著眼。"王士禄说："感慨悲壮，不减'萧萧易水'之句。"(《杜诗镜铨》引)颔联如同一幅关河送别图，匹马出塞，悲风四起，亲朋执手，泪眼相看，身处其地，百感凄恻。前四句写送别时的景象，后四句则写别后的情景。颈联为道中跋涉的眼前景状，从草木枯萎知时令已晚，从霜雪掩映见天寒地冻，又是一幅悲凉的图景。末联也是杜诗名句。别离之情，今古怀有同悲。在分手之后，面对眼前景象，追思昨日情事，让人更加明白古人所表现的心情。江淹《古别离》："送君如昨日，檐前露已团。"纪昀说："'已'字必'如'字之误，此用江淹《古别离》语。"(《瀛奎律髓汇评》)就诗意看，用"如"字也通，但不如"已"字含义婉曲深挚。古人，别本作"故人"。意谓在分别之后，对朋友的情谊有更加深切的感受。这就和莎士比亚在《李尔王》中所言：万物在失去之后才觉得格外可贵，含义相似了。

两当县吴十侍御江上宅[①]

寒城朝烟淡，山谷落叶赤。阴风千里来，吹汝江上宅[②]。鹍鸡号枉渚，日色傍阡陌[③]。借问持斧翁[④]，几年长沙客[⑤]？哀哀失木狖，矫矫避弓翮[⑥]。

亦知故乡乐,未敢思凤昔⑦。昔在凤翔都⑧,共通金闺籍⑨。天子犹蒙尘⑩,东郊暗长戟⑪。兵家忌间谍,此辈常接迹⑫。台中领举劾⑬,君必慎剖析⑭。不忍杀无辜,所以分白黑⑮。上官权许与⑯,失意见迁斥⑰。朝廷非不知,闭口休叹息⑱。仲尼甘旅人⑲,向子识损益⑳。余时忝诤臣㉑,丹陛实咫尺㉒。相看受狼狈㉓,至死难塞责㉔。行迈心多违,出门无与适㉕。于公负明义㉖,惆怅头更白。

注释

① 两当县:今属甘肃。吴十侍御:名郁。唐代称殿中侍御史、监察御史为侍御。江上宅:吴郁故宅在今两当县西坡乡嘉陵江边的琵琶崖下。

② "寒城"四句:朝烟,清晨的烟雾。汝,指吴郁。王嗣奭《杜臆》:"因主人不在,故写其宅舍凄凉之况。朝烟淡,日将午矣。落叶赤,岁将晚矣。阴风吹宅,天气渐寒矣。"

③ "鹛鸡"二句:鹛鸡,似鹤,黄白色。《太平御览》载《湘州记》:枉山,在郡东十七里,谿口有小湾,谓之枉渚。枉山,即今湖南常德德山。下句谓阳光陪伴着田间的小路。这二句写吴郁谪居的地方。

④ 持斧翁:《汉书·公孙刘田王杨蔡陈郑列传》载:武帝末年,军

旅数发难,郡国盗贼群起,绣衣御史暴胜之使持斧逐捕盗贼,成就大事。这里用作御史的代称,指吴郁。

⑤"几年"句:汉文帝时,贾谊遭大臣周勃、灌婴排挤,谪为长沙王太傅。当时吴郁也因得罪权贵,谪居潭州(唐朝辖长沙等六县)。这句问吴郁谪居长沙已有几年。

⑥"哀哀"二句:《淮南子》:"猿狖失木(树)而擒于狐狸,非其处也。"《异物志》:狖,猿类,露鼻,尾长四五尺。矫矫,飞动的样子。翮(hé),指鸟的翅膀。这二句借喻吴郁谪居的处境。

⑦"亦知"二句:言吴郁在长沙,也知在故乡生活的快乐,但往事则不堪回忆了。

⑧凤翔都:安史叛军占领两京后,肃宗在凤翔置行宫。至德二载,号西京。上元元年,改为西都。

⑨金闺籍:金门所悬名牒,牒上有名者准其进入。后用以指在朝为官。金门,金明门,唐朝宫门名。

⑩蒙尘:指帝王失位逃亡在外,蒙受风尘。当时肃宗一行自长安逃至凤翔。

⑪暗长戟:言兵器密集,遮掩天色。

⑫"此辈"句:此辈,指间谍。接迹,足迹相连,言人多。

⑬"台中"句:台,御史台。领,统领。举劾,列举罪行、过失加以弹劾。

⑭"君必"句:君,指吴郁。言吴郁必然会谨慎地分析案情。

⑮分白黑:分清善恶、是非。

⑯"上官"句:许与,许可。言上司对不同的判案,在权衡后表明

态度。《杜诗详注》另有解释:"上官面与而不能救。"言吴郁的上司原先同意他的看法,但在高层否决后,就置之不顾了。

⑰ "失意"句:言吴郁违背了上司的意愿,因此被排斥贬官。

⑱ "朝廷"二句:朝廷并非不知道那是一个冤案,但不闻不问,因此其他人就闭口不言了。既然已经贬斥,叹息也毫无用处了。

⑲ "仲尼"句:仲尼,孔子字。甘旅人,甘为旅人。孔子晚年不得志,离开鲁国,率部分弟子周游列国十四年。

⑳ "向子"句:《后汉书·逸民列传》:向长,字子平,读《易》至《损》《益》卦,喟然叹曰:"吾已知富不如贫,贵不如贱,但未知死何如生耳。"

㉑ "余时"句:忝,辱,有愧于,常用作谦辞。诤臣,谏诤之臣,诗人当时任左拾遗(谏官),故有此言。

㉒ "丹陛"句:陛,宫殿的台阶。古时宫殿前的台阶多饰红色,故称"丹陛"。《左传》僖公九年:"天威不违颜咫尺。"言离天子容颜极近。这里说自己就在君王身边任职。

㉓ "相看"句:既指吴郁被贬斥时的窘迫状况,也指自己不能为吴郁辩护的难堪情状。

㉔ 塞责:推卸责任。

㉕ "行迈"二句:《诗经·王风·黍离》:"行迈靡靡,中心摇摇。"《诗经·邶风·谷风》:"行道迟迟,中心有违。"行迈,行路。违,背离,这里指违心。适,往,归向。这二句说出门赶路,因为未替吴郁伸冤这件事背离了平生的志愿,心中充满不安,

因此有无所适从之感。

㉖ 公:指吴郁。明义:指圣贤道义、立身大义。

解读

  此诗作于乾元二年十月,杜甫离开秦州、前往同谷的途中,所作时间在《发秦州》之后。因其和二十四首自秦入蜀的纪行诗,作诗旨意有很大差异,故放在前面,为示区别。诗中提到的事件,是一出政治悲剧,所写的人物,是一个因抵制官场腐败而遭贬斥的悲剧人物,诗也以寒烟笼罩、落叶纷飞、阴风飒飒的悲凉气氛开端。从诗中的叙述看,吴郁曾是一名谏官,因不愿罪及无辜,坚持分清是非,得罪了当政权贵,被赶出朝廷。可悲的是朝廷明知是个冤案,居然不闻不问,其他人明哲保身,无不噤口卷舌。杜甫写这首诗,不仅是为了还吴郁以清白,还历史以真相,也是为了忏悔,向吴郁、向自己的良心忏悔。因为当时他也在朝廷任职,也是一个噤声者。仇兆鳌说:"公方营救房琯,惴惴不安,故侍御之斥,力不能为耳,与他人缄默取容者不同。但身为谏官,而坐视其贬,终有负于明义,所以痛自刻责耳。"(《杜诗详注》)关于吴郁和这起冤案,正史均无任何记载。有了杜甫这首诗,吴郁才留名千载,成为地方的表率。这首诗不仅弘扬了正气,也有弥补史籍遗缺的作用。前人谈杜诗为诗史,罕见提及此诗和《三川观水涨二十韵》。就史料价值而言,这二首诗不亚于《兵车行》《三吏》这些即事名篇。两年后(上元二年),杜甫寓居成都,已从长沙放还的吴郁,和范邈一起去浣花溪草堂拜访。可惜那天杜甫正好外出，未能相见，带着遗憾，写了《范二员外邈吴十侍御郁特枉驾阙展待聊寄此作》这首诗。

附：北宋苏轼《送杭州杜戚陈三掾罢官归乡》诗："秋风撼撼鸣枯蓼，船阁荒村夜悄悄。正当逐客断肠时，君独歌呼醉连晓。老夫平生齐得丧，尚恋微官失轻矫。君今憔悴归无食，五斗未可秋毫小。君言失意能几时，月唉虾蟆行复皎。杀人无验中不快，此恨终身恐难了。徇时所得无几何，随手已遭忧患绕。期君正似种宿麦，忍饥待食明年麦。"所写人、事，和此诗类似。

发秦州

乾元二年自秦州赴同谷纪行

我衰更懒拙，生事不自谋①。无食问乐土，无衣思南州②。汉源十月交③，天气凉如秋。草木未黄落，况闻山水幽④。栗亭名更嘉⑤，下有良田畴。充肠多薯蓣⑥，崖蜜亦易求⑦。密竹复冬笋，清池可方舟⑧。虽伤旅寓远⑨，庶遂平生游⑩。此邦俯要冲⑪，实恐人事稠⑫。应接非本性⑬，登临未销忧。溪谷无异石，塞田始微收⑭。岂复慰老夫，惘然难久留⑮。日

密竹复冬笋，清池可方舟

色隐孤戍⑯,鸟啼满城头。中宵驱车去⑰,饮马寒塘流。磊落星月高⑱,苍茫云雾浮。大哉乾坤内,吾道长悠悠⑲。

注释

① "生事"句:言自己无心料理衣食之事。

② "无食"二句:问,访求。乐土,安乐之地。南州,指位于秦州南面的同谷(今甘肃成县)。因无衣,所以思念气候比较温暖的南州。

③ 汉源:县名,唐代与同谷同属成州。

④ 闻:听说。

⑤ "栗亭"句:栗亭,地名,属同谷县。嘉,美,赞许。此句可作二种解释:一是因有可食的"栗"字,所以这地名更美;一是由于这地名含有可食的"栗"字,所以更值得称道。

⑥ 薯蓣:俗名山药。

⑦ 崖蜜:即石蜜。其蜂黑色,蜂房筑于岩崖高峻处或石窟中。

⑧ "清池"句:方,并。方舟,两舟并行。这句写池水宽广,可以泛舟。以上十句都写传闻中的同谷,以见这是一个值得去的"乐土"。

⑨ 旅寓:出游寓居。

⑩ 庶:庶几,或许可以。遂:使……得到满足。

⑪ "此邦"句:此邦,指秦州。这句说秦州地势高险,俯视交通

要道。

⑫ 稠:密集,纷杂。

⑬ 应接:应接各色人物,即"人事稠"。

⑭ "塞田"句:塞上的山田到这时才有些微薄的收成。

⑮ "岂复"二句:这里哪里还有什么可以安慰我老夫的东西,因此心中惘然若失,难以久留。以上八句写为何离开秦州的原因。

⑯ "日色"句:昏暗的天色隐没了孤独的戍楼。以下六句实写离开时的情景。

⑰ 中宵:中夜,夜半。

⑱ 磊落:形容星月错落分明。

⑲ 吾道:既指这次出游前面的道路,也指自己人生的历程。与《空囊》诗"吾道属艰难"意同。

解读

乾元二年(759)十月,杜甫从秦州前往同谷县,沿途写了十二首纪行诗。后来又自同谷去成都,沿途也写了十二首纪行诗。现集中所存的二十四首诗,都以行程的先后编排。南宋林亦之诗:"夔子城头开幕府,杜陵诗卷作图经。"(《奉寄云安安抚宝文少卿林黄中》)杜诗不仅是诗史,也是图经,在这二十四首诗中得到集中且完美的体现。此诗作于出发之际,为第一首。杜甫来秦州,本是为了解决生计问题,但实际情况却大失所望,依然处于"无食"、"无衣"的窘况之中,这就迫使他另谋新路,同谷就成了下一个选择地。"汉源十月交"四句,写景物温暖,可以应付"无衣"问题;"栗亭名更嘉"四句,写物产丰美,可以解决"无食"之忧。反过来看秦州,"人事稠"杂,非风景幽胜之地;"塞田薄收",无物产丰盈之利。两相对照,就非走不可了。最后八句,写临走时的情景,夜半孤征,披雾戴月,"极苍凉惨淡之境,写来却存无穷兴象,洵属奇绝"(《十八家诗钞》张裕钊评)。悲怆慷慨,兼而有之;襟怀笔力,非同寻常。

铁堂峡①

山风吹游子②,缥缈乘险绝③。硖形藏堂隍④,壁色立积铁⑤。径摩穹苍蟠⑥,石与厚地裂⑦。修纤无垠竹⑧,嵌空太始雪⑨。威夷哀壑底⑩,徒旅惨不悦⑪。水寒长冰横,我马骨正折⑫。生涯抵弧矢⑬,盗贼殊未灭⑭。飘蓬逾三年⑮,回首肝肺热⑯。

注释

① 铁堂峡:位于甘肃天水齐寿山西北,在秦州区天水镇与平南镇交界处,源于齐寿山的西汉水从峡中穿流而过。是由陇入川的驿道和军事关隘,自古为兵家要地。
② 游子:离家远游的人。

③"缥缈"句:缥缈,高远、隐隐约约的样子。乘,凌驾。这句说游子登临极端危险的高处,身影隐隐约约地闪现。

④"硤形"句:硤,同"峡"。堂隍,也作"堂皇",广大的殿堂。《杜诗详注》:"山台如堂隍,峡藏于中间。"

⑤"壁色"句:崖壁黑色,如同堆积的铁块。积铁,一作"精铁"。

⑥"径摩"句:摩,接触。言山路在高空盘绕。

⑦"石与"句:与,随同。言崖石随同厚厚的大地一起崩裂。

⑧"修纤"句:修长纤细的竹子一望无际。

⑨"嵌空"句:有二种解释:一,太始,太初,天地形成的最初阶段。言原始的积雪矗入高空。二,《杜诗详注》:"嵌空,玲珑貌。"谓原始的积雪玲珑剔透。

⑩"威夷"句:威夷,危险。一作"威迟"。言游子看到山壑底部危险的景象而哀伤。

⑪徒旅:指旅客。

⑫"水寒"二句:陈琳《饮马长城窟行》:"饮马长城窟,水寒伤马骨。"这二句化用其意。

⑬"生涯"句:抵,当也。弧矢,弓和箭,借指战争。言如今正生活在战乱的年代。

⑭盗贼:指安史叛军。殊:甚,完全。

⑮"飘蓬"句:自天宝十五年(756)安史叛军攻陷长安,诗人开始到处漂泊,至此已过三年。

⑯"回首"句:回首往事,内心为之烦热。

解读

　　张裕钊说杜甫自秦入蜀的纪行诗,"缒幽凿险,独辟异境。"(《十八家诗钞》评)此诗起语缥缈,飘忽而来。"径摩穹苍蟠"四句,为仰望山崖所见的峭削幽秀之状,是眼"乘绝险"。"威迟哀壑底"四句,为行走谷底所遇的深峻阴寒之境,是足"乘绝险"。清赵翼称"径摩苍穹蟠,石与厚地裂"这二句诗,"冥心刻骨,奇险至十二三分者"(《瓯北诗话》)。这些诗大抵写蜀道艰难,行役辛苦,但每篇结语,则各不相同。此诗即以忧乱伤时之情作结。在这些纪行诗中,用仄韵的居多,"盖逢险峭之境,写愁苦之词,自不能为平缓之调也"(《杜诗详注》)。此诗第四句"壁色立积铁",五字都为入声。境险,语险,用字也险。蜀道山水,自古以奇险著称,非寻常观景赏物的言语所能形容。"人间第一最奇境,必待第一奇才领。""要等风骚绝代人,来绚鸿蒙旧风土。"(赵翼《题稚存万里荷戈集》)蜀道有幸,迎来了杜甫的登临。这些诗搜奇抉奥,自辟境界,刻画之工,令后人敛手。

青阳峡[1]

　　塞外苦厌山[2],南行道弥恶。冈峦相经亘,云水气参错[3]。林迥硖角来[4],天窄壁面削[5]。溪西五里石,奋怒向我落⑥。仰看日车侧⑦,俯恐坤轴弱⑧。魑魅啸有风⑨,霜霰浩漠漠⑩。昨忆逾陇坂⑪,高秋视吴岳⑫,东笑莲华卑⑬,北知崆峒薄⑭。超然侔壮观,已谓殷寥廓⑮。突兀犹趁人,及兹叹冥漠⑯。

注释

① 青阳峡:位于陕西陇县东南西武当牛心山东侧。

② 塞外:因当时秦州已成边郡,故称之为塞外。

③ "冈峦"二句:经亘,绵亘不断,连绵不绝。参错,交互会合。上句写山重重叠叠,难以行走;下句写水路云水迷漫,难以度过。这二句具体描写上面所说的"道弥恶"。

④ "林迥"句:迥,深远。硖,指青阳峡。言峡谷的一角从旁边密林中横插过来。

⑤ "天窄"句:言两边峭壁如削,高耸云天,由于视线被崖壁遮挡,因此天空显得十分狭窄。

⑥ "溪西"二句:五里石,峡谷中的巨石。言巨石有崩落的危险。

⑦ "仰看"句:日车,见《同诸公登慈恩寺塔》注⑧。侧,倾侧。这句说巨石高耸倾侧,日车有倾覆的危险。这句即"愁畏日车翻"(《瞿唐两崖》)的意思。

⑧ "俯恐"句:《周易》六十四卦,以乾象征天,坤象征地。坤轴即地轴,见《三川观水涨二十韵》注㉒。这句说巨石重大,恐怕地轴承受不起。

⑨ "魑魅"句:言巨石傍风声呼啸,阴森恐怖。
⑩ "霜霰"句:浩漠漠,密布,布满。言巨石上布满了凝结的寒霜。
⑪ 陇坂:也作"陇阪",即陇山。《秦州记》:"陇坂九曲,不知高几里。"
⑫ 视吴岳:在陇坂上西望吴岳。《旧唐书·礼仪志》:肃宗至德二年春,在凤翔,改汧阳郡吴山为西岳。吴山,又名"岍山",在今陕西陇县西南。
⑬ "东笑"句:莲华,指西岳华山莲花峰,即华山主峰之一的西峰,为华山最秀丽险峻的山峰。卑,低下。华山在青阳峡的东面,故言"东笑"。
⑭ "北知"句:崆峒,山名。见《洗兵马》注⑩。崆峒山在青阳峡的北面,故言"北知"。
⑮ "超然"二句:侔,相等。殷,大。寥廓,空旷深远。这二句说陇坂超出群山,蔚为壮观,可谓阔大旷远。《杜诗详注》:"陇坂之上,西见吴岳,东压莲峰,北掩崆峒,已极宇宙大观。若欲侔此壮观,意谓寥廓之地隐伏难见矣。"释"殷"为"隐伏"。
⑯ "突兀"二句:突兀,指巨石。趁,追逐,追赶。兹,这里。冥漠,空无所有,这里借指自然造化。这二句说如今突兀的巨石仍然逐人而来,到了这里,不由得不感叹造化万物,真不可穷尽。

解读

此诗起首先声夺人。"南行道弥恶",在《寒峡》《铁堂峡》之后,看到此句,青阳峡的险峻,已不言而喻。"林迥峡角来"以下八句,描写崖石,或从旁横射,或当前劈峙,或崩裂欲坠,或高耸倾侧,石旁山风阴森,壁上寒霜密布。"奋怒向我落",写得顽石俱活,虎视逼人。"俯恐坤轴弱",以"弱"字形容地面难以承受巨石的重压,出人意表。"昨忆逾陇坂"以下一段,以华山、崆峒山等已极宇宙壮观的名山作陪衬,来突出青阳峡的高峻、险要,感叹自然界的不可穷尽,引人遐想。韩愈诗:"若使乘酣骋雄怪,造化何以当镌劖。"(《酬司门卢四兄云夫院长望秋作》)就模山范水而言,用于杜甫的入蜀诗,最为合适。杨德周说:"山水间诗,最忌庸腐答应,试看杜公《青阳峡》《万丈潭》《飞仙阁》《龙门阁》诸篇,幽灵危险,直令气浮者沉,心浅者深。刻划之中,元气浑沦,窈冥之内,光怪迸发。初学更宜于此锻炼揣摩,庶能自拔泥滓。"(《杜诗详注》引)

凤凰台

山峻人不能至其顶

亭亭凤凰台①,北对西康州②。西伯今寂寞,凤声亦悠悠③。山峻路绝踪④,石林气高浮。安得万丈梯,为君上上头⑤。恐有无母雏,饥寒日啾啾。我能剖心血,饮啄慰孤愁⑥。心以当竹实,炯然无外求⑦。血以当醴泉,岂徒比清流⑧。所重王者瑞,敢辞微命休⑨?坐看彩翮长,纵意八极周⑩。自天衔瑞图⑪,飞下十二楼⑫。图以奉至尊⑬,凤以垂鸿猷⑭。再光中兴业,一洗苍生忧。深衷正为此⑮,群盗何淹留⑯?

注释

① 亭亭:高耸直立。凤凰台:山名,在今甘肃成县东南七里飞龙峡口。凤溪水边有两座高耸的山石,形状如同城阙,传说汉代有凤凰在上面栖宿,因此称为凤凰台。

② 西康州:即同谷县。唐高祖武德初,以同谷县置西康州,贞观初废除。凤凰台在同谷东南,所以说"北对"。

③ "西伯"二句:西伯,周文王在殷纣时被封为西伯。寂寞,谓死去。悠悠,形容遥远。传说周文王时,凤鸣岐山(在今陕西宝鸡)。凤凰台并非岐山,没有凤凰鸣叫的事,诗人只是因台名想到凤鸣,因凤鸣想到西伯,因西伯想到周初的太平盛世,从中寄托自己的理想和感慨。

④ 绝踪:没有人迹。

⑤ 上上头:前面"上"字,为动词,即"登上"。一本作"居"。

⑥ 孤,指无母雏。

⑦ "心以"二句:竹实,竹米。竹很少开花,结实尤难,竹实也就成了难得之物。传说凤凰非竹实不食。炯然,形容明白。这

二句说如今以心为竹实,显然不必去外面寻求了。

⑧ "血以"二句:醴泉,甘泉。传说凤凰非醴泉不饮。清流,即醴泉。岂徒比,哪里只能和……相比。这二句说如今以血为醴泉,就不是通常的醴泉(清流可比了)。

⑨ "所重"二句:因为凤鸣岐山迎来西周的兴盛,所以古人以凤凰出现为王者之瑞。敢辞,岂敢辞。微命,指自己的性命。在此,诗人不惜牺牲自己的生命,愿意以自己的心、血喂养凤雏,期待日后凤雏再鸣,迎来当代的昌盛。

⑩ "坐看"二句:坐看,犹行看,旋见,形容时间短暂。彩翮,指凤雏美丽的翅膀。这二句诗寄托了诗人对凤雏的期望:快快长大,展翅翱翔,周游八方。

⑪ "自天"句:瑞图,旧指上天所赐、表示受命创新的图籍。《春秋元命苞》:"黄帝游玄扈洛水之上,凤凰衔图置帝前,帝再拜受图。"蔡邕《琴操》:殷纣无道,诸侯都归附周文王。后来有凤凰衔书飞来,于是文王作《凤凰之歌》。

⑫ 十二楼:《汉书·郊祀志》:据道士说:黄帝时,建五城十二楼,以迎候神仙。传说昆仑山有十二座玉楼,为仙人居住的地方。

⑬ 至尊:指帝王。

⑭ "凤以"句:鸿猷,鸿业,大业。垂鸿猷,即将不朽大业传流后世。刘敬叔《异苑》:晋安帝时,凤凰集聚到刘穆之的庭园,韦薮对他说:"子必协赞鸿猷(你必定能辅佐大业)。"

⑮ "深衷"句:深衷,内心衷情。言我之所以甘愿"剖心血",内心

深处就是希望能"再光中兴业,一洗苍生忧"。
⑯ "群盗"句:群盗,指安史余孽。何淹留,为何还能久留(作乱)?末句含有指责官军不得力的意思。

解读

　　清初俞犀月说杜甫自秦入蜀诗,"争奇竞秀,极沉郁顿挫之致。各首变化,绝无蹊径相同,极得画家浓淡相间之法"(《寒厅诗话》引)。如此诗和前面二首,在内容、形式、风格等方面,都有明显的区别。诗中以悠悠凤声起兴,以"安得"、"恐有"领起下文,别抒襟怀,奇情横溢,低回咏叹,变化多端。关于此诗,历来最关注的都是诗的旨意,或者说,诗中有无讽喻寄托。当时唐肃宗听从张良娣的谮言,谋害建宁王李倓,还想削弱广平王李俶的权力。清初卢元昌认为这首诗即为此而作。仇兆鳌也认为此诗借景寓意,托讽显然。都不免傅会时事,失于穿凿。还是浦起龙说得中肯:"是诗想入非非,要只是凤台本地风光,亦只是老杜平生血性。不惜此身颠沛,但期国运中兴,刳心沥血,兴会淋漓,为十二诗意外之结局也。"(《读杜心解》)

乾元中寓居同谷县作歌七首

　　有客有客字子美①,白头乱发垂过耳。岁拾橡栗随狙公②,天寒日暮山谷里。中原无书归不得,手脚冻皴皮肉死③。呜呼一歌兮歌已哀,悲风为我从天来④。

长镵长镵白木柄,我生托子以为命⑤。黄独无苗山雪盛⑥,短衣数挽不掩胫⑦。此时与子空归来,男呻女吟四壁静⑧。呜呼二歌兮歌始放,闾里为我色惆怅⑨。

有弟有弟在远方,三人各瘦何人强⑩?生别展转不相见,胡尘暗天道路长。东飞鴐鹅后鹙鸧,安得送我置汝旁⑪。呜呼三歌兮歌三发,汝归何处收兄骨?

有妹有妹在钟离⑫,良人早殁诸孤痴⑬。长淮浪高蛟龙怒,十年不见来何时⑭。扁舟欲往箭满眼,杳杳南国多旌旗⑮。呜呼四歌兮歌四奏,林猿为我啼清昼。

四山多风溪水急,寒雨飒飒枯树湿。黄蒿古城云不开⑯,白狐跳梁黄狐立⑰。我生何为在穷谷,中夜起坐万感集。呜呼五歌兮歌正长,魂招不来归故乡⑱。

南有龙兮在山湫⑲,古木岜岚枝相樛⑳。木叶黄

229

落龙正蛰㉑,蝮蛇东来水上游㉒。我行怪此安敢出㉓,拔剑欲斩且复休。呜呼六歌兮歌思迟,溪壑为我回春姿㉔。

男儿生不成名身已老,三年饥走荒山道㉕。长安卿相多少年,富贵应须致身早。山中儒生旧相识,但话宿昔伤怀抱。呜呼七歌兮悄终曲,仰视皇天白日速㉖。

注释

① 子美:杜甫的字。
② "岁拾"句:岁,指岁暮。橡栗,橡子。《晋书·挚虞传》载:西晋挚虞流落长安期间,拾橡栗充饥。狙公,养狙的人。狙,猕猴。
③ 皴(cūn),皮肤因受冻而干裂。皮肉死,失了感觉。
④ "呜呼"二句:汉末蔡琰作《胡笳十八拍》,第一首以"笳一会兮琴一拍,心愤怨兮无人知"作结。以下各首结句,在句式上类似。《同谷七歌》结语,都以此为本。
⑤ "长镵"二句:镵,古代一种装有弯曲长柄的器具,也是一种挖草药的器具。子,指长镵。诗人当时全靠用长镵掘取黄独维持一家性命,所以说"托子以为命"。
⑥ "黄独"句:黄独,别名黄药、山慈姑,一种芋类食物。这句说

因为雪大,没苗,所以找不到黄独。

⑦ 胫:从膝盖到脚跟的部分。

⑧ "男呻"句:男呻女吟,言家人都已病倒。四壁静,言屋中除了呻吟,别无其他声音。

⑨ 闾里:邻里,邻居。

⑩ "有弟"句:杜甫有四弟:颖、观、丰、占。当时只有最小的弟弟杜占跟着杜甫。何人强,表面上是疑问,实际上诗人料想没有一个强健。强,强健。

⑪ "东飞"二句:鹜,鹜鹅,野鹅。鹙鸧,秃鹙,形状似鹤,体形较大。诗人的弟弟在东方,因此看到鸟向东飞,产生了"送我"去东方的想法。

⑫ 钟离:在今安徽凤阳。

⑬ 良人:丈夫。孤:幼年失去父亲。痴:幼稚,不懂事。

⑭ "长淮"二句:长淮,淮河。钟离在淮河南边。来何时:何时来。这二句说妹妹因路途有风险无法来。

⑮ "扁舟"二句:杳杳,形容昏暗、幽远。南国,南方,指江汉一带。箭满眼,多旌旗,极言兵乱。这二句说自己因战乱又不能去。

⑯ 云不开:言云雾遮掩,天色晦冥。

⑰ "白狐"句:跳梁,跳跃。因田园荒芜,人迹稀少,故狐狸活跃。

⑱ "魂招"句:古人招魂之礼,不仅施于死者,也招生魂,如《彭衙行》中孙宰"剪纸招我魂"。这句诗有二种解释:王嗣奭《杜臆》说:"魂离形体,不能招来,使之同归故乡。"而胡夏客则

231

说:"身在他乡,而魂归故乡,反若招之不来者。"仇兆鳌《杜诗详注》:"依后说,翻古出新,语尤奇警。"

⑲ "南有"句:湫,龙潭。相传同谷万丈潭有龙,这里借以起兴。

⑳ 尨茸(zōng):形容树干高耸,枝干交叉。樛(jiū):形容枝叶纠结。

㉑ 蛰:蛰伏,指动物冬眠。

㉒ 蝮蛇:一种毒蛇。

㉓ 怪此:蛟龙蛰伏,蝮蛇竟然在龙潭游荡,这种怪象,令人诧异。

㉔ "溪壑"句:《杜诗详注》引吴见思语:"前五歌,意俱竭,此则不得不迟。迟则从容婉转,溪壑亦若回春。穷而必变,天之道也。"

㉕ "三年"句:从至德二载(757)至乾元二年(759),诗人奔赴凤翔,贬官华州,客居秦州,迁往同谷,颠沛流离,历时三年。

㉖ 白日速:从字面上看,是曲终之时,天色已晚。对应前面"富贵应须致身早"看,也有时间过得飞快,身已老,事无成的感慨。

解读

"奈何迫物累,一岁四行役。"(《发同谷县》)对杜甫来说,乾元二年,无异颠沛流离的岁月。十一月,诗人携家人到达同谷。但同谷的境况,根本不像原先想象的那样美好。期间所遭遇的饥寒困苦、悲愤凄凉,在《同谷七歌》中喷溢而出,留下了一段刻骨铭心的记忆。此诗七歌,章法一致,前二句点明主题,中间四句叙述情事,末二句感慨悲歌。第一歌自咏窘迫之状,垂老之年,寄迹荒山,无食无衣,身不自保,气感上苍,悲风从天而来。第二歌写命托长镵,资生无计,男呻女吟,饥寒交迫,累及妻孥,邻里为之悲悯。诗中呼唤长镵,宛若良友,看似亲切,但人世无助之痛,溢于言表。第三歌怀念兄弟,各自飘零,始念生离,终恐死别。第四歌感伤寡妹,孤苦无依,道路艰险,相见无期,不但天人感动,乃至猿啼清昼,为人分愁。第五歌描写同谷冬日景象,忽然变调,写得山昏水恶,雨骤风狂,荒城昼冥,野狐群啸,顿觉空谷孤危,万感交迫,生前招魂,魂不归来,情景极其惨酷。第六歌吟咏同谷龙湫,神龙蛰伏,蝮蛇肆行,拔剑且休,诛不胜诛,时值仲冬,但望早日溪壑回春。第七歌仍以自叹作结,山中话昔,徒伤怀抱,仰望落日,慨叹不能挽回暮景。首尾两歌,都归结到天,有"劳苦倦极,未尝不呼天也"(《史记·屈原列传》)之意。欧阳修作《五代史》序论,以"呜呼"起首,而杜甫歌行,常以"呜呼"作结,淋漓顿挫,有一唱三叹之致。《七歌》节短声促,奇崛豪宕,宋李荐说此诗与李白《蜀道难》,乃"《风》《骚》之极致,不在屈原之下也"(《唐诗品汇》引)。王夫之认为"《七歌》不绍古响,然唐人亦无及此者"(《唐诗评选》)。宋、元年间模仿《七歌》体的作品不少,其中文天祥的《效同谷歌体六歌》,尤为世重。

水会渡①

　　山行有常程②,中夜尚未安③。微月没已久④,崖倾路何难⑤。大江动我前⑥,汹若溟渤宽⑦。篙师暗理楫⑧,歌笑轻波澜⑨。霜浓木石滑,风急手足寒。入舟已千忧,陟巘仍万盘⑩。回眺积水外,始知众星干⑪。远游令人瘦,衰疾惭加餐⑫。

注释

① 水会渡:在信州(今陕西略阳)境内。
② 常程:一定的路程。
③ "中夜"句:中夜,半夜。言到半夜还未安顿下来。
④ "微月"句:微月,犹眉月,新月,指农历月初的月亮。这句言新月已经隐没很久了。
⑤ "崖倾"句:以上四句写未渡前山行的景象。
⑥ 大江:指嘉陵江。长江上游支流,以流经陕西凤县东北嘉陵谷而得名。
⑦ 溟渤:大海。
⑧ 篙师:撑船的人。理楫:谓举桨行舟。
⑨ "歌笑"句:言面对汹涌的波涛,歌笑自若,毫不在乎。以上四句写渡水时的景象。
⑩ "陟巘"句:陟,登高。巘,大山上的小山。这句说上岸登上重

重山岭,路仍千旋万转。

⑪ "回眺"二句:回眺,回首眺望。这二句即"水外众星干"之意。以上六句写上岸后的景象。

⑫ "衰疾"句:《古诗十九首》(行行重行行)"浮云蔽白日,游子不顾返。思君令人老,岁月忽已晚。弃捐勿复道,努力加餐饭。"这句说自己年老体衰,听到"努力加餐饭"的话,深感惭愧。

解读

《发同谷县》原注:"乾元二年十二月一日,自陇右赴剑南纪行。"杜甫在同谷尚未满月,就因衣食无着,匆匆离去,前往成都,沿途也写了十二首纪行诗。《铁堂峡》《青阳峡》从正面写山势的高峻,此诗则从侧面写水势的险激。诗中用一系列动词连缀,组成一幅灵动的图景,即使高明的画家,也难以摹绘。前人对此诗用字,颇为称道。"大江动我前",妙在一个"动"字,将黑夜中看不清江面,但能感觉波涛涌动的体验,真切地表现出来。"篙师暗理楫,歌笑轻波澜",好整以暇,从侧面显出江面的风势,"轻"字似乎十分悠闲,而"暗"字则绝不敢松懈。这二句写舟人习性,词意斐然。而最为人叹服的,则是"回眺积水外,始知众星干"的"干"字。陆游诗:"霜凋两岸柳,水浸一天星。"(《城西晚眺》),是俯视水中之星,"浸"字可谓工巧。此诗则是仰观水外之星,"干"字堪称奇险。黑夜渡江,水天一色,仿佛天际都被江水淹没;上岸之后,回首眺望天空,这才觉得星星仍是干的。但若没有亲身经历,决不会有如此形象的感觉。明周明辅说:"少陵入蜀纪行诸作,雄奇崛壮,盖其辛苦中得之益工耳。"(《唐诗选脉会通评林》)

剑　门①

惟天有设险②,剑门天下壮。连山抱西南,石角皆北向。两崖崇墉倚,刻画城郭状③。一夫怒临关,百万未可傍④。珠玉走中原⑤,岷峨气凄怆⑥。三皇五帝前⑦,鸡犬各相放⑧。后王尚柔远⑨,职贡道已丧⑩。至今英雄人,高视见霸王⑪。并吞与割据,极力不相让。吾将罪真宰,意欲铲叠障⑫。恐此复偶然,临风默惆怅⑬。

注释

① 剑门:在今四川剑阁城南十五公里处。《大清一统志》:"大剑山削壁中断,两崖相嵌,如门之辟,如剑之植,故又名剑门山。"张载《剑阁铭》:"惟蜀之门,作固作镇,是曰剑阁,壁立千仞。"

② 惟：发语词。

③ "两崖"二句：墉，城墙。这二句说两边山崖壁立，如同靠着高耸的城墙；山的形状，又像大自然砌垒（刻画）的城郭。

④ "一夫"二句：《剑阁铭》："一人荷戟，万夫趑趄。"未可傍，言人不敢靠近。

⑤ "珠玉"句：仇兆鳌《杜诗详注》："往见旧人手卷，此句之上，有'川岳储精英，天府兴宝藏'二句，方接以珠玉云云。"又："按：珠玉句，突接似乎陡健，但细玩文气，当先言蜀产之奇，而后言凄怆之故。下文先言三皇五帝，而后言职贡道丧。上下四句，各一开一阖说，方见抑扬顿挫之致。"晋鲁褒作《钱神论》，说世人爱钱，致使钱"无翼而飞，无足而走"。这里暗指因为朝廷喜爱，致使珠玉"走"入中原。

⑥ "岷峨"句：岷，岷山。峨，峨眉山，岷山在四川的主体部分。这里以岷峨借指蜀中。朝廷爱珠玉，是一种奢侈的表现；要维持奢侈的开支，必然会对百姓无止境的诛求；结果便是百姓苦不堪言。明写山"气悽怆"，实指人气悲怆凄凉。

⑦ 三皇五帝：《白虎通》："三皇，谓伏羲、神农、燧人也。五帝，谓黄帝、颛顼、帝喾、帝尧、帝舜也。"

⑧ "鸡犬"句：言各家鸡犬混杂在一起放养。

⑨ "后王"句：后王，指夏、商、周三代的君王。尚，推尚，推崇。柔远，安抚远方的邦国和人们。

⑩ "职贡"句：职贡，古代称藩属或外国对于朝廷按时的贡纳。《逸周书·职方氏》："凡邦国大小相维，王设其牧，制其职，各

以其所能；制其贡，各以其所有。"这就是后王的职贡之道。这二句的潜台词是：当今的君王，为了满足自身的欲望，不顾百姓能否承担，也不考虑当地的实际情况，横征暴敛，所以说"道已丧"。

⑪ "至今"二句：英雄人，指在此割据作乱的人。高视，傲视。这二句说现今的割据者，傲视群雄，在这里或最终并吞称王，或割据一地称霸。

⑫ "吾将"二句：真宰，宇宙的主宰。剑门天险，是大自然的产物，却给割据者提供了便利。因此诗人要怪罪大自然（真宰），并想通过铲除天险（层峰叠嶂），使割据者失去地利上的优势。

⑬ "恐此"二句：诗人内心不愿意看到有人在此割据的局面，而且表面上还得照顾唐皇朝的面子，不能明说朝廷对割据者已无能为力，但又担心这种割据局面真的出现，于是用比较委婉的说法：虽然不太可能，但恐怕还会偶然出现割据的状况。只是诗人此时流落荒野，自身难保，对此无可奈何，所以只能默默惆怅而已。

解读

剑门关是过去入蜀的必经之路，也是蜀道最著名的险隘。在有关剑门的诗文中，西晋张载的《剑阁铭》和杜甫这首诗，最为后人所乐道。但这两篇作品的旨意显然不同。前者说"凭阻作昏，鲜不败绩"，是为了让蜀地官民明白德不在险的道理，警告那些怀有二心的人切勿凭借险阻轻举妄动。此诗提出"后王尚柔远,职贡道已丧",以及"并吞与割据,极力不相让"。是告诫当政者怀远以德,切莫对百姓诛求无已,同时又要防范那些心怀不轨的人。用浦起龙的说法,这是"一篇筹边议"。由此,此诗和前几篇入蜀诗不同,所重不在对景物的描写,而是对时政的议论。诗中写剑门险要,仅前面八句。起首提出"险"、"壮"二字,是对剑门的整体评价。相传北宋宋祁知成都府事,路过这里,咏此诗前四句,叹服,以为实录。李白《蜀道难》,有"一夫当关,万夫莫开"的名句。此诗"一夫怒临关,百万未可傍",与李诗词意相同,只是加了一个"怒"字。据南宋张戒记载,他曾听王大卿说,这个"怒"字很有意思,"'一夫怒'乃可,若不怒,虽临关何益也?"(《岁寒堂诗话》)唯有怒,方能同仇敌忾,方能坚忍不拔。下面忽发奇想,接入"珠玉走中原"一段,于文气有些不太相接。诗人不用"入"而用"走"字,不仅使诗句更加形象、灵动,还另有深意。西汉刘向记船夫对晋平公之言:"夫珠出于江海,玉出于昆山,无足而至者,犹主君之好也。"(《新序·杂事》)西晋鲁褒也说钱"无翼而飞,无足而走"(《钱神论》)。这"走",当然不是钱自己会走,而是因统治者的贪婪、索取而造成的流动。这样,一个"走"字,将诗引入主题,由此展开下面大篇的议论。笔势天纵,气象轩昂。杨伦评此诗:"以议论为韵言,至少陵而极,少陵至此等诗而极,笔力雄肆,直欲驾《剑阁铭》而上之。"(《杜诗镜铨》)最后二句,流露出诗人徒有济世之心却无救世之力的无奈和惆怅。

成都府

翳翳桑榆日①,照我征衣裳②。我行山川异,忽在天一方③。但逢新人民,未卜见故乡④。大江东流去⑤,游子日月长⑥。曾城填华屋⑦,季冬树木苍⑧。喧然名都会⑨,吹箫间笙簧⑩。信美无与适⑪,侧身望川梁⑫。鸟雀夜各归,中原杳茫茫⑬。初月出不高,众星尚争光⑭。自古有羁旅⑮,我何苦哀伤。

注释

① 翳翳:形容天色朦胧,晦暗不明。桑榆:《淮南子》:"日西垂,景在树端,谓之桑榆。"日落时阳光照在桑榆树的顶端,因用以指日暮。

② 征衣:游客的衣服。

③ "我行"二句:言一路经过各种不同的山川景观,忽然来到成都这样遥远的地方。

④ "但逢"二句:但,只。卜,占卜。这二句说现在只是遇见新地区的居民,还不能预料能否再见到故乡。

⑤ 大江:指岷江。这句以大江东流,对照下句游子难归。

⑥ "游子"句:游子,离家远游的人。日月长,岁月长。这句可作二种解释:一是离家已经很久了;一是在外还会有很长时间。

⑦ "曾城"句:曾,通"层",重叠。成都有大城、少城,故称之为曾

城。填,满。这句说成都两重城内,布满了华丽的屋宇。

⑧ 季冬:冬季最后一个月,即农历十二月。

⑨ "喧然"句:喧然,喧闹。名都会,著名的都会。《释名》:"都者,国君所居,人所都会也。"

⑩ 间:夹杂。笙簧:指笙,一种古老的簧管乐器。簧,笙中之簧片。

⑪ "信美"句:信,果真,确实。这句说成都确实很好,但我却感到无所适从。

⑫ "侧身"句:侧身,向侧面转身。川梁,桥梁。这句诗的言外之意,有"河广川无梁"的感喟。

⑬ "鸟雀"二句:夜晚鸟雀都能归巢,而自己的故乡——中原却在不可望见的远方。

⑭ "初月"二句:初月,新月。争光,争比谁的光亮。月明则星稀,因月亮刚出现,还没有高挂空中,故天上依然群星闪烁。黄生说:"初月二句,寓中兴草创,群盗尚炽。"(《杜诗说》)将"新月"比作刚开始振兴的朝廷,"众星"比作各地的叛将和寇盗。

⑮ 羁旅:寄居异乡,也指寄居异乡的人。

解读

乾元二年十二月,杜甫携全家抵达成都。这是纪行诗中最后一篇。由于没有直接经受叛军的蹂躏,比起中原和关中地区,成都相对说要安宁、富庶些。诗人进入成都,既越过了重重险难,也摆脱了战乱的侵扰,面对眼前久违的繁华景象,心境也会平和、安静些。在这首诗中,没有愤激的言辞、奇险的描述,没有大喜大悲、忽惊忽恐。王夫之称此诗"只有一'雅'"(《唐诗评选》),既可指语言的雅洁,也可指意韵的高雅。过去有些人对此诗进行穿凿附会式的解读,甚至连博洽多闻的王应麟,在其学术专著《困学纪闻》中也引用这种说法。刘辰翁对此十分不满,认为"有何深意,到处自然"(《唐诗品汇》引)。当然,此时的诗人,既不可能放弃对时事的关注,也不可能摆脱对生计的忧虑,更何况诗人是个感情极其丰富的人,因此表面暂时的平静,并不能掩盖内心涌动的情感,在这首诗中,也会自然而然地流溢出来。如"但逢新人民"四句,写得十分动情。同样饱经战乱之苦的刘辰翁,看到"鸟雀夜各归,中原杳茫茫"等句,有会于心,写下"愤怨悲感,天性切至,读之黯然"(《唐诗品汇》引)的评语。

对于杜甫的入蜀诗,后人好评甚多,现摘录数条:

《朱子语类》:自秦州入蜀诸诗,分明如画。

《雪涛诗评》:少陵秦州以后诗,突兀宏肆,迥异昔作。非有意换格,蜀中山水,自是挺特奇崛,独能象景传神,使人读之,山川历落,居然在眼。所谓春蚕结茧,随物肖形,乃为真诗人,真手笔也。

《唐诗选脉会通评林》:周珽曰:少陵入蜀诸篇,绝脂粉以坚其骨、贱丰神以实其髓,破绳格以活其肢,首首摘幽撷奥,出鬼入神,诗运之变,至此极盛矣。

《杜诗详注》:李长祥曰:少陵诗,得蜀山水吐气;蜀山水,得少陵诗吐气。

《唐诗别裁集》:自秦州至成都诸诗,奥险清削,雄奇荒幻,无所不备。山川诗人,两相触发,所以独绝古今也。

《杜诗镜铨》:大处极大,细处极细,远处极远,近处极近,奥处极奥,易处极易,兼之化之,而不足以知之。李子德云:万里之行役,山川之夷险,岁月之暄凉,交游之违合,靡不曲尽,真诗史也。蒋弱六云:少陵入蜀诗,与柳州柳子厚诸记,剔险搜奇,幽深峭刻,自是千古天生位置配合,成此奇地奇文,今读者应接不暇。

蜀　相①

丞相祠堂何处寻②?锦官城外柏森森③。映阶碧草自春色,隔叶黄鹂空好音。三顾频烦天下计④,两朝开济老臣心⑤。出师未捷身先死,长使英雄泪满襟。

注释

① 蜀相:指三国蜀汉丞相诸葛亮。
② 丞相祠堂:即武侯祠,在四川成都城南。
③ 锦官城:古时因成都江山明丽,错杂如锦,故称之为锦官城。

④ "三顾"句:频烦,频频烦劳,多次烦劳。诸葛亮《前出师表》:"先帝(蜀先主刘备)不以臣卑鄙,猥自枉屈,三顾臣于草庐之中,咨臣以当世之事。"即刘备三顾茅庐,向诸葛亮讨教统一天下的大计。这句写诸葛亮的谋略。

⑤ "两朝"句:两朝,指刘备、刘禅两朝。开济,《杜诗详注》引清朱瀚注:"开济,谓章武(刘备年号)开基,建兴(刘禅年号)济美。"即诸葛亮辅助刘备开创基业,后又扶助刘禅广大事业。这句写诸葛亮的忠诚。

解读

在历史人物中,杜甫对三国时期的诸葛亮怀有一份特殊的敬意。唐肃宗上元元年(760)春,在他到达成都不久,即去武侯祠瞻仰,写了这首咏怀古迹的诗。首联以自问自答,点明了祠庙所在的位置。颔联写眼前祠庙的荒凉:草自春色,鸟空好音。和"感时花溅泪,恨别鸟惊心"正相反,这里的草、鸟都是无情之物,不会明白在此祭祀的是一位多么杰出的人物。在"自"和"空"这两个虚字中,蕴含着深深的悽怆。感物思人之意,已在言外。武侯祠是祭祀前贤的地方,因此诗中的描写,与通常荒芜景象不同,还透露出一种肃穆深沉的气象。颈联概括了诸葛亮的生平:上句显示他的匡时雄略,蜀汉对他的倚重;下句揭示他的报国苦心,"鞠躬尽瘁,死而后已"的忠诚。"时来天地虽同力,运去英雄不自由。"(罗隐《筹笔驿》)末联写出千古英雄壮志未酬的遗恨,悲壮淋漓,沉挚激昂。宋代抗金名将宗泽临死前叹道:"出师未捷身先死,长使英雄泪满襟。""无一语及家事,但呼过河者三而薨。"(《宋史·宗泽传》)此诗前半首融情于景,还是常见的表现手法。后半首纯以议论抒写情意,"忽变沉郁,魄力绝大"(《瀛奎律髓汇评》引纪昀语),极开阖驰骤、沉郁顿挫之妙。

江　村

清江一曲抱村流①,长夏江村事事幽。自去自来堂上燕,相亲相近水中鸥。老妻画纸为棋局,稚子敲针作钓钩。但有故人供禄米②,微躯此外更何求③?

注释

① 清江:指浣花溪。
② "但有"句:《史记·平津侯主父列传》:汉武帝时,公孙弘为丞相,封平津侯。但他生活简朴,老朋友和亲近的门客,衣食都仰仗他,公孙弘的俸禄都给了他们,家中没有余财。"但有"二字,含有希望朋友像公孙弘那样资助自己生活的意思。但,但愿。此句各本多作"多病所须唯药物"。
③ 微躯:微贱的身躯。是一种自谦之词。

自来自去堂前燕，相亲相近水中鸥

解读

　　杜甫到达成都后,依靠亲友的帮助,在郊外浣花溪畔盖起来一间简陋的茅屋(草堂),作为栖身之所。此诗作于上元元年夏,写江村幽事,即在草堂生活的情景。中间二联,是对江村"事事幽"的具体描述:颔联写景物之幽,颈联写人事之幽。堂上燕是乡村常客,水中鸥是江面生灵,画棋局用于村中消遣,敲钓钩为了江上垂钓。燕能自去自来,鸥与人相亲相近,颇有天人相得、物我忘机的意境。作为一个不久前还托命长镵、心折骨惊的人来说,能够闲对老妻画纸、笑看稚子敲针,已是很大的满足,故结句有此生别无他求的说法。关于诗的优劣,过去存在两种不同的看法。清袁枚等人说此诗琐碎近俗,纪昀认为是"颓唐之作"。也有针锋相对的看法:"杜律不难于老健,而难于轻松。此诗见潇洒流逸之致。"(黄生《杜诗说》)王寿昌认为诗"有似浅而实不浅,似淡而实不淡,似粗而实不粗,似易而实不易。此境最难,然其秘只在'深入浅出'四字耳。"(《小清华园诗谈》)此诗便是一例。"最爱其不琢不磨,自由自在,随景布词,遂成'江村'一幅妙画。"(《唐诗选脉会通评林》引周敬语)

狂　夫

　　万里桥西一草堂①,百花潭水即沧浪②。风含翠篠娟娟净③，雨浥红蕖冉冉香④。厚禄故人书断绝，恒饥稚子色凄凉。欲填沟壑惟疏放⑤，自笑狂夫老更狂。

注释

① 万里桥：即今成都南门大桥。诸葛亮曾在此设宴送费祎出使东吴，费祎叹道："万里之行，始于此桥。"由此得名。草堂：诗人到成都后盖了一间茅屋，因居地靠近草堂寺，便称为草堂。
② "百花"句：沧浪，古代水名，或说即汉水。
③ 篠(xiǎo)：细竹。娟娟：形容秀美。
④ 浥：湿润。蕖：荷花。冉冉：缓缓，也用以形容柔媚。
⑤ "欲填"句：填沟壑，指死。这句说即使在快要饿死的时候，依然不改秉性，一味疏狂。

解读

此诗也作于上元元年夏。《孟子·离娄上》："有孺子歌曰：沧浪之水清兮，可以濯我缨；沧浪之水浊兮，可以濯我足。"言人可以根据水的清浊来决定自己的处世方式。首联"沧浪"二字，即暗用其意。当此战乱（水浊）之际，位于水边的草堂，不失为一个归隐之处。颔联写翠竹在堂，迎风呈其疏秀；荷花在潭，沾雨吐其芬芳。上句风中有雨，下句雨中有风。因风中带雨，故翠竹洁净如洗；因雨中有风，故荷花清香四溢。"含"、"浥"二字，措辞温柔,写出一幅微风含情、细雨润物的美丽图景。上半首写草堂景色,可以自适。下半首陡然一变,言客况艰难,生计依然潦倒。《江村》末联,寄希望于"故人供禄米"。但世态炎凉,故人并不都可靠,享有"厚禄"的故人居然"书断绝",在没有经济来源的状况下,年幼的孩子因长期饥饿而色带凄凉。人事和景物形成强烈反差,极不协调地呈现在诗人的面前。末联以狂夫自喻,与其说是贫贱不能移的负气自傲,不如说是身处困境而又无可奈何的自嘲。

恨 别

洛城一别四千里①,胡骑长驱五六年②。草木变衰行剑外③,兵戈阻绝老江边④。思家步月清宵立⑤,忆弟看云白日眠。闻道河阳近乘胜,司徒急为破幽燕⑥。

注释

① 洛城:洛阳城。
② "胡骑"句:自天宝十四载(755)安史作乱,至上元元年(760),已整整五年。
③ "草木"句:剑外,剑门关外,指蜀中地区。诗人到达蜀中已是

年末,所以说"草木变衰"。

④ 江:指穿过成都的锦江。

⑤ 清宵:清静的夜晚。

⑥ "闻道"二句:《资治通鉴》:上元元年三月,李光弼破安太清于怀州城下。夏四月,破史思明于河阳(今河南孟州)西渚,斩首千五百余。司徒,指李光弼。幽燕,指安史的老巢渔阳地区,这里唐代以前属幽州,战国时期属燕国,故有幽燕之称。

解读

《杜诗详注》引明末顾宸注,据首联所写,自天宝十四年安史倡乱算起,至乾元末上元初为五六年,期间自东都洛阳回华州,客秦州,寓同谷,至成都,奔走四千里,定此诗当是上元元年在成都作。题为"恨别",但诗中未有一句言恨,却又句句含恨。首联上句恨离家之远,下句恨战乱之久。颔联上句承首联上句,远游行至剑外;下句承首联下句,久战不知归期。颈联写思家难归、忆弟不见之恨。沈德潜道:"若说如何思,如何忆,情事易尽。'步月'、'看云',有不言神伤之妙。"(《唐诗别裁集》)宵立、昼眠,有违正常的生活习惯。因为思家,故彻夜难眠,在月光之下徘徊;因为忆弟,故在白天仰望云空,浮思联翩,以致倦极入睡。这种坐卧不安的情形,是情之深、恨之切的形象表现,也可见诗人日夜都沉浸在思家、忆弟之中。此时河阳传来捷报,叛军已至末途,直捣幽燕,正是时候,故结句下一"急"字,希望朝廷万万不可错过这大好时机。此诗通篇未见一个奇字、险字,未用一个比喻、典故,词意浅显,清空如话,情真意挚,言近旨远,既无斧凿之痕,也无率尔之笔,虽然不能代表杜甫晚年的诗风,仍是一篇不可多得的佳作。

野 老

野老篱边江岸回①,柴门不正逐江开②。渔人网集澄潭下,估客船随返照来③。长路关心悲剑阁④,片云何事傍琴台⑤?王师未报收东郡⑥,城阙秋生画角哀⑦。

注释

① 野老:诗人自谓。回:迂回。
② "柴门"句:柴门,用树枝编扎而成的门。因为门随江岸而开,而江岸迂回,所以"不正"。
③ 估客:估,通"贾",商人。返照:夕照,傍晚的阳光。
④ "长路"句:剑阁,三国时,诸葛亮以汉德县有"大剑至小剑隘束之路三十里,连山绝险",于此"凿石架空为飞梁阁道,以通行旅"。又于大剑山峭壁中断两崖相峙处,倚崖砌石为门,置阁尉,设戍守。西晋置剑阁县。唐先天年间改名剑州。今属

四川。这句说心中念念不忘的,是回中原漫长的路程,尤其是剑阁天险,难以逾越,又常被寇盗占据,更让人悲伤。

⑤ "片云"句:片云,一片飘泊的孤云,这里借以自喻。何事,一作"何意"。琴台,在浣花溪北,传说为西汉司马相如弹琴挑逗卓文君的地方。这里借指成都。这句诗流露出诗人不愿久留成都的意思。

⑥ 东郡:概指京东诸郡。当时东京洛阳已得而复失,周围诸郡也尚未收复。

⑦ "城阙"句:城阙,指京城。原注:"至德二年,陞成都为南京,故得称城阙。"画角,古代乐器名,外加彩绘,以此得名。其声哀厉高亢,军中常用,以激励士气。这句说成都城出现秋意,画角声格外悲哀。

解读

此诗作于上元元年秋。前半首写江村晚景:江岸纡曲,故柴门不正,观察极为细致;落日西下,倒影在江的东面,从西面过来的客船,如同随着夕阳的光影移动。评价山水诗,常以"诗中有画"为极致。诗中有画或许还不难,难的是有生动、流动的画面。颔联下句,仅仅七字,写出一幅有光有影、有声有色的动态图景。下半首感叹人事,颈联思家,末联忧国。剑阁为自然奇观,琴台为蜀中名胜,因为思家,前者徒增伤感,后者兴味索然。和《江村》相反,此诗已流露出蜀中虽好、非久留之地的意思。此诗洗削繁华,淘汰缛丽,气格苍劲,笔力矫拔,遣词造句,有自然之美。

和裴迪登蜀州东亭送客逢早梅相忆见寄①

东阁官梅动诗兴②,还如何逊在扬州③。此时对雪遥相忆④,送客逢春可自由⑤?幸不折来伤岁暮,若为看去乱乡愁⑥。江边一树垂垂发⑦,朝夕催人自白头。

注释

① 裴迪:关中(今属陕西)人。早年隐居终南山,当时任蜀州刺史,与杜甫频有唱和。蜀州:治所在今四川崇庆。

② 东阁:指东亭。官梅:官府所种的梅。

③ "还如"句:南朝梁何逊在扬州任职时,曾作《扬州早梅》诗,今本《何记室集》作《扬州法曹梅花盛开》。裴迪所作也是早梅诗,故以何逊相比。

④ 雪:可以指雪花,也可以指白梅。古人常将白梅与雪花相比。

⑤ "送客"句:春,指早梅,因为它能预报春天的消息。《荆州记》载:南北朝时,陆凯与范晔友情深厚,从江南寄一枝梅花

给长安的范晔,并附诗一首:"折梅逢驿使,寄与陇头人。江南无所有,聊赠一枝春。"杜甫从陆凯寄梅至长安,想到自己无法回到长安,而裴迪此时也处在同样的境遇,因此问裴迪:在赏梅送客时,你心里是否还能自由自在,没有一点牵挂?

⑥ "幸不"二句:若为,怎堪,那堪。从这二句诗看,裴迪赠诗中似乎有未能将梅折赠的说法。但杜甫却说:幸亏你没有折梅赠送,否则会引起我年末的感伤;我现在哪里还能观赏梅花,一看到它,必然会触动思乡的愁绪。

⑦ "江边"二句:垂垂,渐渐。又《杜诗详注》引杨慎语:"梅花放(开放)皆下垂,故云垂垂。"朝夕,日夜,即天天,时时。自,自然。这二句说江边的一株梅树正垂垂开放,时时触动我思乡的愁绪,催得我头发自然都白了。

解读

上元元年冬,裴迪寄了一首题为"登蜀州东亭送客逢早梅"的诗给杜甫,杜甫因作此诗酬答。北宋林逋隐居西湖孤山,终身不仕不娶,惟喜植梅养鹤,自谓"以梅为妻,以鹤为子",所作《山园小梅》诗,其中"疏影横斜水清浅,暗香浮动月黄昏"二句,被誉为"古今绝调"。但明王世贞对林诗评价不高,认为只有杜甫这首诗,才"足为梅花吐气",堪称咏梅绝唱。从字面上看,此诗对梅花的形态、清香,未作正面的描述,更没有丝毫赞誉之词,但前人推重这首诗,又恰恰都集中在这上面。清贺贻孙认为:"作诗必句句着题,失之远矣,子瞻所谓'赋诗必此诗,定非知诗人'。如咏梅花诗,林逋诸人,句句从香色摹拟,犹恐未切……杜子美但云'幸不折来伤岁暮,若为看去乱乡愁'而已,全不粘住梅花,然非梅花莫敢当也。"(《诗筏》)王士祯也说:"本非专咏,却句句是梅,句句是和咏梅,又全不着迹,斯为大家。"(《杜诗镜铨》引)官亭梅放,逸兴遄飞,裴迪因而作诗。但此时的杜甫,却意绪千端,于是借"早梅"发挥,以诉衷肠,使这首本应重在咏物的诗,变成纯粹的抒情之作。前人称赞这首诗,或说"曲折多情,而骨气苍朴"(《唐诗归》钟惺评);或说"其暗映早梅,婉折如意,往复尽情,笔力横绝千古"(黄生《杜诗说》),都从"情"字上着眼。前面说杜甫善用虚字,在这首诗中也表现出来。谢榛说此诗"(中间)两联用二十二虚字,句法老健,意味深长,非巨笔不能到"(《四溟诗话》)。这两联都为流水对。全诗风神潇洒,意境婉约,笔墨飞舞,朴而实秀,不受排偶拘束,确有独到之处。

戏题王宰画山水图歌①

十日画一水,五日画一石。能事不受相促迫②,王宰始肯留真迹。壮哉昆仑方壶图③,挂君高堂之素壁。巴陵洞庭日本东④，赤岸水与银河通⑤，中有云气随飞龙⑥。舟人渔子入浦溆⑦，山木尽亚洪涛风⑧。尤工远势古莫比，咫尺应须论万里⑨。焉得并州快剪刀，剪取吴淞半江水⑩。

注释

① 王宰：唐代画家。张彦远《历代名画记》："王宰，蜀中人，多画蜀山，玲珑窳窆(孔洞凹陷貌)，巉嵯巧峭。"

② "能事"句：能事，所擅长的事。促迫，催逼。言不受促迫，方得从容尽其能事。

③ "壮哉"句：昆仑，又名玉山，位于今新疆与青海、西藏交界处。古人称昆仑山为中华"龙脉之祖"，传说中中国第一神山、万山之祖。方壶，传说中的东海仙山。《拾遗记》："三壶，海中三山也。一曰方壶，则方丈也；二曰蓬壶，则蓬莱也；三曰瀛壶，则瀛洲也。形如壶器，上广，中狭，下方。"西方昆仑、东方方壶的传说，是我国两大神话系统的渊源。王嗣奭《杜臆》："昆仑方壶，举极西极东以状其远景，非真画此两山也。下文日本、银河亦即此意。"这句写山。

④ 巴陵：郡名，治所在今湖南岳阳，位于洞庭湖东北。洞庭：湖名，古称云梦。位于湖南北部，长江中游荆江南岸。《旧唐书·东夷传》："日本国者，倭国之别种也，以其日在国边，故以日本为名。"日本东，指日本东面的海域。这句写水。

⑤ "赤岸"句:赤岸,地名。有多种说法,大致在今长江南岸的江浙地区。这里也非实指。这句与王之涣"黄河远上白云间"(《凉州词》)用意相同。《杜诗详注》:"赤岸、银河,言水天一色。"

⑥ "中有"句:《庄子》:姑射山(位于今山西临汾尧都姑射村,道教胜地)有神人,"乘云气,御飞龙,而游乎四海之外"。金圣叹《杜诗解》:"原来王宰此图,满幅纯画大水,却于中间连水亦不复画,只用烘染法,留取一片空白绢素……'随飞龙'三字妙。写此一片空白云气,是活云,不是死云。"

⑦ "舟人"句:浦溆,水边。言风涛激荡,渔舟都向岸边靠拢。

⑧ "山木"句:亚,低垂。言山上的树木,因狂风的吹打而低垂。因风从海面刮起,故言"洪涛风"。

⑨ "尤工"二句:远势,指图中远方景物的气势、姿态。蔡绦《西清诗话》:"梁萧文奂能书善画,于扇上图山水,咫尺之内,便觉万里为遥。"言画幅虽小,意境深远。

⑩ "焉得"二句:并州,即今山西太原,以制造锋利的刀剪著称。吴淞,指吴地的松江,《禹贡》"三江"之一,今上海黄浦江的上游。这二句说自己看了画爱不释手,真想把画剪走一部分。

解读

上元元年杜甫居成都时,应画家王宰邀请,写了这首题画诗。起首称赞王宰的人品,唯其对艺术如此执着认真,才能从容施展他的才能。"巴陵洞庭日本东"以下五句,记图中所画山水,西起昆仑,东至方壶,远连日本,高接银河,云随龙起,风涛激荡,气势颇为壮观。寥寥数笔,一幅壮美的山水画卷,跃现眼前。"山木尽亚洪涛风",本写水势,托出风势,带出树势,言简意丰,笔墨生动。王宰之所以能在尺幅之内,展现如此广远的空间,全因他有咫尺万里的绘画才能,故以"尤工远势古莫比,咫尺应须论万里"作总结。这二句诗,也常被用作中国传统山水画艺术特色的一个精辟概括。末句有爱不释手之意。唐李贺诗:"欲剪湘中一尺天,吴娥莫道吴刀涩。"(《罗浮山父与葛篇》)即出于此。清黄周星说:"如此起,如此结,袁彦伯所谓'江山辽落,居然有万里之势'。"(《唐诗快》)清方薰善画山水,在所作《山静居画论》中,对杜甫的题画诗尤为推重:"读老杜入峡诸诗,奇思百出,便是吴生、王宰蜀中山水图。自来题画诗,亦惟此老使笔如画。人谓摩诘诗中有画,未免一丘一壑耳。"

宾　至

幽栖地僻经过少①,老病人扶再拜难。岂有文章惊海内?漫劳车马驻江干②。竟日淹留佳客坐③,百年粗粝腐儒餐④。不嫌野外无供给⑤,乘兴还来看药栏⑥。

注释

① 幽栖:幽僻的栖居之所。经过:指过访的人。
② 漫劳:徒劳。漫,徒然。江干:江边。干,水边。杜甫的住处在浣花溪边。
③ 竟日:整天。淹留:长久停留。
④ "百年"句:百年,一生。粝,粗粮,糙米。这句说自己一生都是个没用的读书人,饮食粗劣。
⑤ 无供给:承上句"粗粝"餐而言,言没有佳肴款待。
⑥ 乘兴:趁一时高兴。药栏:围着花草、药草的栏槛。这里借指花药。

解读

　　黄鹤注将此诗编在上元元年。诗中称来者为"宾",为"佳客",有"车马"接送,而自称"野外",需要"拜"见,可见来者是一个地位相当高的人。古人作律诗,通常是抒情、写景,交替运用,此诗直叙情事,无一语写景,在此之前,十分罕见。诗中第二、三、第六、第七句写主人(自己),第一、第四、第五、第八句写宾客,一主一宾,错综照应,对举成篇,而所重则在自我的表现,从中体现诗人对来者的态度。对此,有两种不同的看法。仇兆鳌说:"僻居老病,不意人来。客以文章之契,跋涉江干,意亦诚矣。公先为谦己之语,而复尽款洽之情。"(《杜诗详注》)但不同的看法更多。老病不能再拜,傲岸不羁之态,跃然纸上。颔联上句既是自谦，更是自任，正是有了这份自负，才有不拜的底气；下句写兴师动众的来访，和幽栖地僻的草堂，很不相称，似有讥讽之意。颈联写这位佳客在草堂坐了整整一天，期间宾主之间必有交谈，但说些什么，诗中只字未提，或者说，诗人对此毫无兴趣，不值得提；到了吃饭时间，主人却只有粗粝之餐招待，对一个贵宾来说，这未免有些赶客的意思了。末联是分手时的客套话，这位贵客慕杜甫诗名而来，但诗人却说再来时不妨看看花药，在谈诗论文上面，两人显然找不到共同的话题。《狂夫》诗虽有其名，但所写并无狂态，而此诗则真是尽傲尽狂了。明顾宸说此诗："词人身价，高士性情，种种具见。"(《杜诗详注》引)或许是诗人也感到有些不恭，或许是诗人羞于与其为伍，故未写明来客为谁。

客　至

喜崔明府相过①

舍南舍北皆春水，但见群鸥日日来②。花径不曾缘客扫③，蓬门今始为君开④。盘飧市远无兼味⑤，樽酒家贫只旧醅⑥。肯与邻翁相对饮⑦，隔篱呼取尽馀杯⑧。

注释

① 崔明府:明府,唐代对县令的尊称。杜甫母亲姓崔,崔明府可能是他的母家亲戚。相过,互相往来。

② 但:只,仅。

③ 缘:因为。

④ 蓬门:蓬草编成的门。

⑤ 飧:熟食。兼味:两种以上的菜肴。市远:言离集市远。无兼味,即只有一种菜。

⑥ 旧醅:未经过滤的陈酒。醅,酒。

⑦ 肯:言来客若愿意……的话。

⑧ 呼取:招呼前来。馀杯:杯中馀下的酒。

解读

黄鹤编此诗在上元二年(761)。前人常将此诗与《宾至》比较,明张綖说:"前《宾至》诗,有敬之之意,此有亲之之意。"《宾至》是否"敬之",暂且不论;此诗"亲之",则为的论。首联写屋外春水漫延,惟见群鸥飞翔,一派空旷寂寞景象,颇有天趣。颔联说花径不扫,蓬门始开,可见已经很久没人光顾了。惟其如此,得知有人到来,就像在空旷幽深的山谷,听到人的脚步声,顿时产生一种亲近的喜悦。颈联和《宾至》"百年"句,看似意同,但所包含的情味则不一样。前一首诗是拘谨的坐谈,是一种客客气气的冷漠;此诗则是直截了当的表白,是不拘礼节的畅饮,若非关系亲密,不会如此。如果说前六句还在人的意想之中，末联则有别开生面之妙。诗人在兴酣意浓之际，竟然还要拉上隔壁的老翁一起欢饮助兴，田园自得之乐趣，农家真率之情，一览无余。仇兆鳌说此诗"前借鸥鸟引端，后将邻翁陪结，一时宾主忘机，亦可见矣"（《杜诗详注》）。其实在末联，更能显出的是，作为士人的杜甫，和一个农家老翁亲密无间、形迹两忘的关系。由于其他诗人没有杜甫那样的经历，更没有他的襟怀，这种境界，就很少出现。此诗无斧凿痕，无妆点迹，语言朴实自然，描写形象生动，充满人情味，富于生活气息，如见其人，如闻其声，前人称之为"天然风韵，不烦涂抹"（《唐诗援》）。

遣　兴

干戈犹未定，弟妹各何之①？拭泪沾襟血，梳头满面丝②。地卑荒野大，天远暮江迟③。衰疾那能久④，应无见汝期。

注释

① 何之：之何，去哪里？
② "拭泪"二句：因为思念弟妹，心中哀伤，擦泪时血点溅在衣襟之上；梳头时头发大把落下，以至满面都是白发。

③ "地卑"二句:卑,低下。因为地势低平,故觉荒野格外阔大;因为天高地远,故觉黄昏时远处的江水流淌格外迟缓。

④ "衰疾"句:言自己年老多病,哪能久于人世。

解读

　　这是一首在成都思念弟妹的诗,前半首写手足暌离的伤痛,后半首写相见无期的悲哀。颔联上句承首联,见伤痛之深;下句起末联,示悲哀之由。颈联写景,在广漠的荒野中,透露出一个孤危的身影;思绪随着流淌的江水,向远方不断延伸。景虽凄寂,语极沈雄。结语尤为沉痛。本想借诗排遣,结果却是"抽刀断水水更流,举杯销愁愁更愁"。

后　游①

　　寺忆曾游处②,桥怜再渡时③。江山如有待④,花柳更无私⑤。野润烟光薄⑥,沙暄日色迟⑦。客愁全为减,舍此复何之⑧?

注释

① 上元二年(761)春,杜甫曾至新津县(今属成都),游修觉寺,

作《游修觉寺》诗。这是重游,故题为"后游"。

② 寺:修觉寺,在岷江东岸。

③ 怜:爱。

④ "江山"句:江山好像在那里等待我再次游赏。

⑤ "花柳"句:鲜花、柳树更是无私地供人观赏。

⑥ "野润"句:烟光,云霭。这句说云霭薄如轻纱,郊野的土地细腻润滑。

⑦ "沙暄"句:暄,松软。这句说夕阳之下,江边的泥沙松软温暖。

⑧ 何之:去哪里?

解读

前人对此诗颔联,颇为称道。《唐宋诗醇》称之为"忽然而来,浑然而就"。《读杜心解》也说这联"脱口而成,要其中有性情在"。玩味文气,颔联确有飘然而至之感;从章法看,则未必尽然。正因为这里是曾游、再渡之处,才会有江山如待的感觉,进而产生花柳无私的赞叹。这就使眼前的自然景象,处处显得多情。花木无私,人则时时为私欲牵累;自然有情,人世则处处遭遇炎凉。在花柳"更无私"的背后,是对人世"更无情"的感慨。颔联下句,别本作"花柳自无私",变"更"为"自"字。这样一改,感情色彩不如前面强烈,但人与物的界限更加分明。不管用哪一个字,都"觉其寄身离乱感时伤事之情,掬出纸上"(《一瓢诗话》)。颈联上句写清晨之景,下句写傍晚之景。惟其云清雾淡,才能看到郊野细润;惟其夕阳斜照,才能感到沙土松软。清张溍说:"'润'字从'薄'字看出,'暄'字从'迟'字看出,写景极细。"(《杜诗镜诠》引)末联写对景销愁,和前一首《遣兴》截然不同。

漫成二首(其二)

江皋已仲春①,花下复清晨。仰面贪看鸟,回头错应人②。读书难字过,对酒满壶频③。近识峨嵋老④,知余懒是真。

注释

① 江皋:江岸,江边。仲春:春季的第二个月,即农历二月。
② "仰面"二句:《杜诗详注》:"看鸟、错应,写出应接不暇之意。"
③ "读书"二句:《杜诗详注》:"读书难于字过,老年眼钝也。对酒不觉频倾,借酒怡情也。旧注谓难识之字,任其读过,不复考索。视读破万卷者,竟作粗心涉猎之人,岂不枉屈少陵。"
④ 峨嵋老:原注:"东山隐者。"峨嵋,山名。位于今四川峨眉山市境内,中国"四大佛教名山"之一。

解读

　　黄鹤从旧编,置此诗于上元二年。"寻常言语口头话,便是诗家绝妙词。"(杨慎《升庵诗话》引)颔联所写,只是日常生活中一个的细节,对此,常人都视若无睹,不以为意,杜甫独具慧眼,写入诗中,便觉真切无比。这二句似出偶然,浅若口语,相比不少诗中程式化的描述,更觉天趣盎然,一片神行,有耳目一新之感。张谦宜称颔联"自己画自己出神,可谓力大于身"(《𫖮斋诗谈》)。朱熹对这二句诗很感兴趣,在《文集·答黄子耕》和《论语精义·颜渊》中,论修身养性,都引此为证。但他将漫不经心的疏放,作为心不在焉的佐证,未免断章取义了。颈联上句前人有多种解释,细玩诗意,总与陶潜"好读书,不求甚解"(《五柳先生传》)相近。只是陶潜"每有会意,便欣然忘食",而杜甫乐在心得,举杯畅饮而已。末句"懒是真",有超然避俗、不与世人相争之意。

春夜喜雨

　　好雨知时节①,当春乃发生②。随风潜入夜,润物细无声③。野径云俱黑,江船火独明。晓看红湿处,花重锦官城④。

注释

① 时节：时令，季节。

② 发生：《庄子》："春气发而百草生。"言催发万物萌生、滋长。

③ 润物：滋养万物。

④ "晓看"二句：红湿，指雨后的花又红又湿。因为花被打湿，所以变"重"了。锦官城，见《蜀相》注③。

解读

此诗作于上元二年春。诗题四字，点明时节为"春"，时间为"夜"，景象为"雨"，心情为"喜"。单写夜雨或春雨的诗并不少见，但在一首诗中，兼顾二者，却非易事。而要写出由此带来的喜悦，就更难措手了。他人所难，在杜甫这首诗中，得到完美的体现。首联上句明点"雨"字，暗藏"春"字；下句相反，明点"春"字，暗藏"雨"字。诗中所写，是一场善解人意的好雨，它仿佛"知"晓时令的需求，随着春天的到来，及时而下。这是一喜。并且是随着夜风，悄悄来临，细雨绵绵，滋润刚苏醒的万物。而非雨急风骤，致使落红满地，令人伤怀。这是二喜。"知"、"潜"、"润"、"细"等字，都赋予灵性，呈现动态，写得脉脉多情。诗人正是从这些细微的动静之中，悟出造化的"发生"之机，从而领会好雨的"知时"。颔联明点"夜"字，暗藏"春"字，又都落实到"雨"字。"随风"、"润物"，出自诗人的听觉感受。即使是"潜入"、"无声"，也未放过。大自然的潜移默化，在诗人心中激起了喜悦的波澜。夜不能寐,开门远望,野外黑云笼罩,依然是雨中景象,唯独江面渔火,在一片漆黑中显得格外分明;而也正是这处火光,照出乌云的浓重。雨中夜景,居然如此美妙,这是三喜。颈联描述视觉感受,明写"夜"景,暗藏"雨"景。夜雨绵绵不断,万物无所不润。天明时的城区,将会是怎样的景象?成都的春天,繁花盛开,错杂如锦。经过一夜雨水滋润的鲜花,定会湿漉漉、沉甸甸地展现在眼前,平添一份平日看不到的风韵。这是四喜。前人对"重"字赞不绝口,说"'重'字尤妙,不湿不重"(《唐诗归》);"'细'、'润'故'重'而不落,结'春'字,工妙"(《义门读书记》)。末联明写春景,暗藏雨景,旁及夜景。此诗体物入微,描摹入神,通篇无一"喜"字,但喜悦之意,洋溢在每一句之中。

江 亭

坦腹江亭暖①,长吟野望时。水流心不竞,云在意俱迟②。寂寂春将晚,欣欣物自私③。故林归未得,排闷强裁诗④。

注释

① 坦腹:舒身仰卧,坦露胸腹。这里借用东晋王羲之坦腹而卧的

坦腹江亭暖，长吟野望时

故事。
② "水流"二句：面对奔流不息的江水，因心境平静，故无与其相争的念头。看到闲云自在，正与悠然的心情相合，一起舒缓自得。
③ "寂寂"二句：自私，谓自我生长，自我繁荣。这二句说春暮之时，物各得其所。
④ "故林"二句：故林，故园，故乡。裁，安排取舍。裁诗即作诗。

解读

　　此诗作于上元二年暮春。仇兆鳌认为"有淡然物外、优游观化意"，"分明是沂水春风气象"（《杜诗详注》）。颔联是杜诗名句，南宋理学家张九成认为比陶渊明名句"云无心而出岫，鸟倦飞而知还"，意境更佳。（《心传录》）北宋理学家程颢《春日偶成》诗："云淡风轻近午天，傍花随柳过前川。时人不识余心乐，将谓偷闲学少年。"被人看作是一首富于理趣的诗。王嗣奭认为：中间二联，"景与心融，神与景会，居然有道之言。盖当闲适时，道机自露，非公说不得如此通透，更觉'云淡风轻'，无此深趣。"（《杜臆》）钱钟书先生在论理趣时，曾举颔联为例，说："若夫理趣，则理寓物中，物包理内，物秉理成，理因物显……或则目击道存，惟我有心，物如能印，内外胥融，心物两契；举物即写心，非罕譬而喻，乃妙合而凝也。吾心不竞，故随云水以流迟；而云水流迟，亦得吾心之不竞。此所谓凝合也。"（《谈艺录》）暮春是草木茂盛、鲜花盛开的季节。颈联上句，与其说是写春意寂寥，不如说是抒写身心的寂寞,由此对眼前欣欣向荣的景象,产生"自私"的感觉,和《春望》中"城春草木深",含义相似。"欣欣物自私",与《后游》"花柳更无私",一说"自私",一说"无私",一说各得其所,一说万物同春,分明与诗人当时的心境相关。春已寂寂,令人起迟暮之感;物各欣欣,又有我独无所归宿之悲,由此引出末联故乡难归、作诗排闷的感喟。回过来再读首联"长吟野望",看似闲适,其实也是遭闷而已。南宋严羽论诗,力主妙悟,以"不涉理路,不落言诠"(《沧浪诗话》)为上。前人常举此诗及《后游》为例,认为既无理学习气,又不同于禅说,别有一种天然理趣,誉之为无心入妙的化工之笔。明理学家薛瑄说:"'水流心不竞,云在意俱迟',从容自在,可以形容有道者之气象。'寂寂春将晚,欣欣物自私',可以形容物各付物之气象。"(《薛文清公要言》)不过换一个角度看,诗人未必有意从中体现什么理趣,即使从单纯的写景而言,也是好诗,如果一味用理语索解,反会对理解和欣赏造成无谓的障碍。

落　日

落日在帘钩,溪边春事幽。芳菲缘岸圃①,樵爨倚滩舟②。啅雀争枝坠③,飞虫满院游。浊醪谁造汝，一酌散千愁④。

注释

① "芳菲"句：芳菲，指花草。缘，沿着，顺着。言花草沿着岸边的园林开放。
② 樵爨：打柴做饭。
③ 啅：形容鸟声噪聒。
④ "浊醪"二句：浊醪，浊酒。《杜臆》："公见此幽事，情与景会，不自知其乐之所自，而归功于酒曰：是谁造汝，一酌而千忧俱散乎？然亦由胸无宿物，故能对景忘忧耳。"

解读

《杜诗详注》编此诗于上元二年春。首联写身居草堂，卷帘独酌，忽见落日正照帘钩，因以起兴。明谢榛《四溟诗话》引逊轩子语："凡作诗贵识锋犯（指近体诗中有些警句难作对仗），而最忌偏执……唐人中识锋犯者，莫如子美。其'落日在帘钩'之作，亦难以句匹者也，故置之首句，俊丽可爱；使束于联中，未必若首句之妙。""春事幽"领起中间二联，颔联为溪前幽事，颈联为堂前幽事。而樵爨倚舟、飞虫满院，又是傍晚落日之际的景致。杜诗"稍知花改岸，始验鸟随舟"（《陪王使君晦日泛江》），写舟行幽境，颔联写泊舟幽境。杜甫早年浪迹江湖，战乱后颠沛流离，惯见此境，观察入微，故能写得如此细腻真切，前人认为有风月无边之意。颈联虽无颔联韵致,同样体贴入微。宋梅圣俞诗"悬虫低复上,斗雀堕还飞"(《秋日家居》),即出于此。末联借用"何以解忧,惟有杜康"(曹操《短歌行》)诗意,而以"谁造汝"三字点化。看来,诗人作诗之时,郁郁寡欢,但笔下展现的,却是迷人的景象。

江上值水如海势聊短述[1]

为人性僻耽佳句[2],语不惊人死不休。老去诗篇浑漫与[3],春来花鸟莫深愁[4]。新添水槛供垂钓[5],故著浮槎替入舟[6]。焉得思如陶谢手[7],令渠述作与同游[8]。

注释

[1] 聊:姑且。

[2] 性僻:性情喜好。僻,通"癖"。耽:沉溺,迷恋。

[3] "老去"句:老去,言人渐趋衰老。浑,全,都。漫,随便,随意。漫与,随便应付。从字面上看,这句说按自己本性,作诗一定要出语惊人,但现在老了,精力不济,便随便应付了。但这只是一种谦辞,实际上并非如此,在五年后所作的《遣闷戏呈路

十九曹长》诗中,诗人又称自己"晚节渐于诗律细",绝不草率。

④ 深愁:深深发愁。

⑤ 水槛:临水的栏杆。

⑥ "故著"句:这句以"故"字对上句"新"字,但"故"并非旧的意思,而是"因此"。著,同"着",使,用。槎,木筏。替,替代。这句极言水大,连去钓鱼都需要用木筏代作钓舟。

⑦ "焉得"句:思,文思。陶谢手,陶渊明、谢灵运这样(善于描写景物)的高手。

⑧ "令渠"句:渠,他们,指陶、谢。这句说让陶、谢为眼前的景象作诗,而自己则陪同他们一起游赏。

解读

　　此诗作于上元二年春。诗题说江水势如大海,但诗中对此却无丝毫描述,纪昀因此说此诗文不称题。不过在他之前,查慎行认为此诗只是"借题以寓作诗之法"(《瀛奎律髓汇评》)而已,其意原不在水势,因此也就不存在文与题是否相称的问题。江水暴涨,势如大海,这是造化奇观,是个可以着力描写的大题目,但诗人却只是聊作短述,这也让一些人感到不解。其实诗人并非有意率尔而就,只是他性耽佳句,平日就以"语不惊人死不休"自期,一时找不到和眼前壮观相称的诗句,于是想起前代以描写山水闻名的陶潜、谢灵运,希望能和他们一起吟咏游赏。后人谈论最多的还是颔联。元赵汸认为"'愁'字属花鸟说,盖诗人形容刻露,花鸟亦应愁怕。"(《杜诗详注》引)如今年老,作诗只是随意消遣,并无佳句,因此花鸟(泛指自然景物)也就不必发愁。在杜甫之前,崔日用说过:"冬至冰霜俱怨别,春来花鸟若为情。"(《钱唐永昌》)后来韩愈诗:"勃兴得李杜,万象困陵暴。"(《荐士》)姜夔诗:"年年花鸟无闲日,处处山川怕见君。"(《送〈朝天续集〉归诚斋》)与杜诗意同。钱谦益不同意这种说法:"春来花明鸟语,酌景成诗,莫须苦索,愁句不工也。若指花鸟莫须愁,岂知花鸟得佳咏,则光彩生色,正须深喜,何反深愁耶?"(《钱注杜诗》)仇兆鳌认为:"少年刻意求工,老则诗境渐熟,但随意付与,不须对花鸟而苦吟愁思矣。"(《杜诗详注》)按钱、仇的说法,"莫深愁"指诗人。不管哪一种说法,都无需追求完美、刻意求工,因此优游闲暇,不妨像颈联所说的那样,临槛垂钓、浮槎泛水了。

所　思

苦忆荆州醉司马[①],谪官樽酒定常开。九江日落醒何处[②]?一柱观头眠几回[③]。可怜怀抱向人尽,欲问平安无使来[④]。故凭锦水将双泪,好过瞿唐滟滪堆[⑤]。

注释

① "苦忆"句:原注:"崔吏部漪。"苦忆,苦苦思念。荆州,今属湖北。司马,唐代州刺史佐官。据诗意,崔漪当时自吏部贬谪为荆州司马。

② 九江:《尚书·禹贡》:"九江孔殷。"具体位置后人有多种说法。《汉书·地理志》:"九江在(寻阳)南,皆东合为大江(长江)。"汉代寻阳治所在今湖北武穴东南。这里借指荆州。

③ 一柱观:在荆州。《渚宫故事》:(南朝)宋临川王(刘)义庆镇江陵,于罗公洲立观,甚大而惟一柱。《一统志》:在松滋县东丘家湖中。

④ "可怜"二句:王嗣奭《杜臆》:"五六,彼此互言,更见两情遥企。在己则有怀欲罄,在彼则信使莫通,此所以苦忆泪零,而欲凭江水以达之也。"说"彼此互言"没错,但以上句属杜甫,下句属崔漪,似有误。杨伦《杜诗镜铨》以为上句"人"字,应指杜甫。这二句说可怜崔漪的襟怀已向我(也可是更多的人)尽情诉说;我虽然同情他,想打听他是否平安,但却没有信使前来告知。

⑤ "故凭"二句:凭,凭借,依靠。锦水,锦江,岷江流经成都的一段,据说古时在此濯锦(漂洗织锦),织锦色彩鲜艳异常,故称濯锦江,又名锦江。将,拿,持。瞿唐,瞿塘峡,长江三峡之一,西起奉节县白帝山,东迄巫山县大溪镇,以雄伟险峻著称。滟滪堆,俗称燕窝石,位于白帝城下瞿塘峡口。为三峡著名险滩,因航运障碍,于1958年冬被炸除。《水经注·江

水》:"滟滪大如象,瞿唐不可上,滟滪大如马,瞿唐不可下。"这二句承"欲问"句而来。既然没有信使,就只能凭借江水将我思念的泪水带到荆州,但途中必经瞿唐、滟滪,很难逾越,所以又产生了平平安安地穿过这两处险要的想法。

解读

此诗作于上元二年。诗中以"苦忆"二字起首,并直贯全篇。颔联写一个沉溺酒中的官员或醒或眠的醉态,颠狂落拓,颇为传神,而这正是苦忆的情景。颈联为流水对,上句写崔漪,不离诗人;下句自指,又不离崔漪,彼此相关,浑化一体。他人也许不理解崔漪醉酒的苦衷,杜甫对他则怀着深深的同情,虽天各一方,但难以忘怀。苦苦思忆,却又不见音信,最让人牵挂,也最让人难受,不禁双泪齐下。在无法前往的状况下,只能请江水将泪水带去,遥寄思忆之情了。此诗情意悲凉,笔势豪宕,明末卢世㴶认为"突兀峻嶒,有拔剑斫地之意"(《唐宋诗醇》引)。杜甫晚年以歌行入律,如此诗和《白帝城最高楼》《白帝》等即是。王世贞认为这是律诗的变体,不宜多作,多作则伤境。明许学夷不同意这种看法,认为:"子美七言以歌行入律,豪旷磊落,乃才大而失之于放,其机趣无不灵活。"(《诗源辨体》)后人刻意效法,但罕见能和杜诗相比的作品。清赵执信说:"此种诗,不可不学,不可专学;不学则无格,专学则滑矣。"(《声调谱》)

水槛遣心二首（其一）

去郭轩楹敞①，无村眺望赊②。澄江平少岸，幽树晚多花。细雨鱼儿出，微风燕子斜。城中十万户，此地两三家。

注释

① 郭：城郭。轩楹：堂前的廊柱。这里轩楹二字也可拆开解释：轩，门窗；楹，堂。
② 赊：远。

解读

这首诗过去编在上元二年。杜甫律诗，有一些每联皆对的作品，如此诗和《宾至》《宿府》《宿江边阁》《阁夜》《登高》等即是。这是一首词句清丽、意境平和、类似白描、无所寄托的田园诗，和杜诗的整体风格并不相似，由此也可见诗人涵天负地、无可无不可的才能。颈联为杜诗名句。宋叶梦得说："诗语固忌用巧太过，然缘情体物，自存天然工妙。老杜'细雨鱼儿出，微风燕子斜'，此十字，殆无一字虚设。雨细着水面为沤，鱼常上浮而淰，若大雨则伏而不出矣。燕体轻弱，风猛则不能胜，惟微风乃受以为势，故又有'轻燕受风斜'之语……读之浑然，全似未尝用力，此所以不碍其气格超胜。"（《石林诗话》）

赠花卿[1]

锦城丝管日纷纷,半入江风半入云。此曲只应天上有,人间能得几回闻[2]?

注释

[1] 花卿:花敬定,成都尹崔光远的部将,曾平定段子璋之乱,以此居功自傲,骄恣不法,乃至僭用天子专享的音乐。卿,古代对人尊称。

[2] "此曲"二句:南宋陈善《扪虱新话》:"当时花卿跋扈不法,有僭用礼乐之意,子美所赠,盖微妙而不显复者。"杨慎《升庵诗话》:"花卿名敬定,蜀之勇将,恃功骄恣。杜公此诗,讥其僭用天子礼乐也,而含蓄不露。有风人'言之无罪、闻之者足以戒'之旨。"焦竑、王嗣奭、沈德潜等人都认为这首诗是杜甫讥刺花敬定之僭窃而作。故"天上"二字,实暗指朝廷。

解读

这首诗过去编在上元二年。虽然词句浅显明白,但关于此诗旨意,则自宋以来,始终存在分歧。不少人认为是在讥刺花卿。"只应天上有"的乐曲,居然在人间也能听到,还不是偶尔几回,而是每天都纷纷扬扬,直冲云霄。那么诗中对乐曲赞美愈盛,花卿僭越也就愈甚,讽刺之意也就愈深。是一种欲抑先扬、或者说实抑虚扬的表现手法,婉而多讽。但也有人对此提出异议,如明胡应麟提出:"花卿盖歌妓。'此曲只应天上有',本自目前语,而杨(慎)复以措大语释之,何杜之不幸也!"(《诗薮》)赞同者说:"少陵篇咏,感事固多,然亦未必皆有所指也。杨用修以花卿为敬定,颇似傅会,元瑞(胡应麟字)云是歌妓,于理或然。"(《唐风怀》引南村语)不过对此诗的艺术成就,则都交口称赞,认为风华流丽,声韵铿然,即使和七绝圣手王昌龄、李白诗相比,也毫不逊色。这首诗在当时还被成都歌女传唱,可见其影响之深广。杨慎说:"公之绝句百余首,此为之冠。唐世乐府、多取当时名人之诗唱之,而音调名题各异。"(《升庵诗话》)

送韩十四江东省觐[①]

兵戈不见老莱衣[②],叹息人间万事非。我已无家寻弟妹,君今何处访庭闱[③]?黄牛峡静滩声转,白马江寒树影稀[④]。此别应须各努力[⑤],故乡犹恐未同归[⑥]。

注释

① 十四:韩的排行。江东:指今长江下游江南一带。省觐:探望

父母。

② "兵戈"句：《列女传》："老莱子行年七十，著五色之衣，作婴儿戏于亲侧，欲亲之喜。"韩十四是去寻望父母的，在杜甫眼中是孝子，故用老莱子的故事。因战乱不息，亲人流离，故不见此事。

③ 庭闱：父母的居所，也指父母。

④ "黄牛"二句：《清一统志》："黄牛山在东湖县(今湖北宜昌)西北八十里，亦称黄牛峡。""白马江在崇庆州(唐蜀州，在今四川崇州和新津)东北十里。"旧注也有指江陵白马洲的。这二句想象韩十四去江东途中危险、凄凉的情景。《杜诗详注》引顾袁语："曰静曰寒，亦见寇乱凄凉意。"

⑤ 各努力：言各自努力，早日还乡。

⑥ "故乡"句：据此句，韩十四似乎是诗人的同乡，故有同归故乡的说法。

解读

　　这首诗过去编在上元二年。名为送别，但诗中表现更多的是丧乱之感、故国之思。首联别具一格，以"老莱衣"领起，战乱使人无法养亲，则万物失所自在言外。颔联以自身遭遇，衬托韩氏，写骨肉飘零，彼此同恨，意更沉痛。颈联想象韩氏探亲所经历的情景，因峡谷幽静而听到滩声流转，因江面清冷而看到树影稀疏。"静"、"转"、"寒"、"稀"四字，上下相生，探幽入微。清朱瀚说："'滩声'、'树影'二句，在韩是一片归思，在杜是一片离情气韵淋漓,满纸字湿。"(《杜诗详注》引)末联以虽然不能同归,仍需各自努力收束,期望殷切。杨伦说此诗"一气旋转,极沉郁顿挫之致"(《杜诗镜铨》)。

茅屋为秋风所破歌

八月秋高风怒号,卷我屋上三重茅。茅飞渡江洒江郊,高者挂罥长林梢①,下者飘转沉塘坳②。南村群童欺我老无力,忍能对面为盗贼③,公然抱茅入竹去④,唇焦口燥呼不得。归来倚杖自叹息。俄顷风定云墨色⑤,秋天漠漠向昏黑⑥。布衾多年冷似铁⑦,娇儿恶卧踏里裂⑧。床头屋漏无干处,雨脚如麻未断绝⑨。自经丧乱少睡眠,长夜沾湿何由彻⑩?安得广厦千万间⑪,大庇天下寒士俱欢颜⑫,风雨不动安如山。呜呼!何时眼前突兀见此屋⑬?吾庐独破受冻死亦足。

注释

① "高者"句:罥(juàn),缠绕。长,从下句对应的"沉"字看,长,

应该是动词,言飘到高处的茅草如长在林梢上。梢,树木的枝杈。
② 塘坳:低洼积水的地方。坳,低凹的地方。
③ 忍能对面为盗贼:竟然忍心这样当面做盗贼。能,如此,这样。
④ 竹:竹林。
⑤ 俄顷:顷刻之间。
⑥ 秋天:秋季的天空。漠漠:形容天色阴暗迷蒙。向:变向。
⑦ "布衾"句:衾,被子。言布被已经盖了好多年,变得像铁一般又冷又硬。
⑧ "娇儿"句:恶卧,睡相不好。这句说儿子睡觉时脚乱蹬,把被里都蹬坏了。
⑨ 雨脚如麻:雨脚,飘动的雨水。形容雨水像麻线那样密集。
⑩ 彻:通,达。这里指彻晓,即到天明的时候。
⑪ 安得:哪里能够得到。杜甫诗中常用以"安得"二字起首的句式,表现希望实现但又难以实现的愿望。
⑫ 庇:庇护,庇覆。
⑬ 突兀:高耸。

解读

　　此诗作于上元二年(761)秋,元气淋漓,自抒胸臆,沉雄壮阔,波澜迭起。诗中写一场狂风,掀翻了草堂的屋顶,遭遇一难;那些不懂事的孩童,还要趁机捣乱,又添一难;风停之后,夜雨绵绵,屋内连床全都被淋湿,破旧的布被冰冷如铁,让人无法入睡,难上加难。诗人彻夜不眠,不知大雨何时停下,怎样才能捱到天明。如果仅仅只是为个人的遭遇叹息,此诗决不可能成为千古传颂的名篇。面对眼前的境况,诗人浮思联翩,想到普天下寒士,此时很可能和自己处于同样的困境之中。最后五句,一笔兜转,以洪钟大吕般高亢的声响,发出"民胞物与"的呼声,显示了"我不入地狱,谁入地狱"的博大胸怀。《孟子·告子上》:"恻隐之心,人皆有之。"恻隐是对别人的不幸表示同情,孟子认为这是人的天性,但真正能做到的人其实并不多见。不少人对恻隐的理解,落在强者对弱者、富贵者对贫贱者的帮助上。作为一个刚脱离多年流离岁月但还未解决生计问题的人,依然怀着己溺己饥之心,"宁令吾庐独破受冻死,不忍四海赤子寒飕飕"(王安石《子美画像》),这让后世同样忧国忧民的志士,感佩不已。唐白居易诗:"争得大裘长万丈,与君都盖洛阳城。"(《新制绫袄成感而有咏》)直接出自杜诗。范仲淹的名言"先天下之忧而忧,后天下之乐而乐"(《岳阳楼记》),无异于对杜甫情怀的概括。王嗣奭说:"'广厦万间','大庇寒士',创见故奇,袭之便觉可厌。"(《杜臆》)他所说的"袭之",或许是指沽名钓誉之徒。不过在现实社会中,真需要有更多的人这样想,这样说,而这样的声音却又实在少得可怜,多的倒是那些事不关己、明哲保身的处世智慧。

百忧集行

忆年十五心尚孩①,健如黄犊走复来。庭前八月梨枣熟,一日上树能千回。即今倏忽已五十,坐卧只多少行立。强将笑语供主人②,悲见生涯百忧集。入门依旧四壁空,老妻睹我颜色同③。痴儿不知父子礼,叫怒索饭啼门东④。

注释

① 心尚孩:依然有童心。
② 主人:指杜甫在成都曾向其求助的人。
③ "老妻"句:言老妻见我这样,脸上也同样带着忧愁。颜色,即脸色。
④ 门东:古时厨房的门在东边。

解读

此诗作于上元二年。虽然在成都找到一个栖身之处,以免颠沛流离之苦,但贫困的生活并未改变。想到自己年已衰老,依然寄人篱下,连累妻儿一起忍饥受冻,诗人百忧交集,写了这首诗。诗中以"忆年十五"和"忽已五十"划分人生的两个阶段,用对照、衬托的手法,抒写生活的艰难和心中的悲怆。"心尚孩"和"百忧集"对照,前者无忧无虑,后者忧心忡忡;"健如黄犊"和"坐卧只多"对照,前者身强力壮,后者衰老多病;"上树能千回"和"叫怒索饭"对照,前者恣意贪食,后者饥不择食;"强将笑语"和"悲见生涯"对照,前者是勉为其难的表象,后者是无法抑制的真情。"老妻"句与"痴儿"句对照,贤惠的老妻明白自己的处境,却无力改变这种状况,又不想用言语表示,给老夫增添更多的烦恼,因而默默无语,但内心的忧愁,还是从脸上显示出来。不懂事的孩子就顾不了那么多了,将因饥饿激发的恼怒,毫不掩饰地发泄出来。短短七字,含意极其曲折丰富。王嗣奭说:"老妻颜色同,痴儿索饭啼,不亲历,写不出。写得情真自然,妙绝。"(《杜臆》)

野　　望

西山白雪三城戍①,南浦清江万里桥②。海内风尘诸弟隔③,天涯涕泪一身遥④。惟将迟暮供多病⑤。未有涓埃答圣朝⑥。跨马出郊时极目⑦,不堪人事日萧条。

注释

① 西山:在成都西,以主峰终年积雪,又名雪岭。三城:指松州

(治所在今四川松潘)、维州(治所薛城在今四川理县东北)、保州。西山三城,与吐蕃接界,为蜀中军事要地,故驻军防守。这句是远望。
② 南浦:指成都城南的江边之地。清江:指锦江。万里桥:见《狂夫》注①。这句是近望。
③ 风尘:指战乱。
④ "天涯"句:自己孤零一身,远在天涯,不禁涕泪交流。
⑤ "惟将"句:迟暮,黄昏,比喻晚年。当时诗人年已五十。这句说自己晚年全交付多病之身了,言下颇有蹉跎之感。
⑥ "未有"句:涓埃:涓,细流。埃,微尘。这里借指微薄的贡献。
⑦ 极目:放眼望去。

解读

黄鹤定此诗作于肃宗宝应元年(762),时在成都。首联为望中景象,以忧国、思家双起,"三城戍"明写边防堪忧,"万里桥"隐含故乡远离,笔势矫健。颔联承接首联下句,写思念亲人的伤痛;颈联承接首联上句,写为国分忧的热忱。末联以出郊极目,点醒本题。国步多艰,都由人事所致,结句感慨深长,言简意赅。此诗风格苍劲,声调铿然,自有一种浑融之气,颇能体现杜诗沉郁顿挫的特色。前人或说此诗"格律高耸,意气悲壮,唐人无能及之者"(《瀛奎律髓》),用于《阁夜》则可,于此未免过誉。

江头五咏（花鸭）

花鸭无泥滓①，阶前每缓行②。羽毛知独立③，黑白太分明④。不觉群心妒，休牵俗眼惊⑤。稻粱沾汝在⑥，作意莫先鸣⑦。

注释

① 无泥滓：没有污泥沾染。
② 每缓行：总是不慌不忙，从容自得。
③ "羽毛"句：花鸭的羽毛与众不同。
④ "黑白"句：花鸭的羽毛有黑、白二色，分明可见。
⑤ "不觉"二句：因为羽毛太独特，故遭到族群妒忌。因为黑白太分明，故引起世俗眼睛的惊恐。但花鸭自己并没有感觉到，因此下句诗人规劝花鸭：别招惹族群的不满。牵，牵引，引起。
⑥ "稻粱"句：你沾赏的米谷就在那里。沾，沾赏，受赏赐。
⑦ "作意"句：作意，决意，拿定主意。这句也是规劝之语：在吃了谷米后，千万不要先发与众不同的声音，引起不满。

解读

此诗过去编在宝应元年，《江头五咏》为一组诗，分咏丁香、丽春、栀子、鸂鶒、花鸭，名为咏物，实际上都是写人。浦起龙说：

"江头之五物,即是草堂之一老。时而自防,时而自惜,时而自悔,时而自宽,时而自警,非观我、观世,备尝交惕,不能为言。"(《读杜心解》)其中确实留有杜甫的某些身影,但大多和实际生活中的诗人并不一致,而是身处困境之中对立身处世的思考。这首《花鸭》诗含意尤深。首联写花鸭生性清高,一尘不染,性格温顺,从容不迫,分明是一个迥出流俗的高人。颈联上句承接颔联上句,颈联下句承接颔联下句,写花鸭秉性独特,因而招来族群的妒忌;是非分明,就会引起流俗的不满。末联作警戒之词,有超然避世之意。

遭田父泥饮美严中丞①

步屧随春风②,村村自花柳③。田翁逼社日④,邀我尝春酒⑤。酒酣夸新尹⑥:畜眼未见有⑦。回头指大男⑧:渠是弓弩手⑨。名在飞骑籍⑩,长番岁时久⑪。前日放营农⑫,辛苦救衰朽⑬。差科死则已,誓不举家走⑭。今年大作社⑮,拾遗能住否⑯?叫妇开大瓶⑰,盆中为吾取⑱。感此气扬扬⑲,须知风化首⑳。语多虽杂乱,说尹终在口㉑。朝来偶然出㉒,自卯将及酉㉓。久客惜人情㉔，如何拒邻叟㉕？高声索果栗，欲起时被肘㉖。指挥过无礼㉗，未觉村野丑㉘。月出遮我留㉙，仍嗔问升斗㉚。

注释

① 田父：老农。泥饮：强留饮酒。泥，软缠，缠着不放。美严中丞，言田父赞美严武。严中丞：指严武、当时为成都尹兼御史中丞。

② 步屧(xiè)：行走，漫步。屧，木底鞋，也用于泛指鞋。

③ 花柳：鲜花和柳树。

④ 逼：逼近。社日：古代农民祭祀土地神的节日。汉以前只有春社，汉以后开始有秋社。这里指春社，时间一般为立春之后的第五个戊日，约在春分前后。

⑤ 春酒：指冬酿春熟的酒。

⑥ 酒酣：谓酒喝得尽兴、畅快。新尹：新上任的成都尹，指严武。

⑦ 畜眼：对自己眼睛的粗俗称呼。

⑧ 大男：大儿子。

⑨ "渠是"句：渠，他。弓弩手，弓箭手。这句说他是个士兵。

⑩ 飞骑：唐代禁军名。籍：登记隶属关系的簿册。

⑪ 长番：唐代府兵制中，无更代的长期兵役。《杜诗详注》引张远之注："旧兵一万五千，分为六番，以次更代(轮流更代)。今日长番，长在籍，无更代也。"

⑫ 放营农:放他回家务农。

⑬ "辛苦"句:这是倒装句,即"救衰朽辛苦"。衰朽,衰老,田父自称。

⑭ "差科"二句:差科,指在长番之外的徭役、赋税。这二句说对一切徭役、赋税,都尽力缴纳,到死为止,绝不会带着全家逃避。

⑮ 大作社:大作,大办。言大办社日的祭祀活动。

⑯ "拾遗"句:拾遗,杜甫曾任左拾遗,这是田父对杜甫的尊称。住,这里是留下的意思。

⑰ 妇:指田父的妻子。

⑱ 取(zhǒu):取酒。

⑲ 气扬扬:意气扬扬。扬扬,形容得意。这里指田父的神态。

⑳ 风化首:风化,教育感化(百姓)。言治政以风化为首要之事。

㉑ "说尹"句:言田父口口声声都在赞美成都尹严武。

㉒ 朝来:清晨。

㉓ 卯:卯时,上午五时至七时。酉:酉时,下午五时至七时。

㉔ "久客"句:惜,珍惜。这句说长久在外客居,对人情格外珍惜。

㉕ "如何"句:怎么能拒绝邻居田父的热情挽留?

㉖ "欲起"句:时,时时,常常。肘,掣肘,拉住胳膊。这句说每当告辞时,常常被他(田父)拉住胳膊不让走。

㉗ "指挥"句:指挥,指手画脚。这句说田父的举止很粗野。

㉘ 村野:借指在乡村田野居住的人。这里指田父。

㉙ 遮:遮拦,阻拦。
㉚ "仍嗔"句:嗔,嗔怪,生气。升斗,指酒的数量。这句的意思是:当诗人询问喝了多少酒时,田父还不高兴,责怪诗人不该这么问,只管喝酒就是。

解读

　　黄鹤认为此诗作于宝应元年春社。诗中写杜甫在一次偶然的外出,被老农拉住喝酒的情景,笔笔农家乐,又笔笔赞美严武在成都地区的治政,是一首描写政通人和的田园诗。起首四句,即于春光明媚之中,寓田家安乐之意。下面即借老农之口,在叙述家事中赞扬严武:官府以仁待下,放士卒还家务农;百姓以义报上,不逃避应有的徭役。而"今年大作社"一句,又可见当年五谷丰登,欢庆者到处都是,并不只是老农一家。"感此气扬扬,须知风化首。"是此诗所要表现的本意,既是诗人当时的感受,也是长久关注、思考的结果。"久客惜人情,如何拒邻叟?"和在《羌村》《客至》等诗中所写的一样,显示了诗人和下层民众亲密的关系,是"民胞物与"在诗人身上真切、具体的显示。《旧唐书》本传说杜甫在成都时,"纵酒啸咏,与田夫野老相狎荡,无拘检",于此可见。不过此诗最成功的,还是对这个老农形象的描写。"叫妇开大瓶,盆中为吾取"、"高声索果栗,欲起时被肘"、"月出遮我留,仍嗔问升斗"等句,音容宛然,描写老农的粗率真朴,颇为传神,如同一幅朴野的乡村民俗图。杨伦称此诗"夹叙夹述,情状声吻、色色描画入神"(《杜诗镜铨》)。明郝敬赞道:"此诗情景意象,妙解入神。口所不能传者,宛转笔端,如虚谷答响,字字停匀。野老留客,与田家朴直之致,无不生活(生动活泼)。昔人称其为诗史,正使班、马记事,未必如此亲切。"(《杜诗详注》引)

客 亭

秋窗犹曙色,落木更高风。日出寒山外,江流宿雾中①。圣朝无弃物②,衰病已成翁。多少残生事,飘零任转蓬③。

注释

① 宿雾:拂晓所见的是夜晚生成的雾气,故称宿雾。
② 弃物:指不用的人才。
③ "多少"二句:残生,余生。言老病余生,尚有多少事在,为衣食奔走,只得到处漂泊了。

解读

代宗宝应元年七月,杜甫送严武还朝,至绵州(治所在今四川绵阳东)。不久,剑南四川兵马使、成都少尹徐知道起兵叛乱,只得前往梓州(治所在今四川三台)。当时诗人家还在成都。首联以对仗起句,上句用一"犹"字,可见天色微明,即已起风;下句写落木萧萧,已觉凄凉,更那堪寒风劲吹,倍增伤感。颔联写清晨在峡谷行走的景象,境界壮阔,逼真如画,前人认为可与王维"江流天地外,山色有无中"(《汉江临泛》)媲美。后半首由写景转入感慨,颈联和孟浩然"不才明主弃,多病故人疏"(《岁暮归南山》)含意相仿,只是措词更加蕴藉,可谓"怨而不怒,哀而不伤"。纪昀评此联:"浑厚之至,是为诗人之笔。感慨不难,难于浑厚不激耳。入他人手,有多少愤愤不平语?"(《瀛奎律髓汇评》)最后以"飘零"二字,结出"客亭",有长亭边、骊歌起的意境。

秋 尽

秋尽东行且未回①,茅斋寄在少城隈②。篱边老却陶潜菊③,江上徒逢袁绍杯④。雪岭独看西日落⑤,剑门犹阻北人来⑥。不辞万里长为客,怀抱何时得好开?

注释

① "秋尽"句:言自成都东行至梓州,到秋日将尽之时,尚且未能返回成都。

雪岭独看西日落，剑门犹阻北人来

② 茅斋:指成都草堂。少城:在成都大城之西。公元前三一六年,秦国趁巴、蜀内乱,出兵灭二国。秦相张仪等仿照秦国国都咸阳,建成都少城。隈:角落。

③ "篱边"句:东晋著名诗人陶潜(字渊明)独爱菊花。菊花于秋天开放,故用以借指成都草堂的花木。

④ "江上"句:梓州境内有涪江穿过,故以"江上"借指梓州。《后汉书·郑玄传》:"大将军袁绍总兵冀州,遣使要玄(邀请郑玄),大会宾客,玄最后至,乃延升上坐。身长八尺,饮酒一斛,秀眉明目,容仪温伟。"诗人在梓州,虽然得到地方长官的礼遇,但无法施展自己的抱负,因此说"徒逢"。

⑤ "雪岭"句:见《野望》注①。这句有自己独为国事担忧之意。

⑥ "剑门"句:见《剑门》注①。这句说因为战乱,和长安的来往依然被隔断。

解读

　　此诗作于宝应元年,当时杜甫还在梓州,未能返回成都,于是在秋尽之际,写了这首思家的诗,以寓迟暮淹留之感。首句拈出"且"字,含意颇深。因为战乱,成都尚且不能返回,更何况故乡。颔联上句写秋尽时令的景象,下句写淹留他乡的心情。纪昀说:"前四语殊平平,后四句自极沉郁顿挫之致。"(《瀛奎律髓汇评》)也有人认为,正是上半首的平缓,衬托出下半首的沉郁。颈联直抒胸臆,语辞悲壮,吴汝纶认为"有宇宙无人、萧然独立之概"(《唐宋诗举要》引)。末联以"长为客"和"何时开"并举,虽已长久漂泊,但还乡依然遥遥无期,语甚悲凄。"不辞"二字,故作洒脱,但无可奈何之意,已表露无遗。

闻官军收河南河北

余田园在东京

剑外忽传收蓟北①,初闻涕泪满衣裳。却看妻子愁何在②?漫卷诗书喜欲狂③。白日放歌须纵酒④,青春作伴好还乡⑤。即从巴峡穿巫峡,便下襄阳向洛阳⑥。

注释

① 剑外:见《恨别》注③。蓟北:指今北京、天津及河北省北部地区。蓟,蓟州,治所在渔阳(今天津蓟县)。
② 却:再。
③ "漫卷"句:漫,随便,随意。漫卷即随手卷起书册。这句说诗人说欣喜若狂,连书都不想看了。
④ 白日:白天。
⑤ "青春"句:青春,春天。这句说回家路上,正好有春天的景色作伴。

⑥ "即从"二句：写从蜀中回东京洛阳的行程。即，立即。长江东流至湖北巴东县西，巴山临江而峙，这一段的峡谷称为"巴峡"。巫峡在重庆巫山和湖北巴东两县境内，位于巴峡之西。诗人顺流东下，先经过巫峡，再到巴峡，应该是"从巫峡穿巴峡"。今四川、重庆地区，古时有巴、蜀之分。川东及重庆为巴地，川西为蜀地。当时诗人寓居梓州，这里所说的巴峡，不是通常所说的属于三峡的巴峡，而是泛指位于川西嘉陵江的峡谷。襄阳，位于湖北西北部。

解读

此诗作于代宗广德元年(763)春，这时家人已接至梓州。肃宗宝应元年冬，官军屡破史朝义叛军，攻克洛阳。次年正月，史朝义在广阳自缢，部将陆续降唐，李怀仙斩史朝义首级，并以幽州归顺。当时在梓州的杜甫，听到消息后，写了这首诗。一个饱经祸乱的人，面对突如其来的喜讯，因反差过于强烈，一下难以适应，往往反会产生一种莫名的伤感，在情绪平静之后，抑制不住的喜悦油然而起。首联所写，就是这种悲喜交集的状况，和《喜达行在所》中所表现的痛定思痛不同。颔联写妻子的反应，上句"愁何在"，可见平日老妻总是愁容满面；下句"漫卷诗书"，已经急于作还乡的准备了。《毛诗序》："情动于中而形于言，言之不足，故嗟叹之，嗟叹之不足，故咏歌之，咏歌之不足，不知手之舞之足之蹈之也。"颈联所表现的，就是在激情的驱动下纵酒高歌、手舞足蹈的情景。一条官军收复河南河北的消息，在诗人心中掀起如此巨大的感情波澜,涌起如痴如狂的欣喜,是因为一直无法实现的返回家乡,如今终于看到了希望。诗人甚至已经在想象:在明媚的春光陪伴中,离开巴峡,穿过巫峡,经过襄阳,直下洛阳。此诗无一字不喜,无一字不跃,"忽传"、"初闻"、"却看"、"漫卷"、"须纵"、"好还"、"即从"、"便下",累累如贯珠,写出一时之间欲歌欲哭的情状,千载之下,如在眼前。杜甫集中,写"喜"的诗篇甚少,但无论写喜写悲,都能以真情实感,打动人心。浦起龙称此诗为杜甫"生平第一首快诗"(《读杜心解》),抒写惊喜欲狂之情,自首至尾,一气贯注,如骏马注坡,其疾如飞,又如江水出谷,奔流直下。李因笃评此诗:"转宕有神,纵横自得,深情老致,此为七律绝顶之篇。"(《杜诗集评》)

送路六侍御入朝

童稚情亲四十年①,中间消息两茫然。更为后会知何地?忽漫相逢是别筵②。不分桃花红似锦③,生憎柳絮白于棉④。剑南春色还无赖,触忤愁人到酒边⑤。

注释

①"童稚"句:童年时两人关系亲密,到现在已有四十年。

② "更为"二句：上句为倒插句。忽漫，忽然，偶然。这二句说忽然相逢，居然在饯别的筵席上，不知道再次相会，是在什么地方？

③ 不分：一作"不忿"，不平，不满。

④ 生憎：最恨，偏恨。白于棉：比棉花还白。于，用于比较。

⑤ "剑南"二句：剑南道，以地处剑阁之南而得名。辖境相当今四川大部及云南、贵州一部分。无赖，谓多事而令人生厌。触忤，冒犯。愁人，诗人自谓。酒边，指酒筵。因酒筵即是别筵，令人生愁，而春色烂漫，全不解人意，这就冒犯了愁人，产生春色无赖的感觉。

解读

　　此诗作于广德元年春。前半首回忆已往，感伤现在，追念将来，写会难别易之意。首句写童年亲近，次句写长久分离，第三句写忽然相逢，第四句写随即分别，词意跳跃，笔墨飞动。第四句和首句呼应，因为是童年时的好友，意外相逢，倍觉惊喜。第三句和第二句呼应，因为已经分离了很长时间，故对以后还能不能相会，什么时候相会，就毫无把握，含意悲恻。颔联写在离别的筵席中，看到分离四十年的老友，本是奇事，诗中对此的表达，也以倒插生奇。按时间顺序，颔联下句应在上句之前，久别重逢，这是喜事；但诗中却用逆挽的手法，颠倒次序，将重心落在"别筵"上，于是喜意就被挽向愁情，而这无疑更与诗人长期离家的心情吻合，起到以乐景写哀情的效果。王世贞认为："句法有直下者,有倒插者。倒插最难,非老杜不能也。"(《艺苑卮言》)此诗前半首一气滚注,而又无限曲折,正以倒插入妙。颔联下句入题,诗意已足,后半首即景起兴,再加渲染。春光烂漫,却令人厌倦,伤离恨别之意,显然可见。中间二联,都以虚字起句,将诗人的情绪,表现得格外分明。吴汝纶评此诗:"神光离合,极排阖纵横之妙。杜公七律所以横绝古今,专在离奇变化。"(《唐宋诗举要》引)

有感五首(其三)

洛下舟车入①,天中贡赋均②。日闻红粟腐③,寒待翠华春④。莫取金汤固,长令宇宙新⑤。不过行俭德,盗贼本王臣⑥。

注释

① 洛下:指洛阳城。

② "天中"句:《史记·周本纪》载:成王令召公营建洛邑,说:"此天下之中(中心位置),四方入贡,道里均(均等)焉。"

③ "日闻"句:《汉书·食货志》:"太仓(古代京城储粮的大仓)之粟,陈陈相因(在陈粮上再堆积陈粮),充溢露积于外,腐败而

不可食。"日闻,天天听到。这句说官府储粮太多,以至腐烂。

④ "寒待"句:广德元年十月,吐蕃攻陷长安,唐代宗逃奔陕州。宦官程元振劝代宗迁都洛阳,以躲避吐蕃。时值冬季,故用"寒"字。翠华春,言帝王所到之处,温煦如春。翠华,帝王仪仗中以翠羽为饰的旗帜,这里借指帝王。

⑤ "莫取"二句:上句警戒,下句开导。莫取,意谓不要依赖。金汤,金城汤池,指金属建造的城墙,沸水流淌的护城河。形容城池险固。这里指洛阳城。下句言总是让天下焕然一新,充满生计。

⑥ "不过"二句:这年各地节度使向朝廷进献了很多财宝、玩物,价值二十四万缗钱。谏臣常衮上书说:"所贡宝物,源出于民,是敛怨以媚上也,请皆还之。"但代宗没有采纳。诗人看到朝廷已有奢侈的意向,因此提出"俭德"二字进行规劝。

解读

广德元年,官军收复洛阳,杜甫追忆当初时事,写了一组诗,有前车之辙,可以为戒之意。和《秦州杂诗》一样,各首独立成篇,并无上下承续的关系。当时出现一种议论,认为洛阳地理条件、经济状况,都胜过长安,因此主张迁都洛阳。此诗即为反对这种说法而作。前半首隐含讥刺之意,似乎在提醒众人回想安史之乱前夕的长安。"红粟腐"绝非富裕的象征,那时长安不也是"朱门酒肉臭"吗?结果又怎样?那么,如何才能使国家长治久安呢?后半首即回答这个问题。"民惟邦本,本固邦宁。"(《尚书·五子之歌》）。险固不足恃。就民而言，"抚我则后，虐我则仇"（《尚书·泰誓》），即使是走入歧途的盗贼，往往也是官逼民反的结果，原本都是国家的良民。"必若救疮痍，先应去蟊贼。"（《送韦讽上阆州录事参军》）"俭德"（廉政）才是让百姓安居的基础。代宗即位之初，战乱尚未完全平息，社会依然一片凋零，但代宗已有奢侈之心，故末句更有极强的针对意义。这组诗最后以"愿闻哀痛诏，端拱问疮痍"收束，指向更加清楚。黄生说："七律之《诸将》，责人臣也。五律之《有感》，讽人君也。""末首通结数章之意，而归本于主德。所谓君仁莫不仁，君正莫不正，而惟务格君之心者，具于此见之。读此五章，犹以诗人目少陵者，非惟不知人，兼亦不知言矣。""此五首，在公生平为大抱负，即全集之大本领。""公平日谆谆论社稷、忧时事者，大指尽此五首。"（《杜诗说》）

送陵州路使君之任①

王室比多难②，高官皆武臣。幽燕通使者，岳牧用词人③。国待贤良急，君当拔擢新④。佩刀成气象⑤，行盖出风尘⑥。战伐乾坤破，疮痍府库贫⑦。众寮宜洁白⑧，万役但平均⑨。霄汉瞻佳士⑩，泥涂任此身⑪。秋天正摇落⑫，回首大江滨⑬。

注释

① 陵州:今四川仁寿,在成都南面。使君:汉代称刺史为使君,后也用以称州郡长官。

② 比:近来。

③ "幽燕"二句:幽燕,指古时幽州、战国燕国,即今河北省北部及北京、天津地区,为安史叛军的老巢。岳牧,相传尧、舜时建官,中央有四岳,地方有十二牧,后来泛称州郡长官为岳牧。词人,文人。这二句说安史之乱平息,幽州已有使者通行,州郡长官用文人担任。这里"词人",也可看作特指路使君。

④ "国待"二句:待,等待。这二句说国家急需贤良之士,而你就在这新时期被选拔任用。岳牧由武士改用文人,是一种根本性的转变,故说"新"。

⑤ 佩刀:《晋书·王祥传》:吕虔为徐州刺史,有佩刀,相者以为必三公可服,虔乃赠别驾王祥曰:"苟非其人,刀或为害。卿有公辅之望,故相与也。"这句称颂路使君的威望。

⑥ "行盖"句:行盖,出行的车盖。因战乱尚未完全平息,故路使君仍将在风尘战火中赴任。

⑦ "战伐"二句:天地因战争而破败,国库因社会凋敝而贫乏。

⑧ 寮:同"僚",官。洁白:廉洁清白。

⑨ "万役"句:各种劳役,都应该公平对待。

⑩ "霄汉"句:云霄和天河,借喻高位。佳士,指路使君。这句指路使君升迁。

⑪"泥涂"句：泥涂：借喻地位低下。这句说自己处境卑微。此时诗人年老多病，仕途无望，故用"任"字。任即听任、由它的意思。

⑫摇落：凋残，零落。

⑬大江：指流经梓州的涪江。

解读

　　这是一首五言排律，作于广德元年秋，时在梓州。安史之乱后，武将得到重用，常兼领各州刺史，流弊日甚，故有"高官皆武臣"的叹息。此时叛军基本平息，朝廷开始选拔文士出任地方长官，这是一种新动向，故有"君当拔擢新"的勉励。但这并不能改变各地藩镇权重的局面，郡守往往不得自主，故上任时灰头土脸，上任后怨言不断。在《有感五首》（其五）中，杜甫已有"领郡辄无色，之官皆有词"的不满。他不希望路使君也沦为这样的人，故以传统的儒家治国之道相告，最紧要的就是"众寮宜洁白，万役但平均"二句，即保持廉洁的操守，公正、公平地对待百姓。在前一年，杜甫送严武入朝，赠诗相告："公若登台辅，临危莫爱身。"（《奉送严公入朝十韵》）。作为一个幕僚，竟敢对主官说这样的话，令人肃然。诗人此时虽然身处"泥涂"，但对每一个有机会治政的亲友，都以大义相期，"穷年忧黎元"的热诚，始终不变。此诗词严义正，剀切恳至，"一段悲悯深心，随风雅溢出。告诫友朋，若训子弟。不如此，则诗不真；不如此，则诗不厚"（卢世㴶《尊水园集略》）。

王阆州筵奉酬十一舅惜别之作①

万壑树声满，千崖秋气高②。浮舟出郡郭③，别酒寄江涛④。良会不复久⑤，此生何太劳。穷愁但有骨⑥，群盗尚如毛⑦。吾舅惜分手，使君寒赠袍⑧。沙头暮黄鹤⑨，失侣亦哀号。

注释

① 王阆州：姓王的阆州刺史。阆州，治所在今四川阆中。十一舅：杜甫母家为崔氏，十一舅应该是崔姓。
② 秋气高：秋高气爽。
③ 郡郭：郡，阆州的州城。郭，在城的外围加筑的一道城墙。古时内城叫城，外城叫郭。郡郭即阆州外城。
④ 江：指嘉陵江。
⑤ 良会：美好的聚会。
⑥ 但有骨：即贫穷到骨子里。
⑦ 尚如毛：广德二年(764)正月，朔方节度使仆固怀恩叛唐。十月，引回纥、吐蕃十万余众入寇，京师震惊。当时内有藩镇跋扈，外有异族入侵，故说寇盗多如牛毛。
⑧ "使君"句：使君，见《送陵州路使君赴任》注①。这里指王阆州。《史记·范睢蔡泽列传》：魏大夫须贾出使秦国，其故友范睢布衣微行求见。须贾见后大惊，道："范叔一寒至此！"乃

取一绨袍赐之。王阆州对诗人有赠袍之事,故在此表示感谢。

⑨ "沙头"句:傍晚沙滩边的黄鹤。

解读

广德元年八月,房琯在阆州僧舍去世。九月,杜甫自梓州去阆州吊唁,不久返回。此诗作于居阆州之时,抒写惜别之情。起句笔力雄壮,而景物萧森,在此离别,就更觉凄凉。唐杜牧诗:"南山与秋色,气势两相高。"(《长安秋望》)世称奇警。宋陈师道认为,此诗"千崖秋气高","才用一句,语益工"。(《后山诗话》)最后二句以孤鹤哀号,比喻别后的凄凉之况,语甚凄婉。这也是一首五言排律。唐元稹对杜甫排律,极为赞赏。金元好问不同意元稹的看法,认为:"少陵自有连城璧,争奈微之识碔砆(似玉之石)。"(《论诗绝句》)排律在诗中,是一种既不容易写又不讨好的尴尬体裁。作排律,既要排比声韵,使典用事,又要铺陈终始,纵横变化,很难把握。而严格遵守声律,文气不免板滞;过于注重藻饰,又有堆砌之病;大量使用典故,让人难以理解。这样,排律的难处,反成了被非议的原因。不过杜甫的五言排律,还是能赢得后人的叹服。此诗和前一首诗,都非杜甫五排的名作,而且和那些名作正相反,两首诗都只用一个典故,篇幅简短,文字流利,语意明白,如果不经意看过,似乎不觉得这是排律。无论从学习或欣赏的角度看,对今天的读者都更有益。

冬狩行

时梓州刺史章彝兼侍御史留后东川

　　君不见东川节度兵马雄①，校猎亦似观成功②。夜发猛士三千人，清晨合围步骤同③。禽兽已毙十七八④，杀声落日回苍穹⑤。幕前生致九青兕⑥，驼駞䯀崒垂玄熊⑦。东西南北百里间，仿佛蹴踏寒山空⑧。有鸟名鸐鸹⑨，力不能高飞逐走蓬⑩，肉味不足登鼎俎⑪，胡为见羁虞罗中⑫？春蒐冬狩侯得用⑬，使君五马一马骢⑭。况今摄行大将权⑮，号令颇有前贤风。飘然时危一老翁⑯，十年厌见旌旗红⑰。喜君士卒甚整肃，为我回辔擒西戎⑱。草中狐兔尽何益⑲，天子不在咸阳宫。朝廷虽无幽王祸，得不哀痛尘再蒙⑳？呜呼，得不哀痛尘再蒙！

注释

① 东川节度：剑南东川节度使，治所在梓州。玄宗时，宰相或大臣遥领节度使，节度使出征或入朝，常置留后知节度事，以后成为惯例。当时章彝为东川留后。东川，据《唐会要》，肃宗上元二年二月，将蜀中分为东、西两川。

② 校猎：校，栅栏。用木栅栏阻拦猎取野兽，也泛指打猎。观成

功,谓兵马雄壮,似凯旋奏功。

③ 步骤同:谓步调一致。

④ 十七八:十个中有七、八个。

⑤ "杀声"句:回,退回,掉转。苍穹,苍天。《淮南子·览冥训》:"鲁阳公与韩构难,战酣,日暮,援戈而挥之,日为之反三舍(退避三舍,一舍为三十里)。"这里即借用其意,言厮杀声让落日在天空退避。

⑥ "幕前"句:幕,指主帅的帐幕。青兕,犀牛类动物,郭璞注:"一角,青色,重千斤。"这句说活抓九头青兕送到幕前。

⑦ "驼驼"句:驼驼,即骆驼。嶵嵬,高峻。玄熊,黑熊。这句说被打死的骆驼堆积如山,已死的黑熊也被挂起来。

⑧ "仿佛"句:蹴踏,践踏。言寒冷的山林似乎被踩踏一空。

⑨ 鸜鹆:俗名八哥,一种长江流域常见的鸟。

⑩ "力不能"句:走蓬,指随风飞转的蓬草。这句说八哥既飞不高,也飞不远。

⑪ "肉味"句:鼎俎,古时烹煮的用具。这句说八哥肉味并不鲜美,不会成为美食。

⑫ "胡为"句:胡为,何为,为何。见,助词,当于"被"。羁,拘押。虞罗,原指执掌山泽的虞人所张设的网罗,后泛指渔猎者设置的网罗。这句说杀戮捕获的鸟兽太多太广,为什么连八哥这样的小鸟也不放过?

⑬ "春蒐"句:《左传》隐公五年:"春蒐(春季围猎)、夏苗(夏季田猎)、秋狝(秋季狩猎)、冬狩(冬季围猎),皆于农隙以讲武事。"《杜诗详注》引赵汸注:"《周礼》:巡狩本天子事,而诸侯

309

得行之,故曰侯得用。"
⑭"使君"句:使君,汉代称呼太守刺史为使君,汉以后用做对州郡长官的尊称。汉时朝臣驷马(一车四马),出使为太守,增一马,故为五马。骢,毛色青白相杂的马,为名马。
⑮"况今"句:指章彝以留后代理东川节度使职权。
⑯ 老翁:诗人自谓。
⑰"十年"句:自天宝十四年安禄山起兵叛乱,至此已有九年,十年举其成数。旌旗,指军中战旗。
⑱"为我"句:回辔,掉转马缰。西戎:指吐蕃。广德元年十月,吐蕃攻陷邠州及奉天,代宗出奔陕州,三日后,吐蕃攻陷京师。故下面说"天子不在咸阳宫"。
⑲ 尽何益:即使杀绝,(对国家)又有什么益处?
⑳"朝廷"二句:幽王,周幽王,以宠爱褒姒,沉湎酒色,引起祸乱,在骊山下被杀,西周就此告终。得不,能不。尘再蒙,再蒙尘。蒙尘,指帝王失位逃亡在外,蒙受风尘。前有玄宗奔蜀,此时有代宗出奔,故说再蒙尘。

解读

此诗作于广德元年(763)冬,在杜甫自阆州回梓州之后。当时东川留后章彝大举狩猎,耀武扬威。杜甫以此写了这首诗,以寓规讽之意。起句提出"观成功"三字,"夜发猛士三千人"以下八句,极写狩猎的规模、声势和收获,即对这三字的具体描述。"禽兽已毙"四句,写杀获之多;"东西南北"二句,言追逐之广。

下面忽然插入"有鸟名鹦鹆"四句,笔意奇特。像这种其力不能高飞、肉味又不鲜美的鸟雀,"胡为见羁虞罗中"?设问极为冷峻。诗人素有民胞物与之怀,对这种恣意纵杀的行为,甚为不满。而联系当年的时事,其意更加深切。最后几句,笔势陡转。"草中狐兔尽何益,天子不在咸阳宫。"当此之时,只图游畋之乐,岂非置国祸于度外?用西汉贾谊的话说,是"不猎猛敌而猎田彘,不搏反寇而搏畜菟,玩细娱而不图大患,非所以为安也"(《治安策》)。既然兵马如此雄壮,理应同仇敌忾,勤王攘寇,这正是此诗的本旨。如此看来,前面看似赞美的"亦似观成功"、"颇有前贤风"等语,全都成反讽之词。不过诗人并未止于对章彝的不满,还怀着更深的感慨。"天子不在咸阳宫",不仅是对章彝说的,更是对朝中所有人的告诫。据史载:代宗出奔陕州,下诏征调天下兵马,因当时宦官程元振主政,以致没有一人应召。这引起诗人的深思。"盖幽王以褒姒致犬戎之祸,明皇以妃子致禄山之变,正相似也。今无妃子孽矣,而銮舆乃再蒙尘,何哉?此必胎变稔祸(酿祸),有出于女宠之外者,不可不哀痛而悔艾也。"(罗大经《鹤林玉露》)最后三句,用复笔大声疾呼,词严意悲。

桃竹杖引赠章留后[①]

江心蟠石生桃竹[②],苍波喷浸尺度足[③]。斩根削皮如紫玉,江妃水仙惜不得④。梓潼使君开一束⑤,满堂宾客皆叹息。怜我老病赠两茎⑥,出入爪甲铿有声⑦。老夫复欲东南征⑧,乘涛鼓枻白帝城⑨。路幽必为鬼神夺⑩,拔剑或与蛟龙争⑪。重为告曰⑫:杖兮杖兮,尔之生也甚正直,慎勿见水踊跃学变化为龙⑬。使我不得尔之扶持,灭迹于君山湖上之青峰⑭。噫!风尘澒洞兮豺虎咬人⑮,忽失双杖兮吾将曷从⑯?

注释

① 桃竹:《杜臆》谓即棕竹。质地坚实,适宜制箭、做手杖、编席。章留后:指梓州刺史章彝,当时兼侍御史留守东川。留后,唐代节度使、观察使缺位时设置的代理职称。

② "江心"句:江心,江的中间。蟠石,磐石,大石。桃竹生于磐石之中,可见其质地坚实。

③ "苍波"句:苍波,绿色的波浪。桃竹经过江水不断的喷洒浸润,可见其表皮的润滑。尺度足,言尺度足够做手杖。

④ "江妃":江妃,《列仙传》中所记载的在汉江游玩的两个水中仙女。这句说水中的仙女虽然为桃竹被斩削而痛惜,但也无可奈何。

⑤ "梓潼"句:梓州地处三国时的梓潼郡。梓潼使君指章彝。开

一束,打开一捆桃竹杖。

⑥ 两茎:茎,植物的主干。两茎即两根。

⑦ "出入"句:爪甲,指桃竹杖的底部。铿有声,发出铿然的声响,可见其坚劲。

⑧ 东南征:言将去东南的吴楚之地。

⑨ "乘涛"句:乘涛,乘风破浪。枻,船桨。鼓枻,划桨。白帝城,位于重庆奉节县瞿塘峡口、长江北岸的白帝山上,是诗人沿长江东去的必经之地。

⑩ "路幽"句:这句说一路地势幽险,鬼神出没,桃竹杖必然会被它们夺取。

⑪ "拔剑"句:蛟龙,即上句所说的鬼神。晋张华《博物志》载:澹台子羽带着珍贵的玉璧过黄河,河伯(黄河之神)想要他的玉璧,在波涛汹涌的时候,让两条蛟龙去夺取。澹台子羽左手拿着璧,右手操着剑,将蛟龙都杀死。这句说自己为了保护桃竹杖,可能会和澹台子羽一样,与蛟龙展开一番争斗。

⑫ 重为告曰:前面"老夫复欲东南征"四句是诗人对章彝说的话,下面则是告诫桃竹杖的话,所以说"再一次告知"。

⑬ "慎勿"句:《神仙传》载:壶公(传说中的仙人)让费长房回去,给他一根竹杖说:"骑着它就可以到家。"费长房回家后,将竹杖投入葛陂(龙竹)中,发现它原来是一条青龙。这句劝桃竹杖掉入水中后,不要学前代的样,也变成龙。

⑭ "使我"二句:君山,又名洞庭山、湘山,在湖南岳阳西南的洞庭湖中。这二句说自己年老体衰,如果没有桃竹杖的扶助,

就会在湖山中失踪。

⑮"风尘"句:澒(hóng)洞,虚空混沌,漫无涯际。豺虎,指寇盗。

⑯曷从:何从,去哪里。曷,何,什么。

解读

此诗也是广德元年冬在梓州为章彝而作。平心而论,杜甫寓居蜀中时,章彝是除严武外,最厚待他的人,但其平日行为,却颇有不法之处,故诗人深以为忧。和前诗一样,此诗语带赞美,而意存规讽。前四句写桃竹杖的可贵、可爱,所奇在无端而至的"江妃水仙惜不得"七字,为下面所说在江上发生的种种事情,留下伏笔。因为爱之极,不免想入非非,想到日后泛舟长江,与鬼神、蛟龙争夺竹杖的情形。而诗人最担心的,是竹杖灵奇,会跃入江中,化作一条青龙,离开自己,于是对竹杖作了一番推心置腹的叮嘱。"重为告曰"以下一段,是诗的变调,其涵义和作用,与《楚辞》"乱曰"相似。诗人如此慎重其事,当然不会真为一根竹杖,叮嘱竹杖,其实是在告诫章彝。当时章彝所作所为,颇多不法之处。叮嘱竹杖切莫跃水为龙,就是告诫章彝不要拥兵自重,而"忽失双杖",又隐含不知所终之意。此诗长句短语,参差使用,词意急迫,章法离奇,写得变幻恍惚,不可端倪,诗风酷似李白歌行。钟惺称之为"调奇,法奇,语奇"(《唐诗归》)。沈德潜评此诗:"字字腾掷跳跃","凌空超忽,横绝一时"。(《唐诗别裁集》)

岁 暮

岁暮远为客,边隅还用兵。烟尘犯雪岭①,鼓角动江城②。天地日流血,朝廷谁请缨③?济时敢爱死④,寂寞壮心惊。

注释

① 雪岭:在杜甫诗中又称西山,即今岷山。古时以终年积雪得名。
② 江城:指梓州城。梓州境内有涪江、梓江等四条江水。
③ 请缨:《汉书·终军传》载:汉武帝时,南越不肯臣服,终军自请出使南越,表示"愿受长缨(拘系人的绳子),必羁(束缚,捆绑)南越王而致之阙下(帝王所居之处)。"后用以比喻主动请求担当重任。
④ 济时:救济时世。敢爱死:岂敢爱死。

解读

广德元年十一月,吐蕃攻陷松、维、保三州(在今四川松潘、理县一带),还在梓州的杜甫,心有所感,写了这首诗。吐蕃威逼成都,战争就在眼前。但即使在形势危急、生灵涂炭的状况下,朝廷衮衮诸公,却无一人敢挺身而出,临危受命,拯救时局。"谁请缨?"即不知有谁请缨,也就是无人请缨。救国救民,是每一个有志之士应尽的责任,岂能为顾惜自己的性命而畏缩不前?朝中无人,不等于国家无人,远在边隅的诗人,始终怀着报国的热忱,却又被朝廷无情地遗弃了。末联"寂寞"二字,不仅是独居他乡的落寞,更是没有同志、没有知音、没有机会报国而引起的心灵上的孤寂。即使如此,那声声鼓角、阵阵烟尘,依然使诗人壮怀激荡,拍案惊起。纪昀评此诗:"沈郁顿挫,后半首中有海立云垂之势。"(《瀛奎律髓汇评》)

释 闷[1]

四海十年不解兵,犬戎也复临咸京[2]。失道非关出襄野[3],扬鞭忽是过湖城[4]。豺狼塞路人断绝,烽火照夜尸纵横。天子亦应厌奔走,群公固合思升平[5]。但恐诛求不改辙[6],闻道嫛孽能全生[7]。江边老翁错料事,眼暗不见风尘清[8]。

注释

[1] 释闷:犹排闷、遣闷,即排遣烦闷。
[2] "犬戎"句:犬戎,对吐蕃的蔑称。咸京,咸阳,秦国京城。这里指长安。前一年,即广德元年(763)十月,吐蕃攻占奉天,

兵临长安,代宗逃奔陕州。这年十月,又进犯长安。

③ "失道"句:《杜诗详注》引谢省注:"代宗避寇奔走,非如黄帝迷道,却似明帝微行。"失道,迷失道路。《庄子·徐无鬼》:"黄帝将见大隗(上古神名)于具茨之山(今名始祖山,在今河南密县,为中岳嵩山的余脉。相传为黄帝始祖有熊氏的发祥地),至于襄城(今河南襄城)之野,七圣(传说中的黄帝、方明、昌寓、张若、謵朋、昆阍、滑稽七人)皆迷,无所问途。"代宗离京出奔,是为了躲避吐蕃入侵,和黄帝出访不同,故说"非关"。

④ "扬鞭"句:《晋书·明帝纪》:"(王)敦将举兵内向(向内地进军),(明)帝乃乘巴滇骏马,微行至于湖(即芜湖,今属安徽),阴察(暗中观察)(王)敦营垒。敦使五骑追帝,帝亦驰去。见逆旅(旅店)卖食妪,以七宝鞭与之曰:'后有骑来,可以此示也。'俄而追者至,问妪,妪因以鞭示之。五骑传玩,稽留(停留)遂久,而止不追。"晋明帝微服出访,是早有谋算,而代宗则是仓皇逃离,故说"忽是"。

⑤ "天子"二句:固合,固然应该。代宗在位期间,曾为躲避吐蕃出奔,对此应该感到厌烦;朝廷衮衮诸公,理应考虑如何让天下太平了。

⑥ "但恐"句:改辙,不走过去的老路。但实际上朝廷并未改变原来诛求入骨的做法,在此诗人用比较委婉的说法,不明言直斥,故说"但恐"。

⑦ "问道"句:嬖孽,指代宗最宠信的宦官程元振。《资治通鉴·唐纪》:"元振专权,人畏之甚于李辅国。吐蕃入寇,元振不以

时奏,致上(代宗)狼狈出幸。太常博士柳伉上疏(请)斩元振,上削元振官爵,放归田里。"
⑧ "江边"二句:江,指嘉陵江。在诗人看来,诛求理应改辙,孽蘖不该全生,这是致天下升平的关键,但实际情况却出乎诗人意料之外,故说"错料事"。但这样,天下太平就无望了,故有"不见(看不到)风尘清"的慨叹。

解读

因首句说"十年不解兵",前人从天宝十四年(755)安史之乱爆发算起,定此诗作于广德二年(764)。集中有《伤春五首》,自注:"巴阆僻远,伤春罢始知春前已收宫阙。"按诗意,此诗也应当作于这年春天,杜甫再次去阆州之时。"失道"、"扬鞭"二句,不是以黄帝、晋明帝的出行,比喻代宗出奔,而是作为一种对照提出。"非关"、"忽是"四个虚字,点明二者之间的不同,也显示了代宗出奔的狼狈。"天子"、"群公"二句,与其说是诗人的揣想,不如是说希望,是恳切期待朝廷翻然悔悟。但朝廷却不能顺应民心,"诛求不改"、"孽蘖全生",引起祸乱的根子,照样存在,这样又怎能在有生之年,看到天下太平的一天?结句分外沉痛。如此,心中之"闷",又如何能"释"呢?这是一首七言排律。前人承认五言排律还有些佳作,对七言排律则几乎取一笔抹杀的态度,现存的唐诗选本,都不录七言排律诗。这首诗笔势流畅,语言简洁,和古诗并无区别,浑然不觉其为排律,可谓似排似古,亦古亦排,故选入此书,以备一格。

阆山歌

阆州城东灵山白①,阆州城北玉台碧②。松浮欲尽不尽云③,江动将崩未崩石④。那知根无鬼神会⑤,已觉气与嵩华敌⑥。中原格斗且未归,应结茅斋看青壁⑦。

注释

① 阆州:见《王阆州筵奉酬十一舅惜别之作》注①。灵山:又名仙穴山,在阆州东北,以古蜀王鳖灵登此得名。

② 玉台:山名,在阆州城北。山上有玉台观。

③ "松浮"句:写山上的景色,言去了又来的白云在松树上方飘浮。

④ "江动"句:写江边的景色。言江水冲击着将要崩塌却还未崩塌的危石。

⑤ "那知"句:此句承"江动"句。言江流汹涌而危石不崩,谁知道有没有鬼神在旁边护助。根,石根。会,聚会。

⑥ "已觉"句:此句承"松浮"句。言阆山高峻,其气势足以和中岳嵩山、西岳华山匹敌。

⑦ 青壁:青绿的崖壁。

解读

广德二年(764)春,杜甫再次去阆州。当地绮丽的景色,让诗人着迷,又借诗人之手,以同样绮丽的语言形式,在世上流传。钟惺说第二联是"绝妙危语,为蜀山传神"(《唐诗归》)。因为连绵不断的松林和天相接,故有白云在上面浮动之感;因为江边的危石摇摇欲坠,故有被江水撼动之感。看见阆山立即联想到嵩山、华山,隐含着诗人随时随地都会出现的对中原、关中的思念。

阆水歌

嘉陵江色何所似①?石黛碧玉相因依②。正怜日破浪花出③,更复春从沙际归④。巴童荡桨欹侧过⑤,水鸡衔鱼来去飞⑥。阆中胜事可肠断⑦,阆州城南天下稀⑧。

注释

① 嘉陵江:即阆水。梓州境内涪江等四条河流都是嘉陵江的支流。
② "石黛"句:石黛,即石墨,青黑色,古代女子画眉的材料。因依,依托,这里是交融的意思。这句说嘉陵江水融合了黛、碧两种颜色。
③ "正怜"句:太阳从浪花中跃出,照耀着江水,正让人喜爱。

正怜日破浪花出，更复春从沙际归

④ "更复"句:更何况还从岸边的花草中,看到了春天的回归。沙际,沙滩边,即有土生长植物的地方。

⑤ 欹侧:倾斜。

⑥ 水鸡:一种水鸟。

⑦ "阆中"句:胜事,指美景。可肠断,可令人销魂,极言爱之深。肠断,即断肠,指断魂,销魂。

⑧ "阆州"句:梓州城三面都是水江流,地势平阔,城南正对锦屏山。山色如绣成的锦屏,号称天下第一。

解读

此诗和前一首作于同时。从语言形式看,和竹枝词相近,最后二句,酷似民间歌谣。第二联写清晨的日光破浪而出,景象极美;更何况还有江边的花草,带着春天的气息,就更让人陶醉。白居易词:"日出江花红胜火,春来江水绿如蓝。"(《忆江南》)即本于此。陈师道说:"阆中歌辞致峭丽,语脉新奇,句清而体好,兹非立格之妙乎?"(张表臣《珊瑚钩诗话》)《唐宋诗醇》说:"二诗著语奇秀,觉空翠扑人,冲襟相照。"同样是写景诗,阆山、阆水歌和秦州诗的悲凉、蜀道诗的险峻、成都诗的秀丽、夔州诗的沉雄,风格都不相同,含有更多生趣和野趣,在集中别具一格。明谭元春认为:选杜诗,一定要选录这样的诗,"使人知老杜无所不有也"(《唐诗归》)。

将赴荆南寄别李剑州①

使君高义驱今古②,寥落三年坐剑州③。但见文翁能化俗④,焉知李广未封侯⑤。路经滟滪双蓬鬓⑥,天入沧浪一钓舟⑦。戎马相逢更何日⑧?春风回首仲宣楼⑨。

注释

① 荆南:指荆州(今属湖北)一带。李剑州:生平不详。当时任剑州刺史。

② "使君"句:使君,古时对州郡长官的尊称。驱今古,即从古到今的意思。这句赞美李剑州的高风节义可媲美古今。

③ "寥落"句:寥落,冷落。唐刺史任期为三年。这句说李在剑州刺史这位置上被冷落了三年。

④ "但见"句:《汉书·循吏传》:文翁为蜀郡守,修起学宫于成都市中,吏民大化,蜀地学于京师者比齐鲁焉(可与齐鲁学子相比)。《西溪丛语》引张崇文《历代小志》语:"文翁,名党,字仲翁,景帝时为蜀郡太守。"化俗,使风俗受德教而发生变化。

⑤ "焉知"句:《史记·李将军列传》:"广尝与望气王朔燕语,曰:'自汉击匈奴而广未尝不在其中,而诸部校尉以下,才能不及中人,然以击胡军功取侯者数十人,而广不为后人,然无尺寸之功以得封邑者,何也?岂吾相不当侯邪?且固命也?'"李

广为汉武帝时名将,让匈奴人闻风丧胆,称之为"飞将军"。却一生坎坷,终身未得封爵。后人常以"李广未封""李广难封"慨叹功高不爵,命运多舛。以上二句以文翁、李广比李剑州,言其在任有教化之功,却未得到朝廷重视。

⑥ "路经"句:滟灏,滟滪堆,俗称燕窝石,位于白帝城下瞿塘峡口。为三峡著名险滩,因航运障碍,于1958年冬被炸除。双蓬鬓,两边鬓发蓬乱。

⑦ "天入"句:沧浪,水名,在今湖北丹江口均县城外汉江边。《禹贡》:"嶓冢导漾,东流为汉,又东为沧浪之水。"这句说远远望去,一条小舟驶入天水相接的沧浪。以上二句想象自己沿长江东下的情景。

⑧ "戎马"句:现在正是战乱时期,不知何日还能相逢。

⑨ "春风"句:仲宣,王粲,字仲宣,建安七子之一。汉末为避乱投靠荆州牧刘表。曾在荆州作《登楼赋》,后人称其所登楼为"仲宣楼"。这句说自己到了荆南,会登上仲宣楼,在春风中回首遥望剑州,思念使君。

解读

此诗作于广德二年春。杜甫寄居梓州、阆州时,多次想穿过三峡,出游吴越。后来因为严武回到成都,才没有成行。此诗前半首写李剑州,代致不平之意。首联出语劲拔,以"高义"与"寥落"作对照,贯通古今的"驱"与不见动静的"坐"作对照,以示李剑州虽有贤能却不被重视之意。颔联提出身份、际遇和李相仿的前朝蜀郡太守、同姓良将,补足此意。后半首转入自身,写离蜀出游。颈联写出峡景象,和《送韩十四江东省觐》颈联"黄牛峡静滩声转,白马江寒树影稀"词意相同。诗人将一叶扁舟,两鬓乱发,置于惊涛骇浪之中,造语奇警,意境苍茫,非前诗可及。李商隐诗:"永忆江湖归白发,欲回天地入扁舟。"(《安定城楼》)即出于此。末联表出惜别之情,风神跌宕。浦起龙称此诗"通体响亮,入后更胜"(《读杜心解》)。吴汝纶以为"章法、句法皆臻绝妙"(《唐宋诗举要》引)。

草　堂

昔我去草堂,蛮夷塞成都①。今我归草堂,成都适无虞②。请陈初乱时,反覆乃须臾③。大将赴朝廷,群小起异图④。中宵斩白马,盟歃气已粗⑤。西取邛南兵,北断剑阁隅⑥。布衣数十人,亦拥专城居⑦。其势不两大,始闻蕃汉殊⑧。西卒却倒戈⑨,贼臣互相诛⑩。焉知肘腋祸,自及枭獍徒⑪。义士皆痛愤,纪纲乱相逾⑫。一国实三公,万人欲为鱼⑬。唱和作威福⑭,孰肯辨无辜⑮?眼前列杻械⑯,背后吹笙竽。谈笑行杀戮，溅血满长衢⑰。到今用钺地，风雨闻号呼⑱。鬼妾与鬼马，色悲充尔娱⑲。国家法令在，此又足惊吁。贼子且奔走，三年望东吴⑳。弧矢暗江海，难为游五湖㉑。不忍竟舍此，复来薙榛芜㉒。入门四松在㉓，步屧万竹疏㉔。旧犬喜我归，低徊入衣裾㉕。邻里喜我归，沽酒携胡芦㉖。大官喜我来，遣骑问所须㉗。城郭喜我来，宾客隘村墟㉘。天下尚未宁，健儿胜腐儒㉙。飘飘风尘际，何地置老夫㉚？于时见疣赘，骨髓幸未枯㉛。饮啄愧残生，食薇不敢馀㉜。

注释

① 唐肃宗宝应元年(762)七月,严武被召入朝,徐知道纠集蛮夷(指羌人),据成都叛乱。

② 适无虞：适,刚巧,方才。虞,忧虑。刚巧没有忧虑之事,也就是说刚安定下来。

③ "反覆"句：反覆,动乱。这句说动乱来得很突然。

④ "大将"二句：大将指严武,群小指徐知道等人。

⑤ "中宵"二句：中宵,中夜,半夜。盟歃,即歃盟,歃血为盟。歃(shà),歃血,古人盟会时,嘴唇涂上牲畜的血,以表示诚意。斩白马是为了用马血歃盟。气已粗,言叛军气势粗豪。

⑥"西取"二句：邛，邛州，即邛崃，在成都西面。剑阁，见《剑门》注①。这二句说叛军西取邛南，以张声势；北断剑阁，以阻绝官军的增援。

⑦"布衣"二句：布衣，指平民百姓。汉乐府《陌上桑》："四十专城居。"专城居，指主宰一城的州牧、太守等地方长官。这二句说数十个普通百姓也凑在一起，自称刺史，趁火打劫。

⑧"其势"二句：不两大，即一山不容二虎之意。蕃，吐蕃，实指羌人。这二句说又开始听到汉兵和羌人完全不同，二者相争，不能共容，很快就分裂。

⑨"西卒"句：西卒指羌人士兵。这句说羌人又倒向徐知道的对立面。

⑩"贼臣"句：指徐知道为其部下李忠厚所杀。

⑪"焉知"二句：肘腋祸，即祸起肘腋。肘腋，胳膊肘与胳肢窝，言祸乱发生在极近的地方。《汉书·郊祀志》："枭，鸟名，食母。破镜（通作'獍'），兽名，食父。黄帝欲绝其类，使百吏祠皆用之。"后用以比喻忘恩负义和凶狠毒辣的人。这二句说哪里知道叛军祸起肘腋，自食其果。

⑫"纪纲"句：纪纲，法令制度。这句说叛军越过法度，胡作非为。

⑬"一国"二句：一国三公，一个国家有三个主持政事的人。后来泛指事权不统一，让人无所适从。这二句说自叛乱以后，群盗各自为政，成都一片混乱，很多百姓将成为刀俎上的鱼肉。

327

⑭ "唱和"句:言叛匪一唱一和,作威作福。

⑮ "孰肯"句:言叛匪以诛逆为名,肆行杀戮,但没人考虑是否殃及无辜百姓。

⑯ 杻械:杻即桎,脚镣;械即梏,手铐。都是古代的刑具。

⑰ 长衢:大路。

⑱ "到今"二句:钺,斧钺,古代兵器,也用以指刑罚、杀戮。这二句说因为冤死者多,所以每当风雨之夜,在用刑的地方就会听到鬼哭之声。

⑲ "鬼妾"二句:《杜诗详注》引赵次公注:"已杀其主而夺之,故谓之鬼妾鬼马,如匈奴以亡者之妻为鬼妻也。"这二句说被害者的妻妾和马匹,含着悲痛,供叛匪玩乐。

⑳ "贱子"二句:贱子,杜甫自称。指宝应元年诗人为避乱离开成都后,至此已有三年,其间一直想去东吴(相当于今江苏南部、安徽南部和浙江地区),但未能如愿。

㉑ "弧矢"二句:弧即弓,矢即箭,借指战争。五湖,指古代吴越地区湖泊。这二句说东吴连江傍海,但现在也是兵戈遍地,天昏地暗,所以无法去那里游赏。

㉒ "不忍"二句:此,指成都草堂。薙,同"剃"字。这二句说因为不忍舍弃草堂,所以又回来铲除荒草杂树,继续居住。

㉓ 四松:诗人在营建草堂之初,培植了四棵小松,对这四棵树很有感情,作为精神依托。

㉔ "步屟"句:步屟,见《遭田父泥饮美严中丞》注②。疏,疏朗。

㉕ 衣裾:衣襟,衣服的前后部分。

㉖ 胡芦:即葫芦、壶卢,用作盛酒的器具。

㉗ "大官"二句:大官,指严武。须,需要。

㉘ "宾客"句:言来的人多,以至村庄变得窄小。

㉙ "天下"二句:言天下并未太平,还在打仗,所以健壮的年轻人比老朽的读书人更有用。

㉚ "飘飘"二句:风尘,言社会纷乱。这二句承前二句而来,言在这战乱之际,哪里是我安身之处呢?

㉛ "于时"二句:疣赘,皮肤上长出的小疙瘩,比喻多余无用的东西。上句说在这个(需要用兵)时候,正显出自己是个多余无用的人。下句说所幸自己还活在这个世上。但既然已成了"疣赘",这个"幸"字就别有一番滋味在心头了。

㉜ "饮啄"二句:饮啄,以鸟喻人,即饮食。上句说自己这样无用的人,在晚年还要吃要喝,真感到惭愧,因此绝不会有什么要求,即使吃像薇蕨那样的野草,也不敢有所浪费。

解读

广德二年(764)春,严武再次镇蜀,任成都尹、剑南节度使。三月,杜甫携家自阆州回成都草堂。此诗作于回成都之后。诗中前面叙述徐知道勾结羌人,乘虚作乱,殃及平民,如同一篇"蜀中叛乱始末记"。"一国实三公"以下十二句,写战乱中肆意杀戮、生灵涂炭的惨酷之状,宛然在目。"鬼妾与鬼马,色悲充尔娱。"造语奇险,意极沉痛。从"色悲"二字,可以想见这些被蹂躏者凄惶而又无奈的神情。杨伦说:"以草堂去来为主,而叙西川

329

一时寇乱情形,并带入天下,铺陈终始,畅极淋漓,岂非诗史?"(《杜诗镜铨》)后面写回草堂后的情景,"大官喜我来"四句,遣词造句,模仿六朝乐府《木兰诗》:"爷娘闻女来,出郭相扶将。阿姊闻妹来,当户理红妆。"诗中通过对四松仍在、旧犬依人、邻里相迎、大官慰问、宾客盈门的描述,将乱离之感、故旧之情,一一展现在笔下,能得古乐府神境。

题桃树

小径升堂旧不斜,五株桃树亦从遮①。高秋总馈贫人食,来岁还舒满眼花②。帘户每宜通乳燕,儿童莫信打慈鸦③。寡妻群盗非今日,天下车书正一家④。

注释

① "小径"二句:从,听任,放任。遮,遮掩,遮断。这二句说通往堂屋的小径原先(离开成都前)并不歪曲,这次回来,因为桃树长大,枝干延伸,小径不同以往,但也只能听之任之了。
② "高秋"二句:承上句而来,写为什么听任桃树遮掩而不砍去枝条的原因。馈,赠送食物。来岁,来年,下一年。上句说桃

树在秋天能向穷人提供食物(果实),下句说桃树在明年春天开满鲜花,让人赏心悦目。

③ "帘户"二句:通乳燕,言卷起帘子、打开窗户,让燕子通行。乳燕,雏燕,幼燕。莫信,不要听任他们。信,随便,放任。传说乌鸦能反哺其母,故称之为慈鸦。

④ "寡妻"二句:寡妻,寡妇。因为群盗杀人,所以出现了许多寡妇。非今日,已经过去,不再是今天的事了。《礼记·中庸》:"今天下车同轨(同一的轨辙),书同文(同一的文字)。"车同轨、书同文是天下统一的一种标志。诗人回到成都,吐蕃开始退兵,社会渐趋平静。下句"车书正一家",是说当今正处于平定叛乱,恢复统一的局面。

解读

此诗作于广德二年回草堂之后。从颔联下句看,此时桃花凋谢,已经入夏。首联写草堂依旧,但桃树不同,以寓世事变迁之意。颔联写面对桃树的欣喜之情:秋天贫民能以桃为食,花开让人欣赏满目春景。颈联则写护惜之心,告诫儿童切莫伤害乳燕和慈鸦。中间二联,从桃树想到贫民,由贫民而顾及燕鸦,蝉联而下,直到对寡妻的同情,都就眼前的景物,生发仁民爱物之意。当时河北已经归顺,蜀乱开始平息,故末句有"车书正一家"的说法,即国家正在向统一迈进。王嗣奭说:末联"追想旧时,非若今日之多寡妻群盗,而车书一家,太平景象固如此也,而今皆不然,殊可叹也"(《杜臆》)。朱鹤龄甚至认为所写桃树,"乃故园之桃"(《读杜札记》引),而非成都桃树,似乎欠妥。黄生说:"此诗思深意远,忧乐无方,寓民胞物与之怀于吟花看鸟之际,其材力虽不可强而能,其性情固可感而发。"(《杜诗说》)翁方纲也说:"因一室而推之天下,因一树而推及万物,圣贤胞与之怀,稷契经纶之量也,非为此桃树作也,拈此一物以慨时事耳。"(《复初斋文集·答刘广文问杜题桃树诗》)

绝句四首(其三)

两个黄鹂鸣翠柳,一行白鹭上青天。窗含西岭千秋雪①,门泊东吴万里船②。

注释

① "窗含"句:窗正对雪岭,有似口含,故说"窗含"。西岭,杜甫诗中又作西山、雪岭。见《岁暮》注①。
② 东吴:见《草堂》注⑳。

解读

此诗作于广德二年春。诗人将眼前所见的景象、心中所起的感受,随手写入诗中,类似漫兴。从形式上看,绝句是截取律诗的一半而成的诗。多数绝句截律诗首尾,散起散结;也有截律诗上四句或下四句,散起对结或对起散结;截律诗中间四句,对起对结的作品比较少见。但杜甫却很爱作二联皆对的绝句,此诗即为其中一篇。诗中一句一景,如同四幅并立的画屏。这种表现形式,起于六朝的《四时咏》:"春水满四泽,夏云多奇峰,秋月扬明辉,冬岭秀孤松。"有人说此诗四句看似互不相干,其实有着内在的联系,但未能提供有力的说明。关于此诗工拙,历来存在不同的看法。称赞这首诗的人,从多姿的画面、绚丽的色彩中看到盎然的生机,产生愉悦的美感。而杨慎认为四句之间不相连属,对此诗不太满意(《升庵诗话》)。胡应麟说下联本是七律壮语,但作为绝句,未免用错了地方(《诗薮》)。此外,相对下联的壮丽,上联无论词、意,都显得比较稚弱。

登　楼

花近高楼伤客心,万方多难此登临。锦江春色来天地①,玉垒浮云变古今②。北极朝廷终不改③,西山寇盗莫相侵④。可怜后主还祠庙⑤,日暮聊为梁甫吟⑥。

注释

① "锦江"句:锦江带着春天的气息,从四面八方扑面而来。锦江,见《所思》注⑤。

② "玉垒"句:玉垒山的浮云印证着古今的变幻。玉垒,山名,在四川灌县(今都江堰市)西北。唐贞观间在山下设关,是当时与吐蕃往来的要冲。

③ "北极"句:北极星在中国古代星象学中占据特殊的地位,古人认为它处于固定的位置上,被群星拱卫,是众星之主。这句以"北极朝廷"比喻唐皇朝在与邻国的关系中,处于中枢地位。言虽经安史之乱、异族入侵,但这种状况终究不能改变。

④ "西山"句:杜甫在诗中,常将西山看作防卫吐蕃入侵的门户,西山寇盗即指吐蕃。《资治通鉴》:广德元年十月,吐蕃攻陷长安,代宗出奔陕州。吐蕃立广武王李承宏为帝,逗留十五日后退兵。十二月,郭子仪收复京师,代宗还长安。同月,吐蕃又侵占被称为川西门户的松、维、保三州(在今四川阿坝藏族自治州东部松潘、理县一带)。

⑤ "可怜"句:后主,三国时蜀国后主刘禅,亡国之君,历来被看作是一个不作为的昏庸之主。按理说后主不配有祠庙,可后人居然还为他建了祠庙,这正是一种可叹的现象。这句诗言外有两层意思:一是蜀中百姓始终向着华夏君主(即使是像后主那样的昏君),不愿臣服异族。一是如仇兆鳌在《杜诗详注》中所言:"代宗任用程元振、鱼朝恩,犹后主之信黄皓,故借祠托讽,所谓比也。"

⑥"日暮"句：聊，姑且。《梁甫吟》，《三国志·诸葛亮传》说他"躬耕陇亩，好为《梁父吟》"。这句诗也有两种解释：一是当时正需要、而偏偏又没有像诸葛亮那样的人才，因此诗人只能通过吟咏《梁甫吟》，来寄托自己的怀念。一是诗人感伤自己不为世所用，有以隐居隆中的诸葛亮自居之意。

解读

此诗作于广德二年春。起句悲壮，笼罩全篇。诗中以"万方多难"为切入点，以"伤客心"为主旨展开。虽然在《题桃树》中，诗人说过"车书正一家"的话，但事实上，吐蕃频频入侵，藩镇飞扬跋扈，君主软弱无能，造成内外交困、万方多难的局面。当此之时，诗人登楼眺望，"感时花溅泪"，又怎能不伤心？从词意看，首句倒插，由此造成突兀的气势，令人为之悚然心惊。如果换成"万方多难此登临，花近高楼伤客心"，便平淡无奇了。颔联俯视江流，仰观山色，纵横万里，上下千年，一望空阔，涵盖古今，写自然界的变迁（以寓世事的变幻），如野马绸缊，苍狗变幻，为杜甫七律名句。颈联将山川景物同时世政事串联起来，说北极朝廷，如锦江春色，万古常新，难以撼动；而西山寇盗，如玉垒浮云，倏起倏灭，不自量力。末联忽起思古之情，含有朝中徒见后主在位、宦官当道、却无诸葛辅政的伤感，这正是"万方多难"的根由，虽言辞委婉，意极深切。而徘徊叹息，已至日暮，依然吟咏《梁甫》，不忍下楼，则自伤不用之意，隐然言外。此诗对境写怀，情

335

景交融,虽为伤心之作,但气象雄浑,境界壮阔,语言伟丽,故并无衰飒悲切之感。纪昀评:"何等气象!何等寄托!如此种诗,如日月终古常见而光景常新。"(《瀛奎律髓汇评》)沈德潜说:"气象雄伟,笼盖宇宙,此杜诗之最上者。"(《唐诗别裁集》)

宿 府[①]

清秋幕府井梧寒[②],独宿江城蜡炬残。永夜角声悲自语[③],中天月色好谁看?风尘荏苒音书绝[④],关塞萧条行路难。已忍伶俜十年事,强移栖息一枝安[⑤]。

注释

① 宿府:夜宿幕府。幕府,旧时将帅的府署。
② 井梧:井边的梧桐树。
③ 永夜:长夜。角:画角。
④ 荏苒:形容时光流逝。
⑤ "已忍"二句:伶俜,漂泊,流离。十年事,从天宝十四年(755)安史之乱爆发至此时,前后十年。强,勉强,有无可奈何之意。一枝安,《庄子·逍遥游》:"鹪鹩巢于深林,不过一枝。"

这里以"一枝"借喻节度参谋一职。末句也是倒装句,按语意,应为"强移一枝栖息安"。最后二句说自己已经忍受了长达十年的漂泊生活,现在勉强移就(出任)节度参谋一职,以求获得安居。

解读

广德二年(764)六月,严武上表荐举杜甫为节度参谋、检校工部员外郎,此诗即作于在幕府值宿之时。虽然已得到并无实权的一官半职,但国难家离的状况并未改变,在秋夜独宿之时,悲凉的心情便不可抑制地流露出来。首联点题,上句点"府",下句点"宿"。"井梧寒",显示环境清冷;"蜡炬残",可见一夜未眠。颔联写不眠时的见闻,上句写所闻角声,下句写所见月色。"悲自语","好谁看",正是独宿时孤寂的感受,也是诗人内心被角声引发的悲切的自语,以及流离中面对圆月不堪承受之情。七言律诗,通常是上四下三的句式,颔联却成"四、一、二"三截,清施补华说:"'悲'字、'好'字,作一顿挫,实七律奇调。"(《岘佣说诗》)颈联上句承"角声",写时光在战乱中流逝;下句承"月色",写还家团圆仍难以实现。末联为无可奈何的宽解,在忍受了十年漂泊之后,只能找一个地方暂且安身了。结句"一枝"应首句"井梧","栖息"应次句"独宿",前后照应,章法严密。此诗四联皆对,而一气流走,字字沉郁,又不乏风韵气度,也许惟有在杜甫笔下,才能达到如此艺术境界。

倦 夜

竹凉侵卧内①，野月满庭隅②。重露成涓滴，稀星乍有无③。暗飞萤自照④，水宿鸟相呼。万事干戈里，空悲清夜徂⑤。

注释

① "竹凉"句：风带竹上的凉意侵入卧室之内。
② 庭隅：庭院一角。这里指庭院。
③ "重露"二句：重重清露在夜间凝结成水珠涓涓滴下，稀疏的星星在月光的遮盖下乍有乍无。这二句写深夜之景。
④ "暗飞"句：萤火虫在夜间活动，故言"暗"；其尾部会发荧光，故言"自照"。
⑤ "万事"二句：徂，往，消逝。这二句说举国处于战乱之中，本该为国效力，如今却报国无门，让如此良夜白白流逝。

解读

首联写初夜之景，颔联、颈联写深夜之景。夜深人静，任何一个轻微的声音，都会变得分外清晰，任何一个细小的变化，都会显得格外分明。此时，诗人的感觉会特别灵敏，观察会格外细致。南宋范晞文说："前辈谓此联（指此诗颔联）能穷物理之变，探造化之微。"（《对床夜语》）因为灵敏，才能"穷物理之变"；因为细致,才能"探造化之微"。表现在诗中,就有体贴入微之妙,所写景物,无需刻意求工,自能无字不工。前人认为此诗体物之精,千古无两。纪昀说:"体物入神,而不失大方。观姚合、贾岛之体物,有仙凡之别。"(《瀛奎律髓汇评》)题为"倦夜",写夜易,写"倦"难。前面六句,只写"夜",不言"倦",只写景,不言情。末联写出彻夜不眠之意,而之所以无法入睡,又是因"万事干戈"而困扰,身处这种情景之下,又怎能不悲,怎能不倦?至此,"倦夜"二字,呼之欲出。此诗语言清雅简洁,清查慎行道:"静极细极。此段境界,他人百舍不能至也。首尾四十字,无一字虚设。五律至此难矣,蔑以加矣。"(《初白庵诗评》)

丹青引

赠曹将军霸①

将军魏武之子孙②,于今为庶为清门③。英雄割据虽已矣,文采风流今尚存④。学书初学卫夫人⑤,但恨无过王右军⑥,丹青不知老将至,富贵于我如浮云⑦。开元之中常引见⑧,承恩数上南熏殿⑨。凌烟功臣少颜色⑩,将军下笔开生面⑪。良相头上进贤冠⑫,猛将腰间大羽箭⑬。褒公鄂公毛发动⑭,英姿飒爽来酣战。先帝御马玉花骢⑮,画工如山貌不同⑯。是日牵来赤墀下⑰,迥立阊阖生长风⑱。诏谓将军拂绢素⑲,意匠惨淡经营中⑳。斯须九重真龙出㉑,一洗万古凡马空㉒!玉花却在御榻上,榻上庭前屹相向㉓。至尊含笑催赐金,圉人太仆皆惆怅㉔。弟子韩幹早入室㉕,亦能画马穷殊相㉖。幹惟画肉不画骨,忍使骅骝气凋丧㉗?将军善画盖有神㉘,必逢佳士亦写真㉙。即今漂泊干戈际,屡貌寻常行路人㉚。穷途反遭俗眼白㉛,世上未有如公贫。但看古来盛名下,终日坎壈缠其身㉜。

注释

① 丹青:丹,丹砂;青,青䨼,是红色和青色的矿物颜料。也用作绘画的代称。曹霸:魏曹髦(曹操曾孙,三国时魏国第四代君主)之后。天宝末常奉诏描绘御马及功臣,官至左武卫将军。后得罪,革职为平民。

② 魏武:指曹操,三国时魏国的奠基者。其子曹丕称帝后,追尊曹操为武皇帝。

③ 庶:庶人,平民。清门:即寒门,清贫之家。

④ "英雄"二句:英雄,指曹操。割据,指三国鼎立。已,表示过去,终结。下句有二种解释:一是说曹操的文采风流在后世

子孙(如曹霸)的身上依然体现出来。一是以文采风流指曹操流传的诗篇。

⑤ 卫夫人:名铄,西晋书法家卫恒的侄女。工隶书。是"书圣"王羲之的启蒙老师。

⑥ 王右军:晋代书法家王羲之,官至右将军,有"书圣"之称。

⑦ "丹青"二句:言曹霸沉溺于绘画之中,不知老之将至,视富贵如浮云。

⑧ 引见:帝王接见臣僚,都由人引导入见,称引见。

⑨ 承恩:获得帝王的恩宠。南薰殿:宫殿名,在兴庆宫中。

⑩ 凌烟:凌烟阁,贞观十七年(643),唐太宗为褒奖开国功臣,命阎立本等在凌烟阁画二十四位功臣图像,并亲自作赞。少颜色:指功臣图像因时间长了而褪色。

⑪ 开生面:展现出栩栩如生的新面貌。

⑫ 进贤冠:一种黑色的布帽。唐代百官朝服,都戴进贤冠。

⑬ 大羽箭:史称唐太宗好用四羽大竿长箭。

⑭ 褒公:褒国公段志玄。鄂公:鄂国公尉迟恭。二人均为凌烟阁功臣图中的人物。

⑮ 先帝:指唐玄宗。玉花骢:唐玄宗所骑骏马名。骢,毛色青、白相杂的马。

⑯ "画工"句:如山,形容众多。貌,描绘。这句说许多画工描绘玉花骢,但都不像。

⑰ 赤墀:即丹墀,宫殿前红色的台阶。

⑱ 迥立:屹立,独立。迥,卓越,与众不同。阊阖:传说中的天

门,泛指宫门或京都城门。

⑲ "诏谓"句:"将军拂绢素"即玄宗对曹霸说的话。绢素,未曾染色的白绢。

⑳ "意匠"句:《文赋》:"意司契而为匠。"意匠,指艺术创作的构思布局。惨淡,尽心竭力思考。经营,安排筹划。古代画有六法,其中一条为"经营位置"。这句写曹霸画马前,构思极其认真、慎重。

㉑ "斯须"句:斯须,顷刻之间。九重,古代宫门有九重,故借指皇宫。《周礼》:"马八尺以上为龙。"真龙,指画中的玉花骢,因画得逼真,故称之为真龙。

㉒ "一洗"句:言曹霸画的马图,将过去那些平庸的画马图一洗而空。

㉓ "榻上"句:榻上,指在御榻上的画马。庭前,指在赤墀下的真实的玉花骢。屹相向,真马、画马相对屹立,极言画马的逼真。

㉔ 圉人:掌管养马放牧的官吏。太仆:掌管皇帝车马的官吏。惆怅:因马画得逼真而惊叹不已。

㉕ 韩幹:唐代画家,曾师从曹霸,也以画马著称。入室:进入师父室中,得起真传。

㉖ 穷殊相:曲尽各种不同的形态。

㉗ "幹惟"二句:韩幹所画马匹,体形肥硕,神态安详,所以说"画肉"。因马肥,神骏之气便有所不足,所以说"气凋丧"。忍,怎忍,怎能忍受。

㉘ 盖有神：盖，大概。大概有神明相助。

㉙ "必逢"句：佳士，品学兼优之士。写真，画肖像。一定要遇到佳士才肯写真，言曹霸原先画人物要求很高，不肯苟作。

㉚ "屡貌"句：貌，描绘。言屡屡为普通人画像。与上面"必逢佳士亦写真"对照，以见曹霸现今处境的潦倒。

㉛ 俗眼白：《晋书·阮籍传》：西晋阮籍能为青白眼。见世俗之士，则以白眼（眼睛斜视）对之；见尊重和喜欢的人，则以青眼（眼睛正视）对之。这里说曹霸反而遭到俗人的轻视。

㉜ "但看"二句：坎壈（lǎn），困顿，不得志。这二句和《天末怀李白》中"文章憎命达"是同一意思。

解读

黄鹤编此诗于广德二年（764）。杜甫集中，有不少和画相关的诗，这是其中最著名的一篇。开篇叙曹霸家世，牵出曹操，突兀横厉，激昂慷慨，前人称誉之词甚多，叶燮认为"如天半奇峰，拔地陡起"（《原诗》）。"文采风流今尚存"，一语双关，既写曹操，也引出曹霸。接着写曹霸毕生致力于书画。"丹青不知老将至，富贵于我如浮云。"言其用志不分，语出《论语·述而》："其为人也，发愤忘食，乐以忘忧，不知老之将至云尔。""不义而富贵，于我如浮云。"诗中引用经语，很难把握，但这里连用二段，却浑若己出，毫无刻板之感。"开元之中常引见"以下一段，追叙曹霸昔日在宫中挥毫落笔、深得玄宗赏识的盛况，从正面书写曹霸的成就，是整首诗的重心，也是高峰，特别是画"先帝御马玉花骢"，堂上骏马生风,画中真龙欲出,真马画马,相向而起,曹霸落笔生辉,诗人笔下有神。"玉花却在御榻上,榻上庭前屹相向","须臾九重真龙出,一洗万古凡马空",遣词立意,比"堂上不合生枫树,怪底江山起烟雾"(《奉先刘少府新画山水障歌》),更加奇伟。最后写曹霸眼前的落魄之状,盛名之下,坎壈缠身,既是为曹霸、为李白、为郑虔,也是为自己,鸣其不平,结语感慨系之。

和《百忧集行》一样,此诗也通篇用对照、衬托的手法描写。从曹霸的遭遇看,起首写魏武一世英雄,和"世上未有如公贫"的曹霸,形成对照;而当年"承恩数上南薰殿",眼下"屡貌寻常行路人",当年"至尊含笑催赐金",眼下"途穷反遭俗眼白",互为对衬。从绘画的角度看,写"学书"是衬托学画;写画褒公、鄂公,是衬托画玉花骢;写"画工如山貌不同",是衬托"榻上庭前屹相向";写韩幹只是画肉,是衬托曹霸善于画骨。"意匠惨澹经营中","更觉良工心独苦"(《题李尊师松树障子歌》)是杜甫论画,也是后人读此诗的感受。此诗章法错综奇妙,波澜迭起,叙事之中,插入议论,宛如太史公笔法,有文外远致。清叶燮对此极为叹赏:"杜甫七言长篇,变化神妙,极惨淡经营之奇。就《赠曹将军丹青引》一篇论之……章法经营,极奇而整。"(《原诗》)此诗沉雄顿挫,一气混成,匠心独运,妙境别开,清张惕庵说:"此太史公列传也。多少事实,多少议论,多少顿挫,俱在尺幅中。章法跌宕纵横,如神龙在霄,变化不可方物。"(《杜诗镜铨》引)沈德潜赞道:"画人画马,宾主相形,纵横跌宕,此得之于心,应之于手,有化工而无人力,观止矣。"(《唐诗别裁集》)

韦讽录事宅观曹将军画马图歌①

　　国初已来画鞍马②，神妙独数江都王③。将军得名三十载，人间又见真乘黄④。曾貌先帝照夜白⑤，龙池十日飞霹雳⑥。内府殷红玛瑙盘⑦，婕妤传诏才人索⑧。盘赐将军拜舞归⑨，轻纨细绮相追飞⑩。贵戚权门得笔迹⑪，始觉屏障生光辉。昔日太宗拳毛䯄⑫，近时郭家狮子花⑬。今之新图有二马，复令识者久叹嗟。此皆骑战一敌万，缟素漠漠开风沙⑭。其余七匹亦殊绝，迥若寒空动烟雪⑮。霜蹄蹴踏长楸间⑯，马官厮养森成列⑰。可怜九马争神骏，顾视清高气深稳⑱。借问苦心爱者谁，后有韦讽前支遁⑲。忆昔巡幸新丰宫⑳，翠华拂天来向东㉑。腾骧磊落三万匹㉒，皆与此图筋骨同㉓。自从献宝朝河宗㉔，无复射蛟江水中㉕。君不见金粟堆前松柏里㉖，龙媒去尽鸟呼风㉗。

注释

① 韦讽：当时任阆州录事参军，住宅在成都。
② 国初：指唐建国之初。鞍马：泛指马和马具。

③江都王:李绪,霍王李元轨之子,唐太宗侄子。多才艺,善书画。

④乘黄:上古传说中的神马,形状如狐狸,背上有角。后也用以泛指良马。《杜诗详注》:"(曹)霸所画马未尝如此,特论其神骏耳。"

⑤"曾貌"句:先帝,指唐玄宗。《明皇杂录》:上所乘马有玉花骢、照夜白。画监曹霸《人马图》,红衣美髯奚官(职掌养马的官吏)牵玉面骓(赤色的马),绿衣阉官牵照夜白。现美国大都会博物馆藏有韩幹所画照夜白图。

⑥"龙池"句:龙池,在兴庆宫南薰殿北。飞霹雳,言画神奇,能"惊风雨,泣鬼神"。

⑦"内府"句:内府,皇宫内负责监管制造器具的部门。这句说玄宗将内府监制的玛瑙盘赏赐曹霸。

⑧"婕妤"句:婕妤,正三品女官。才人,正四品女官。这句说婕妤传达诏令,让才人索取照夜白图。

⑨拜舞:古时向帝王谢恩,有下跪叩首后舞蹈而退的礼节。

⑩"轻纨"句:纨绮,精美的丝织品。这句说曹霸回去后,那些达官贵人的珍贵礼品争先恐后地送过来,想换取曹霸的画。

⑪笔迹:指曹霸的画。

⑫"昔日"句:唐太宗陵墓昭陵北面祭坛下,有六块骏马浮雕石刻,都是他先后骑过的战马。其中一匹名拳毛䯄,是与刘黑闼作战时所乘的一匹战马。在作战中拳毛䯄身中九箭,战死在两军阵前。

⑬"近时"句:狮子花,郭子仪乘坐的骏马名。唐代宗自陕州还京后,将御马和紫玉鞭赏赐郭子仪。

⑭"缟素"句:缟素,指曹霸绘画所用的白色生绢。言画面上呈现出广漠的战场扬起风沙的情景。

⑮"迥若"句:言画中的骏马昂首驰骋,如同寒空中滚动的烟雪。烟雪,烟雾般的飞雪。

⑯"霜蹄"句:霜蹄,马蹄,形容蹄白如霜。长楸,高大的楸树。又《文选》载曹植《名都篇》:"斗鸡东郊道,走马长楸间。"李周翰注:"古人种楸于道,故曰'长楸'。"

⑰"马官"句:厮养,厮役,干杂事的人。森成列,形容人多。这句写画中的人物。

⑱"顾视"句:顾视,向周围看。这句说骏马昂首阔视,气格清高,状态深沉稳重。

⑲支遁:字道林,东晋高僧,曾养马数匹。有人说道人养马不雅,支遁答道:"贫道重其神骏耳。"

⑳新丰宫:在骊山下。

㉑"翠华"句:翠华,见《北征》注㊲。骊山在长安东面,故说"向东"。

㉒腾骧:形容马奔腾的姿态。磊落:形容马体型的健壮。

㉓筋骨:指马的筋肉骨骼。

㉔"自从"句:《穆天子传》载:周穆王西征至阳纡山,河伯冯夷朝见穆王,并献上宝物,穆王据地图的引导西行,死于途中。这里用以比喻唐玄宗去世。河宗,古代以黄河为四渎之宗,因

347

称黄河为河宗。这里指黄河河神冯夷。朝河宗,不是朝见河伯,而是河伯朝见穆王。

㉕ "无复"句:《汉书·武帝纪》:"元封五年,自浔阳浮江,亲射蛟江中,获之。"这里说玄宗已经死去,不会再有像汉武帝在江中射蛟的事了。

㉖ 金粟堆:唐玄宗陵墓所在地,在今陕西蒲城东北。《旧唐书·玄宗本纪》载:玄宗曾至睿宗桥陵,见金粟山冈有龙盘虎踞之势,对侍臣说:"吾千秋万岁后,葬此。"

㉗ 龙媒:《汉书·礼乐志》:"天马徕(同'来'),龙之媒。"言天马乃神龙,天马到了,神龙一定也会来。后以龙媒指骏马。

解读

从结句"金粟堆"、"龙媒去"看,此诗必定作于安葬唐玄宗之后。《杜诗详注》认为是广德二年杜甫回成都后作,当时诗人在韦讽宅中,观看曹霸所画的"九马图"。起首以江都王作陪,提出曹霸画马,独步当世,形态逼真,无以复加。"人间又见真乘黄"七字,贯穿全篇。"曾貌先帝照夜白"八句,写当年朝廷内外,对曹霸马图的珍视,为下面描写"九马图"作铺垫。明陆时雍说:"咏画者多咏真,咏真易而咏画难。画中见真,真中带画,尤难。"(《唐诗镜》)他人所难,在杜甫却有得心应手之妙。"昔日太宗拳毛䯄"以下十二句,进入正题,以"漠漠开风沙"、"寒空动烟雪"、"霜蹄蹴踏"这些真马奔腾时的形态,描写画马的英姿。"可怜九马争神骏"二句,更是写出马的风神。真马画马,浑然莫辨,显示出曹霸非同寻常的画法和画技。拳毛䯄,狮子花,只是借用其名声,显示图中马的神骏,下面所写,并非形容这两匹马。无论写景咏物,杜诗常常会涉及时事,此诗也是如此。唐玄宗喜爱曹霸马图,当年巡幸新丰宫,数万骏马随从,一旦死去,群马不知所向,惟剩松柏含悲。后面追述巡幸之事,以马的盛衰,象征国家盛衰,俯仰感慨,照应有情,不胜今昔之感。浦起龙说:"身历兴衰,感时抚事,惟其胸中有泪,是以言中有物。"(《读杜心解》)这首诗和《丹青行》作于同时,所写对象相同,不过具体的描写,则有所不同。《丹青行》以人带画,所重在人的际遇,如前人所说,如同一篇感慨淋漓的太史公传记,而此诗则是一首题画诗,所重在画马的神奇,兼及人事。在表现形式上,"彼(《丹青行》)如神龙在天,此如狮子跳踯,有平涉、飞腾之分"(《纫斋诗谈》)。但就诗风跌宕起伏,淋漓顿挫而言,二诗并无不同。《唐宋诗醇》说:"少陵此等诗浩浩落落,独往独来,如神龙在霄,连蜷变化,不可方物;如天马行空,脱出羁鞯,足以横睨一世,独有千古。东坡《题韩幹牧马图》犹非其匹,况他人乎?"

送韦讽上阆州录事参军①

国步犹艰难,兵革未休息。万方哀嗷嗷,十载供军食。庶官务割剥,不暇忧反侧②。诛求何多门③,

贤者贵为德。韦生富春秋④,洞彻有清识⑤。操持纲纪地⑥,喜见朱丝直⑦。当令豪夺吏,自此无颜色⑧。必若救疮痍,先应去蟊贼⑨!挥泪临大江,高天意悽恻。行行树佳政⑩,慰我深相忆⑪。

注释

① 上:萧涤非《杜甫诗选注》:"上,犹赴也。唐人多赴上连文。《唐书·来瑱传》:'以瑱充淮西申、安十五州节度观察使,瑱上表称淮西无粮馈军,请待收麦毕赴上。'又《国史补》:'德宗非时召吴凑为京兆尹,便令赴上。'是其证。"

② "庶官"二句:庶官,百官,多指一般官员。反侧,反叛。这二句说一般官吏都以剥削百姓为务,没空担忧这样做会引起的反叛。

③ 诛求:强制征收。多门:五花八门。

④ 富春秋:春秋指年龄,年龄还富裕,即还年轻。

⑤ 洞彻:通达事理。清识:高人的见识。

⑥ 纲纪:法度。唐代录事参军负责地方监察,古时称之为"纲纪掾"。

⑦ "喜见"句:鲍照《白头吟》:"直如朱丝绳。"这句称赞韦讽正直不阿。

⑧ 无颜色:犹没脸面。

⑨ "必若"二句:必若,如果一定要。疮痍,指人民的伤痛。蟊贼,指惟知剥夺的官吏。

⑩ 行行:不停地前行。
⑪ "慰我"句:从字面上看,是告慰我深切的思念。实际上是要韦讽多行善政,以告慰诗人的希望。

解读

据"十载供军食"推算,此诗当作于广德二年。诗中先叙时事,以见百姓深为无止境的军需所苦。而地方官吏,只知想方设法盘剥百姓,根本不考虑会不会将这些"王臣"逼为"盗贼"。有见于此,诗人对习以为常的"诛求多门"提出了质疑。录事参军负责地方监察事务,故诗人在陈述积弊之后,对韦讽寄以厚望。"必若救疮痍,先应去蟊贼",堪称至理名言。此诗为当务之急而作,直陈胸臆,毫不修饰。张溍认为"可当一则致治宝训"(《杜诗详注》引)。浦起龙说:"不独为当时药石,直说破千古病痛。"(《读杜心解》)

忆昔二首(其一)

忆昔先皇巡朔方①,千乘万骑入咸阳②。阴山骄子汗血马③,长驱东胡胡走藏④。邺城反覆不足怪⑤,关中小儿坏纪纲⑥。张后不乐上为忙⑦。至令今上犹拨乱⑧,劳心焦思补四方。我昔近侍叨奉引⑨,出兵整肃不可当⑩。为留猛士守未央⑪,致使岐雍防西羌⑫。犬戎直来坐御床⑬,百官跣足随天王⑭。愿见北地傅介子⑮,老儒不用尚书郎⑯。

注释

① "忆昔"句:指唐肃宗在灵武、凤翔时期。唐开元间置朔方节度使,治所在灵州(今宁夏灵武西南)。至德元载,肃宗在灵武即位,下达制令:"朕治兵朔方,须安兆姓之心,勉顺群臣之请。"

② "千乘"句:至德二年九月,收复长安。十月,肃宗还京。

③ "阴山"句:阴山,位于今内蒙古中部的山脉,古时被看作是中原和北方少数民族的分界。阴山骄子,指回纥。汗血马,见《洗兵马》注⑦。

④ "长驱"句:东胡,指安庆绪叛军。肃宗借兵回纥,收复两京,安庆绪逃奔河北,故言走藏。

⑤ "邺城"句:史载史思明在投降唐朝后又叛变,救安庆绪于邺城,攻陷东京洛阳。这句说史思明被迫投降,反覆无常,乃意料中事,不足为怪。

⑥ "关中"句:关中小儿,指肃宗心腹太监李辅国,是唐朝第一个当上宰相的宦官,为人嚣张跋扈。

⑦ "张后"句:张后,张皇后。上,指肃宗。《旧唐书·后妃传》载:张皇后深得肃宗欢心,有专房之宠,与李辅国把持宫中大

权,干预朝政。肃宗对此无可奈何。

⑧ 至令:以至让。今上:指代宗。

⑨ "我昔"句:指诗人为拾遗时,在皇帝身边,故言近侍。叨,忝,有愧于,是自谦之词。奉引,皇帝出行时,为皇帝在前面开路引车。这里是侍候皇帝的意思。

⑩ "出兵"句:指代宗当时以天下兵马元帅的身份,先后收复两京,势不可当。

⑪ "为留"句:猛士,指郭子仪。宝应元年,代宗听信宦官程元振的谗言,剥夺郭子仪兵柄,让他留在长安。未央,汉朝宫殿名,在长安。

⑫ "致使"句:岐雍,古代地名。岐,岐山;雍,即凤翔。西羌,指吐蕃。岐雍为关内地,这时却成了防止吐蕃入侵的前线阵地。《旧唐书·吐蕃传》:"乾元后数年,凤翔之西,邠州之北,尽为蕃戎境。"

⑬ "犬戎"句:犬戎,古代族名,后用作对少数民族的蔑称。这句指吐蕃在广德元年攻陷长安,占据宫殿。

⑭ "百官"句:跣足,赤脚。天王,指代宗。这句写代宗一行出逃时的狼狈相。

⑮ 傅介子:见《秦州杂诗》注⑱。

⑯ "老儒"句:老儒,杜甫自谓。尚书郎,当时诗人由严武荐举,授检校工部员外郎。这句说只要有傅介子这样的壮士出现,为国雪耻,我个人做不做官并无关系,所以说"不用尚书郎"(不必担任员外郎这样的职务)。

353

解读

《杜诗详注》以为此诗当作于广德二年。题为"忆昔",实则伤今,诗中前面所写,都是肃宗失德之事;就政事言,重用卑鄙小人,败坏国家纲纪;就家事言,天性惧内,贵为天子,还得看张后脸色行事。结果留下一堆烂摊子,让继任者忙里忙外,不得安宁。"张后不乐上为忙",既写出张后的骄纵,也写出肃宗的惶恐。后面写代宗失德,不能振兴。猛士本该出守四方,如今却被束缚在宫中,以致将尊贵的御床,拱手让给蛮人踞坐;本该坐而论道的百官,竟然赤脚跟着皇上奔走。措辞辛辣,含意辛酸。如此调侃当今圣上,上下数千年,极为罕见;敢于说这样的话,极其难得。在卫道士看来,这成何体统。放在明、清之后,非诛九族不可。

正月三日归溪上有作简院内诸公①

野外堂依竹,篱边水向城。蚁浮仍腊味②,鸥泛已春声③。药许邻人劚④,书从稚子擎。白头趋幕府⑤,深觉负平生。

注释

① 正月三日:农历立春日。溪上:浣花溪边,指草堂。简:书信。

野外堂依竹,篱边水向城

这里作动词用,即寄书。院:指官署。

② "蚁浮"句:蚁,酒蚁,酒面上的浮沫。酒造于腊月,故说"腊味"。

③ "鸥泛"句:从鸥鸟泛水,听到了春天的声音。

④ 劚(zhǔ):挖,砍。

⑤ 幕府:旧时将帅办公的地方,后也泛指衙署。

解读

永泰元年(765)初,杜甫自幕府回浣花溪,重修草堂。首联写溪前景物,颔联写初春物候。"鸥泛已春声",与苏轼名句"春江水暖鸭先知"(《惠崇春江晚景》),有异曲同工之妙。种药原用以救人,故任人采取;藏书本为了教人,故让儿拿走。颈联写草堂情事,亲切动人。"药许邻人劚"和"堂前扑枣任西邻"(《又呈吴郎》),体现了同样博爱的襟怀。末联写于垂老之年,在幕府趋走,有负平生志趣,深以为憾。

禹 庙

禹庙空山里①,秋风落日斜。荒庭垂橘柚,古屋画龙蛇②。云气嘘青壁,江声走白沙③。早知乘四载,疏凿控三巴④。

注释

① 禹庙:故址在今四川忠县。《方舆胜览》:"禹祠在忠州临江县,南过岷江二里。"

② "荒庭"二句:写庙中景象。橘柚、龙蛇,都和禹有关。《尚书·禹贡》:"厥包橘柚(将包裹的橘柚作为贡品)。"《孟子·滕文公》:"禹掘地而注之海,驱蛇龙而放之菹(多水草的沼泽地带)。"

③ "云气"二句:这是倒装句,按诗意,应为:青壁嘘云气,白沙走江声。言江水腾涌,冲刷青翠的崖壁,嘘出团团云气;崖下洁白沙滩上,流动着江水呼啸的声响。嘘青壁,一作"生虚壁"。

④ "早知"二句:《尚书·益稷》:"予乘四载。"四载,四种交通工具。《史记·夏本纪》:"陆行乘车,水行乘舟,泥行乘橇,山行乘辇。"疏,疏通江水。言,凿,开凿山岭。控,引控水流。三巴,古地名。巴郡、巴东、巴西的合称。相当今四川嘉陵江和綦江流域以东的大部地区。这二句说禹乘四载以治水,过去早已知道,如今亲至三巴,看到了其疏凿的遗迹。

解读

永泰元年四月,严武因暴病去世。杜甫在成都失去了主要的依靠,这里再也没有什么可留恋了,仅隔一个月,便携家乘舟东下，经过嘉州（治所在今四川乐山）、渝州（治所在今重庆）、到达忠州（治所在今重庆忠县）。此诗即作于寓居忠州之时。这是一首吟咏古迹的诗，首联上句点禹庙所在之地，下句点诗人游庙之时。颔联写庙中之景，连用两个典故，都和大禹相关，其妙在浑然入化，全无用典的痕迹。而且，即使不知道这两个典故，仅仅作为写景看，古庙荒凉，画壁生动，也堪称佳句。颈联写庙外之景。这里值得注意的是两个动词，云气用"嘘"，江声用"走"。"走"本为常用字，但之前从未有人用以形容江声，在此就成了险字，这句也成了奇句。末联因禹庙而追溯禹的功绩，有悠然不尽之意。此诗意境幽邃，古意宛然，"只此四十字中，风景形胜，庙貌功德，无所不包。其局法谨严，而气象弘壮，读之意味无穷……故曰：他诗虽大而小，杜诗虽小而大"（《杜诗详注》）。

旅夜书怀

细草微风岸，危樯独夜舟①。星垂平野阔②，月涌大江流③。名岂文章著④官应老病休。飘飘何所以？天地一沙鸥。

注释

① 危:高。樯:挂帆的桅杆。独夜舟:夜间孤零零的一艘小船。

② "星垂"句:因原野平坦广阔,所以能看到繁星在空中垂挂。

③ "月涌"句:因大江奔流,所以感到江面的月光也在涌动。江,指长江。

④ "名岂"句:我哪里是因为会写诗文而著名?

解读

　　此诗作于永泰元年沿长江东下之时。前半首写景,是旅夜,后半首是书怀。以写景言,首联写身边的细微之景,颔联写放眼所见的壮阔之景。星、月本寻常之景,但下一"垂"字、一"涌"字,气象便迥然不同。杜甫说自己作诗,"语不惊人死不休"(《江上值水如海势聊短述》),颔联就是"惊人"句。李白诗:"山随平野尽,江入大荒流。"(《渡荆门送别》)句法与此相近。比较这二首诗:杜诗出人意表,需要充分调动想象力才能感知,而李诗反倒是对眼前景观的实录。大诗人的艺术风格和表现手法,不可一概而论。离开成都,使诗人失去了相对比较安宁的生活,又开始了漂泊的生涯,而且前途茫茫,不知归处。苍茫的星空之下,是一望无际的平野,寄身一叶孤舟,面对汹涌的江流,诗人心情十分凄凉,但诗却写得如此壮丽阔远,金圣叹叹道:"千锤万炼,成此奇句,使人读之,咄咄乎怪事矣。"(《杜诗解》)王夫之认为"颔联一空万古"(《唐诗评选》)。颈联由景入情。获得文名,丢了官职,似乎是对以往人生历程的一个总结。但名岂仅仅以文章而著,可见诗人以济时救世自期之心;老病也不是被罢官的原因,因为上书直谏才被朝廷抛弃,不平之意,隐然言外。末联以"天地一沙鸥"自喻,从字面上看,是以天地之大,衬出沙鸥之小,流露出诗人此时孤寂、无助的心情。而从诗人的性格看,当年"白鸥没浩荡,万里谁能驯"(《奉赠韦左丞丈二十二韵》)的傲气,至老仍未泯没。纪昀评此诗:"通首神完气足,气象万千,可当雄浑之品。"(《瀛奎律髓汇评》)

三绝句（其二、其三）

二十一家同入蜀,唯残一人出骆谷①。自说二女啮臂时②,回头却向秦云哭③。

殿前兵马虽骁雄④,纵暴略与羌浑同⑤。闻道杀人汉水上⑥,妇女多在官军中。

注释

① 残:残存,余留。骆谷:在今陕西盩厔西南,是古代南往蜀汉的通道。

② "自说"句:啮臂,咬臂出血,以示决心。这里说狠下决心,抛

下二个幼女不顾。

③ "回头"句:秦云,关中的天空,指和女儿分离的地方。在一个人逃到蜀中后,想起两个女儿,伤心不已,转身朝向分离之处,放声痛哭。

④ 殿前兵马:指皇家禁军。

⑤ 羌浑:羌,吐蕃、党项。浑,吐谷浑。

⑥ 汉水:即汉江,长江最大的支流,流经汉中的一段称汉水。

解读

《杜诗详注》根据诗中所述事实,定此诗作于永泰元年离开成都之后。绝句以是否遵守格律,分为律绝、古绝两种。这二首诗平仄不谐,属古绝。前一首诗记一个幸存者的哭诉。仅骆谷一处,仅这一群人,"二十一家",就只剩一人,那么在其他地方、其他人群,又有多少人被无辜残杀?第二句用一"残"字,残余,残害,残废,无数情景,都可包含在其中。下面二句最惨,生死关头,不能两全,只得弃女不顾,安定之后,茕茕独吊,追思昔日亲情,自然悔恨交加,痛彻心扉。无论肃宗还是代宗,都宠信宦官,付与领军的重任。后一首诗讥刺朝廷用禁军平乱,而禁军和蛮族如出一辙,传言只是杀"人"(而不是杀贼),堂堂皇家部队,竟然成了关押、奸污妇女的淫窝。这二首诗,笔力横绝,语意沉痛,虽篇幅短小,但关系极大,和《三吏》《三别》相比,虽不及前者婉曲尽情,但批判的锋芒更加尖锐,同样无愧诗史之誉。用北宋唐庚的话说:"杜诗虽小而大,余

诗虽大而小。"(《唐子西文录》)

船下夔州郭宿雨湿不得上岸别王十二判官①

依沙宿舸船②,石濑月娟娟③。风起春灯乱④,江鸣夜雨悬。晨钟云外湿⑤,胜地石堂烟⑥。柔橹轻鸥外,含凄觉汝贤⑦。

注释

① 夔州:治所在今重庆奉节。郭宿:在云安(今重庆云阳)城郭旁的江边夜宿。王十二判官:生平不详。据诗意,似是资助诗人出游的友人。

② 舸船:大船,这里指诗人所乘的船。

③ 石濑:水为石激而形成的急流。娟娟:形容蛾眉美好,这里形容月似蛾眉。

④ 春灯:春夜的灯。

⑤ 云外:指高远之处。

⑥ "胜地"句:胜地,名胜之地。石堂,夔州名胜。烟,清晨的烟岚。以上二联含"雨湿不得上岸"之意。

⑦"柔橹"二句：柔橹,操橹轻摇,也指船桨轻划之声。《杜臆》："柔橹相送,轻鸥伴行。橹、鸥之外,但觉汝贤。此感判官之厚,亦怆人情之薄。"

解读

  此诗作于永泰二年(766)春末,杜甫自云安迁居夔州之时。首联写船停泊在城郭旁,看到石濑潺潺,新月娟娟,是未雨时的情景。面对良辰美景,诗人起了上岸和王十二判官告别的念头。但天不作美,忽然大风劲吹,春灯乱舞,急雨骤下,江水呼啸。江声雨声,交相呼应,空际回荡,不绝于耳。天明时分,遥望石堂烟岚缭绕,聆听云外传来的钟声。上岸已不可能,唯有神往而已。前面六句,将傍晚至清晨的景象,历历写出,生动如画。颈联不用对仗,却是杜诗名句。"晨钟云外湿",乍看颇难索解。对此,清叶燮有一段著名的解读："以晨钟为物而湿乎？云外之物,何啻以万万计,且钟必于寺观,即寺观中,钟之外,物亦无算,何独湿钟乎？然为此语者,因闻钟声有触而云然也。声无形,安能湿？钟声入耳而有闻,闻在耳,止能辨其声,安能辨其湿？曰'云外',是又以目始见云,不见钟,故曰'云外'。然此诗为雨湿而作,有云然后有雨,钟为雨湿,则钟在云内,不应云外也。斯语也,吾不知其为耳闻耶？为目见耶？为意揣耶？俗儒于此,必曰'晨钟云外度',又必曰'晨钟云外发',决无下'湿'字者。不知其于隔云见钟,声中闻湿,妙语天开,从至理实事中领悟,乃得此境界也。"(《原诗》)既已无法面别,于是寄诗致意。末联文字隽永,含情悠远。

白帝城最高楼①

城尖径仄旌旆愁②,独立缥缈之飞楼③。峡坼云霾龙虎睡④,江清日抱鼋鼍游⑤。扶桑西枝对断石⑥,弱水东影随长流⑦。杖藜叹世者谁子⑧?泣血迸空回白头⑨。

注释

① 白帝城:位于重庆奉节瞿塘峡口,在长江北岸的白帝山上,东依夔门,西傍八阵图,一面傍山,三面环水,雄踞水陆要津,扼三峡之门户,是观"夔门天下雄"的最佳地点。西汉末年公孙述所建。公孙述于蜀称帝,自号白帝,故名城为"白帝城"。

② "城尖"句:城尖,白帝城建在山顶,因山尖,故城也显得尖。也有人说城尖即城角。径仄,登上城楼的小道倾斜狭窄。旌旆,旌旗。因地势又高又险,故用"愁"字。

③ "独立"句:缥缈,隐隐约约,若有若无。因城楼地势高险,远望如凌空飞起,故称为"飞楼"。

④ "峡坼"句:坼,裂缝。峡谷崩裂,云气昏暗,如龙踞虎盘之地。

⑤ "江清":日抱,言阳光普照如环抱。江清日抱,即日抱清江。江,长江。鼋,大鳖。鼍,鳄鱼。《杜诗详注》引韩廷延语:"云霾坼峡,山水盘挐,有似龙虎之卧。日抱清江,滩石波荡,恍如鼋鼍之游。"

⑥"扶桑"句：扶桑，古代神话中太阳升起的地方。《说文》："扶桑，神木，日所出也。"断石，即崩裂的峡谷。扶桑是一棵神树，有枝叶；位于中国的东面，因此必然是西边的枝干对着白帝山的峡谷。

⑦"弱水"句：弱水，《山海经·大荒西经》："昆仑之丘……其下有弱水之渊环之。"郭璞注："其水不胜鸿毛。"因这条水水势微弱，所以称为弱水。长流，即清江、长江。弱水在三峡西面，能随长江的水影必然在东边。

⑧"杖藜"句：杖，作动词用，拄杖。藜，用藜茎做的手杖。谁子，谁人，什么人。

⑨"泣血"句：迸空，言血泪迸洒空中。末句极言悲痛之状。

解读

此诗作于永泰二年暮春。首联写白帝城楼高险，"缥缈飞楼"是明示，"旌旆愁"是暗喻。中间二联写登楼观望之景。颔联写近景，上句写山，下句写水。"龙虎"形容山峡盘踞之状，峡谷幽静，如在安"睡"之中。"鼋鼍"形容滩石突兀之状，江流激荡，滩石似有"游"动之感。都是在登高临深时才会产生的迷离恍惚的感觉。清吴乔称这二句为"晚唐人险句之祖"（《围炉诗话》）。颈联写远景。曹植诗："东观扶桑曜，西卧弱水流。"（《游仙诗》）是处于常态下的地理位置。但此诗却反向描述，"扶桑西枝"是以西言东，"弱水东影"是以东言西。因为山峡高峻，可望扶桑枝干向西伸展；因为江流长远，可接弱水光影往东流去。唯有登高

365

才能望远。视野如此阔远,以至天地之大,尽在眼前,其所处地势之高,就不言而喻了。中间二联,极力描摹"最高"景象,雄丽壮阔,奇横绝人。末联回应首联"独立"之人,《杜诗详注》引王嗣奭语:"此诗真作惊人语,是缘忧世之心,发之以自消其垒块,'叹世'二字,为一章之纲,泣血迸空,起于叹世。以迸空写楼高,落想尤奇。"这首诗通常看作七律,但又有些像歌行,或者说,是歌行的变格。第二句"独立缥缈之飞楼",规范的律诗中确实没有这种句式。这种诗实际上是以古调入律,从格律看是古体,从对仗看如律体,二者兼而有之,是一首拗体七律。王士禛说:"唐人拗体律诗有二种,其一苍茫历落中自成音节,如老杜'城尖径仄旌斾愁,独立缥缈之飞楼'诸篇是也。"(《分甘余话》)杜甫的这类诗,奇气横溢,笔势险绝,独步诗坛,让人惊奇,以致艳羡。但也有人认为,如果没有杜甫的才力,仅在形式上模仿,会掉入"画虎不成反类犬"的境地,因此既不宜学,也不宜作。

八阵图①

功盖三分国②,名成八阵图。江流石不转③,遗恨失吞吴。

注释

① 八阵图:在奉节城西南七里原永安宫前平沙上。《杜诗详注》引《荆州图副》:永安宫南一里,港下平碛上,有孔明八阵图,聚细石为之。各高五尺,广十围,历然棋布,纵横相当,中间相去九尺,正中开南北巷,悉广五尺,凡六十四聚。或为人散乱,及为夏水所没,冬时水退,复依然如故。八阵图是由是天、地、风、云、龙、虎、鸟、蛇八种阵势组成的图形,用来操练军队或作战。

② "功盖"句:盖,压倒,超过。三分国,指三国时魏、蜀、吴三国。这句说诸葛亮的功业在三国时期超过其他任何人。

③ "江流"句:《诗经·邶风·柏舟》:"我心匪石,不可转也。"这里反用其意,言江水奔流,水涨水落,但堆积八阵图的石子却历时数百年而不移动。

解读

　　此诗作于永泰二年,杜甫到达夔州不久。八阵图在当时是个军事奇迹,在后世成了神奇的传说,成了神化诸葛亮的一个象征。此诗上联便是借八阵图,对诸葛亮的盖世功业,作一个总结和肯定。下联对景生情,感喟深长。在有关八阵图的诗中,这也许是最著名的一首,也是解读最多的一首。关于下联"恨"字,究竟为何而恨,历来争议不休。最初的说法,是以不能灭吴为恨。苏轼首先提出异议:"仆尝梦见人,云是杜子美,谓仆曰:'世人多误解吾诗。《八阵图》诗云:江流石不转,遗恨失吞吴。人皆以为先主、武侯皆欲与关羽复仇,故恨其不能灭吴,非也。我本意谓吴、蜀唇齿之国,不当相图,晋之所以能取蜀者,以蜀有吞吴之意,此为恨耳。'"(《东坡志林》)但王嗣奭、朱鹤龄、钱谦益等人不同意这种说法:"昭烈(刘备)败秭归,诸葛亮曰:'法孝直(法正)若在,必能制主上东行。就使东行,必不倾危。'观此,则征吴非孔明意也。子美此诗,正谓孔明不能止征吴之举,致秭归挫辱,为生平遗恨。东坡之说殊非。"(《杜诗详注》引朱鹤龄语)还有一种说法:"孔明以盖世奇才,制为江上阵图,至今不磨。使先主能用其阵法,何至连营七百里,败绩于虢亭哉!欲吞吴而不知阵法,是则当时之遗恨也。"(《杜诗详注》引刘建语)浦起龙认为,之所以造成这种歧义纷出的原因,是因为解读者都抛开"石不转"这三个字,致使理解发生偏差。"岂知'遗恨'从'石不转'生出耶?盖阵图正当控扼东吴之口,故假石以寄其惋惜,云此石不为江水所转,天若欲为千载留遗此恨迹耳。如此才是咏阵图之诗。"(《读杜心解》)

古柏行

孔明庙前有老柏①,柯如青铜根如石②。霜皮溜雨四十围，黛色参天二千尺③。云来气接巫峡长，月出寒通雪山白④。君臣已与时际会，树木犹为人爱惜⑤。忆昨路绕锦亭东⑥，先主武侯同閟宫⑦。崔嵬枝干郊原古⑧，窈窕丹青户牖空⑨。落落盘踞虽得地，冥冥孤高多烈风⑩。扶持自是神明力，正直元因造化工⑪。大厦如倾要梁栋，万牛回首丘山重⑫。不露文章世已惊⑬，未辞剪伐谁能送⑭？苦心岂免容蝼蚁⑮，香叶终经宿鸾凤⑯。志士幽人莫怨嗟，古来材大难为用。

注释

① 孔明庙：指夔州祭祀诸葛亮的祠庙。

② 柯：枝条。

③ "霜皮"二句：霜皮，形容树皮苍白。溜雨，形容树皮光滑。四十围，四十人合抱。这二句极写古柏的高大。

④ "云来"二句：古柏的生气与（东面）巫峡的云气相接，古柏的寒色与（西面）雪山的冷月相通。这二句借助想象，进一步写古柏的高大。

⑤ "君臣"二句：际会，遇合，呼应。这二句说刘备、诸葛亮君臣应时而出，有功于蜀中，蜀中百姓感念诸葛亮的恩德，睹物思人，至今依然爱惜古柏。这正是古柏长得这么高大的原因。

⑥"忆昨"句:前一年,诗人离开成都,下面四句回忆成都武侯祠的古柏,以作陪衬。诗人在成都的草堂靠近锦江,严武有《寄题杜二锦江野亭》诗,以"锦江野亭"称草堂。这里锦亭也指草堂。武侯祠在草堂东面,故言"锦亭东"。"路绕锦亭东",即去武侯寺。

⑦"先主"句:先主,指刘备。同閟宫,同一座祠庙。閟宫,神庙。成都武侯寺是我国唯一的一座君臣合祀祠庙。

⑧"崔嵬"句:成都武侯寺前有两棵古老的大柏,据说是诸葛亮亲手种植。下面二句即写成都古柏。崔嵬,形容高耸。郊原古,言武侯寺所在之处有古雅的风致。

⑨窈窕:形容幽静。丹青:指寺庙中的绘画。户牖空:门窗全都打开,言没人管理。户牖,门窗。

⑩"落落"二句:至此又回到夔州古柏。落落,独立不苟合。冥冥,形容高远。孤高,孤傲高洁,与"落落"呼应。这二句写这棵独立高耸、与众不同的古柏,虽然扎根土地之中,但树高招风,因此会经常遭到烈风的侵袭。

⑪"扶持"二句:承上句而来。虽然经常遭到烈风的侵袭,但古柏却岿然不动,这是因为有神明的扶持;至于树的正直,原来是出自造化(大自然)的力量。元,本来,原来。

⑫"大厦"二句:大厦倾覆,需要像古柏那样的栋梁之材支撑。但栋梁之材重如丘山,即使一万头牛也拖不动,回头望着它无可奈何。

⑬不露文章:言大树并没有炫示自己的质地纹理。

⑭ "未辞"句：剪伐，砍伐。大树不怕被砍伐，愿意为世所用，只是谁能送它出山呢？

⑮ "苦心"句：树心味苦，苦心即指树心。这句说树心难免会遭到蝼蚁的啃蚀。

⑯ "香叶"句：这句说枝叶终究是高贵的鸾鸟、凤凰的栖宿之处。

解读

此诗作于永泰二年，时在夔州。这是杜甫七古名作，全诗二十四句，分三段，自为起结；每段换韵，仄（陌韵）、平（东韵）、仄（送韵）交错；除起、结外，中间唯有三联不对，章法和句式都和《洗兵马》相仿。第一段从正面描写夔州古柏，前四句写其形状，"云来气接"二句，从磅礴的气象中显示古柏的高耸突兀。北宋沈括的《梦溪笔谈》，认为"四十围"和"二千尺"不相称，这样的柏树，实在太细长了。如此刻板谈诗，就不免如孟子所说，"以文害辞"了。稍后于他的范温，对此的理解就要通达得多。范温认为，有"形似之语"，有"激昂之语"，前者出于"诗人之赋"，后者出于"诗人之兴"。"柯如青铜根如石"是形似之语，"霜皮溜雨四十围"四句是激昂之语。形似之语"如镜取形，灯取影也"，要求逼真；激昂之语"不可形迹考"，需要读者借助想象去意会。"君臣已与时际会"，引出下面"先主武侯同閟宫"，由夔州古柏，想到成都古柏。第二段抚今追昔，感慨良深。"落落盘踞"四句，既是写树，也是写人。诸葛亮运筹帷幄，三分天下，可谓"盘踞得地"了；身为蜀相，面对强敌虎视，独撑大局，真是以"孤高"之姿，立于

371

"烈风"之中。他屹立不倒,似有神明护持;他一身正气,全都出自天性,可谓与神明相通、与造化相合了。第三段借咏古柏,围绕"大才"二字,抒写怀抱。"大厦如倾",国难急需人才;"万牛回首",不会轻举妄动;"不露已惊",绝非寻常才质;"未辞剪伐",一心致身报国;能"容蝼蚁",不计小人中伤;终"宿鸾凤",不与俗物为伍。只是"古来材大难为用",以此"德尊一代常坎坷"。最后一句,道出了此诗的本旨。"出师未捷身先死",旷世奇才诸葛亮虽得重用,但不能尽其用;诗人自比稷、契,却始终沉沦不遇。在"材大难为用"这一点上,古柏、诸葛、诗人,三者合为一体了。黄生道:"'大厦'一段,口中说物,意中说人。结句人物双关。"(《杜诗说》)这首诗开阖排比,气势雄劲,感慨淋漓,寄托遥深,极沉郁顿挫之致,千载而下,如闻叹息之声。

负薪行

夔州处女发半华①,四十五十无夫家。更遭丧乱嫁不售②,一生抱恨长咨嗟。土风坐男使女立③,男应门户女出入④;十犹八九负薪归⑤,卖薪得钱应供给⑥。至老双鬟只垂颈⑦,野花山叶银钗并⑧。筋力登危集市门⑨,死生射利兼盐井⑩。面妆首饰杂啼痕,地褊衣寒困石根⑪。若道巫山女粗丑,何得此有昭君村⑫?

注释

① 夔州:治所在今重庆奉节。发半华:头发一半花白。
② 嫁不售:嫁不出去。
③ "土风"句:当地风俗重男轻女,让男子坐,女子立。
④ "男应"句:言男子在家管事,女子外出劳作。男应门户,一作"应当门户"。
⑤ 十犹八九:即十有八九。负薪:背柴。
⑥ 应供给:应付生活所必需的开支。
⑦ "至老"句:陆游《入蜀记》:"(三)峡中负物卖,率多妇人,未嫁者为同心髻,高二尺,插银钗至六只,后插象牙梳如手大。"双鬟也是处女的发饰。因"嫁不售",故"至老"都这样。
⑧ "野花"句:虽然出嫁无望,但爱美之心仍在,于是野花山叶与银钗并插。
⑨ "筋力"句:筋力,体力。危,高。言女子竭尽体力,在登高砍柴后,又去集市卖柴。
⑩ "死生"句:射利,谋取财利。言女子不顾死生在外挣钱,背柴之外,还要去盐井背盐贩卖。
⑪ "面妆"二句:按诗意,上下二句应倒置。写负薪女的困苦之状、憔悴之态。褊,狭隘。石根,山根,山脚。这二句说缺衣少食的负薪女被困在山脚狭隘的居所,虽然她们不怕劳苦,但也会心酸,会流泪。

⑫ 昭君村：王昭君的故居。在今湖北秭归东北，与夔州邻近。王嫱，字昭君，西汉元帝时宫女，后嫁匈奴，以美貌著称。

解读

　　此诗作于永泰二年，是一首咏叹夔州习俗的诗。诗中极写当地女子的苦况：虽然她们登高砍柴，入井背盐，以供一家生活所需，但仍缺衣少食，没有栖身之所，老大难嫁，抱恨终身。虽然她们外表坚强，不辞劳苦，但内心毕竟是柔软的，夜深人静，咀嚼生活的苦涩，也会潸然泪下。虽然她们容貌憔悴，举止粗俗，但身为女人，仍小心翼翼地怀着一颗爱美之心，野花山叶，权当首饰，自我欣赏。诗人将最真实的感受、最真挚的同情，灌注到每一句诗中，让人在感动的同时，涌起深深的悲哀。虽然她们值得同情，但却常常遭到鄙视。最后二句，诗人以不平之鸣，向世人发出诘问：为什么同样的山水，过去能孕育王昭君那样的美女？今天这些女子的状况，又岂是她们的过错？

信行远修水筒①

引泉筒

　　汝性不茹荤，清静仆夫内②。秉心识本源，于事少滞碍③。云端水筒坼,林表山石碎④。触热藉子修,通流与厨会⑤。往来四十里,荒险崖谷大。日曛惊未餐⑥,貌赤愧相对⑦。浮瓜供老病,裂饼尝所爱⑧。于斯答恭谨,足以殊殿最⑨。讵要方士符,何假将军盖⑩。行诸直如笔,用意崎岖外⑪。

注释

① 信行:人名。袁淑《效曹子建白马篇》:"义分明于霜,信行直如弦。"取名本此。

② "汝性"二句:汝,指信行。茹,吃。荤,本原指葱、蒜等辛臭的蔬菜,后来指动物性的肉食。仆夫,仆人。

③ "秉心"二句:用心去认识事物的根本,做事就可以少些拖累。这二句诗称赞信行的为人。

④ "云端"二句:西南山区居民,用连接的竹筒将山上的泉水引出,供日常生活和生产使用。因竹筒在山的高处,云雾缭绕,故说"云端"。坼,裂开。林表,林梢,林外。这二句是倒装句,因为山石破碎,故水筒被砸裂。

⑤ "触热"二句:触热,冒着炎热。藉,凭借。子,你,指信行。这句说借助你冒着炎热前去修理水筒,引水流到厨房。

⑥ "日曛"句:日曛,指天色已晚。曛,落日的余光。未餐,指信行为修水筒没时间吃饭。

⑦ "貌赤"句:貌赤,谓信行被烈日晒得满脸通红。愧相对,言诗

人面对信行,为其未餐、貌赤而感到惭愧。

⑧ "浮瓜"二句:写诗人对信行的犒劳。浮在水上的瓜,本来是为我这个老病之身准备的,平时喜欢吃的饼,现在也掰了一块,让信行尝尝。

⑨ "于斯"二句:殿最,古代考核政绩或军功,下等称为"殿",上等称为"最"。这二句说自己这样诚心恭谨地报答信行,和通常的考核功绩全然不同。

⑩ "讵要"二句:讵,岂。方士符,《神仙传》:葛玄取一符投水中,能使逆流而上。假,凭借。将军盖,《杜诗详注》引钱笺:赵次公引《东观汉记》:李贰师将军(李广利)拔佩刀刺山而泉飞出。但无"盖"字。高丽刻本《草堂诗》作"佩",较"盖"字为稳。引黄生注:后汉耿恭居围城中,穿井十五丈,不得水,乃整衣拜井,井泉奔出。杜用此字。"盖"当作"拜",乃声近而讹也。这二句说像信行这样引取泉水,又何需那些奇门诡道。

⑪ "行诸"二句:行诸,犹"行乎",呼其名。《魏书·古弼传》:"少忠谨,好读书,又善骑射,以敏正著称。太宗嘉之,赐名曰笔,取其直而有用;后改名弼,言其辅佐材也。"以其头尖,时人呼为笔公。这二句说信行直而有用,没有复杂的想法,因此能任劳任怨,有益于人。

解读

此诗作于永泰二年,对一个仆人表示感激之情。信行只是一个很普通的仆人,但在这首诗中,他却是个完人:"心识本源",

"事少凝滞",朝廷衮衮诸公,有几人能到达如此境界?如果也能这样的话,天下又何至于溃烂到如此地步?当然,最让人感动的还是他的朴直,"行诸直如笔,用意崎岖外。"不会装腔作势,更不会搞阴谋诡计。为了替诗人修理水筒,他冒着酷暑,饿着肚子,在荒山险谷奔走四十里。在很多人看来,这是他的本分,理应如此,无动于衷。但在杜甫心中,却引起不小的震动,在感激的同时,也感到惭愧。"日曛惊未餐,貌赤愧相对。"清初申涵光道:"体恤下情如是,真仁者之用心。"(《杜诗详注》引)东晋陶渊明曾让一名男仆帮助儿子料理杂务,为此写了一封家书:"汝旦夕之费,自给为难。今遣此力,助汝薪水之劳。此亦人子也,可善遇之。"虽在名义上有主、仆之分,但作为人,都是母亲的孩子,应该一视同仁,善待别人。体恤之心,与杜甫相同。只是这样的声音实在太少,让人有空谷足音之感。与此同时,杜甫还写了《课伐木》《驱竖子摘苍耳》《催宗文树鸡栅》等诗,所写的都是些家常琐事,但在钟惺看来却"有满腔化工,全副王政"(《唐诗归》)。这话有些夸张,但说杜甫满腔民胞物与之心,并不过分。像信行这样的人,从古到今,不计其数,他们终日为他人劳碌,但从未得到应有的酬报,更不必说尊重了。历代文人,似乎只有包括杜甫在内的极少数人,被他们感动,对他们的处境怀有同情,对他们的行为表示感谢。而这,正是后人读这些诗被感动的又一个原因。

返 照

楚王宫北正黄昏①，白帝城西过雨痕②。返照入江翻石壁，归云拥树失山村③。衰年病肺惟高枕④，绝塞愁时早闭门⑤。不可久留豺虎乱⑥，南方实有未招魂⑦。

注释

① 楚王宫：在巫山城西二百步阳台古城内，相传为襄王所游之地。

② 白帝城：见下《白帝城最高楼》注①。

③ "返照"二句：返照，夕照，傍晚的阳光。归云，行云。拥树，环抱树木。此联承首联，言雨痕开始消去，夕阳映照江水，水中石壁之影随波光摇动；黄昏时分，暮色苍茫，浮云环抱树林，山村的景象都被遮掩。

④ "衰年"句：高枕，垫高枕头睡觉。诗人晚年患有肺病。

⑤ "绝塞"句：绝塞，极远的边塞地区，指夔州。身处绝塞，又当愁时，无可奈何，唯有早早闭门罢了。

⑥ "不可"句：杜甫诗中多次将跋扈的藩镇比作豺虎。当时泸州兵马使杨子琳与成都尹、剑南西川节度使崔旰不和，杜甫预料杨子琳必将叛乱，故言此地"不可久留"。

⑦ "南方"句：南方实在还有一个未被招回故乡的游魂。未招

魂,诗人自喻。

解读

代宗永泰二年十一月,改元大历。黄鹤注定此诗作于大历元年(766)秋分,当时杜甫寓居夔州。题为"返照",但诗并非为返照而写。前半首描摹雨后晚晴的景色。颔联写夕阳照水,水滉石壁;浮云聚树,树遮山村。一句之中,含有两层意思,观察景物的动态,极为精细。"翻"字烘托"返照","失"字烘托"归云";非"入"江不能"翻",惟"拥"不会"失"。清施补华说这联是"一句中炼两字关锁法"(《岘佣说诗》)。后半首写衰病乱离之感,黯然销魂。年老多病,本想及早闭门高枕,但一想到豺虎为乱,此地不可久留,而游魂还不能招回故乡,又怎能安然入眠?黄生说:"前半写景,可作诗中图画。后半言情,能湿纸上泪痕。视白帝城中诗,较胜一筹,以起属正声,后半气力雄厚故也。"(《杜诗说》)

白　帝

白帝城中云出门①,白帝城下雨翻盆②。高江急峡雷霆斗③,古木苍藤日月昏④。戎马不如归马逸⑤,千家今有百家存。哀哀寡妇诛求尽⑥,恸哭秋原何处村⑦?

注释

① 云出门:城在山上,故云气从城门飘出。

② 雨翻盆:翻盆,倾盆。即倾盆大雨。

③ "高江"句:江水高涨,峡谷湍急,声如雷霆争斗。

④ 日月昏:日月无光。

⑤ 戎马:战马。归马:归乡耕种的马。逸:安逸。

⑥ "哀哀"句:哀哀,哭声。诛求,强制征收。这句说连寡妇的一点东西也被征收得一干二净。

⑦ "恸哭"句:秋天的原野,本是欢庆丰收的场所,如今却弥漫着恸哭之声;而且村村如此,让人不知身在何处了。

解读

　　此诗作于大历元年秋。起句横逸,写云气翻滚,是雨前之景;下面三句都是山峡中特有的急雨景色。颔联苍劲雄杰,写暴雨直泻江流,激起澎湃的呼啸,如同雷霆在幽深的峡谷格斗;阴云遮蔽树木,日月昏暗无光。前半首写峡中骤雨,风声夹持雷声,雨声推助江声,风云变幻,日月失色,在雄奇的画面中透露出阴森肃杀之气,将瞬息万变、难以描摹的景象,形象地表现出来。南宋洪迈说:"唐人诗文,或于一句中自成对偶,谓之当句对。"(《容斋随笔》)

颔联即为当句对,其中"高江"与"急峡","雷"与"霆","古木"与"苍藤","日"与"月",都成对偶。后半首写雨后感怀、乱世情事,将诗分成两截,似乎不相连接。前人认为,杜甫有些诗,文不接而意相接。如这首诗,前半写题中景,后半写题外意。而前面的阴森肃杀之景,正好为后面满目疮痍的人世作铺垫,断中有续,意仍贯通。后半首的语言,也和前半首不同。在惨不忍睹的"哀哀寡妇"面前,在撕心裂肺的"恸哭秋原"声中,直白的叙述,也是直入人心的一种传送形式。明许学夷说:杜甫有些七律,"以歌行入律,是为大变"(《诗源辨体》)。如此诗首联,便似歌行。后半首朴实质直,又与古风相近。清张谦宜说此诗"一气喷薄,不关雕刻",作为一首拗体诗,"炼到此地位也难"(《𫄧斋诗谈》)。

宿江边阁①

暝色延山径②,高斋次水门③。薄云岩际宿,孤月浪中翻④。鹳鹤追飞静,豺狼得食喧⑤。不眠忧战伐,无力正乾坤⑥!

注释

① 江边阁:指长江边的西阁,杜甫寓居之处。

② "暝色"句：按诗意，应为"山径延暝色"。暝色，暮色。延，延接。言暮色在山径的延接中，由远而近，渐渐伸至西阁。
③ "高斋"句：高斋，即指西阁。次，次所，驻留的地方。这里作动词用。水门，临水的城门。这句说高斋就靠在水门旁边。
④ "薄云"二句：《杜诗详注》："云过山头，停岩似宿；月浮水面，浪动若翻。此初夜之景。"这二句写不眠时所见。
⑤ "鹳鹤"二句：夔州面对大江，背靠群山。《杜诗详注》："鹳鹤飞静，水边所见。豺狼喧食，山上所闻。此夜深之景。"静，一作尽。
⑥ 正乾坤：整顿乾坤。

解读

黄鹤编此诗在大历元年。首联点题，上句点时，为将宿之时；下句点地，为西阁所在之地。但诗人心中有事，虽在此寓宿，却彻夜难眠。中间二联，即写夜间所看到、所感受的景象。颔联写目中所见，出自南朝梁何逊诗："薄云岩际出，初月波中上。"（《入西塞示南府同僚》）只是将"出"改成"宿"，"上"改成"翻"。上句是静态，"宿"字切合夜景；下句成动态，写月光随波动荡的景象，和"月涌大江流"同样壮观，但不如前诗警策。仇兆鳌赞道："只换转一二字间，便觉点睛欲飞。"（《杜诗详注》）颈联写耳边所闻，同样一静一动，浦起龙认为"鹳鹤"喻军士，"豺狼"喻盗贼，"静"乃"姑息了事"（《读杜心解》），但并无依据。末联上句是"穷年忧黎元"的又一体现，下句是"唯将迟暮供多病"的无奈和叹息。此诗四联皆对,意境沉郁,笔力雄健,熨帖之中,风骨自见。

江 上

江上日多雨①,萧萧荆楚秋②。高风下木叶③,永夜揽貂裘④。勋业频看镜⑤,行藏独倚楼⑥。时危思报主,衰谢不能休⑦。

注释

① 日多雨:连日多雨。
② 荆楚:指今湖北湖南一带。
③ 下:吹落。
④ 永夜:长夜。揽:搂,抱。
⑤ "勋业"句:频频对着镜子,看满头白发,感叹功业未就。
⑥ "行藏"句:《论语·述而》:"用之则行,舍之则藏。"谓被任用就出仕,不被任用就退隐。后以"行藏"指行迹、出处。这句说独自倚楼眺望,为该出仕还是退隐纠结。
⑦ "衰谢"句:衰谢,枯萎凋谢,这里指年老体衰。言虽已年老体衰,但报效君主之心,永远不会停歇。

江上日多雨，萧萧荆楚秋

解读

　　此诗作于大历元年深秋。从"江上""倚楼"看，应在夔州西阁。前半首写景，景中含有悲秋之情。后半首述情，情中透露出诗人的身影。颔联下句，有长夜难眠之意。颈联颇为后人称道，建功立业，本是诗人的追求，但蹉跎至今，毫无建树，而镜中白发，却毫不留情，日益增多。这更让诗人增加了来日无多的急迫感，以及由此催生的忧虑。一个"频"字，便是这种急迫感和忧虑的生动体现。南宋陆游诗："塞上长城空自许，镜中衰鬓已先斑。"（《书愤五首》）以直白的语言，表达同样的意思。到了这种时候，出仕还是退隐，便成了一个让人纠结的问题。唯有独自倚楼，向那茫茫的江天，倾诉心中的抑郁。末联可看作是对颈联的回应：不管怎样，诗人报效国家的心愿，永远不会停歇。据说宋神宗特别喜爱颈联，认为杜甫其他诗，都不如这两句。（《后山诗话》）

诸将五首
（其一、其二、其三、其四）

　　汉朝陵墓对南山①，胡虏千秋尚入关②。昨日玉鱼蒙葬地③，早时金碗出人间④。见愁汗马西戎逼⑤，曾闪朱旗北斗殿⑥。多少材官守泾渭⑦？将军且莫破愁颜⑧。

韩公本意筑三城⑨，拟绝天骄拔汉旌⑩。岂谓尽烦回纥马，翻然远救朔方兵⑪。胡来不觉潼关隘⑫，龙起犹闻晋水清⑬。独使至尊忧社稷，诸君何以答升平⑭？

洛阳宫殿化为烽⑮，休道秦关百二重⑯。沧海未全归禹贡，蓟门何处尽尧封⑰？朝廷衮职虽多预⑱，天下军储不自供⑲。稍喜临边王相国，肯销金甲事春农⑳。

回首扶桑铜柱标㉑，冥冥氛祲未全销㉒。越裳翡翠无消息，南海明珠久寂寥㉓。殊锡曾为大司马㉔，总戎皆插侍中貂㉕。炎风朔雪天王地，只在忠臣翊圣朝㉖。

注释

① "汉朝"句：唐人诗中好借"汉"喻"唐"，汉朝即今朝，指唐朝。南山，终南山。对南山，可见皇家陵墓就在京城附近。

② "胡虏"句：胡虏，指吐蕃。关，指萧关，在今甘肃固原东南，据六盘山山口依险而立，是扼守自泾河方向进入关中的重要关

口。千秋,千年,泛指时间之久,并非实指一千年。这句说在汉家陵墓被发掘千年之后,胡虏竟还能闯入关中,干同样的勾当。

③ "昨日"句:《资治通鉴》:广德元年,吐蕃入京师,劫宫阙,焚陵寝。以下二句即写掘墓之事。《西京杂记》:汉楚王戊太子下葬时,以玉鱼一双入殓。蒙葬地,即在墓穴中被遮蔽。蒙,遮蔽。

④ "早时"句:《汉武帝故事》:邺县有人在市场出售玉杯,官府查实,这是汉武帝茂陵中的葬品。《杜诗详注》引胡应麟语:"'早时金碗出人间',说者谓用(南朝沈炯)'茂陵玉碗,遂出人间'语,以上有玉鱼字,遂易作金碗。"早时,往时,往日。

⑤ "见愁"句:汗马,指西域宝马汗血马。这句说眼见吐蕃近期不断入寇,令人生愁。

⑥ "曾闪"句:殷,赤色。这句诗有二种解释:一是如《杜诗详注》引赵次公注,谓"北斗"乃"(朱)旗上斗星,则殷字正与闪字相应。"因朱旗闪动,故旗上的北斗也呈现赤色。上句说吐蕃不断紧逼,此句说官军只是挥动朱旗,闲暇自若,并无积极抵抗的行动,二者形成鲜明对照。二是说吐蕃入侵时军旗(朱旗)挥动,连长安城上空的北斗星也被映红了。

⑦ "多少"句:这句忧边防兵力薄弱。材官,指有才力的武将。泾渭,泾河、渭河,黄河支流,至长安交汇。泾渭借指长安。这句说有多少得力的武将在保卫京城?用怀疑的口吻,实际上是持否定的态度。

387

⑧"将军"句:安史之乱后,朝廷宠任武将,致使武臣骄横不法。《杜诗详注》引卢元昌注:"永泰元年九月,郭子仪请遣诸道节度,各出兵屯要害。诸将犹击毬为乐。故有末句。""且莫破愁颜"是告诫之语,说当今形势危急,诸将应牢记吐蕃掘墓之耻,加强防备,即使有暂时的安宁,也不是破愁为喜的时候。

⑨"韩公"句:韩公,指张仁愿,唐中宗景龙二年(708),在今内蒙古地区沿黄河北岸修筑三座首尾相应的受降城,以断绝突厥南侵之路。回朝任宰相,封韩国公。

⑩"拟绝"句:《汉书·匈奴传上》:"南有大汉,北有强胡。胡者,天之骄子也。"骄子,宠儿。这句即言筑城本意在制止外族入侵中国。

⑪"岂谓"二句:岂谓,岂料。颔联承首联而来,说当今实际情况与韩公筑城本意恰恰相反。唐朝收复被安史叛军占领的东、西两京,击退吐蕃的入侵,都借助外族回纥的兵力,所以说"尽烦"(尽是烦劳)。翻然,反倒,反而。郭子仪统帅的朔方兵,堪称唐朝最精锐的部队,如今反倒要回纥从远方赶来救援。不但不能制止外族入侵,反而要请外族兵力进来援助,唐朝军队的无能,已不言而喻了。

⑫"胡来"句:潼关为易守难攻的险要关口,《潼关吏》中有"丈人视要处,窄狭容单车。艰难奋长戟,万古用一夫"之语。但当胡兵(不管是之前的安史叛军,还是当时的回纥、吐蕃军队)到来,却并不觉得这是什么险隘之地,很容易长驱直入。这句也是讥讽诸将无能。

⑬ "龙起"句：唐高祖自太原起兵，最终统一天下。晋水源出太原西南悬瓮山麓。一行《并州起义堂颂》："我高祖龙跃晋水，凤翔太原。"《杜诗详注》引《册府元龟》："高祖师次龙门县，代水清。"又引赵次公注："至德二年七月，岚州合关河清三十里。此龙起晋水清之一证也。诗盖以祖宗之起兵晋阳，比广平之兴复京师，广平王后继位为代宗，故下文接以至尊。"犹闻，还听说。

⑭ "独使"二句：这二句说代宗心忧国家安危，收复京师，独建大功。诸将坐享太平，又该如何报国呢？末句用诘问语气，可见诸将并无报国之心。而代宗忧虑后的决策，竟是借助回纥兵力，这和韩公筑城本意明显相左。这二句在字面上歌颂代宗，实则隐寓对朝廷引狼入室行为的不满。

⑮ "洛阳"句：言洛阳宫殿毁于安史之乱的兵火。烽，烽火。

⑯ "休道"句：秦关，在今洛川，是历史上的要塞之一，洛河穿境而过。《史记·高祖本纪》："秦，形胜之国，带河山之险，县(悬)隔千里，持戟百万，秦得百二焉。"裴骃引苏林曰："秦地险固，二万人足当诸侯百万人也。"这句承上句而来，既然连洛阳宫殿都保不住，可见秦关天险并不足恃，那就别再夸口了。

⑰ "沧海"二句：沧海，指《禹贡》中的青州地区，即自泰山往东直至大海的区域。蓟门，指蓟州，在今北京、天津一带。《禹贡》为《尚书》的一篇，记载古代九州的山川、物产。尧封，传说尧命舜巡视天下，划为十二州，并在十二座大山上封土为坛，以作祭祀。这二句说山东、河北藩镇依然割据，并未完全归顺。

⑱"朝廷"句:衮职,指三公的职位,也借指三公。预,参预。当时诸镇节度使多兼三公、宰相衔,故言多预。

⑲"天下"句:唐初实行府兵制,寓农于兵,军粮自给。天宝后期府兵制被废,于是兵饷多取之朝廷,或向百姓横征暴敛,故言不自供。

⑳"稍喜"二句:王相国,指王缙。代宗广德二年曾任宰相,后迁河南副元帅。当时沿边各镇,都不知屯田耕种,唯有王缙愿做此事,故言稍喜。但这毕竟是个别现象,故言外依然流溢出强烈的不满。

㉑"回首"句:《杜诗详注》引黄生注:"前三首道两京之事,皆翘首北顾,此则道南中之事,故以回首发端。"扶桑,唐时岭南道有扶桑县,这里泛指南海一带。东汉初,伏波将军马援率军平定交趾(今越南北部),并在其地立铜柱,以作标志。唐玄宗时,何履光率兵平定南诏(在今云南),再立马援铜柱。

㉒"冥冥"句:冥冥,暗中。氛祲,即"妖氛",预示灾祸的云气。这句说南诏暗中与吐蕃勾结。

㉓"越裳"二句:越裳,古代南方国名,越南史学家认为越裳为越南的古称。唐代日南郡有越裳县。翡,雄性红鸟。翠,雌性青鸟。南海,唐代岭南道有南海县,当地海中出明珠。这二句说受北方战乱的影响,唐朝对南方的属国也失去控制力,本应有的朝贡都已断绝。

㉔"殊锡"句:殊锡,指帝王的特殊恩宠。大司马,指最高级别的武官。这句说得到帝王特殊恩宠的武将能得到最高职位。

㉕"总戎"句：总戎，指各藩镇节度使等军队统帅。侍中，门下省侍中，即宰相。其冠插貂尾为饰。这句说将帅都挂了宰相的官衔。以上二句极言武将在当时的煊赫。

㉖"炎风"二句：末二句勉励诸将，为国效命，恢复国家旧有的版图。炎风指南方地区，朔雪指北方地区。《春秋》称周天子为"天王"。《诗经·小雅·北山》："普天之下，莫非王土。"翊，辅佐。这句说无论南北，都是唐朝的国土。保卫国土，需要忠良之士的辅助。言下之意，当今外族入侵，藩镇割据，国土难保，就是缺少忠良之士的缘故。

解读

　　这组诗最后一首，言作诗之时，正值"巫峡清秋万壑哀"。据此，当为大历元年(766)秋在夔州作。当时国难当头，内外交困，但掌兵的武臣，既无退敌的才能，更无报国的忠诚，杜甫深以为忧，故借"诸将"之名，抒写心中的感慨。每首诗都以地名领起：汉朝陵墓、韩公三城、洛阳宫殿、扶桑铜柱、锦江春色，从关中、朔方、洛阳，直至南海、西蜀。所写内容，包括吐蕃入侵、借兵回纥、府兵法坏、广南不贡、蜀中无良将，利害攸关，都是当时最紧迫的事，真无愧"诗史"之称。

　　吐蕃内侵，是这些年最大的忧患，第一首为此责备诸将不能抗敌。前半首援引往事，以作警戒，后半首忧虑将来，苦心规劝。焚陵是广德元年的事，而入侵的危险就在眼前。诗中将这两件事并举，是想表明：发生焚陵这样的国耻大恨，理应让诸将痛心疾首，但前事历历在目，危机又已出现，负有保卫国家责任的诸将，还能不翻然振作吗？前人说这组诗"纯以议论骨力胜，骨力全在虚字转掉得妙，句法便成遒紧"（《闻鹤轩初盛唐近体读本》引陈德公语）。如这首诗就用了"尚入"、"昨日"、"早时"、"见愁"、"曾闪"、"多少"、"且莫"等不少虚词进行斡旋，以表达情绪，加强语气。借兵回鹘，是杜甫从一开始就感到不安、并明确反对的事。第二首就此事责备诸将不能担负重任，替朝廷分忧。颔联用"岂谓"、"翻然"，表明事情的发展出乎意外。而这"意外"居然是：官军不但不能制止外族入侵，反而要请外族兵力进来援助，唐朝军队的无能，已不言而喻了。前面四句，大开大合，骨力高绝。颈联感伤目前，追忆盛时，"对法奇变不测，有龙跳虎卧之观"（《杜诗镜铨》）。"胡来不觉潼关隘"，"不觉"二字，极为冷峻。此诗俯仰感慨，一气抟聚，句法飞舞，笔若游龙。连年战乱，导致屯田制被破坏，国力削弱，百姓贫困。但战争还在继续，军费从何而出？第三首即议这个问题。颔联写河北藩镇，依然作梗，四海之内，并未完全归顺。为了笼络军人，朝廷滥赐官爵，诸将兼职甚多，连宰相也多由将军兼任。但诸将只图官位，并不分忧，兵不知农，经费照样向朝廷伸手。守边的将帅，唯有王缙还懂得屯田自供，故在诗中特为表出，希望诸将能够效法。第四首因南方属国不肯朝贡，责备诸将不能柔远怀迩。颈联极写诸将的荣宠，更加显出其有负皇恩，而朝廷的笼络，也就成了多此一举。末联希望能有忠臣守边，可见守边的都不是忠臣。

七律《诸将五首》和五律《有感》五首相为表里，都以议论为诗,为国谋画。南宋严羽《沧浪诗话》认为"以议论为诗",丧失了一唱三叹之音,是作诗一病。但这组诗却能在作诗领域,开辟新的境界,让无数后人叹服。郝敬说:"此以诗当纪传,议论时事,非吟风弄月,登眺游览,可任兴漫作也。必有子美忧时之真心,又有其识学笔力,乃能斟酌裁补,合度如律,其各首纵横开阖,宛然一章奏议、一篇训诰,与三百篇并存可也。"(《杜诗详注》引)全诗感愤时事,慷慨蕴藉,开阖动荡,气雄词杰,而又千锤百炼,格律谨严。就以悲情壮采表现时事这点说,近代魏源的七律组诗《寰海》,有其影响。前人曾将这组诗和《秋兴》作比较:"《秋兴》《诸将》同是少陵七律圣处。沈实高华,当让《秋兴》;深浑苍郁,定推《诸将》。有谓《诸将》不如《秋兴》者,乃少年耳食之见耳。"(《杜诗镜铨》引邵长蘅语)浦起龙更是认为:"五首纯以议论为叙事,吁谟壮彩,与日月争光,出《秋兴》之上。"(《读杜心解》)

秋兴八首①

玉露凋伤枫树林②,巫山巫峡气萧森③。江间波浪兼天涌④,塞上风云接地阴⑤。丛菊两开他日泪⑥,孤舟一系故园心⑦。寒衣处处催刀尺⑧,白帝城高急暮砧⑨。

夔府孤城落日斜⑩，每依北斗望京华⑪。听猿实下三声泪⑫，奉使虚随八月槎⑬。画省香炉违伏枕⑭，山楼粉堞隐悲笳⑮。请看石上藤萝月，已映洲前芦荻花⑯。

千家山郭静朝晖，日日江楼坐翠微⑰。信宿渔人还泛泛，清秋燕子故飞飞⑱。匡衡抗疏功名薄⑲，刘向传经心事违⑳。同学少年多不贱，五陵裘马自轻肥㉑。

闻道长安似弈棋㉒，百年世事不胜悲㉓。王侯第宅皆新主，文武衣冠异昔时㉔。直北关山金鼓振，征西车马羽书驰㉕。鱼龙寂寞秋江冷㉖，故国平居有所思㉗。

蓬莱宫阙对南山㉘，承露金茎霄汉间㉙。西望瑶池降王母㉚，东来紫气满函关㉛。云移雉尾开宫扇㉜，日绕龙鳞识圣颜㉝。一卧沧江惊岁晚㉞，几回青琐点朝班㉟。

瞿唐峡口曲江头㊱，万里风烟接素秋㊲。花萼夹城通御气㊳，芙蓉小苑入边愁㊴。珠帘绣柱围黄鹄[40]，锦缆牙樯起白鸥[41]。回首可怜歌舞地，秦中自古帝王州[42]。

昆明池水汉时功[43]，武帝旌旗在眼中[44]。织女机丝虚夜月[45]，石鲸鳞甲动秋风[46]。波漂菰米沉云黑[47]，露冷莲房坠粉红[48]。关塞极天惟鸟道[49]，江湖满地一渔翁[50]。

昆吾御宿自逶迤[51]，紫阁峰阴入渼陂[52]。香稻啄馀鹦鹉粒，碧梧栖老凤凰枝[53]。佳人拾翠春相问[54]，仙侣同舟晚更移[55]。彩笔昔曾干气象[56]，白头吟望苦低垂[57]。

注释

① 秋兴：兴，因秋遣兴，故名秋兴。
② 玉露：秋天的白露，以其洁白晶莹，故喻以玉。凋伤：作动词用，使草木凋零。
③ 巫山：横贯湖北、重庆交界一带的山脉，主峰为重庆奉节县境内乌云顶。巫峡：自重庆巫山县城东大宁河起，至湖北巴东县官渡口一带沿长江的峡谷，以绮丽幽深著称。萧森：萧瑟阴森。
④ 兼天涌：言波浪滔天。
⑤ 塞上：指夔州。杜甫《夔府书怀》诗，称此地为"绝塞乌蛮北"。

接地阴:言风云笼罩大地。
⑥ "丛菊"句:诗人去年秋天在云安,今年秋天在夔州,从离开成都算起,历时两年,故云"两开"。"开"字双关,既指菊花,也指泪眼。他日,往日,指以往多年的流离困苦岁月。
⑦ "孤舟"句:"系"字同样双关,既指孤舟,也指诗人的心。故园,指长安。
⑧ 催刀尺:指赶裁冬衣。
⑨ 白帝城:见《白帝城最高楼》注①。急暮砧:黄昏时急促的捣衣声。砧,捣衣石。
⑩ 夔府孤城:指夔州都督府府治奉节。
⑪ 每:每每,经常,时常。
⑫ "听猿"句:《水经注·江水注》:"每至晴初霜旦,林寒涧肃,常有高猿长啸,属引凄异,空谷传响,哀转久绝。故渔者歌曰:巴东三峡巫峡长,猿鸣三声泪沾裳。"这是前人的记载。如今诗人亲身经历这样真实的情景,故说"实下三声泪"。这句是倒装句,按诗意应为"听猿三声实下泪"。
⑬ "奉使"句:诗人曾以检校工部员外郎的朝官身份作严武的参谋,故说"奉使"。槎,木筏。《博物志》:旧说天河与海通。近世有人居海渚者,年年八月有浮槎去来不失期,人赍粮乘槎而去,十余日,至天河。又《荆楚岁时记》:汉武帝令张骞穷河源,乘槎经月,至天河。这里以天河比喻长安。诗人原打算随严武回长安,因严武在成都突然去世,无法实现,所以说"虚随"。

⑭ "画省"句:画省,指尚书省。汉代尚书省以胡粉涂壁,紫素界之,画古烈士像,故别称"画省"。伏枕,卧病。违,违背,分离。诗人所任检校工部员外郎,属尚书省,故诗人本来能够入画省。只是此时以老病的缘故,不能前往,而与画省相违了。

⑮ 山楼:即夔府城楼,或说指白帝城楼。粉堞:涂刷白粉的女墙。堞,城上如齿状的矮墙,即女墙。隐悲笳:悲切的笳声从城楼隐隐传出。

⑯ "请看"二句:前六句都写夜初的情景,这二句则是夜深景色。表明诗人思念长安,无法入睡,不觉已到深夜了。

⑰ 坐翠微:翠微,青翠的山色。江楼四周青山环抱,如同置身(坐在)翠微之中。

⑱ "信宿"二句:信,再住一夜。信宿,连住两夜,也表示两夜。还,还在。故,故意。钱谦益注:"渔人延缘荻苇,携家啸歌,羁旅之客殆有弗如。还泛泛者,亦羡之之词也。己则系舟伏枕,而燕乃下上辞归,飞翔促数,搅余心焉。曰故飞飞者,恼乱之词,亦触迁也。"这二句以渔人、燕子为对照,抒写自己(一个久居他乡者)的孤寂与烦恼。

⑲ "匡衡"句:匡衡,西汉经学家。抗疏,向皇帝上书直言。《汉书·匡衡传》:元帝初,(匡)衡数上疏陈便宜,迁光禄大夫、太子少傅。杜甫任左拾遗时,曾忤逆肃宗,上疏救房琯,故以匡衡自比;但结果却遭贬斥,所以说"功名薄"。

⑳ "刘向"句:刘向,西汉著名学者。《汉书·刘向传》:宣帝令

(刘)向讲论五经于石渠(西汉皇家图书典藏与编校机构)。成帝即位,诏(刘)向领校中五经秘书(宫禁秘藏书籍)。杜甫出身儒学世家,但却不能像刘向那样校订经籍,所以说"心事违"。

㉑ "同学"二句:五陵,见《哀王孙》注⑰。轻肥,轻裘肥马。这二句以少年时的同学如今各自衣轻裘,乘肥马,来反衬自己的落魄潦倒。

㉒ 似弈棋:言长安政局如同下棋,反复不定。

㉓ 百年世事:百年,指一生。世事,即国事。言一生经历的国事政事。

㉔ "王侯"二句:写长安已成了新贵的天下,这是政事的可悲。

㉕ "直北"二句:直北,正北。金鼓,指军旅乐器和战鼓。"振"字写出战斗激烈。羽书,即羽檄,插着羽毛的紧急公文。"驰"字写出情况紧急。上句写与北边回纥间的战事,下句写与西边吐蕃间的战事,这是边事的可悲。

㉖ "鱼龙"句:鱼龙,泛指水族。《杜诗详注》引《水经注》:"鱼龙以秋日为夜。龙秋分而降,蛰寝于渊,故以秋为夜也。"入秋之后,鱼龙潜伏,因而水面寂寞,江上清冷。

㉗ "故国"句:故国,指长安。平居,平时所居之处。这句写诗人思念往日在长安生活的情景。与"历历开元事,分明在目前"(《历历》)意思相同。《杜臆》:"思故国平居,并思其致乱之由。易故园心为故国思者,见孤舟所系之心,为国非为家也。其意加切矣。"

㉘ 蓬莱宫阙:《唐会要》:"龙朔二年,修旧大明宫,改名蓬莱宫,北据高原,南望爽垲(高爽干燥之地),每天晴日朗,南望终南山如指掌,京城坊市街陌如在槛内。"宫阙,指帝王居住的宫殿,因宫门外有双阙,故称宫阙。南山,终南山。

㉙ "承露"句:承露,承露盘。金茎,铜柱。汉武帝在建章宫西面神明台上建仙人承露盘。霄汉间,言其高入云霄。《杜诗详注》引陈泽州注:"(唐代)不闻有承露盘事。此盖言唐开(元)、(天)宝宫阙之盛。又以明皇好道,故以蓬莱承露、瑶池紫气,连类言之,不必实有金茎。"

㉚ "西望"句:瑶池,见《自京赴奉先县咏怀五百字》注㉖。《汉武内传》:七月七日,上齐居承华殿,忽青鸟从西来,集殿前。上问东方朔,朔曰:"此西王母欲来也。"《杜诗详注》引陈泽州注:"唐公主如金仙、玉真之类,多为道士,筑观京师,西望瑶池,盖言道观之盛。"

㉛ "东来"句:《关尹内传》:函谷关关令尹喜尝登楼望,见东极有紫气西迈,曰:"应有圣人经过京邑。"乃斋戒。其日果见老君乘青牛车来过。函关,函谷关,位于今河南灵宝,是建置最早的雄关要塞之一。以上二句都写宫阙气象的庄严不凡。

㉜ "云移"句:云移,像云彩一般移动。雉尾,缉雉羽而成的雉尾扇。《杜诗详注》引朱鹤龄注:《唐会要》:"开元中萧嵩奏:每月朔(农历初一)望(农历十五),皇帝受朝于宣政殿,宸仪(帝王的仪容)肃穆,升降俯仰,众人不合(不该)得而见之。请备羽扇于殿两厢,上将出,扇合,坐定,乃去扇。"

㉝ "日绕"句：龙鳞，指皇帝衮袍上所绣的龙形花纹。这句说当阳光照在皇帝衮袍上的时候，才能看清天子的容颜。以上二句是诗人回忆受唐玄宗接见，在蓬莱宫献三大礼赋时的情景。

㉞ 沧江：指长江。岁晚：年末。

㉟ "几回"句：青琐，装饰皇宫门窗的青色连环花纹，这里借指宫门。点朝班，古代上朝时，依官职大小排列班次先后，点名传呼百官朝见天子。当时诗人还有检校工部员外郎之职，但却无法回京，因此产生还能有几回上朝机会的慨叹。

㊱ 瞿塘峡：长江三峡之一，西起奉节县白帝山，东迄巫山县大溪镇，以雄伟险峻著称。曲江，见《乐游园歌》注⑪。

㊲ "万里"句：夔州与长安相隔万里，当时又值风尘干戈之际，故说万里风烟将两地秋色相接。素秋，秋属金，其色白，故称素秋。

㊳ "花萼"句：花萼，花萼相辉楼。《旧唐书·让皇帝宪传》："玄宗于兴庆宫西南置楼，西面题曰花萼相辉之楼，南面题曰勤政务本之楼。"夹城，两边筑有高墙的通道。御气，天子之气。《旧唐书·玄宗纪》："开元二十年六月，遣范安及于长安，广花萼楼，筑夹城，至芙蓉园。"此夹道为方便玄宗从宫中去曲江游赏而建，故言"通御气"。

㊴ "芙蓉"句：芙蓉小苑，即芙蓉园，见《乐游园歌》注⑧。安禄山叛乱的消息传到长安，唐玄宗在逃离长安前，曾在兴庆宫花萼楼设酒饯行，四顾凄怆。故言"入边愁"。

㊵"珠帘"句:珠帘,《西京杂记》:"(汉代)昭阳殿,织珠为帘。"绣柱,锦绣华丽的柱子。形容曲江宫殿的华丽。《西京杂记》:"昭帝始元元年,黄鹄下建章(宫名)太液池中,帝作歌。"这句说江边宫殿林立,将飞起的黄鹄围在里面。

㊶"锦缆"句:锦缆,锦制的缆绳。牙樯,象牙装饰的桅杆。形容曲江游船的精美。这句说水上游船众多,将白鸥时时惊起。

㊷"回首"二句:谢朓《入朝曲》:"江南佳丽地,金陵帝王州。"上句说原先的歌舞之地曲江,如今一片荒凉,令人不堪回首。下句说关中自古以来一直是帝王之都,王气未销,因此总有再度繁荣的时候。

㊸"昆明"句:昆明池,在古代长安西南,周回四十里。遗址在今西安西南斗门镇附近。《汉书·西南夷传》载:汉武帝派人出使身毒国,在昆明国受阻,由此想征伐昆明。当地有滇池,方圆三百里,因此仿照开凿一池,以练习水战,称昆明池。因此池是汉代所建,故言"汉时功"。

㊹"武帝"句:武帝,指汉武帝。《史记·平准书》:"武帝大修昆明池,治楼船高十余丈,旗帜加其上,甚壮。"唐玄宗为攻打南诏,曾在昆明池演习水战。因此武帝也借指唐玄宗。

㊺"织女"句:织女,指汉代昆明池边的织女石像。《三辅黄图》引《关辅古语》:"昆明池中有二石人,立牵牛、织女于池之东西,以象天河。"机丝,织机上的丝线。虚夜月,空对夜月,并不织布。这句写织女石的宁静。

㊻"石鲸"句:石鲸,指昆明池中的石刻鲸鱼。《三辅黄图》引《三

辅故事》:"池中有豫章台及石鲸。刻石为鲸鱼,长三丈,每至雷雨,常鸣吼,鬣尾皆动。"动秋风,在秋风中摇动。这句写石鲸的生动。

㊼ "波漂"句:菰,茭白,生浅水中,可食。秋天结实,皮呈黑褐色,状如米,故称菰米,因雕爱吃,又称雕胡米。蔡邕《月令章句》:"阴者,密云也,沉者,云之重也。"这句说水面菰米之多,望去黑压压一片,如乌云重重堆积。

㊽ "露冷"句:莲房,即莲蓬,果实可食。坠粉红,写莲蓬结子时,粉红色的花瓣坠落水中。

㊾ "关塞"句:关塞,指夔州。极天,极高。鸟道,言道路险绝,连动物都难行走,只有飞鸟可以通过。这句说从夔州去长安,道路艰险,峻极于天,无法飞度。

㊿ "江湖"句:江湖满地,言到处漂泊。杜甫晚年诗中常以渔翁自比,如"天入沧浪一钓舟"(《将赴荆南寄别李剑州》)等。最后二句隐寓诗人对还京无期的慨叹。

㉛ "昆吾"句:昆吾,在今陕西蓝田西。西汉扬雄《羽猎赋序》:"武帝广开上林,东南至宜春、鼎湖、御宿、昆吾。"昆吾,上林苑地名,在今陕西西安蓝田。御宿,御宿川,又名王曲川,在今陕西西安长安王曲。以汉武帝曾在此建离宫别院得名。逶迤,形容曲折绵延。汉武帝所开上林苑,方圆三百里,跨越今盩厔、鄠、蓝田、咸宁、长安五县之境,故言"自逶迤"。

㉜ "紫阁"句:紫阁峰,终南山峰名,又名佛掌峰。在今陕西户县。阴,山之北、水之南,称阴。渼陂,见《渼陂行》注①。《渼

陂行》:"半陂以南纯浸山,动影裊窕冲融间。"可见渼陂水面布满终南山峰的倒影。

㊽ "香稻"二句:《杜诗详注》引顾宸语:"旧注以香稻一联,为倒装法。今观诗意,本谓香稻乃鹦鹉啄余之粒,碧梧则凤凰栖老之枝,盖举鹦鹉、凤凰以形容二物之美,非实事也。重在稻与梧,不重在鹦鹉凤凰。若云鹦鹉啄余香稻粒,凤凰栖老碧梧枝,则实有鹦鹉、凤凰矣。少陵倒装句固不少,唯此一联,不宜牵合。"

㊾ 拾翠:拾取翠鸟羽毛以作首饰。相问:彼此互赠礼物。问,问遗,慰劳馈赠。

㊿ "仙侣"句:《后汉书·郭太传》:"太(郭泰)与李膺同舟而济,众宾望之,以为神仙焉。"杜甫早年曾和岑参兄弟游渼陂,也堪称神仙伴侣。晚更移,言天色已晚,依然移舟畅游,乐而忘返。

○56 "彩笔"句:彩笔,五彩之笔,比喻华丽的文笔。《南史·江淹传》:"尝宿于冶亭,梦一丈夫,自称郭璞,谓淹曰:'吾有笔在卿处多年,可以见还。'淹乃探怀中,得五色笔一以授之。尔后为诗绝无美句,时人谓之才尽。"干,干犯。气象,指帝王气势。干气象,指自己曾于天宝十载上三大礼赋,得到唐玄宗赏识。但也有人说:"气象,指山水之气象。干者,言彩笔所作,气凌山水也,即指《渼陂行》及《城西泛舟》等篇言。"(《杜诗详注》引张綖注)

○57 "白头"句:一个白发老翁,在回想当年荣耀之后,又为眼见当今落魄而低头不语了。这首诗和第五首、第七首诗，都属对结体。"今望"原作"吟望"，与"昔曾"不对，《杜诗详注》据清初张远注，改为"今望"。据高步瀛说，清姚鼐《今体诗钞》所依据的清初毛奇龄本，也作"今望"(《唐宋诗举要》)。

解读

这组诗作于大历元年(766)秋。秋兴，即对秋遣兴，重在兴，故这组诗主要抒写在这特定场景中的感触和情怀。王嗣奭说："《秋兴八首》以第一首起兴，而后七首俱发中怀，或承上，或起下，或互相发，或遥相应，总是一篇文字。"(《杜臆》)就表现形式而言，这组诗以富丽之词、铿锵之声，诉羁旅之悲、家国之恨，堪称以丽词写悲情的典范。

"悲哉秋之为气也！萧瑟兮草木摇落而变衰……廓落兮羁旅而无友生，惆怅兮而私自怜。"(宋玉《九辩》)秋天最容易触动游子的愁绪，满目秋色，满耳秋声，对景写怀，便是秋兴。第一首为秋兴的发端，前半首因秋托兴，后半首触景伤情。首联上句写玉露凋丧，点明时节，暗藏"秋"字。下句写巫山巫峡，表明所在地区。颔联上句承峡，下句承山，写江面惊涛滔天，塞上风云笼罩，情景萧森悲壮。颈联写对菊堕泪，漂泊思乡，和"感时花溅泪，恨别鸟惊心"(《春望》)意境相同。前三联都是目中所见，末联为耳边所闻，写的是砧声，传出的是秋声，是离别之声，是惆怅之声。钱谦益注："以节则杪秋，以地则高城，以时则薄暮，刀尺苦寒，急砧促别，末句标举兴会，略有五重，所谓嵯峨萧瑟，真不可言。"前人说这首诗是《秋兴八首》的纲领,所写都是秋天的景色,蕴含的是由此而起的兴会,身在夔州的山峡,心向关中的故园。

第二首承前一首末句"白帝城""暮砧"五字,从"夔府""落日"写起。首联下句提出"望京华"三字,是全诗本旨。钱谦益说:"依斗望京,此句为八章之骨。重章叠文,不出于此。"(《杜诗详注》引)"故园心"以此作为寄托,"他日泪"也由此而生。京华为故园所在之处,望而不见,能不凄怆?以此夜不能寐,伏枕闻笳,起视月色,忽映芦花。首联依斗望京,还是日落时分,末联月映芦花,在夜深之时。一个"已"字,写出时间在不知不觉中流逝。末句"芦荻花"三字,以秋景点明时令,而颔联"八月"则直指秋季。通篇语词悲惋,凄楚动人。

第三首首联所写,已是次日清晨情景,上句贴巫山,下句贴巫峡。朝阳映照宁静的山郭,景致迷人,但日日坐翠微,可见在此淹留的孤寂无聊,于是渔舟泛泛,燕子飞飞,各得其所,自由自在,也成了诗人羡慕的对象。"清秋"二字,点明时节。后半首写"望京华"的触动:有抗疏的举动,但没有匡衡的功名;有传经的意愿,但没有刘向的成就。再看同学少年,五陵裘马,飞黄腾达,和自身落魄,孤舟独坐,形成鲜明对照。事与愿违,令人生慨。"五陵"二字,点出"长安"。此诗承上启下,前半首还是面对夔州秋景感兴,后半首则转入对长安的回忆和述怀。

第四首从正面写"望京华"的感慨,前半首感伤朝局的变迁,后半首忧虑边境的侵扰。首联说"百年世事不胜悲",并非百年世事都可悲,而是纵观百年世事,昔盛今衰,让人不胜悲哀。羽书是紧急军事文书,故插上鸟羽,必须飞速送达。但颈联却加上一个"迟"字,世事的不堪,也就可以想见了。末联上句写秋江寂寞,正是秋兴之时。因为寂寞,故独坐江楼,抚今追昔,一一堪思,所谓"历历开元事,分明在目前"(《历历》)。王夫之说:"至若'故国平居有所思','有所'二字,虚笼喝起,以下曲江、蓬莱、昆明、紫阁,皆所思者,此自《大雅》来。"(《姜斋诗话》)结句以故国之思收束,将第一首"故园",改为"故国"。王嗣奭说:"换一'国'字,见所思非家也,国也,其意甚远……后面四章,皆包括于其中。如人主之荒淫,盛衰之倚伏,景物之繁华,人情之逸豫,皆足以召乱。"(《杜臆》)下面四首,便是具体陈述故国之事。

从第五首开始,分写长安各处。首先思念全盛时期的长安宫阙,面对南山,西眺瑶池,东接函关,气势巍峨。有人说领联"王母"、"紫气",有暗示玄宗热衷道教、崇奉神仙之意,但也有人认为这仅是描写宫殿,并无讥刺之意。此诗前两联写玄宗时事,颈联写肃宗时事,末联落到目前。沧江岁晚,深秋多感,后半首慨叹自己已许久不能入朝,"几回青琐",包含着多少遗憾。宫殿壮丽,曾列朝班,是"所思"之一。

第六首思念长安内苑曲江。这首诗的前面二首和后面二首,都是前六句写长安,最后二句落到夔州。唯独这首诗以瞿唐起端,下面六句写长安。首联写瞿峡曲江,相隔万里,而风烟遥接,同一萧森。当此清秋,诗人感叹盛时不再,追思致乱之由,很自然地想起天宝末年朝廷上下的奢淫,想起唐玄宗携杨妃游幸的盛况,是"所思"之二。当时岸上离宫,围住黄鹄;江中画舫,惊起白鸥,曲江成了轻歌曼舞之地。曾几何时,便如颔联所写,原先帝王出入之处,因叛军的侵入而愁雾笼罩。转瞬之间,由治入乱,盛衰悬隔。也有人认为,颈联所写,是杜甫想象中的目前状况:"'珠帘绣柱'不围人而'围黄鹄','锦缆牙樯'无人迹而'起白鸥',则荒凉之极也,是以'可怜'。"(吴乔《围炉诗话》)从文意看,这样解释比较顺畅,但既说"荒凉之极",又哪来"珠帘绣柱"、"锦缆牙樯"呢?尽管如此,诗人还是相信:关中王气犹存,总有中兴的时候。

第七首思念长安城外的昆明池。和汉武帝一样,唐玄宗也穷兵黩武,曾在此操练水军,故首联说当时景象,依然在眼前浮现。"无复云台仗,虚修水战船。"(《寄岳州贾司马六丈巴州严八使君两阁老五十韵》)这是"所思"之三。中间二联,写昆明池的秋景,有不同的理解。杨慎说:读"织女"二句,"则荒烟野草之悲,见于言外矣";读"波漂"二句,"则兵戈乱离之状俱见矣"(《杜诗详注》引)。王嗣奭的看法正相反,看作是追溯盛事:"织女鲸鱼,铺张伟丽,壮千载之观;菰米莲房,物产丰饶,溥万民之利。"(《杜臆》)仇兆鳌则认为:"'织女'二句,记池景之壮丽,承上'眼中'来。'波漂'二句,想池景之苍凉,转下'关塞'去。于四句分截,方见曲折生动。"之所以分出一盛一衰,是因为"织女鲸鱼,亘古不移,而菰米莲房,逢秋零落,故以兴己之漂流衰谢耳。"(《杜诗详注》)杜甫晚年作诗,常自比渔翁,末联写自己身阻鸟道之外,漂泊如同渔翁,颇有留滞峡中、还京无期的感慨。

第八首思念长安胜境渼陂,回顾往昔游乐,对照当前老病,是"所思"之四。颔联是引起热议的倒装句。这二句所重在"香稻""碧梧",不在"鹦鹉""凤凰",所妙在"啄余""栖老",以文势需要,自然如此,而不是故意颠倒其辞,玩文字游戏。香稻、碧梧,是秋季的景物,记物产的丰饶。佳人拾翠,仙侣同舟,则回忆寻春的兴味,写士女游观的盛况。此诗忽然借春色映衬秋景,文笔奇幻。清徐增说:"'佳人'句娟秀明媚,不知其为少陵笔,如千年老树挺一新枝。"(《而庵说唐诗》)末联有"向之所欣,俯仰之间,已为陈迹"之意,"情随事迁,感慨系之矣"(王羲之《兰亭集序》)"秋"以此而悲,"兴"因此而起,诗为此而作,八首就此作一了结。结句语极沉郁,有悠然不尽之感。徐增说"此首又是先生自画咏《秋兴》小像也"(《而庵说唐诗》)。

　　如果单就其中某一首而言,在佳作纷呈的杜甫七律中,或许还不能说最为杰出。但作为一组诗,一组首尾呼应、一气衔接、抚今追昔、左萦右拂的诗,便有迥出侪类之感。对于这组诗,前人好评如潮,现摘录如下:

　　清黄生:杜公七律当以《秋兴》为裘领,乃公一生心神结聚之所作也。八首之中,难为轩轾。(《杜诗说》)

　　明郝敬:八首声韵雄畅,词采高华,气象冠冕,是真足虎视词坛,独步一世。(《杜诗详注》引)

　　明陈继儒曰:云霞满空,回翔万状,天风吹海,怒涛飞涌,可喻老杜《秋兴》诸篇。(《唐诗选脉会通评林》)

　　清王夫之:八首如正变七音,旋相为宫,而自成一章。或为

割裂,则神体尽失矣。(《唐诗评选》)

明张綖:《秋兴》八首,皆雄浑丰丽,沉着痛决,其有感于长安者,但极摹其盛,而所感自寓于中。徐而味之,则凡怀乡恋阙之情,慨往伤今之意,与夫外夷乱华,小人病国,风俗之非旧,盛衰之相寻,所谓不胜其悲者,固已不出乎意言之表矣。卓哉一家之言,复然百世之上,此杜子所以为诗人之宗仰也。(《杜诗详注》引)

咏怀古迹五首
(其一、其二、其三)

支离东北风尘际①,漂泊西南天地间②。三峡楼台淹日月③,五溪衣服共云山④。羯胡事主终无赖⑤,词客哀时且未还⑥。庾信平生最萧瑟,暮年诗赋动江关⑦。

摇落深知宋玉悲⑧,风流儒雅亦吾师⑨。怅望千秋一洒泪,萧条异代不同时⑩。江山故宅空文藻⑪,云雨荒台岂梦思⑫?最是楚宫俱泯灭,舟人指点到今疑⑬。

群山万壑赴荆门[14],生长明妃尚有村[15]。一去紫台连朔漠[16],独留青冢向黄昏[17]。画图省识春风面[18],环珮空归月夜魂[19]。千载琵琶作胡语,分明怨恨曲中论[20]。

注释

① "支离"句:支离,分散,这里是流离的意思。自安史之乱爆发至入蜀这一段时期,诗人一直在关中、秦陇各地颠沛流离。这里在蜀地东北,又值战乱,故言"支离东北风尘际"。

② "漂泊"句:入蜀后,诗人又先后在成都、梓州、阆州、云安、夔州寓居,故言"漂泊西南天地间"。

③ "三峡"句:楼台,《杜臆》认为指诗人当时居住的西阁,也有人认为是泛指江边的住房建筑。淹日月,日月淹留,即在此久留。

④ "五溪"句:《水经注·沅水》:"武陵有五溪,谓雄溪、樠溪、无溪、酉溪、辰溪其一焉。"在今湖南、贵州、重庆交界地区。衣服,各民族不同的服装,借指当地各少数民族。共云山,在同样的云山共处,即相互杂处。

⑤ "羯胡"句:羯胡,本指羯族,古代北方游牧民族,被称为匈奴的别部(附庸)。这里含两层意思:对杜甫而言,借指安禄山。唐玄宗十分宠信安禄山,但安禄山最终却叛唐。对庾信而言,羯胡借指侯景,参见《洗兵马》注㉚。侯景曾得到梁武帝

的重用,最终也叛梁。所以说"事主终无赖"。

⑥ "词客"句:也含两层意思。词客,既指杜甫,也指庾信。庾信,南北朝时期著名文学家、诗人。侯景之乱时,庾信逃往江陵(今湖北荆州)。后奉命出使西魏,因梁为西魏所灭,遂留居北方。北周代魏后,官骠骑大将军、开府仪同三司,世称"庾开府"。时陈朝与北周通好,流寓人士,并许归还故国,唯有庾信与王褒不得回南方。庾信在北方,虽身居显贵,但思乡之情始终不减,为此写了一些诗文,其中最著名的便是《哀江南赋》。从长年在外漂泊、无法还乡这一点看,杜甫和庾信颇有相似之处。

⑦ "庾信"二句:《哀江南赋序》:"将军一去,大树飘零;壮士不还,寒风萧瑟。"这里化用其意。萧瑟,指庾信悲凉的心境,而不是落魄的处境。江关,古关名。相传战国时巴、楚相争,于奉节东长江北岸赤甲山上置关,故名。又,宜昌荆门山与虎牙山隔江对峙,形成入峡江关。前一处江关在夔州,后一处江关在江陵附近。但这句诗所说的江关,似乎只是借用其名,泛指江南。

⑧ "摇落"句:宋玉,战国末期楚国辞赋家,屈原弟子。宋玉《九辩》:"悲哉秋之为气也,萧瑟兮草木摇落而变衰。"

⑨ "风流"句:《杜诗详注》引邵宝注:"风流,言其标格;儒雅,言其文学。"

⑩ "怅望"二句:上句说尽管时隔千年之久,但杜甫依然怀着惆怅的心情向往宋玉,并为之挥洒伤感的泪水。下句说虽然生

411

不同时,但两人同样风流儒雅,又同样身世萧条。

⑪"江山"句:归州(今湖北秭归)、荆州都有宋玉宅,这里指归州宋玉故宅。

⑫"云雨"句:宋玉《高唐赋》:昔先王(楚怀王)尝游高唐,梦见一妇人,曰:"妾在巫山之阳,高丘之岨,旦为行云,暮为行雨,朝朝暮暮,阳台之下。"荒台,即指阳台。岂梦思,哪里真的是梦中思念? 言楚怀王梦见神女,原是子虚亡是之说。宋玉作赋,只是想借此进行讽谏,警戒当朝楚襄王的淫惑而已。

⑬"最是"二句:楚宫,见《返照》注①。这二句说:最让人感慨的是,当年的楚宫,如今都已泯灭,过往的船夫,只是对着一些没法确认的遗迹指指点点。

⑭"群山"句:荆门,即荆门山。这句写自夔州遥望荆门,山势雄伟壮阔。

⑮"生长"句:明妃,名嫱,字昭君,西汉南郡秭归(今湖北宜昌兴山)人。西汉元帝时宫女。晋朝为避司马昭讳,改称明君,史称明妃。村,指昭君村,原名宝坪村,在今湖北兴山县城南郊。

⑯"一去"句:紫台,即紫宫,帝王居处。朔漠,北方沙漠地区。朔,北方。《汉书·匈奴传》记载:汉元帝竟宁元年(前33),"单于自言愿婿汉氏以自亲(愿意做汉朝的女婿,自觉和亲)。元帝以后宫良家子王嫱字昭君赐单于。"昭君在匈奴号宁胡阏氏。这便是著名的"昭君出塞"。

⑰ 青冢:指昭君墓,在今内蒙古自治区呼和浩特市南郊九公里大黑河南岸。边地多白草,昭君冢独青,故称青冢。

⑱ "画图"句:《西京杂记》:元帝后宫既多,使画工图形,按图召幸。宫入皆赂画工,昭君自恃其貌,独不与,乃恶图之(将她画得很丑),遂不得见。后匈奴来朝,求美人为阏氏(皇后),上以昭君行。及去,召见,貌为后宫第一,帝悔之。穷按其事(追究这件事的原委),画工韩延寿弃市。省识,前人解作约略认识,即在画中约略认识(昭君的容貌)。省,省约,约略。春风面,形容女子的青春美貌。至于观画者,可以是汉元帝,也可以是后人。浦起龙提出:"'省识'只在画图,正谓不'省'也。"(《读杜心解》)萧涤非先生说:"省字,或解作约略,或以为是'岂省'的省文。按省识,犹觉识或解识,与'黑鹰不省人间有'、'秋来未省见白日'等省字意相近。是说假使当初元帝能发现画图之非真,解识春风真面,又何至有青冢独留、环珮空归之恨呢?"

⑲ "环珮"句:江总《和东宫故妃》诗:"犹忆窥窗处,还如解佩时。若令归就月,照见不须疑。"这句乃概括其语而成。环珮,古代妇女佩戴的饰物,这里借指昭君。说她只能在死后魂归故里。

⑳ "千载"二句:琵琶是古代北方少数民族最常用的弹拨乐器,以当地的音乐语言,表现当时的情感,即"作胡语"。石崇《明君词序》:"昔公主(汉武帝时宗室女刘细君)嫁乌孙(国),令琵琶马上作乐,以慰其道路之思。其送明君,亦必尔也。其

造新曲,多哀怨之声。"相传"昭君在匈奴,恨帝始不见遇,乃作怨思之歌(即《琴操》)"。这样琵琶和"胡语"就更密不可分。曲中论,即昭君怨歌。末句为倒装句,按诗意,应为:曲中分明论怨恨。

解读

　　前人定这组诗也作于大历元年。题名"咏怀古迹",即借古迹抒写自身的情怀。诗中分咏庾信宅、宋玉宅、昭君村、先主庙、武侯庙,每首诗都独立成篇,看起来不像《秋兴》《诸将》那样密不可分。但也不是毫无联系,写庾信支离漂泊,是以此自喻;写宋玉风流儒雅,是以斯文为己任;写王昭君入宫见妒,是对君主不明、官场倾轧的愤懑;写刘备中道身亡,诸葛亮功盖三国,既是君臣际会难逢、也是壮志未酬的慨叹,其中都包含着诗人的身世之感,是借古人酒杯,浇自己胸中块垒。

　　这组诗后面四首,都以所咏人物的年代先后为序,而庾信分明在其他四人之后;其他四人都和蜀地关系密切,而庾信和蜀从无牵连;其他四处在夔州,杜甫都亲临其地,唯独庾信宅在荆州,未曾去过。但这首诗却置于首篇,有其深意。在浪迹天涯这一点上,杜甫和庾信有相似之处,此诗与其说咏庾信,不如说是自况。前半首可谓安史之乱后诗人身世的概括。入蜀前支离东北,入蜀后漂泊西南,至今淹留三峡,寄居五溪。而庾信奉命出使西魏,便被扣留,一去不返,从未到过这里。颈联上句写时代背景,下句写人物遭遇。末联有故国之思,也有"文章憎命达"之意。后半首所写,都一语双关,即可指庾信,也可用于杜甫。以此,这首诗可看作是诗人的自叙。

草木摇落,宋玉悲秋。对此,杜甫表示深切的理解。诗人和宋玉虽不同时,但身世萧条,却异代一致,因此面对萧瑟的秋色,会心有灵犀,产生同样的悲慨。更何况宋玉的风流儒雅,也是诗人歆慕的榜样。以此越过时空,挥洒一掬同情的泪水。颔联为流水对,写得一往情深。颈联上句有"斯人已去,空留文采"之意;下句说楚宫云雨,是讽谏淫惑的假托之词,并非真有此梦。李商隐诗:"荆王枕上元无梦,莫枉阳台一段云。"(《代元城吴令暗为答》)得此诗之意。末联写楚宫泯灭,与宋玉宅犹存,两相对照,可见"古者富贵而名摩灭,不可胜记,唯倜傥非常之人称焉"(司马迁《报任安书》)。与李白"屈平词赋悬日月,楚王台榭空山丘"(《江上吟》)同一意思。区别在李诗辞气磊落,此诗寄概遥深。和"庾信宅"一样,这首诗也有以宋玉自况之意,而两人身世更为相近,故写得深情绵邈,有神交千载的情缘。

庾信、宋玉都以文才著称,杜甫用以自况,十分自然。而王昭君是个美女,和杜甫相比,似乎有些不伦。但昭君不是一个普通的美女,她身世流离,归乡心切,在这上面和庾信和杜甫相同。至于入宫见妒,孤寂无诉,其情更与诗人相通。悲昭君,即自悲。前人说"人杰地灵",首联即从地灵说起。清吴瞻泰赞道:"发端突兀,是七律中第一等起句。谓山水逶迤,钟灵毓秀,始产一明妃,说得窈窕红颜,惊天动地。"(《杜诗提要》)但也有异议,明胡震亨认为这样的起句应当用于"英雄生长"之地,于此不太合适(《杜诗通》)。王夫之持同样看法,他承认"首句是极大好句","但施之于'生长明妃'之上,则佛头加冠矣。"(《唐诗评选》)群山万壑是三峡壮观,"赴"是一个生气勃勃的动态词,撇开这些见智见仁的看法,仅就文字而言,起句也有千岩竞秀、万壑争辉之势。颔联是对王昭君悲剧一生的概括,相对于气势雄壮的起句,"独留青冢向黄昏",显得那么孤寂、凄清,可说是这个悲剧永恒的象征。颈联上句写汉元帝的遗恨,因被蒙蔽而无缘美人;下句写昭君的遗恨,即使魂归故里,也已万事皆空。写悲情怨思,居然风致缭绕。王嗣奭认为:"'月夜'当作'夜月',不但对'春风',而与夜月俱来,意味迥别。"(《杜臆》)前面说过,杜甫擅长炼虚字。诗中除"赴"字外,其他如"尚"字寓人去楼空之意,"连"字写出塞之景,"向"字表思汉之心,"省"字露心犹不甘之意,"空"字见无可奈何之情,笔端含情,字字传神。结句以"怨恨"二字作为归宿,缠绵悱恻。浦起龙说:"'一去',怨恨之始也;'独留',怨恨所结也;'画图识面',生前失宠之怨恨可知;'环珮归魂',死后无依之怨恨何极。"(《读杜心解》)前人说"此诗风流摇曳,杜诗之极有韵致者"(《杜诗详注》引陶开虞语)。《唐宋诗醇》评:"破空而来,文势如天骥下坂,明珠走盘。咏明妃者,此首第一,欧阳修、王安石诗犹落第二乘。"沈德潜认为:"咏昭君诗,此为绝唱,余皆平平。"(《唐诗别裁集》)

宿　昔

宿昔青门里，蓬莱仗数移①。花娇迎杂树②，龙喜出平池③。落日留王母④，微风倚少儿⑤。官中行乐秘⑥，少有外人知。

注释

① "宿昔"二句：宿昔，往常。青门，《水经注》：长安第三门，本名霸城门，又名青门。蓬莱，宫名，见《秋兴八首》注㉘。仗，仪仗，指帝王、官员出行时护卫所持的旗、伞、扇、兵器等。这二句说过去在青门城内，多次看到唐玄宗一行外出游玩。

② "花娇"句：这是倒装句，据诗意，应为：杂树迎娇花。花娇，借指杨妃。

③ "龙喜"句：龙，指玄宗。平池，指兴庆池。这句说唐玄宗在平池兴高采烈地出现。

④ 王母：杨妃曾为女道士，故唐人比为王母。

⑤ "微风"句：据《史记·卫将军骠骑列传》，少儿，卫少儿，汉武帝卫皇后(子夫)与大将军卫青姊。《飞燕外传》："帝(汉成帝)令后(赵飞燕)所爱侍郎冯无方吹笙，以倚后歌(为皇后歌唱伴奏)，歌酣风起，后扬袖曰：'仙乎仙乎，去故而就新乎？'帝乃令无方持后履。"这句合用少儿、飞燕事，借指秦国夫人、虢国夫人等杨妃姊妹。

⑥ 行乐：指玄宗和杨氏姊妹的淫乐。

解读

　　此诗前人编在大历元年，当时杜甫在夔州，写了《洞房》至《提封》八首五言律诗。据诗中"玉殿起秋风"、"清秋草木黄"等句，也作于秋季，和前三组诗同时。遵照《诗经》的成例，每首诗以起句前二字为篇名。这里选录了其中二首（《宿昔》《历历》）。浦起龙说这组诗实际上是杜甫的无题诗。和李商隐不同的是，这组诗都追忆玄宗时的往事，意含讽刺，以告诫当时君臣，不忘前车之鉴，想想如何才能使国家久治长安。天宝初，李白为翰林供奉时，曾作五律《宫中行乐词》八首，所写内容，和这组诗有相同之处。但李白是在太平盛世，奉玄宗之命而作，故诗中极力描写宫中的豪华奢靡景象，即使有讽刺，也不明显。而这组诗作于战乱之后，痛中思痛，故自始至终，都贯穿着反思、警诫之意。《宿昔》前半首写游幸，后半首写女宠。末联说宫中行乐是皇家秘密，外人不得而知，确切些说，不可让外人知道。但实际上却是欲盖弥彰，丑闻还是在外面流传，只是玄宗蒙在鼓里而已，结果引发了安史之乱。安禄山就是以讨伐杨国忠为名，在范阳起兵，直到作这首诗时，战乱尚未完全平息。

历　历

　　历历开元事①，分明在眼前。无端盗贼起②，忽已岁时迁③。巫峡西江外④,秦城北斗边⑤。为郎从白首⑥,卧病数秋天⑦。

注释

① "历历"句:历历,清晰明白,分明可数。开元,唐玄宗年号。这组诗是对开元、天宝年间的回忆和思考,说开元,也包括天宝旧事在内。

② "无端"句:无端,无缘无故,没有由来。盗贼,指安史之乱。说"无端"是"讳言",这组诗所写,都是对唐玄宗荒淫失德,导致安史之乱的思考和批判。

③ "忽已"句:忽忽已过了许多年月。

④ "巫峡"句:巫峡,见《秋兴八首》注③。蜀江从西来,故谓之西江。这句写自己身处之地夔州。

⑤ "秦城"句:秦城,指长安城。《三辅黄图》:汉长安"城南为南斗形,城北为北斗形,至今人呼京城为斗城是也"。

⑥ "为郎"句:代宗广德二年,严武表荐杜甫为检校工部员外郎。从,依从。这句即"白首为郎"的意思。

⑦ 数秋天:经历数个秋日。

解读

"忆昔开元全盛日,小邑犹藏万家室。稻米流脂粟米白,公私仓廪俱丰实。"在《忆昔》(其二)中,杜甫曾对开元盛世,作过具体的描述。往事历历,分明就在眼前,为何就"无端盗贼起",爆发安史之乱呢?"无端"绝非无缘无故,诗中不明说,除了讳言,也是让人自己去思索。后人常将这组诗和《秋兴八首》并提,仇兆鳌说:"《秋兴》及《洞房》诸诗,摹情写景,有关国家治乱兴亡,寄托深长。《秋兴》八首,气象高华,声节悲壮,读之令人兴会勃然;《洞房》八章,意思沉郁,词旨凄凉,读之令人感伤欲绝。此皆少陵聚精会神之作,故能舌吐风云,笔参造化,千载之下,犹可歌而可涕也。但七律才大气雄,固推赋骚逸调,而五律韬锋敛锷,直与经史并驱,两者当表里参观,方足窥其底蕴焉。"(《杜诗详注》)

孤 雁

孤雁不饮啄,飞鸣声念群①。谁怜一片影,相失万重云②?望尽似犹见,哀多如更闻③。野鸦无意绪,鸣噪自纷纷④。

注释

① "孤雁"二句:孤雁因思念雁群,不饮不食,边飞翔,边呼唤。
② "谁怜"二句:在那茫茫的云海之中,孤雁和同伴相隔,天空中

孤雁不饮啄，飞鸣声念群

唯留下一片孤独渺小的身影,此景此情,有谁怜惜?这二句写雁孤寂的形态。

③ "望尽"二句:雁群已经远去,孤雁望尽天涯,似乎有所见而呼唤;但它并没有赶上同伴,不免哀伤,又像有所闻而不停飞翔。这二句写雁哀伤急迫的心情。

④ "野鸦"二句:意绪,情绪,思绪。这二句以野鸦不思不虑、乱鸣乱噪反衬孤雁的追求和痛苦。《杜诗详注》引王彦辅语:"章末,讥不知我而谤谇者。"

解读

此诗前人定于大历初作。当时杜甫在夔州,一气写了八首咏物诗,这里选录了其中二首(《孤雁》《麂》)。咏物诗虽非起于杜甫,但说咏物诗在杜甫手里,才成为一种表情达意的艺术形式,才引起后人的重视和兴趣,才蔚为大观,并非过誉。此诗咏孤雁,着意写"孤"字,有自喻之意,从中寄寓流落他乡、离群索居的感伤。北宋鲍当以咏孤雁扬名,《诗人玉屑》载有他咏孤雁的短句:"更无声接绪,空有影相随。"纯写雁的孤独。这首诗所写孤雁,"飞鸣声念群",虽身处孤独之中,但始终在为回归群体而努力,全诗都围绕这一句展开。首联写孤雁因思念群体而不饮不食,哀鸣不已。颔联将"一片"微小的雁影,置于茫茫"万重"云天之中,更显得其孤弱无助。颈联写孤雁追飞,望眼欲穿,"似犹见",似见而实未见;"如更闻",如闻而实未闻。这是焦虑急迫之情,是心犹不甘之意,浦起龙说:"写生至此,天雨泣矣。"(《读杜心解》)如果说颔联以自然见长,那么颈联刻画更加深刻。前六句将雁孤飞时迷茫不安的情状,真切地表现出来,极情尽态,描摹入微。末联以"野鸦"衬托"雁",以"纷纷"衬"孤",以"无意绪"衬托有情,更觉悲切。清朱庭珍说:"少陵……《孤雁》《萤火》之什,《蕃剑》《捣衣》之作,皆小题咏物诗也,而不废议论,不废体贴,形容仍超超玄著,刻画亦落落大方,神理俱足,情韵遥深,视晚唐、南宋诗人体物,迨如草根虫吟耳。是以知具大手笔,并小诗亦妙绝时人,学者可知所取法矣。"(《筱园诗话》)

麂

永与清溪别①,蒙将玉馔俱②。无才逐仙隐③,不敢恨庖厨④。乱世轻全物⑤,微声及祸枢⑥。衣冠兼盗贼,饕餮用斯须⑦。

注释

① "永与"句:清溪为麂游息之地,在被猎人捕获后,便与清溪永别了。
② "蒙将"句:蒙,承蒙。将,与。玉馔,犹玉食。这句说承蒙将我和其他珍贵的食物并列宴席。

423

③"无才"句：汉乐府《长歌行》曰："仙人骑白鹿，发短耳何长。导我上泰华（太华山，即西岳华山），揽芝获赤幢（赤色的灵芝）。"麂自言没有白鹿的才识，不能随仙人远隐，以致被捕获。

④"不敢"句：庖厨，厨房，也指厨师。虽然烹调麂的是厨师，但厨师既不是捕猎者，也不是享用者，所以不敢恨。

⑤"乱世"句：全，全活之全。轻全物，不以全活生命为重，即好杀戮。杜甫《宿凿石浦》诗："穷途多俊异，乱世少恩惠。"与此意同。

⑥"微声"句：微声，微小的名声。自谦语。及，连累，遭受。祸枢，犹祸机。这句推出致祸之本，如麂即因有肉味鲜美之名而丧生。

⑦"衣冠"二句：衣冠，指士大夫。言那些官宦之家都衣冠其表，盗贼其中，所以说兼盗贼。饕餮，贪财为饕，贪食为餮。后用以指贪吃。斯须，顷刻之间。下句说不一会就将麂肉吃完。

解读

　　此诗前半首代麂致辞，自悔不能见几远害。首联是临终前的痛心疾首语，颔联是追究祸因，自责不能逃避人世。因自悔自责，故措词委婉，"蒙将"、"不敢"，说得极为谦卑，但也因此更显出麂的无辜和可怜。后半首诗人因麂致慨，矛头直指对生灵的残害。颈联同样追究祸因，归结为生逢乱世，因名惹祸，比起颔联，更加深刻。末联说衣冠楚楚的士大夫，为满足口福，在残害生灵这一点上，和盗贼并无区别，语辞愤激。从某种意义上说，这首诗实际上为百姓立言,为生灵涂炭呼喊。仇兆鳌说:"此骂世语,亦是醒世语。"(《杜诗详注》)而明顾宸还有另外的看法:"自古文人才士,生逢乱世,出婴祸患,何一不从声名中得之。中郎(蔡邕)之于董卓,中散(嵇康)之于司马,及祸虽异,其以微声致累则同也。此苟全性命于乱世,不求闻达于诸侯,隆中(诸葛亮隆中对)所以独高千古,二语感慨甚大。"(《杜诗详注》引)就题材说,这首诗并不容易写,但诗人却作了近乎完美的处理:"说物理物情,即从人事世法勘入,故觉篇篇寓意含蓄无限。""后半慨世,不离咏物,而却不徒咏物,此之谓大手笔。"(《杜诗说》)

君不见简苏徯①

君不见道边废弃池,君不见前者摧折桐,百年死树中琴瑟②,一斛旧水藏蛟龙③。丈夫盖棺事始定④,君今幸未成老翁,何恨憔悴在山中⑤?深山穷谷不可处,霹雳魍魉兼狂风⑥。

注释

① 简:书信。这里作动词用,即寄信。苏徯:杜甫老友之子,当时也郁郁不得志。

② "百年"句:承"摧折桐"。《异苑》:"吴平在勾章,门外忽生一株青桐,上有歌谣之声,平恶而砍之。其后树自迁(自己移动),立于故根(原来的树根),又闻歌声曰:'死树今更青。'平以为琴瑟,事始定。"
③ "一斛"句:承"废弃池"。斛,容量单位,一斛本为十斗。《三国志·吴志·周瑜传》:"蛟龙得云雨,终非池中物。"这句暗用其意。以上二句说眼下被废弃的东西,会有有用的时候,隐寓苏徯也会有出头之日。
④ "丈夫"句:即"死而后已"之意。
⑤ "君今"二句:已经废弃之池尚有蛟龙潜藏,已经摧折之桐尚能化作琴瑟,何况你现在尚未年老体衰,有什么烦心事,要在深山中憔悴度日呢?
⑥ "深山"二句:魍魉,神话传说中的山川鬼怪。这句言深山穷谷,环境险恶,不可久留。

解读

前人定此诗作于大历初,诗中所说的"深山穷谷",应该指夔州。此诗以比兴起端,前四句横空而出,措词奇崛,有"天生我材必有用"(李白《将进酒》)的气概。结句暗用"王孙兮归来,山中兮不可久留"(刘安《招隐士》)之意,规劝苏徯出而用世。王嗣奭说此诗"格调凄紧,语短情长"(《杜臆》)清末吴汝纶赞道:"首尾横绝,来去无端,所谓人不言兮出不辞者也。""此等诗直如神龙掉尾,夭矫太空,非人间所有。"(《唐宋诗举要》引)

阁　夜

岁暮阴阳催短景①,天涯霜雪霁寒宵②。五更鼓角声悲壮③,三峡星河影动摇④。野哭千家闻战伐⑤,夷歌几处起渔樵⑥。卧龙跃马终黄土⑦,人事音书漫寂寥⑧。

注释

① "岁暮"句:阴阳,犹日月。景,日光。冬天日短夜长,故言"短景"。

② "天涯"句:天涯,指夔州。霁,雨过天晴。霁寒宵,言寒夜霜雪映照,天空晴朗。

③ "五更"句:五更,指第五更的时候。即天将明,寅正四刻(凌晨四时四十八分左右)。这句写夜间所闻。

④ "三峡"句:三峡上空的星河映入江中,随江中的波涛动荡。这句写夜间所见。

⑤ "野哭"句:从郊野千家万户的哭声,听到了战争对百姓的伤害。千,一作"几"。

⑥ "夷歌"句:夔州是民族杂居之地,夷歌指当地少数民族的歌谣。几,一作"数"。以上二句写拂晓所闻。

⑦ "卧龙"句:卧龙,指诸葛亮。《三国志·诸葛亮传》:徐庶见先主(刘备),先主器(重)之,谓先主曰:"诸葛孔明者,卧龙也,

将军岂愿见之乎？"跃马：指公孙述。左思《蜀都赋》："公孙跃马而称帝。"这二人都是蜀中著名的历史人物。终黄土，最终归于一抔黄土。

⑧漫：徒然。

解读

前人定此诗作于大历元年冬，当时杜甫寓居夔州西阁。诗中以苍劲激楚之声，抒写冬夜在西阁的所闻所感。此诗四联皆对，首联为流水对，写冬夜景象，雄浑高亢，出口不凡。中间二联，写天色将明的景况。颔联上句为侧耳所闻，下句为仰首所见。五更为人似醒非醒之时，此时万籁寂寥，乍听鼓角之声，空中四起，令人惊心，格外悲壮；三峡为风波激荡之地，满天星星，倒映水中，随波逐浪，动摇不定。颔联为杜诗名句，和《宿府》颔联"永夜角声悲自语，中天月色好谁看"，同样的声调，同样的意蕴，同样沉郁顿挫，同样臻于化境。相传苏轼所作的《百斛明珠》，说："七言之丽者，在子美此二句后，寂寥无闻矣。"南宋叶梦得也说："七言难于气象雄浑，句中有力，而纡徐不失言外之意。自老杜'锦江春色来天地，玉垒浮云变古今'，与'五更鼓角声悲壮，三峡星河影动摇'等句之后，常恨无复继者。"（《石林诗话》）颈联落到人事，宛如一幅战乱中的夔州山村风物图。从荒野传来的哭声，从四面飘起的夷歌，让诗人听到战争留在人心中的创伤、百姓谋生的劳苦。诗人为之感伤，因此沉思，想起曾在蜀中叱咤风云的人物，无论野心勃勃割据称王的"跃马"，还是忠心耿耿扶持汉祚的"卧龙",都以一抔黄土为归宿,那么眼前令人不堪的人事,日夜期盼的音信,最后也都会在茫茫的人世中消失。末联颇有世事变幻、人生苦短之感,和起句"催短景"三字呼应。此诗意虽感伤,但气象雄浑,声调清亮,悲壮慷慨,有韵有骨,"笔势又沉郁,又精悍,反复吟之,使人增长意气百倍"(《杜诗解》)。王夫之说"杜出峡诗方是至境"(《唐诗评选》)。此诗和《登高》,体现了晚年杜诗最高艺术成就。胡应麟认为此诗与《登高》《登楼》《秋兴》等诗,"气象雄盖宇宙,法律细入毫芒,自是(七律)千秋鼻祖"(《诗薮》)。

缚鸡行

小奴缚鸡向市卖,鸡被缚急相喧争。家中厌鸡食虫蚁,不知鸡卖还遭烹。虫鸡于人何厚薄①?吾叱奴人解其缚。鸡虫得失无了时,注目寒江倚山阁②。

注释

① "虫鸡"句:何厚薄,有何厚薄?意谓何必厚于此而薄于彼。
② "鸡虫"二句:王嗣奭《杜臆》:"鸡得则虫失,虫得则鸡失,世间类此者甚多,故云无了时。计无所出,只得注目寒江倚山阁

而已,写出一时情景如画。"山阁,指杜甫居住的夔州西阁。

解读

　　黄鹤编此诗于代宗大历元年岁暮。在体现杜甫"物与(万物与我为同类)"的诗中,这是写得最有特色的一篇,语言平易,朴实动人。杜甫反对、谴责对生命的伤害,为此,他将一只鸡放生。但鸡以食虫蚁为生,鸡存则虫蚁亡。这就产生了一个让人左右为难的问题:如果人不该吃鸡伤生,那么鸡该不该吃虫(这同样伤生)?对此,《孟子》《庄子》中的两段记载,可供启示。齐宣王看到有人要杀牛衅钟(古代新钟铸成,用牲畜的血涂在钟的缝隙中祭神求福),说:"这头牛无罪被杀,我不忍心看到它恐惧颤抖的样子。"但衅钟是件大事,不可废除,于是下令用羊替换牛。齐宣王自以为这样做很仁慈,但孟子指出,就生命的价值而言,大(牛)小(羊)之间,并无区别:"其无罪而就死地,则牛羊何择焉(有什么分别)?"(《孟子·梁惠王上》)作为儒家的孟子,站在仁的立场上,反对一切伤生的行为。《庄子》则从另一个角度,作了换位思考。庄子将死,弟子准备隆重办理后事。庄子认为大可不必,弟子说:"我怕不安葬的话,先生的尸体会被乌鸦吃掉。"庄子回答说:"在上(尸体暴露在空中)为乌鸢食,在下(埋葬在地下)为蝼蚁食,夺彼(乌鸢)与此(蝼蚁),何其偏(偏颇)也。"(《庄子·列御寇》)这里说的虽不是伤生,但也牵涉到如何尊重生命的问题。作为道家的庄子,以达观、超然的态度听之任之。作为诗人的杜甫,没有在这里直接作道德价值的判断,但也陷入深切的思考。伤生固然不该,但寻找食物、维持生存也是有生之物的本能,大千世界,何处没有弱肉强食的现象？诗人无法解决这个问题,只能留给读者自己去思考,作判断。末句宕开作结,留下一个注目寒江、独倚山阁的背影,有悠远不尽之妙。

愁强戏为吴体①

江草日日唤愁生②,巫峡泠泠非世情③。盘涡鹭浴底心性④,独树花发自分明⑤。十年戎马暗万国⑥,异域宾客老孤城⑦。渭水秦山得见否⑧？人今罢病虎纵横⑨。

注释

① 强:勉强。吴体:即拗体。《杜诗详注》引黄生语:"皮陆集中亦有吴体诗,乃当时俚俗为此体耳。诗流不屑效之。杜公篇什既众,时出变调,凡集中拗律,皆属此体。"
② "江草"句:言愁人心事,如江草新生,日日增多。
③ "巫峡"句:泠泠,水流声。言巫峡流水,不近人情。
④ "盘涡"句:盘涡鹭浴,即鹭浴盘涡。底,何。这句说白鹭在盘旋的水涡中沐浴,是什么心态?

⑤"独树"句:树上的花独自开放,只顾自己鲜艳美丽。因为日日生愁,所以诗人觉山水花鸟,触目可憎。

⑥"十年"句:谓安禄山叛乱至此,已有十年了。万国,谓全国各地。

⑦"异域"句:宾客,诗人自谓。孤城,指夔州。这句说自己老年寄居异乡的孤城之中。

⑧渭水秦山:都在关中,借指长安。

⑨罢(pí):通"疲"。虎:指跋扈的藩镇和严酷的官吏。

解读

此诗作于大历二年(767)春,当时杜甫寓居夔州。前半首写愁。因心中愁闷,故眼中所见,无不可憎。江草新生,带来了春意,但也反衬出人的憔悴,所以说唤起愁思;巫峡流水泠泠,本是美景,但对人未免冷清,所以说诗不近人情;白鹭浴水,怡然自得,却不顾旁人烦愁,所以说有何心性;独树花发,春意盎然,只顾自我欣赏,所以说不解人意。《楚辞·招隐士》:"王孙游兮不归,春草生兮萋萋。"起句暗藏其意。后半首写为何而愁。诗人当时最大的心愿,是能早日还乡。但十年战乱,遍及各地,过去根本无法回去,这是形势不允许;客居孤城,老病缠身,目前还是不能回,这是自身状况不允许;更何况当今藩镇跋扈,酷吏当道,将来何时可归,也看不到希望。身处这种状况之下,又怎能不愁?出现前面所说的那些反常的情绪,也就不足多怪了。杜甫说这首诗是一首吴体游戏之作。吴体,后人称为拗体。王嗣奭说:"胸有抑郁不平之气,而以拗体发之,公之拗体诗大都如是。"(《杜臆》)既然是游戏之作,便不是正规的律诗,具体些说,保留了中间二联对仗的形式,但平仄却有不谐之处。有些拗体诗,只有一、二句平仄不合律,这首诗却是通篇不入律,是一种非律非古、亦律亦古的诗,即从字面上看像律诗但听声调却是古诗的诗。高步瀛说二者的区别在"拗字有一定之法,仍自入律,若吴体则拗字甚多,非律所能限,而音节仍自和谐,又不得入之古诗,即吴体也"(《唐宋诗举要》)。郭绍虞先生在《论吴体》一文中,从溯源、辨体、定格、审音,对吴体作了多方面的辨析,认为吴体和拗体"亦微有区别:拗体可该吴体,吴体不可该拗体"。

暮春题瀼西新赁草屋五首①（其三）

彩云阴复白②，锦树晓来青③。身世双蓬鬓，乾坤一草亭④。哀歌时自惜，醉舞为谁醒⑤？细雨荷锄立，江猿吟翠屏⑥。

注释

① 瀼西:指四川奉节瀼水西岸地。赁:租。

② "阴复白"：下雨时的云彩变化。
③ "晓来青"：雨后的景色。
④ "身世"二句：《杜诗详注》引赵汸注："双蓬鬓，老无所成。一草亭，穷无所归。"一生成就，唯有两鬓白发，可谓老无所成。天地之大，唯有一个草亭聊以寄身，可谓穷无所归。
⑤ "哀歌"二句：言自己为时局哀歌，但只是自我叹惜而已，因为肉食者都醉生梦死，不愿清醒地面对现实。
⑥ 翠屏：形容青翠的峰峦如同美丽的画屏。

解读

大历二年三月，杜甫由夔州的赤甲迁居瀼西，此诗即作于其时。首联写草屋前的景色，上句是雨景，下句点出暮春，当时繁花落尽，树叶青翠，故说"晓来青"。颔联感慨自身潦倒，颈联为世事悲哀。诗通常都在景中寓情，颔联却在叙述中抒情，而且是以壮语写悲情，成为这个时段杜诗的一个语言特色。黄生说："此诗首尾实而中间虚，是'实包虚格'。"（《杜诗说》）即首、尾二联写景，中间二联表意。这种形式，唯有在杜甫诗中看到。又说：颔联"乃'藏头句法'，若申言之，则'悠悠身世双蓬鬓，落落乾坤一草亭'耳"。（同上）末联上句明说雨景，和起句呼应。结句和"林猿为我啼清昼"（《同谷七歌》）意思相同，措词微婉深秀。谢榛道：末联"宛然入画，情景适会，与造物同其妙，非沉思苦索而得之也"（《四溟诗话》）。

晨 雨

小雨晨光内,初来叶上闻。雾交才洒地,风折旋随云①。暂起柴荆色②,轻沾鸟兽群。麝香山一半,亭午未全分③。

注释

① "雾交"二句:因雨丝细微,一阵风吹来,立即折断,被卷入云中,一定要和雾交合后,才大些重些,才能洒落到地上。
② "暂起"句:柴荆,指灌木。这句说晨雨让灌木暂时显得更加青翠。
③ "麝香"二句:《夔州图经》:"麝香山在夔州东南一百二十里,山出麝香,故名。"亭午,正午,中午。因云雾缭绕,故麝香山隐隐约约,直到正午,一半山色尚不分明。

解读

黄鹤编此诗于大历二年。描写景物,一般说,烘托映衬易巧,如实描摹难工。杜甫有不少写雨的诗,如此前所作的《春夜喜雨》《渼陂行》,即以烘托映衬居多。但这首诗却是从正面实写清晨小雨。因为是小雨,不容易感觉,只有在晨光的映照中才能看到,滴在树叶上才能听到,和雾交会后才会洒落,才会被一阵风卷走,灌木才显出短暂的青翠,鸟兽的羽毛才被轻轻打湿。反过来看,如果是大雨、急雨,就不会出现这样的景象。大历元年春,杜甫在云安作《雨》诗:"烟添才有色,风引更如丝。"所写景致,与此相似。首联是屋前景,颔联是屋外景,颈联是远处景,视野不断扩展,其中有所见,也有所闻,观察极为细腻,描写如化工肖物。末联已值中午,山色空蒙,尚不分明,依然是细雨濛濛的景象。

秋野五首(其一)

秋野日疏芜①,寒江动碧虚②。系舟蛮井络③,卜宅楚村墟④。枣熟从人打⑤,葵荒欲自锄。盘飧老夫食⑥,分减及溪鱼。

注释

① 疏芜:因已收割,故田野萧疏荒凉。
② 碧虚:形容波光相荡,水天一色。
③ 蛮井络:晋左思《蜀都赋》:"岷山之精,上为井络。"井络,井宿的分野,专指岷山。后也用以泛指蜀地。因当时夔州有少数民族居住,故加"蛮"字。
④ 楚村墟:夔州先秦时属楚国。

⑤"枣熟"句：与"堂前扑枣任西邻"（《又呈吴郎》）同一意思。
⑥飧(sūn)：指晚饭，也泛指饭食。

解读

此诗作于大历二年（767），当时杜甫迁居瀼西。"堂前扑枣任西邻"（《又呈吴郎》），历来传为美谈。这种襟怀，在这首诗中，已经表现出来。此诗后半首，即有万物一体之意。王嗣奭说："枣从人打，则人己一视；葵欲自锄，则贵贱一视；食及溪鱼，则物我一视，此皆见道语。"（《杜臆》）在《茅屋为秋风所破歌》等诗中，已经说过杜甫有"民胞物与"的情怀，此诗颈联为"民胞"，末联为"物与"。在这一年，杜甫还有诗："筑场怜穴蚁，拾穗许村童。"（《暂往白帝复还东屯》）上句是"物与"，下句是"民胞"。只是此诗没有一个动人的故事，也不像《又呈吴郎》那样委婉尽情，因而未能千载传诵，众口交赞。

又呈吴郎①

堂前扑枣任西邻②，无食无儿一妇人。不为困穷宁有此③？只缘恐惧转须亲④。即防远客虽多事⑤，便插疏篱却甚真⑥。已诉征求贫到骨⑦，正思戎马泪沾巾。

注释

① 又呈吴郎：吴郎,杜甫的亲戚,当时任州府司法参军之职。诗人不久前写过一首《简吴郎司法》诗,所以说"又呈"。

② 扑:打。任:听任。

③ "不为"句:若不是因为穷苦,怎么会有(打枣)这样的事呢?宁,岂。

④ "只缘"句:正因为那寡妇对去邻家打枣这件事心怀恐惧,所以我们更应该对她亲近。

⑤ "即防"句:即,就,便。远客,指吴郎。这句说老妇对远方来的新主人马上就存提防之心,确实多此一举,毫无必要。

⑥ "便插"句:但你吴郎来了就插上篱笆,使她不能打枣,却未免也太认真、真把这当回事了。

⑦ 征求:指官府征敛赋税。贫到骨:百姓"贫到骨",正是官府"刻剥及锥刀"(《遣遇》)的结果。这句和"哀哀寡妇诛求尽"(《白帝》)同一意思。

解读

　　大历二年,杜甫在瀼西居住时,堂前有棵枣树,邻家寡妇常来打枣取食。同年秋,杜甫迁居东屯,将瀼西草堂让给吴郎。谁知吴郎一来,便插上篱笆,不让老妇打枣。为此,杜甫写了这首意存规劝的诗。体谅老妇的心,帮助她的生活,是这首诗的主旨。首联用四字写明老妇的处境:无食无儿。"恻隐之心,人皆有之。"(《孟子·告子上》)恻隐之心,就是看到他人不幸而产生的同情心。孟子认为,这出自人的本性,是天良(良心)。在他看来,"人之所以异于禽兽者几希(不多)"(《孟子·离娄下》),也就是人性(仁义之心,恻隐之心)而已。吴郎是读书人,应该知道这个道理。这就从道德高度,对吴郎的行为作了否定。颔联的着重点是"恐惧"二字,这是一个弱者的恐惧,是对自己行为感到不安的惶恐,惟其如此,就更应该体谅她,对她亲近,消除她的恐慌。这二句诗,体贴极为深挚,规劝极为恳切,含意极为沉痛。前半首明白无误地为老妇陈情,为了给吴郎留有余地,让他在脸面上容易接受,颈联宕开一笔,回护吴郎,将吴郎拒绝老妇,说成老妇提防吴郎。"虽多事",似乎在为吴郎开脱,但紧接"却甚真",又婉言其行为不妥了。末联由老妇的诉说,想起普天下因战乱而遭遇不幸的人,和"默思失业徒,因念远戍卒"(《自京赴奉先县咏怀》)、"应沉数州没,如听万室哭"(《三川观水涨》)、"安得广厦千万间,大庇天下寒士俱欢颜"(《茅屋为秋风所破歌》)等诗,体现了同样博爱的情怀。和同期所作的许多诗不同,这首诗没有丝毫锤炼的痕迹,无意在语言和形式上争胜,直写情事,反倒和古文有些相似。韩愈的古文,尺幅兴波,俯仰有情;欧阳修的古文,善用虚字、一唱三叹。此诗兼有二者之长。后面六句,每句都以虚字领起,通过"不为"、"只缘"、"即防"、"便插"、"已诉"、"正思",诗意一联一转,曲折尽情,抑扬有致。卢世㴐说:"杜诗温柔敦厚,其慈祥恺悌之衷,往往溢于言表。如此章,极煦育邻妇,又出脱邻妇;欲开导吴郎,又回护吴郎。八句中,百种千层,莫非仁音,所谓仁义之人其音蔼如也。"(《读杜私言》)杨伦说此诗与《题桃树》诗,"皆未可以寻常格律求之"(《杜诗镜铨》)。但后世有些人,偏要用寻常的诗格、诗式衡量、非议此诗。不能说这些人不懂诗,只是他们没有杜甫的情怀,当然无法理解杜甫,也就不能欣赏此诗。

登 高

风急天高猿啸哀①,渚清沙白鸟飞回②。无边落木萧萧下,不尽长江滚滚来。万里悲秋常作客③,百年多病独登台④。艰难苦恨繁霜鬓⑤,潦倒新停浊酒杯⑥。

注释

① 猿啸哀:巫峡多猿,其声凄厉。《水经注·江水》:"巴东三峡巫峡长,猿鸣三声泪沾裳。"

② 渚:水中小洲。飞回:回旋飞翔。

③ "万里"句:常年做客,漂泊万里之外,面对秋景,格外悲凉。

④ 百年:一生。

⑤ "艰难"句:繁霜鬓,多霜鬓。霜鬓,形容两鬓白发。这句说历

经艰难苦恨,白发日益增多。

⑥ "潦倒"句:言穷困潦倒,但又不能借酒消愁。这时杜甫因肺病戒酒,故言"新停浊酒杯"。

解读

  此诗作于大历二年(767)秋。这也是一首秋兴诗,是秋日登高遣兴。全诗以"风急"二字领起,以"猿啸"生哀,开口便是萧森凄清气象,这也正是当地当时特有的景象。夔州依山临水,首联和颔联,都是上句写山,下句写水。其中有高朗的天空,有奔腾的大江,有苍莽的群山,有清澈的水渚,有急风呼啸,有猿猴哀啼,有飞鸟回旋,有落叶飘零。深秋景物的声、色、形、态,从中一一呈现。胡应麟说此诗"一篇之中,句句皆律,一句之中,字字皆律"(《诗薮》)。此诗不仅四联皆对,而且首联句中又各自为对,如上句"风"对"天","急"对"高",下句"渚"对"沙","清"对"白"。仇兆鳌说前半首"上联多用实字写景,下联多用虚字摹神",用更明确的话说,首联是摹写物象,颔联是渲染情景,传达意蕴。颔联是众口交赞的名句。前人说杜甫擅长使用叠字,如此联和"江天漠漠鸟双去,风雨时时龙一吟"(《滟滪》)等,都"以叠字而益见悲壮"(王士禛《带经堂诗话》)。上句写放眼望去,落木萧萧,体现了新陈代谢的规律,是无奈;下句写迎面而来,长江滚滚,显示了前赴后继的伟力,是永恒。"萧萧"、"滚滚",是动态的延续;"无边"、"不尽",更是造化的无穷。"萧萧"使人凝神,思索为之深沉;"滚滚"使人激昂,精神为之振奋。这二句诗,不仅突出大自然的壮观和气势,从中还可感悟自然界的生命和力量,堪称句中化境。前半首全写秋景,但无"秋"字,直到颈联方才点出。作客万里之外,一生多病之中,独登高台,对景悲秋。颈联以欹坎镗鞳之声、沉郁劲拔之词,概括了诗人平素的境况、眼下的情景。"万里"是空间的广阔,"百年"是时间的悠远,和颔联"无边""不尽",虽用意有别,但照应有情,同样显示了壮阔的境界,以及在此境界中穿越的神思。宋罗大经释此联:"万里,地之远也;悲秋,时之惨凄也;作客,羁旅也;常作客,久旅也;百年,暮齿也;多病,衰疾也;台,高迥处也;独登台,无亲朋也;十四字之间含有八意,而对偶又极精确。"(《鹤林玉露》)明李东阳赞中间二联:"景是何等景,事是何等事!"(《麓堂诗话》)清施补华说:颔联"有万钧之气",颈联"有顿挫之神"(《岘佣说诗》)。久客则备尝艰难苦恨,多病则生活更加潦倒,由此白发日增,酒杯难举。末联诉说愁怀,词意凄怆。

此诗虽写悲秋之意,但气象雄伟,意境壮阔,格调高亢,音节响亮。明陆深称赞"此篇声韵,字字可歌"(《唐诗选脉会通评林》)。通篇一气贯注,笔势雄骏奔放,如千军万马,长驱直入,惊涛激流,奔腾直下。咫尺之中,具万里之势,沉雄悲壮,陵轹千古。《唐宋诗醇》评:"气象高浑,有如巫峡千寻,走云连风,诚为七律中稀有之作。"胡应麟道:"五十六字,如海底珊瑚,瘦劲难名,沉深莫测,而精光万丈,力量万钧。通章章法、句法、字法,前无昔人,后无来学。微有说者,是杜诗,非唐诗耳。然此诗自当为古今七言律第一,不必为唐人七言律第一也。"(《诗薮》)

季秋苏五弟缨江楼夜宴崔十三评事韦少府侄三首(其一)①

峡险江惊急②,楼高月迥明。一时今夕会,万里故乡情③。星落黄姑渚④,秋辞白帝城⑤。老人因酒病,坚坐看君倾⑥。

注释

① 季秋:农历四季,每季三个月,以孟、仲、季分先后。季秋为秋季最后一个月,即农历九月。

② 峡:瞿塘峡。江:长江。

③ "一时"二句:一时,谓"难得的时机"。言今晚诸人难得的聚会,让我作客万里之外,仍能感受到浓浓的乡土之情。

④ "星落"句:这句写夜宴。因夜将尽,故"星落(隐没)"。《杜臆》:"黄姑渚即天河。季秋昏定而天河已落,则星与之俱落矣。"方以智《通雅》卷十一:"河鼓三星,见天官。《说文》引河鼓是荷负也,故俗名担鼓星。古乐府《东飞伯劳歌》曰:'黄姑织女时相见。'子美用'星落黄姑渚',盖因河鼓音近而讹为黄姑也。王道俊《玄象博议》谓黄姑乃牛宿之异名,智尝笑马永卿不知《尔雅》有两牵牛,今王君又尔邪?"

⑤ "秋辞"句:这句写季秋。因秋将尽,故云"辞"。白帝城,见《桃竹杖引赠章留后》注⑨。

⑥ "老人"二句：老人，诗人自称。言诗人因喝酒太多而病，现因病不能饮酒，但还是坚持坐在那里看各位喝酒尽兴。

解读

黄鹤编此诗于大历二年。寓居夔州，是杜甫一生最孤寂的时期，这次难得的亲朋聚会，让他恋恋不舍，感慨不已。此诗虚实相间，第一、第三联写景，第二、第四联抒情。首句写宴会之地，次句写宴会之时。这本是乐事，但首联却写得苍劲悲凉，从中可见诗人当时的心情。作客万里之外，却少亲朋聚会，乡情无处可托，故今晚一时相聚，也就显得格外可贵。颔联言简意赅，为全诗命意所在。夜将尽，故"星落"；秋将去，故说"辞"。颈联缀入天文、地理名词，和"水落鱼龙夜，山空鸟雀秋"（《秦州杂诗》）、"地阔峨眉晚，天高岘首春"（《赠别郑炼赴襄阳》）等，都以造句工巧著称。末联"坚"字令人动情。诗人因病不能饮酒，而且体力也已不能持久，但还是坚持陪在一旁，此时，诗人恋恋不舍的已不是酒，而是那份难以割舍的乡情。

观公孙大娘弟子舞剑器行①

大历二年十月十九日，夔州别驾元持宅②，见临颍李十二娘舞《剑器》③,壮其蔚跂④。问其所师,曰:"余公孙大娘弟子也。"开元五载⑤,余尚童稚,记于郾城观公孙氏舞《剑器浑脱》⑥,浏漓顿挫⑦,独出冠时⑧。自高头宜春、梨园二伎坊内人⑨,洎外供奉舞女⑩,晓是舞者⑪,圣文神武皇帝初⑫,公孙一人而已。玉貌锦衣,况余白首⑬,今兹弟子,亦匪盛颜⑭。既辨其由来⑮,知波澜莫二⑯。抚事慷慨,聊为《剑器行》。昔者吴人张旭善草书书帖⑰,数尝于邺县见公孙大娘舞西河《剑器》⑱,自此草书长进,豪荡感激⑲,即公孙可知矣⑳。

昔有佳人公孙氏,一舞剑器动四方。观者如山色沮丧㉑,天地为之久低昂㉒。㸌如羿射九日落㉓,矫如群帝骖龙翔㉔。来如雷霆收震怒㉕,罢如江海凝清光㉖。绛唇珠袖两寂寞㉗,晚有弟子传芬芳。临颍美人在白帝㉘,妙舞此曲神扬扬㉙。与余问答既有以㉚,感时抚事增惋伤。先帝侍女八千人,公孙剑器初第一㉛。五十年间似反掌㉜,风尘澒洞昏王室㉝。梨园弟子散如烟,女乐馀姿映寒日㉞。金粟堆南木已拱㉟,瞿唐石城草萧瑟。玳筵急管曲复终㊱,乐极哀来月东出㊲。老夫不知其所往,足茧荒山转愁疾㊳。

注释

① 公孙大娘:开元盛世时的唐宫第一舞者。善舞剑器,冠绝一时。据说当年草圣张旭观看了她的剑器舞,茅塞顿开,成就了落笔走龙蛇的绝世书法。画圣吴道子也曾通过观赏公孙大娘舞剑,体会用笔之道。晚年却和擅长画马的曹霸将军一样,流落江湖,寂寞而终。大娘,在公孙家排行老大的女儿。

② 别驾:汉置,为州刺史的佐官。因其地位较高,出巡时不与刺史同车,别乘一车,故名。唐代州刺史下设立长史官,名为刺史佐官,但无实职。

③ 临颍:今属河南。剑器:清胡鸣玉《订讹杂录·剑器浑脱》:"《文献通考·舞部》谓剑器,古武舞之曲名,其舞用女妓,雄装空手而舞。案此,今人意以剑器为刀剑之器,非是。"陈寅恪考证,白居易《立部伎》诗中"舞双剑"就是剑器浑脱舞(见《元白诗笺证稿》)。据诗中"罢如江海凝清光"的形容,应该有剑。

④ 蔚跂:雄浑多姿。蔚,茂盛。跂,多生的脚趾。浦起龙《读杜心解》:"蔚跂,言其光彩蔚然,而有举足凌厉之势。"

⑤ 开元五载:五,一作"三"。

⑥ 郾城:今属河南。剑器浑脱:浑脱,舞名。《通鉴》卷二百九:"上(唐中宗)数与近臣学士宴集,令各效伎艺以为乐。工部尚书张锡舞《谈容娘》,将作大匠宗晋卿舞《浑脱》。"胡三省注:"《唐五行志》:长孙无忌(唐太宗长孙皇后兄)以乌羊毛为浑脱毡帽,人多效之,谓之赵公(无忌封赵国公)浑脱,因演以

为舞。"剑器浑脱,是剑器与浑脱二舞的融合。北宋陈旸道:"乐曲诸曲,自古不用犯声,以为不顺也。唐自天后末年,剑器入浑脱,始为犯声之始。剑器宫调,浑脱角调,以臣犯君,故有犯声。"(《乐书》卷一八四)

⑦ 浏漓:形容流利飘逸。顿挫:形容跌宕起伏。

⑧ 冠时:冠绝一时。

⑨ "自高头"句:崔令钦《教坊记》:"右教坊在光宅坊,左教坊在延政坊。右多善歌,左多工舞。妓女入宜春院,谓之内人,亦曰前头人,常在上(皇帝)前头也。"《读杜心解》:"按高头,疑即前头之谓。"宋程大昌《雍录》:"开元二年,置教坊于蓬莱宫侧,上自教法曲,谓之梨园弟子。"梨园,在长安城内光化门北。唐玄宗曾亲自在全国挑选三百名青年子弟,安置于此,教授乐曲。伎坊,即教坊。

⑩ "洎外供奉"句:洎(jì),及。宜春、梨园设在宫禁内,是内教坊。左、右教坊设在宫禁外,里面的歌女舞女则称外供奉。

⑪ 晓:通晓,完全了解。

⑫ 圣文神武皇帝:唐玄宗的尊号。

⑬ "玉貌"二句:言诗人童稚之年,公孙大娘已是身穿锦衣的美丽女子,现在诗人已满头白发,公孙大娘就可想而知了。

⑭ "今兹"二句:弟子,指李十二娘。匪,同"非"。盛颜,谓年轻貌美。言现在连其弟子也不年轻了。以上四句写从观公孙舞至今,历时之久。

⑮ 由来:指师授渊源。

447

⑯ 波澜莫二:言师徒舞技、舞法相同。

⑰ 张旭:见《饮中八仙歌》注⑦。李肇《国史补》:"旭言:'始吾见公主担夫争路,而得笔法之意。后见公孙氏舞剑器,而得其神。"书帖:书写简帖。

⑱ 邺县:今属河南安阳。西河剑器:也是剑器舞。陈寅恪先生认为:"西河疑即河西或河湟之异称,乃与西域交通之孔道……足明此伎实际出西胡也。"(《元白诗笺证稿》)

⑲ 感激:感发激动,有生气。

⑳ 公孙可知:公孙之舞,竟能感发"草圣"书艺,那么她的舞技也就可以想见了。

㉑ "观者"句:言观者众多,如山如海,在出神入化的舞技前惊恐失色。

㉒ "天地"句:低昂,时高时低。言舞姿忽起忽伏,飘忽不定,观者目眩神迷,似乎天地也随着舞蹈忽高忽低。

㉓ "爗如"句:爗,光芒闪烁。羿,后羿。传说上古天有十日(十个太阳),过度的日光烧焦大地,给百姓造成极大的灾难。帝尧命后羿射日,羿射落九日,留下一个太阳。

㉔ "矫如"句:言舞姿矫健,如众仙人驾驭龙车在空中翱翔。骖,驾驭三匹马,这里即驾驭的意思。

㉕ "来如"句:《杜诗详注》:"其来忽然,如雷霆过而响尚留。"萧涤非《杜甫诗选注》:"剑器舞有声乐(主要是鼓)伴奏,大概舞者趁鼓声将落时登场,故其来也如雷霆之收震怒,写出舞客之严肃。"

㉖ "罢如"句:《杜诗详注》:"其罢陡然,如江海澄而波乍息。"古人常以秋水形容剑光冷峻明澈。这里也以江海清光喻剑光。清光凝止,即剑光收起。

㉗ "绛唇"句:绛唇指人,珠袖指舞。两寂寞,谓人与舞都消失。

㉘ 临颍美人:指李十二娘。

㉙ 神扬扬:神采飞扬。

㉚ 既有以:以,因由,缘故。这里说有所渊源。

㉛ 初第一:初,原来,本来。言公孙的剑术原本就是第一。

㉜ "五十"句:自开元五年(717)观公孙舞《剑器》,至大历二年(767)观李十二娘舞《剑器》,历时五十一年。反掌,转瞬之间,形容时间过得快。

㉝ "风尘"句:澒洞,漫无涯际。这句指安史之乱。

㉞ 女乐馀姿:即李十二娘的舞姿。映寒日:形容她处境的凄凉。

㉟ "金粟"句:玄宗葬金粟山。见《韦讽录事宅观曹将军画马图歌》注㉖。木已拱,墓木已拱,言坟墓上的树木已有两手合抱那么粗了。意谓人已死了很久。

㊱ "玳筵"句:玳筵,玳瑁筵。以玳瑁为饰物的筵席,指豪华、珍贵的筵席。急管,节奏急速的管乐。古人以繁弦急管形容各种乐器同时演奏的热闹情景。这里写在元持宅观舞的情景。

㊲ "乐极"句:写诗人在观舞(乐)后又感慨世事(哀)的复杂心情。

㊳ "老夫"二句:其,指李十二娘。上句说不知她前往何方。诗人和李十二娘,"同是天涯沦落人"。下句可作两种解释:一

449

是就诗人自身而言,《杜诗详注》:"足茧行迟,反愁太疾,临去而不忍其去也。"一双长满茧子的脚,应该是走不快的,但现在反而愁走得太快了,表现出诗人不忍和的李十二娘分别的心情。二是就李十二娘而言,一双长满茧子的脚,还在荒山行走,情景十分凄凉,因此诗人转而又为她走得太快而担忧,表现出诗人对李十二娘的同情和关切。

解读

　　前人谈杜诗是"诗史",都就诗中所记载的政事、民生而言,而对杜诗中所表现的社会、文化状况,缺乏足够的重视。就艺术说,郑虔、曹霸并无作品传世,但仍能在书画史中留名,全靠杜甫的诗。此外,如李龟年的音乐、公孙大娘的舞蹈,都曾冠绝一时,但不久又寂寞无闻,今天说起这二人,首先想起的也是杜甫诗中的记载。也许可以这样说:有关公孙大娘及剑器舞,此诗不仅是艺术成就最高、也是最具史料价值的作品。开篇有排山倒海之势。起首四句,写公孙大娘在当时的巨大影响。"爥如羿射"四句,连用四个比喻,对剑器舞作了最直接、最具体、最形象的描述。"来如雷霆收震怒",笔端隐隐有声;"罢如江海凝清光",剑光闪闪逼人。下面忽然收转,由眼前的舞蹈,转入对往事的追忆,身世之戚,兴亡之感,交赴笔下,悲歌慷慨。"感时抚事",点出作诗本意。王嗣奭说:"此诗见剑器而伤往事,所谓抚事慷慨也。故咏李氏,却思公孙;咏公孙,却思先帝,全是为开元天宝五十年治乱兴衰而发。"(《杜诗详注》引)"五十年间似反掌,风尘澒洞昏王室。"这是杜甫观舞时最深沉的叹息,故下面以"金粟堆"作转接。最后二句,写对此茫茫、百端交集之情,令人心旌摇曳,穆然深思。在序中,杜甫以"豪荡感激","浏漓顿挫,独出冠时"称赞公孙剑舞,这十二字,也正是此诗所表现的艺术境界。清田雯认为白居易的《琵琶行》,即从此诗得来。(《古欢堂集杂著》)

舍弟观赴蓝田取妻子到江陵喜寄三首[①](其二)

马度秦山雪正深,北来肌骨苦寒侵[②]。他乡就我生春色,故国移居见客心[③]。欢剧提携如意舞[④],喜多行坐白头吟[⑤]。巡檐索共梅花笑,冷蕊疏枝半不禁[⑥]。

注释

① 舍弟:对别人称自己弟弟的谦辞。观:杜观,杜甫二弟。蓝田,今属陕西。江陵,今属湖北。

② "马度"二句:秦山,指秦岭。这二句写杜观冬天离开关中,行程艰苦。

③ "他乡"二句:他乡,指江陵。就,靠近。故国,故乡,指蓝田,也指关中。客心,此时杜观正作客途中,故说客心。这二句

是说杜观到我这里来,带来了春天般的生意和喜讯;不惜从故国移居他乡,可见他的一片真心。

④ "欢剧"句:剧,甚,多。欢剧即下句"喜多"。徐幹诗:"伊昔家临淄,提携弄齐瑟。"(《拟魏太子邺中集诗》)提携,犹舞弄。这里"提携"二字也是同一个意思。如意舞,相传东晋王戎常手持铁如意起舞。如意,旧时民间用以搔痒的工具。

⑤ "喜多"句:白头吟,古代乐府歌辞。此时诗人已是白首老翁,故用以泛指自己的吟咏。行坐白头吟,即无论是行是坐,都在吟咏。

⑥ "巡檐"二句:巡檐,绕着屋檐来回走动。索,寻求。隋炀帝杨广《幸江都》诗:"鸟声争劝酒,梅花笑杀人。"索共梅花笑,即"索梅花共笑"。这二句说因为过于高兴,于是寻求梅花一起欢笑,此时梅花也被感动,那些冷风中的花蕊、稀疏的枝叶,有半数也忍不住笑了起来。

解读

　　杜甫一生,纯粹写欢喜之情的诗甚少,本书所录,此前唯有《闻官军收河南河北》一首。《喜达行在所》名为志喜,实际所写还是以悲情居多。《春夜喜雨》有喜悦之意,但表现欣喜之情并不明显。此诗作于大历二年冬,诗人已步入晚年,听到长久分离的兄弟即将到来,喜不自禁,作了三首诗,抒写兄弟相煦相濡之情。这是杜甫诗中抒写喜情比较突出的一首。首联写天寒地冻,道路艰险。颔联上句和首联对照,下句和首联呼应。有了首联的铺垫,颔联"春色"就更加难得,"客心"就更加真诚。前半首写兄弟骨肉情深,后半首写自己欢喜欲狂、想入非非的神情举止。杜甫在诗中,常赋予花木人格化、性情化。"浣花溪里花饶笑,肯信吾兼吏隐名。"(《院中晚晴怀西郭茅舍》)说花不相信自己的隐衷,反而取笑人。末联正好相反,说梅花善解人意,陪伴自己一起欢笑。"说得无情(物)有情,极迂极切。"(《杜诗详注》引卢世㴶语)严羽说:"诗有别趣,非关理也。"(《沧浪诗话》)于此可见。

短歌行赠王郎司直①

王郎酒酣拔剑斫地歌莫哀②,我能拔尔抑塞磊落之奇才③。豫章翻风白日动,鲸鱼跋浪沧溟开④。且脱佩剑休徘徊⑤!西得诸侯棹锦水⑥,欲向何门趿珠履⑦?仲宣楼头春色深⑧,青眼高歌望吾子⑨。眼中之人吾老矣⑩。

注释

① 短歌行:乐府旧题。汉乐府有《短歌行》《长歌行》,依于歌声

长短而分。司直:大理寺司直,掌纠劾官吏之职。

② "王郎"句:斫(zhuó),大锄。引申为用刀、斧砍。歌,王郎之歌。拔剑斫地,是一种悲愤的状态,所以劝其"歌莫哀"。

③ 抑塞:抑郁,郁闷。磊落:心胸坦荡。

④ "豫章"二句:豫章,枕木和樟木的并称,或说即指樟木。翻风,在风中摇动。跋浪,破浪,踏浪。豫章为佳木,鲸鱼为神鱼,用以比喻王郎的奇才。白日动,白日为之而动。沧溟开,沧溟(大海)为之而开。言二者能惊天动地。《杜诗详注》:"翻风跋浪,言奇才终当大用,何须抚剑悲歌乎?"

⑤ 且:暂且。脱:取下,放下。休徘徊:不要犹豫不决,即希望王郎立即行动起来。

⑥ "西得"句:当时王郎将往西入蜀。诸侯,指蜀中的藩镇。得诸侯,即获得诸侯的赏识。棹,作动词用,犹言泛。锦水,锦江。棹锦水,即在锦江泛舟。

⑦ "欲向"句:跋(tā),拖鞋。这里也作动词用。珠履,缀有明珠的鞋子。《史记·春申君列传》:"春申君客三千余人,其上客皆珠履。"这句问王郎:想去哪里高就?

⑧ "仲宣"句:仲宣楼,见《将赴荆南寄别李剑州》注⑨。春色深,指春末。这句写和王郎分别的地点和季节。

⑨ "青眼"句:青眼,见《丹青引赠曹将军霸》注㉛。高歌,杜甫之歌。吾子,我的人,我的朋友。望吾子,有望于吾子,寄希望于王郎。即希望王郎能在蜀中施展他的才能。

⑩ "眼中"句:眼中之人,眼前的人,指王郎。这句意思是:告诉

眼前的人(王郎):我已经老了,希望你能作出一番成就。

解读

　　大历三年(768)正月,杜甫携家离开夔州,出三峡,三月,至江陵(今湖北荆州)。据"仲宣楼头春色深"这一句,此诗当作于初到江陵之时。王郎似乎是个怀才不遇的人,想到蜀中发展,杜甫作此诗加以劝慰。卢世㴶称此诗"突兀横绝,跌宕悲凉"(《杜诗详注》引)。起句如高山拔地,劈空而出。下面又陡起二峰,写"豫章翻风","鲸鱼跋浪",如此大才,本该惊世,如今却沉沦不遇。在这样的状况下,王郎"抑塞磊落","拔剑斫地",就更显得可悲,也更值得同情。"且脱佩剑休徘徊",单句宕开一笔,缓冲前面的愤激之情。"西得诸侯"以下四句,对王郎入蜀寄予厚望。最后是自身已老,无可作为,而将满怀希望,寄托王郎。结句兀然收束,留下无限情意,感慨系之。此诗分上下两段,每段五句,以单句收束,在形式上独创一格。前五句押平声韵,后五句押仄声韵,音节促急,有激楚之声。通篇英奇磊落,豪气逼人,虽仅短短十句,但内涵深广。

江　汉

　　江汉思归客①,乾坤一腐儒②。片云天共远,永夜

江汉思归客，乾坤一腐儒

月同孤③。落日心犹壮④，秋风病欲苏⑤。古来存老马，不必取长途⑥。

注释

① "江汉"句：江汉，长江、汉水一带的地区。当时诗人流寓江陵、公安等地，正属江汉地区。思归客，诗人自谓。

② "乾坤"句：黄生："'一腐儒'上着'乾坤'字，自鄙而兼自负之辞。身在草野，心忧社稷，乾坤之内，此腐儒能有几人？"(《杜诗说》)

③ "片云"二句：都是倒装句，按诗意，应为：远天共片云，永夜同孤月。上句写自己和一片浮云在远天飘泊，下句写自己同一轮孤月在永夜(长夜)相伴。实际上也是以片云、孤月自喻。

④ 落日：日落时余晖照在桑榆的树端，故前人以"桑榆暮景"比喻晚年。

⑤ 病欲苏：苏，复苏。言病快要好了。

⑥ "古来"二句：存，保留。《韩非子·说林》："(齐)桓公伐孤竹(国)，返，迷惑失道。管仲曰：'老马之智可用也。'乃放老马而随之，遂得道焉。"下句说不必非取能长途奔跑的快马。《杜诗详注》引周甸语："不必取长途，取其智而不取其力。"诗人借"老马识途"的典故，表示自己虽然年老，但依然能为国效力。

解读

此诗作于大历三年秋,抒写滞留江汉地区的感慨。杜甫晚年,常自称"腐儒",带有自嘲之意。但在前面加上"乾坤"二字,便有迥出流俗的不同意味。颔联承"思归客",写在外漂泊的孤寂;颈联承"一腐儒",写书生意气,壮心不已。中间二联,其中"云天"、"夜月"、"落日"、"秋风",都是景物,而用"共远"、"同孤"、"犹壮"、"欲苏"这些表情的词语串联,情景交融,虚实相生,浑然一体。胡应麟说这二联"含阔大于深沉,高、岑瞠乎其后"(《诗薮》)。"落日"二句提笔振起,呼出末联,表明本意,即"老骥伏枥,志在千里。烈士暮年,壮心不已"。以此,虽然身处贫困潦倒的境地,但表现的气概却高远不凡。诗中第四句有"月"字,第五句有"日"字,日、月并见,以前有人认为这有违常理,其实"落日"并非指实景,而是以桑榆暮景借喻老年,若死抠字眼,便拘泥不化了。

暮 归

霜黄碧梧白鹤栖①,城上击柝复乌啼②。客子入门月皎皎③,谁家捣练风凄凄④。南渡桂水阙舟楫⑤,北归秦川多鼓鼙⑥。年过半百不称意⑦,明日看云还杖藜⑧。

注释

① 霜黄碧梧：黄字作动词用，言碧梧经霜打叶色转黄。

② 击柝：即打更。柝，打更用的木梆。

③ 客子：杜甫自谓。

④ 捣练：捣洗煮过的熟绢。练，白绢。生绢必须用水煮过，漂白，再用杵捣，熨平，才能柔软洁白。

⑤ 桂水：源出湖南郴县南，西北流入永兴县界，注入耒江。阙：缺。

⑥ "北归"句：秦川，古地区名。今陕西、甘肃的秦岭以北平原地一带。这里指长安。鼙(pí)，一种军用小鼓。鼓鼙，语出《礼记·乐记》："君子听鼓鼙之声则思将帅之臣。"在唐诗之中常用来比喻战争。这里的鼓鼙可能是指当年吐蕃入侵。颈联说既无法南下，也不能北上。

⑦ 不称意：不如意。

⑧ "明日"句：杖，作动词用，拄(杖)。藜，用藜茎制成的手杖。范廷谋《杜诗宜解》："瞻云望故乡，人情最属无聊。公因暮，想到明日，又就明日想其景况还是杖藜，还是看云，到底无称意事，无北归时。一'还'字，有无限惆怅，无限曲折。"朱瀚《杜诗解意》："玩'还'字，则知此日亦是杖藜看云归也。"

解读

　　此诗作于大历三年秋，当时杜甫自江陵移居公安。前半首写暮归所见所闻的景象。起句连用三个代表颜色的字，或虚或实,因安插得当,故无重沓之感。颔联承首联,因月色皎洁,则碧梧、白鹤,分明可见;因晚风凄切,故击柝、乌啼,倍觉悲凉。上下回环,用意周密。后半首发流落他乡的慨叹。颈联极写处境窘迫,因无钱雇用,故缺舟楫;因战乱不息,故还家无期。既然南渡不能,北归不行,就只得在此迁延度日了。结句用一"还"字,和首联"复"字呼应,见得天天如此,但又无可奈何。末联语意,类似李白诗:"人生在世不称意,明朝散发弄扁舟。"(《宣州谢朓楼饯别校书叔云》)方东树说此诗笔势回旋,纵横如意,"百炼钢化为绕指柔矣"(《昭昧詹言》)。杜甫集中现存吴体有十九首,这是颇为后人称道的一首诗。前人以此诗为例,说杜甫这类诗,和他人相比,独合声律,诵读时有乐府诗的感觉;遣词造句,律中带古,拗字愈多,骨格愈峻峭,有出神入化之妙。

晓发公安①

数月憩息此县

北城击柝复欲罢②,东方明星亦不迟③。邻鸡野哭如昨日④,物色生态能几时⑤?舟楫眇然自此去,江湖远适无前期⑥。出门转眄已陈迹⑦,药饵扶吾随所之⑧。

注释

① 公安:今属湖北荆州。

② "北城"句:击柝报更为夜间事,因天将明,所以说"复欲罢"(又要停歇了)。

③ "东方"句:明星,古时又名太白星,黎明时称启明星,黄昏时称长庚星;今名金星。柝声罢后,启明星就会在东方出现,所以说"亦不迟"。

④ "邻鸡"句:邻鸡,邻家的鸡啼声。夜哭,郊野的哭泣声。如昨日,一如昨日,言天天如此。

⑤ "物色"句:此句承上句。物色,指风物,如邻鸡。生态,指人的活动状态,如野哭。能几时,能有几时,言都不会长久。

⑥ "舟楫"二句:适,往,归向。期,预期(目的地)。上句写乘船远离公安,下句写浪迹江湖,还不知前方该在哪里留下。

⑦ "出门"句:转眄,转眼之间。陈迹,指公安。这句说离开公安,转眼之间,这里的一切便都成了陈迹。

⑧ "药饵"句:当时诗人年老多病,全靠药饵扶持。之,往。随所之,随便去哪里。物色不可留(转眼成陈迹),生态不可持(老病仗药饵),一切也就变得无所谓了。

解读

　　大历三年暮冬,杜甫离开公安,前往往岳阳。此诗前半首写拂晓景象。颔联上句写从郊野传来的哭声,在《白帝》《阁夜》等诗中已有描述,成为战乱对百姓伤害的一个象征。"如昨日"三字,让人看不到战乱平息的希望,语意沉痛。颈联感叹漂泊江湖,行踪莫定,和"飘飘何所似,天地一沙鸥"(《旅夜书怀》)意思相同。末联上句和颔联下句,有万事皆空的虚幻感,而末句则有随遇而安的意思。申涵光说:"作拗体诗,须有疏斜之致,不衫不履",如《暮归》诗,语出天然,"律中带古,倾欹错落,尤为入化"(《杜诗详注》引)。这几句话,也可用于此诗。这类诗看似信手拈来,不加修饰,就诗风言,古朴疏野,和初入成都时的晓畅流利、寓居夔州时的沉郁悲壮,都不相同,卢世㴶称此诗"更瘦更狂,摇曳脱洒,真七言律中散仙也"(同上)。

夜闻觱篥

夜闻觱篥沧江上①,衰年侧耳情所向②。邻舟一听多感伤③,塞曲三更歘悲壮④。积雪飞霜此夜寒,孤灯急管复风湍⑤。君知天地干戈满,不见江湖行路难⑥?

注释

① 觱篥(bì lì):也作"筚篥"。古代的一种管乐器,形似喇叭,以

芦苇作嘴,以竹作管,声音悲凄。羌人所吹,用以惊吓汉人的马。沧江:指长江。

② 侧耳情所向:侧耳倾听,引起自己的感伤之情,于是向吹奏的方向望去。

③ 邻舟:诗人的船和吹奏者的船相邻。

④ 塞曲:边远地区的乐曲,指觱篥所吹的曲。欻:忽然。

⑤ 急管:节奏急促的管乐。风湍:风吹波涛激荡奔涌。

⑥ "君知"二句:君,指吹觱篥者。《杜诗详注》:"故语觱篥者曰:'君为此曲,但知干戈离乱之苦,独不见舟中漂泊者,江湖行路之难乎?何为故作此声,动人愁思也?'"

解读

此诗作于大历三年冬去岳阳的途中。"筚篥,本名悲篥,出于胡中,其声悲。"(杜佑《通典》)很容易引起羁旅之客的感伤。何况唐代著名的筚篥曲,如《离别难》《雨霖铃》等,都是伤离恨别之作。与杜甫同时的李颀,在安史之乱前听胡人乐师安万善吹筚篥,作诗道:"傍邻闻者多叹息,远客思乡皆泪垂。"战乱后流离失所的现象十分普遍,觱篥声的触动也就更加强烈。此诗没有从正面描写乐声,而是抒写夜间听到邻舟吹奏觱篥时的感慨。这是一首七言古诗,仅八句,四句转韵。前半首情词凄凉,后半首忽作变徵之声,有寒雨连江、悲风萧萧的意境。末联宕开,以反问作结。朱熹说杜诗"晚年横逆不可当"(《朱子语类》),读此诗可见。

泊岳阳城下①

江国逾千里②,山城仅百层③。岸风翻夕浪,舟雪洒寒灯。留滞才难尽④,艰危气益增⑤。图南未可料,变化有鲲鹏⑥。

注释

① 岳阳:今属湖南,位于长江中游南侧,洞庭湖东北。
② "江国"句:江国,江河多的地区。这句说沿长江从千里之外而来。
③ 仅:江浩然《杜诗集说》:"'仅'字有多、少两意。如韩昌黎《与李翱书》'家累仅三十口',盖用多义,言家累有三十余口也。此诗'仅'字亦然,言山城有百余层也,与上句'逾'字同意。"
④ 留滞:滞留他乡。
⑤ 艰危:指时局艰难危急。
⑥ "图南"二句:图,图谋,谋划。《庄子·逍遥游》:"北冥有鱼,其名为鲲。鲲之大,不知其几千里也。化而为鸟,其名为鹏。鹏之背,不知其几千里也。……背负青天而莫之夭阏(阻拦)者,而后乃今(今而后乃)将图南(打算向南飞)。"当时诗人计划往南,但又不知会发生什么变化,故以鲲鹏的变化作比喻。

解读

　　大历三年晚冬,杜甫携家沿江东下,抵达岳阳。首联从大处着眼,将岳阳城置于宏阔的背景之中。颔联从细处落笔,写船停泊时眼前风卷浪起、急雪扑面的景象,为颈联留滞他乡、时世艰危作情景上的渲染和铺垫。前人认为,颔联语气比较平和,因此颈联必须"耸然挺拔,别开一境"(冒春荣《葚原诗说》),"如此拓开,方振得起"(沈德潜《说诗晬语》)。"留滞才难尽,艰危气益增。"气激于中,横放于外,直抒怀抱,喷薄而出。这十字,可说是杜甫为自己一生所作的总结。因为"留滞"、"艰危",故情意感伤;因为"才难尽"、"气益增",故气格高昂。杜甫的一生,就是在感伤中昂扬的一生。即以这首诗说,虽然天寒地冻,处境艰难,但依然写得英气勃勃,神王气壮。

登岳阳楼

　　昔闻洞庭水①,今上岳阳楼②。吴楚东南坼③,乾坤日夜浮④。亲朋无一字,老病有孤舟。戎马关山北⑤,凭轩涕泗流。

注释

① 洞庭水:洞庭湖,见《戏题王宰画山水图歌》注④。

② 岳阳楼：位于湖南岳阳古城西门城墙之上，下瞰洞庭，前望君山，自古有"洞庭天下水，岳阳天下楼"之美誉，与湖北武汉黄鹤楼、江西南昌滕王阁并称为"江南三大名楼"。

③ "吴楚"句：楚国国都在郢城（今湖北荆州古城东北），吴国国都在吴（今江苏苏州）。坼，裂开。这句说洞庭湖位于楚国的东面、吴国的南面，在中间将吴、楚二地分开。

④ "乾坤"句：《水经注·湘水》："洞庭湖水，广圆五百余里，日月若出没其中。"以上二句极言洞庭湖的壮阔。

⑤ "戎马"句：指当年吐蕃在北方的入寇。

解读

此诗作于大历三年晚冬。首联语同白话，看似平常，但大气磅礴，字字挺拔。颔联是杜诗名句，有上天入地、雄跨今古之概，前人说"虽不到洞庭者读之，可使胸次豁达"（《杜诗详注》引黄鹤语）。"坼""浮"二字，笔力千钧。北宋蔡绦说："洞庭天下壮观，自昔骚人墨客题之者众矣……然未若孟浩然'气蒸云梦泽，波撼岳阳城'，则洞庭空旷无际，气象雄张，如在目前。至读杜子美诗，则又不然。'吴楚东南坼，乾坤日夜浮'，不知少陵胸中吞几云梦也。"（《西清诗话》）颔联写洞庭壮观，已臻极境，下面很难措手，颈联笔锋一转，抒写只身漂泊之感，万里乡关之思，而且写得如此落寞，和前面的雄奇壮伟，成强烈对比。颈联情中有景：在浩瀚的水面上，漂浮着一叶扁舟，舟中一个孤寂的老人，举目遥望故乡。扁舟的渺小，更衬出湖水的壮阔；反过来看，人的孤苦之情,融入大自然的奇伟之中,也就有了"心事浩茫连广宇"的深远意境。颈联完整的诗意,应为:亲朋无一字相寄,老病有孤舟相伴。每句后面都少了二字,前人称之为"歇后句"。末联深入一层,由身世之感,转入家国之恨,此身虽远离中原,但心依然为外族的入侵担忧。结句以"凭轩"二字,联结登楼。此诗虽仅四十字,但气象扩大,意境沉雄,涵蓄深远。黄生叹道:"对此景作此诗,是何胸次,如此诗方与洞庭岳阳气势相敌。"(《唐诗摘钞》)前人誉之为"千古绝唱"。

岁晏行①

岁云暮矣多北风②,潇湘洞庭白雪中③。渔父天寒网罟冻④,莫徭射雁鸣桑弓⑤。去年米贵缺军食,今年米贱大伤农。高马达官厌酒肉⑥,此辈杼柚茅茨空⑦。楚人重鱼不重鸟,汝休枉杀南飞鸿⑧。况闻处处鬻男女,割慈忍爱还租庸⑨。往日用钱捉私铸⑩,今许铅铁和青铜⑪。刻泥为之最易得,好恶不合长相蒙⑫。万国城头吹画角⑬,此曲哀怨何时终⑭?

注释

① 岁晏:岁晚。晏,迟,晚。

② 云:语助词,无义。

③ 潇湘:指湖南境内的潇水和湘水(江),潇水流入湘江,湘江流入洞庭湖。

④ 网罟:捕鱼及捕鸟兽的工具。罟,渔网。

⑤ 莫徭:现代瑶族的先民。自言其先祖有功,曾免徭役,故以为名。依山为险居住,擅长射击。桑弓:桑木作的弓。开弓会发出声响,故言"鸣"。

⑥ 厌:同"餍",饱食。

⑦ "此辈"句:此辈,指渔父、莫徭等贫苦民众。杼柚,也作"杼轴"。织布机上的两个部件,即用来持纬(横线)的梭子和用来承经(直线)的筘。也用以代指织布机。茅茨,茅屋。

⑧ "楚人"二句:应劭《风俗通》:"吴楚之人嗜鱼盐,不重禽兽之肉。"汝,指莫徭。按诗意,这二句应在"去年"二句之前。

⑨ "况闻"二句:鬻,出卖。唐初赋税实施租庸调法,规定:每丁每年向国家输粟二石,为租;输绢二丈、绵三两(或布二丈四尺、麻三斤),为调;服役二十日,称正役,不役者每日纳绢三尺(或布三尺六寸),为庸。若因事增加派役,则以所增日数抵除租调,"旬有五日免其调,三旬则租调俱免",并限定所增日数与正役合计不得超过五十日。安史之乱后,租庸调法遭破坏。这里借用其名,指官府实施的一切赋税。鬻儿卖女,便是为了上交官府的赋税。

⑩ "往日"句：过去官府悬赏捉拿私自盗铸钱币的人。

⑪ "今许"句：钱币本官府用青铜铸造，奸商为减少成本，在青铜中掺和铅铁，私铸"恶钱"流入市内，从中谋利。当时朝廷已无暇管这事，所以说"今许"。

⑫ "刻泥"二句：这是诗人的指责和慨叹。不合，不该。言刻泥做钱，那最容易了，但好钱、恶钱，绝不该长期互相蒙混，同时通用。

⑬ 画角：见《野老》注⑦。

⑭ "此曲"句：百姓贫困，由世乱造成，而贫困的加速，反过来又加剧了世乱，如此恶性循环，又如何收拾？所以问"哀怨何时终"。

解读

黄鹤认为此诗作于大历三年末。前面四句，如同歌谣。"渔父天寒"、"莫徭射雁"，分别描写渔民和猎户的劳苦。以下所写，都是诗人的议论。"军食"、"伤农"，是造成百姓贫困的主要原因。"高马达官"二句，则是始终让杜甫揪心并在诗中多次谴责的贫富不均现象。一方面，终身勤苦的百姓无钱缴纳赋税，被逼鬻儿卖女；另一方面，奸商（及其背后的贪官）私铸"恶钱"，谋取暴利。但朝廷却颠倒是非，对本该扶助的百姓横征暴敛，无所不及，对本该严惩的奸人放任不管，助长其恶。"割慈忍爱"，情所不堪；"好恶不合"，理所不该。战乱仍在继续，朝廷还会沿用既定的政策，诗人看不到这种不合理的丑恶现象何时终止，只能以

"此曲哀怨何时终"的诘问收束。《唐宋诗醇》评此诗:"声哀厉而弥长。"

客 从

客从南溟来①,遗我泉客珠②。珠中有隐字③,欲辨不成书④。缄之箧笥久⑤,以俟公家须⑥。开视化为血⑦,哀今征敛无⑧。

注释

① 南溟:南海。
② "遗我"句:遗,给予,馈赠。泉客,本作"渊客",唐代为避高祖李渊讳,改为"泉客",即鲛人。张华《博物志》:"南海外有鲛人,水居如鱼,不废织绩,其眼能泣珠。从水出,寓人家,积日卖绢。将去,从主人索一器,泣而成珠满盘,以与主人。"
③ 隐字:隐藏的字,隐隐约约的字。
④ 书:指文字。
⑤ 缄:封藏。箧笥(qiè sì):藏物的竹器。
⑥ 俟:等待。公家:官家,官府。须:通"需",需要。即末句所说的"征敛"。

⑦ 开视:打开箧笥一看。

⑧ 征敛无:再也没什么东西可征敛了。

解读

  黄鹤定此诗作于大历四年(769),揭露和谴责当时朝廷"刻剥及锥刀"式的征敛。在杜甫晚年所作的时事诗中,此诗和《白马》是比较别致的两首,尤其是这首寓言诗,即使在无所不包的杜甫集中,也属罕见。首联提出"泉客珠"三字,作为征敛之物的象征。泉客珠是由泪水化成,以示征敛之物,都凝聚着百姓的血泪。既然如此,那么颔联所说的"珠中隐字",也就是点点血泪;而无法辨别,则隐喻百姓的痛苦,已被藩镇割据、异族入侵这些事掩盖,不被朝廷重视。结句暗示百姓的血已被横征暴敛吸干,一无所有了,语意极为沉痛。读这首诗,《石壕吏》中悍吏叫嚣隳突、老妇惊恐泣诉的情景,又浮现在人的眼前。

白　马

  白马东北来,空鞍贯双箭①。可怜马上郎②,意气今谁见③?近时主将戮④,中夜伤于战⑤。丧乱死多门⑥,呜呼泪如霰⑦。

注释

① "空鞍"句:白马身上带着双箭,马鞍上无人,可见骑马的人已经战死。
② 马上郎:指战死者。
③ "意气"句:如今谁还能想见骑马者当年意气风发的神态?
④ 主将:指潭州刺史兼湖南都团练观察处置使崔瓘,被部下叛将所杀。
⑤ 伤于战:指马上郎。
⑥ 多门:多方面。
⑦ 霰:在高空中的水蒸气遇到冷空气凝结成的小冰粒。

解读

　　大历五年(770)四月,湖南兵马使臧玠杀潭州刺史崔瓘,据潭州(今湖南长沙)作乱。杜甫在仓皇中逃离潭州,携家前往衡州(今湖南衡阳)。途中写了这首意在哀悼的诗。前二句写眼前所见,那是一匹受伤的白马,并无主人。后面六句都是诗人的猜想和议论。第三、第四句不由自主地想到马的主人,想象他生前意气风发的神态。第五、第六句根据刚发生的暴乱,猜想马的主人很可能已经丧生。最后二句由此想到更多无名的死难者。含意递进,一层深过一层。"'丧乱'一语极惨。或死于寇贼,或死于官兵,或死于赋役,或死于饥馁,或死于奔窜流离,或死于寒暑暴露。唯身历忧患,始知其情状。"(《杜诗详注》引蔡兴宗语)卢世㴶说此诗和《客从》,"情酸味厚,歌短泣长,而一唱三叹,蕴藉优柔。《三百篇》《十九首》……上下同流,先后一揆矣。"(《杜诗详注》引)

江南逢李龟年①

岐王宅里寻常见②,崔九堂前几度闻③。正是江南好风景④,落花时节又逢君⑤。

注释

① 李龟年:开元、天宝年间著名乐工,作为梨园弟子,深得唐玄宗恩宠,常在贵族豪门歌唱。晚年流落江南,每遇良辰胜景,为人歌数阕,后郁郁而死。
② 岐王:李范,唐睿宗之子,玄宗之弟,以好学爱才著称,雅善音律。寻常:经常。
③ 崔九:崔涤,在兄弟中排行第九,中书令崔湜之弟。与玄宗关系密切,出入禁中。
④ 江南:指今湖南地区。
⑤ 落花时节:指暮春。君:指李龟年。

解读

　　此诗作于大历五年(770),当时杜甫流寓潭州。上联写李龟年在战乱前的得意情状,从"寻常"、"几度"这两个词语,可见他当时是豪门的座上客。下联"江南"点地,"落花"点时。"正是"、"又逢",呼应上联,以示在岐王宅、崔九堂听歌,也是风景正好的时候。如今物是人非,事事皆休,追思昔日盛况,恍若隔世,有"风景不殊,正自有山河之异"(《世说新语》)的感慨。而在这时,又逢故人,执手无语,泪眼相对,情何以堪。"又逢君"三字,语意凄怆,黯然欲绝。此诗和《丹青引》《剑器行》,都是通过一个冠绝一时的艺术家的遭遇,抒写今昔盛衰,充满沧桑之感、迟暮之感、流落之感。杜甫的绝句,一直被看作不同于"正声"的别调,和《竹枝词》相类似;也有人认为他不擅长写绝句,或者说,他的语言风格和表现方式,不适合绝句创作。此诗和《赠花卿》,可说是个例外。特别是这首诗,余味深长,神韵独绝,历来脍炙人口,被看作杜甫七绝压卷之作。黄生称此诗"见风韵于行间,寓感慨于字里,即使龙标(王昌龄)、供奉(李白)操笔,亦无以过"(《杜诗说》)。《唐宋诗醇》说:"言情在笔墨之外,悄然数语,可抵白氏(白居易)一篇《琵琶行》矣……此千秋绝调也。"